**fanucciflash**

CORRADO GUZZANTI

# PAROLA DI CORRADO

fanucciflash

Prima edizione: ottobre 2012

via delle Fornaci, 66 – 00165 Roma
tel. 06.39366384 – email: info@fanucci.it
Indirizzo internet: www.fanucci.it

Stampato in Italia – Printed in Italy

Progetto grafico: Grafica Effe

CORRADO GUZZANTI

# PAROLA DI CORRADO

# Il libro de Kipli
(1992)

## LA MÙMMA

Aiuto,
mi hanno imbarzamato vivo!
Hanno strappato le mie varie interiora
mettendo strani unguenti.
Ma io sono vivo.
Hanno cavato il mio cervello dar narìce
tramite uncinetto,
in grigi e bianchi grammoli di memoria e di sangue,
mettendo strani unguenti.
Ma io sono vivo.
Hanno cosparzo il mio corpo de zorfo
e disseccato la mia pèlla cor muriatico,
hanno disciolto i genitali cor muriatico,
hanno sbiancato le pupilla cor muriatico,
mettendo strani unguenti tra cui er muriatico.
Ma io sono vivo.
Oggi sò una mùmma residente il museo,
i bambini se impressiona: ma che è? Una mùmma?
io sempre zitto dentro alla scatola,

ma sono vivo!
Lo stesso nun se pò di' der custode Arvaro!

## UNA DONNA NERA

Ho visto una donna nera partorire per strada,
nessuno l'aiutava,
nessuno muoveva un dito...
Ho visto una donna nera partorire per strada,
e stava lì
davanti al cinismo e alle risate amare della gente.
E stava lì;
e non si muoveva.
Chiedeva aiuto,
ma nessuno faceva nulla.
Ho dovuto chiamare io l'ambulanza, fosse per loro
l'avrebbero lasciata lì tutta una notte
e magari il giorno dopo
e quell'altro ancora...
Mo' lo devo scrive pure in africano:
'passo carrabile.'

## IO SONO IL MALE

Io sono l'angelo della morte...
tornato dall'inferno
alla luce dei vivi
dove il sangue tiepido delle membra innocenti
attira come miele la mia gola assetata...
Io sono l'angelo del male
disceso a baloccarsi coi mortali,
il mio stomaco aperto alle vostre carni bianche
attende impaziente il suo macabro pasto

Io sono l'angelo della morte...
di chi è il Renault 5 in seconda fila?

***

*Volevamo cambiare il mondo, e invece*
*il mondo ha cambiato quartiere.*

***

LA NUOVA DESTRA

Non ce l'abbiamo con i neri e gli africani,
solo non vogliamo che ci rubino il lavoro.
Non ce l'abbiamo con gli omosessuali,
solo non vogliamo che ci contaminino col loro morbo.
Questa è una Destra nuova che vuole battersi per il
rispetto della civiltà e della democrazia.
Non ce l'abbiamo con gli zingari,
solo non vogliamo che mettano in pericolo
la nostra comunità.
Non ce l'abbiamo cogli extracomunitari
solo non vogliamo che occupino le nostre case.
Questa è una Destra nuova che vuole mettersi
dalla parte del cittadino e del lavoratore.
La pelle, la lingua, la razza non c'entra.
E se non capite questo siete degli ebrei!

LA LOGGIA

E ora voi ci direte che avremmo dovuto vedere!
È vero!
Avremmo dovuto vedere.
Che mentre s'impegnavano a difendere i belli ideali
li stavano calpestando in nome dei propri interessi.

Che stringendo quei legami di fratellanza
si procuravano i complici e gli agenti
per i loro delitti!
Che servizi e disservizi segreti se stavano a fonde' i' 'na
spessa coltre de fumo anticossituzzionale.
Che quella complessa simbologia de squadrette e de
compassi serviva a far quadrare il circolo de i loro
sporchi giochi de potere!
Che tutti sapevano, che tutti tacevano.
Chi per tornaconto, chi per omertà.
Che dietro quella rete di amicizie si tesseva
'na tela de complotti e de ricatti.
Che co' il loro abbraccio fraterno stritolavano
leggi e istituzioni
in nome degli affari e della polittica.
Avremmo dovuto vedere che, nelle belle parole del
Venerabile Maestro, si nascondevano gli insulti e le più
gravi diffamazioni contro la società!
Avremmo dovuto vedere che, dopo essersi fatti 'na
bbeffa delle istituzioni se ne sarebbero serviti per
scappare all'estero...
Sì, è vero!
Avremmo dovuto vedere...
Ma provateci voi co' 'sto cappuccio in testa!

## DARE E AVERE

So di non aver dato molto nella mia vita...
So di non aver dato molto ai miei amici,
ai miei fiii,
a mi' mooo,
'r cane...
So di non aver dato molto nella mia vita...
So di non aver dato molto a chi invece mi ha dato molto,
a chi mi ha amato e sorretto e aiutato.

So di non aver dato molto nella vita.
Ma quel poco...
lo rivorrei indietro.

***

*C'è un giorno per seminare e un*
*giorno per raccogliere...*
*giovedì andrebbe benissimo...*

***

UN AMORE URBANO

No, non biasimarti
se ora vado con lei; non è per i tuoi errori.
Tu non hai colpe,
nessuno ha colpa di essere solo ciò che d'è!
Non chiedermi se lei è più bella di te,
mi credi così superficiale?
Ciò che lei può darmi è qualcosa di più della bellezza.
Non piangere adesso.
Non chiedermi se lei è più giovane di te,
mi credi così cinico?
Ciò che lei può darmi è qualcosa di più della gioventù.
Non chiedermi se lei è più innamorata di te,
mi credi ingenuo?
Ciò che lei può darmi è qualcosa di più
di un fatuo sentimento.
Non piangere,
adesso lei è qui fuori che mi aspetta
...su una *Volvo colla targa dispari!*

DISTINGUO

UN CONTO è dire che negli introiti dello Stato
rientra per gran parte denaro riciclato, proveniente dai

guadagni illeciti della malavita e della criminalità organizzata e UN CONTO è dire che lo Stato, pur trovandosi ad amministrare anche queste ricchezze, debba sentirsene in qualche modo compartecipe.
UN CONTO è dire che l'industria più fiorente e redditizia del nostro Paese è quella che importa la droga, la lavora e ne amministra il mercato e UN CONTO è dire che lo Stato, pur traendone complessivo vantaggio, debba esprimere nelle parole e nei fatti il suo più categorico dissenso.
UN CONTO è dire che gran parte dei titoli di Stato vengono acquistati dalla mafia e dalla camorra e UN CONTO è dire che lo Stato, a fronte di questo pur ingente sostegno economico non debba dimostrare altro che indignazione e sdegno.
UN CONTO è la malavita e i suoi sporchi affari e UN CONTO è lo Stato: le sue responsabilità, la sua centralità politica, sociale e morale.
Mi faccia due fatture separate.

## L'UNITÀ DELLA SINISTRA

Guardiamo in faccia la realtà, compagni,
di fronte ai grandi mutamenti
occorsi in questo burrascoso fine secolo
non possiamo più giustificare,
di fronte ai compagni elettori,
questa antica, ma ancora dolorosa frattura della sinistra.
Essi ci chiedono di vincere tutti quegli ostacoli
e quelle riserve che ci hanno tenuti lontani,
che ci hanno reso avversari.
Di fronte ai loro occhi
quelle riserve non sono che oziosi cavilli
che un nostro sforzo di volontà
dovrebbe poter superare.

Forse hanno ragione.
Questo Paese ha bisogno di un'unica sinistra:
un SOLO partito,
un SOLO cuore
che batte per tutti noi.
Prendiamo coraggio e guardiamo la realtà,
non la realtà degli accordi segreti, taciuti alla gente,
non quella del gioco delle alleanze e delle poltrone.
Siamo divisi in due partiti, ci siamo combattuti per anni,
ma abbiamo gli stessi ideali, gli stessi sogni,
le stesse speranze, le stesse capacità,
gli stessi bisogni, le stesse ambizioni...
Dobbiamo stare anche nello STESSO Paese?

***

*Guardati da coloro che prima*
*ti danno consigli*
*e poi parlano male di te, cornuto!*

***

## RIDEREMO DI TUTTO QUESTO

E rideremo di tutto questo...
Della tua disperazione e delle tue lacrime noi rideremo.
Di come ora ti abbandoni sulla mia spalla e piangi,
dei tuoi 'Qualcuno può aiutarmi?',
noi rideremo! Sì! Rideremo insieme di tutto questo,
di come ora ti mordi le labbra e invochi la morte,
di come le tue mani tremano quando dici:
'Non ce la faccio ad andare avanti...'
Rideremo della tua fragilità e
dei tuoi nervi di carta, dei tuoi sogni infranti...
di una 'gioventù sprecata'
e di una 'vecchiaia' precoce
ma immatura.

Dei tuoi capelli strappati,
di questi occhi accecati dalle lacrime quando parli di lei,
fuggita via colla tua macchina,
incinta dell'uomo che ti ha svaligiato la casa.
Rideremo di tutto:
delle cambiali e del libro nero,
del licenziamento e dell'avviso di garanzia.
Credimi, amico mio, noi ce ne ricorderemo insieme...
ci ricorderemo di tutto questo e ne rideremo!
Ma non ora.
Perché questo è il momento di uscirne fuori
e andare ad affrontare il futuro.
Perché ora, finché non te ne vai...
io e lui non possiamo ridere.

## BOY-SCOUT

Scegliere una buona azione non significa
aspettarsi necessariamente delle ricompense,
ma solo aver capito che, per una cattiva azione,
*non ne ricevereste mai.*
Scegliere una buona azione non significa 'eroismo',
ma una cattiva azione non porta medaglie.
Scegliere una buona azione non significa sentirsi migliori,
ma solo sapere di aver fatto la cosa giusta.
Una cattiva azione non serve a nessuno,
non dà ricompense, non dà medaglie...
Le cattive azioni non servono né a voi né agli altri.
Scegliete sempre le buone azioni.
Comprate solo quelle.

## MALGRADO QUESTO

Mi dici che sto giocando
coi tuoi sentimenti,

colla tua vita...
colla tua carta di credito...
Me ne assumo la responsabilità, perché malgrado questo
io ti amo e so essere molto severo con me stesso...
Mi dici che ti tradisco, che c'ho l'amante e mi mostri
le prove, le foto, le lettere... ti mancano dei gioielli...
Come sai essere ingiusta a volte!
Ingiusta con me, ma anche con Loredana.
Sei così gelosa dei tuoi oggetti, del tuo portafogli, *della tua macchina*... quel tuo sguardo acido che rivolgi non solo a me, ma anche alle mie amiche, quel tuo sguardo torvo come volessi dirci: 'E adesso io come ci vado a lavorare?'
Eppure, malgrado questo, io ti amo!
Adesso vado due settimane a Honolulu,
un viaggio d'affari.
Se ti senti sola ti leggi un libro, dipingi,
approfittane per pensare un po' a te stessa,
perché il televisore serve a me.
Non piangere, con me non attacca perché IO TI AMO!
E se un giorno dovessi scoprire di averti fatto soffrire
come tu dici, di averti rovinato la vita,
calpestato i sentimenti, tradita,
ingannata,
se un giorno dovessi soltanto sospettare
d'averti rubato la giovinezza, spento ogni tuo desiderio,
arrivare a farti desiderare la morte.
Se un giorno scoprissi tutto questo,
mi faccio un CAZZIATONE che me lo ricordo
per una settimana!

***

*Se i partiti non rappresentano più*
*gli elettori,*
*cambiamoli questi benedetti elettori!*

## LUTTO POLITICO

Per anni abbiamo basato la nostra azione politica
sull'ideologia comunista,
per anni i fatti e le idee che emergevano
dal blocco sovietico
hanno determinato le nostre scelte in questo Paese.
Il comunismo ci ha mostrato la strada
per mettere insieme la nostra gente,
il nostro elettorato...
Ora tutto è crollato, il comunismo non esiste più!
Resta solo una vaga voglia di sinistra
che barcolla sulle gambe della storia.
Ebbene, amici, cerchiamo di dimenticare
e ricominciare da capo!
Cerchiamo di andare avanti da soli,
ricostruiamo la nostra identità
con la forza di proporre cose nuove e argomenti nuovi!
Niente più comunismo!
Niente più bandiere rosse, falci e martelli
sul nostro cammino!
Ebbene sia! Saremo soli, e ai nostri elettori
dovremo mostrare qualcos'altro...
Ma so bene che sarà difficile scacciare le ombre nere
che gravano sul nostro futuro...
Anch'io ho paura amici,
cosa faremo adesso?
Dove andremo?
Guardiamoci negli occhi, cari colleghi.
Senza più comunismo
a che cosa serviamo noi democristiani?

## CONTESTO STORICO

*Io Palmiro Togliatti eccetera eccetera, me auspico che*

*tutti 'sti alpini vadano a mori' ammazzati: primo, perché so' fascisti, secondo, perché puzzano de grappa, e me auspico che la Jugoslavia faccia uguale co' li caschi blu e che se ripii tutto da Trieste a Perugia.*
*Hegel? Divino!*

*Allego fotocopia*

## USTICA

Tutta l'aeronautica è con voi!
Qui con voi a solidarizzare,
contro questo indegno processo ai generali,
contro questa ignobile e sciocca
crociata antimilitarista!
Siamo tutti qui,
per sostenervi in questa guerra della sfiducia,
per difendervi da chi spara a falsi bersagli,
da chi insulta l'arma che lo ha sempre difeso,
l'arma che ha sempre servito lo Stato,
che ha servito la gente.
Sì! Siamo tutti qui,
contro chi ci accusa di strumentalizzazione!
Tutti qui, contro chi ci accusa
di inefficienza,
di indolenza,
contro chi ci accusa di irresponsabilità e di leggerezza,
contro chi ci accusa di incoscienza,
contro chi commette gli errori e poi vuole addebitarceli.
Sì! Siamo tutti...
Ragazzi, ma chi c'è rimasto al radar?

***

*Ama il tuo prossimo*
*come nessun altro al mondo.*

## UNA GRANDE AMICIZIA

Tra noi, amore mio, c'è una grande amicizia.
Quell'amicizia che non ha bisogno di prove,
che non ha bisogno di verifiche,
quell'amicizia che da sola acquista il valore di
mille pegni d'amore,
mille mazzi di fiori,
mille melense parole,
che illumina di sincerità i nostri sguardi offrendoci
sempre la certezza
su di noi e sui nostri sentimenti.
Un'amicizia che ci fa dono della fiducia, che cancella con
un sorriso i 'Dove eri?' e i 'Con chi eri?',
che sigilla con una carezza tutte le promesse che ci siamo
fatti: di rimanere sempre uniti e puri nella nostra unione,
un'anima sola, un corpo solo, una sola limpida coscienza.
Se fosse solo amore pagheremmo con mille tormenti,
con mille dubbi la nostra felicità...
ma al di là dell'amore
io ti sono amico;
al di là dell'amore
tu mi sei amica.
E io la sento, amore, questa grande amicizia tra di noi.
Con tuo marito, meno.

## ESTERNAZIONE

Molti lo trovano ridicolo,
trovano i suoi scatti d'ira
impulsivi e irragionevoli.
Molti trovano patetico che si sia fatto
strumentalizzare dall'opposizione,
strumentalizzare dalla Lega e dai missini,

dato in pasto alla stampa per affondare il suo stesso partito...
Molti ancora trovano ridicole le sue morbosità
per i carabinieri e per la televisione...
Altri, infine, trovano pietose le sue risse con i giudici,
stonate le liti con l'opposizione,
comica la minaccia dei misteriosi dossier...
non dico che abbiano torto:
forse sarà un presidente emotivo;
forse sarà un presidente stravagante e bilioso;
forse ingenuo.
Ma è il mio presidente; e mi levo il cappello quando rido!

PRESENTI

Non ci siamo dimenticati di voi.
Non crediate che preso il vostro voto
vi abbiamo voltato la schiena,
che abbiamo rubato la vostra fiducia
per i nostri inconcludenti giochi di potere.
Non ci siamo dimenticati di voi.
Siamo sempre pronti ad ascoltarvi.
Non crediate che siamo sordi alle vostre richieste,
che ignoriamo i vostri bisogni...
che ora che i giochi sono fatti
non ci interessate più.
Si ha un bel dire di questo scollamento
tra società e potere!
Che la politica è lontana dalla gente!
Ma noi non vi abbiamo lasciato soli,
diteci tutto!
Noi vogliamo le vostre critiche,
vogliamo ascoltare tutto ciò che volete dirci:
che siano accuse,
che siano proteste,

che siano lacrime,
che siano grida...
non abbiate timore.
...Parlate dopo il segnale acustico.

***

*Per cambiare veramente le cose*
*ci vogliono le idee.*
*Io ci metto questa.*

***

## L'ULTIMO COMUNISTA IN ORBITA

Sei rimasto lassù per troppo tempo,
compagno astronauta,
è brutto sentirsi abbandonati...
guardare impotenti senza avere la possibilità
di alzare un dito, di dire una parola
mentre il tuo Paese cambia e noi cambiamo con lui.
Esiliato lassù, senza poter partecipare
a questa nuova rivoluzione
che ci chiama tutti, in prima persona,
a dimenticare e ricominciare da capo
affrontando i giusti sacrifici che tutto questo comporta.
Sei rimasto lassù troppo a lungo,
compagno astronauta,
è brutto sentirsi abbandonati...
Oggi il nemico dei nostri padri ci fa da padre,
ci sostiene e ci guida, ci nutre e ci rimprovera.
Il nostro Paese ci chiede coraggio.
Noi soffriamo la fame, compagno astronauta,
i negozi sono vuoti e facciamo ore di fila
per una pagnotta che ci costa una settimana di stipendio,
ma oggi sta a noi, finalmente, decidere di quel pane.

Tutto è cambiato, niente è più come prima...
Tu sei rimasto lassù per troppo tempo,
compagno astronauta,
ADESSO TOCCA A NOI!

## DIETRO

Dietro tante belle cifre
c'è qualcuno che si sta prendendo gioco di voi,
qualcuno che conta sulla vostra *buona fede*
per rimescolare le carte in tavola,
che vi distrae con falsi problemi
per nascondervi i problemi reali.
Dietro tante belle promesse
c'è qualcuno che si prende gioco di voi,
qualcuno che tenta di ingannarvi, che, sapendovi ingenui,
conta sull'efficacia dei mezzi più scorretti
per convincervi che il nemico è un altro,
possibilmente un suo nemico.
Qualcuno che sta facendo leva
sulla stessa vostra curiosità
per deviarla dove essa non può nuocere,
o dove, manipolata,
può addirittura tornare a suo vantaggio!
Dietro questa ingannevole nebbia
c'è qualcuno che si prende gioco di voi.
Per smascherarlo unisci i puntini dall'1 al 64.

## PERDUTO AMORE

Cosa ci resta dei nostri ricordi?
Cosa ci resta del nostro perduto amore?
Quando ci siamo lasciati eri alto, magro e muscoloso,

con una folta chioma di capelli biondi.
Quando ieri ti ho rivisto eri un nano,
grasso, calvo e flaccido,
con due orribili baffi incolti e neri...
Ma perché fingere di non riconoscermi?

***

*Queste nuove forme di protesta*
*sono tutte fasciste e reazionarie.*
*Andrebbero curate con l'olio di ricino!*

***

FEDERALISMO

Parliamone...
Nessuno vuole abbandonarli al loro destino,
nessuno vuole fare una nazione dei ricchi
e una dei poveri...
Vogliamo dargli degli aiuti economici?
Parliamone!
Vogliamo aiutarli a liberarsi della mafia?
Parliamone!
Vogliamo aiutarli a ricostruire il Paese?
Parliamone!
...Ma non a tavola

GIOVANI QUERCE

Che facciamo adesso?
La nostra stessa identità, la nostra nuova identità,
si è formata e rafforzata nell'opposizione...
Possiamo insistere su questo governo di programma...
ma sarebbe pur sempre un governo:

ci troveremmo all'opposizione dell'opposizione
e i compagni elettori
potrebbero voltarci le spalle o, peggio,
andare dai fottuti antidefezionisti...
Possiamo restare nell'opposizione...
ma se poi il programma di riforme va in porto
senza di noi
rischiamo di restarci per sempre...
Che facciamo allora?
Come si può essere una forza di opposizione
e di governo nello stesso tempo?
...Tutto è così diverso... ora siamo un partito nuovo...
siamo una cosa nuova... una forza nuova...
una forza giovane... una forza *molto* giovane... ecco!
Siamo troppo giovani per decidere;
dateci la forza per cambiare le cose!

## DOPO QUARANT'ANNI

Dopo quarant'anni,
è facile dirci che abbiamo piegato le istituzioni,
legiferato a nostro esclusivo beneficio
per poter avvantaggiare le nostre lobby industriali,
di aver soffocato l'iniziativa della piccola industria
e dell'artigianato,
di aver affondato le mani nella cassa del mezzogiorno,
nei fondi per i terremotati...
Dopo quarant'anni,
è facile farci i conti in tasca e scoprire
che attraverso mille appalti e speculazioni
abbiamo rubato il denaro dei contribuenti.
Facile accusarci di aver strumentalizzato i servizi segreti,
di aver strumentalizzato il terrorismo, sia rosso sia nero,
per destabilizzare la democrazia

non appena si prospettasse la possibilità di un'alternativa
alla guida del Paese...
Dopo quarant'anni,
è facile sospettarci di aver mentito sistematicamente
agli elettori,
di aver gettato sempre fumo negli occhi,
costruendo falsi colpevoli, colpevolizzando
degli innocenti.
Di aver abusato del voto segreto per assassinare,
con un esercito di franchi tiratori, quelle leggi
che noi stessi, poi, avevamo proposto ai nostri elettori...
Dopo quarant'anni,
è facile accusarci di aver abusato
dell'immunità parlamentare
per chiamarci fuori da tutte quelle inchieste
in cui spuntavano continuamente i nostri nomi...
Dopo quarant'anni è facile...
ma sapreste riuscirci in quaranta secondi?

***

*Il pericolo è il mio mestiere,*
*farsi del male no.*

***

EPITAFFIO

E quando sarai in terra, sfumato nell'asfalto e nelle roride crepe che tu stesso hai provocato con la tua misera carne, vorrai ancora alzare gli occhi e ancora guardare, ma essi, inghiottiti dalle loro stesse orbite, vedranno soltanto il nero tumefatto della buia cervella...
Vorrai ancora respirare l'aria... sentirla gonfiarti i polmoni...
Ma come fragili sacchi della mondezza che osarono un

carico di cocci e di breccole, essi non potranno, ormai lacerati e cuciti da uno spezzatino di costole... (inoltre la trachea è rientrata nell'esofago).
Vorrai bere un sorso d'acqua fresca ma i denti hanno crocefisso la lingua al palato in un macabro, nonché ermetico, tappo di carnepesta e saliva.
Vorrai gridare, ma la lingua... solito problema.
Vorrai correre ma il femore e il pancreas hanno fatto amicizia tra le tiepide viscere...
Allora magari ci farai un pensierino su quell'antenna parabolica...

## MAFIA E POLITICA

Sono contento che sia finita.
Continuare così avrebbe logorato la mia integrità,
la stessa mia vita e quella di chi,
suo malgrado,
si trova al mio fianco.
Non sapere con chi stare, vivere per sé stessi
e contro sé stessi...
Sono contento che mi abbiano scoperto,
non la considero una punizione,
non lo considero un castigo.
Il vero castigo è vivere nel terrore,
essere costretti a mentire a sé stessi
e a coloro che ci amano.
Vivere nel terrore di essere scoperti, smascherati,
messi a confronto con i valori traditi.
I propri valori.
Sono contento che sia finita.
Oggi posso ricominciare da capo:
sono pronto,
so come ritrovare l'entusiasmo di lavorare per ciò in cui

si è sempre creduto, per la fede che si è scelta.
Il futuro non mi spaventa,
saprò redimermi,
saprò come farmi perdonare.
Sono un uomo nuovo oggi, a sessant'anni,
com'ero nuovo a venti quando cominciai.
Come allora non avrò paura.
Sono contento che mi abbiano scoperto.
Sono contento che sia finita.
La politica, tra l'altro, questa politica non mi è mai piaciuta granché...

## UNA CASA PER TUTTI

Noi pensiamo che la casa sia un diritto di tutti.
Quando due persone lavorano,
producono reddito e pagano le tasse,
il minimo che possiamo fare
è GARANTIRE loro una casa;
senza per questo inquisirli,
senza spiare nella loro vita privata,
senza interrogarli sui loro gusti sessuali.
Sono cittadini di questo Paese,
un Paese che aspira a essere civile e moderno,
abbandonando ignobili persecuzioni
e rancidi moralismi...
Vogliamo dar loro ciò di cui hanno diritto
e vogliamo farlo senza indagare
se siano una coppia eterosessuale o omosessuale.
Oggi per voi c'è una casa degna dove poter costruire il vostro futuro!

Solo non residenti o foresteria

***

*Sono solo un sex symbol,*
*e vorrei essere lasciato in pace!*

***

## OSIRIS

Benvenuta, amore mio!
Siediti sulle mie ginocchia!
Ho qualcosa da dirti, qualcosa da darti;
non è molto: solo un pensiero per te,
nata d'estate,
quando il sole versa copioso asfalto
nelle scarpe del manovale...
Solo un pensiero per te,
nata d'estate;
nata dal sole,
che gli Egizi chiamavano Osiris...
Per te, nata d'estate;
nata dal fuoco e dalla luce,
per te che illumini a giorno la mia vita,
e mi dai calore,
e mi dai forza...
Mentre io per te ho solo un pensiero,
solo un pensiero per te,
nata d'estate
...quando i negozi so' tutti chiusi.

## ADDIO

Ci rimpiangerete!
Quando capirete la frattura istituzionale
che avete determinato col vostro voto,

voi ci rimpiangerete, elettori!
Rimpiangerete i nostri volti,
rimpiangerete la nostra coerenza...
Ma questo non è più il tempo delle parole:
avete detto 'no' a tutti gli sforzi
di ricucire il tessuto connettivo della vita politica.
Avete detto 'no', ci avete dato il benservito,
siete stanchi di noi?
Ebbene sia!
Non vogliamo pensare a un voto irresponsabile,
avete votato secondo coscienza,
avete fatto il vostro dovere.
Ebbene sia!
In questo momento doloroso
noi vogliamo dimostrare rispetto per la vostra scelta:
in tutta la sua ingenuità, in tutta la sua emotività politica,
è stata tuttavia una scelta democratica e come tale merita
riguardo.
Nessuno vi ha mai obbligati a scegliere...
c'è chi parla di regime...
Noi ci vantiamo di averla costruita
questa libertà che oggi avete così ciecamente esercitato...
Non vi andiamo più bene?
Liberissimi, il dado è tratto, addio, allora.
Questo è un Paese libero...
nessuno vi obbliga a rimanere.

## MORIRE D'AMORE

Si dice che d'amore non si muore,
che non si muore di tradimento,
che non si muore di delusione,
che non si muore di dolore quando una coppia si
distrugge soltanto perché uno dei due vuole togliersi lo

sfizio con altri,
solo più giovani, solo più attraenti...
Quando una persona,
quella che più si è amata al mondo,
ci mortifica con volgari menzogne,
ci dimostra con interminabili, luridi esempi
che la cosa più importante della nostra vita è stata
sempre e solo
uno spietato inganno...
per giunta un inganno interessato...
un inganno per denaro...
Ditelo adesso, maledetti ipocriti!
Ditelo oggi, che d'amore non si muore,
ditelo qui, al funerale di mia moglie!

***

*Il cane è il miglior amico dell'uomo*
*e il padrone ci soffre.*

***

INTOLLERANZA

E come potevamo prendercela con voi?
Un popolo che ha sofferto la povertà,
che ha sofferto la fame.
Come potevamo prendercela con voi?
Per la diversità della vostra pelle?
Ma è una pelle che ha già conosciuto gli schiaffi
della miseria,
della sopraffazione,
delle umiliazioni e dei soprusi...
Come potevamo prendercela con voi?
Solo per la diversità della vostra cultura?
Ma è una cultura che è stata già, più volte,

umiliata,
troppe volte soffocata e zittita dalla storia,
la cultura di un popolo oppresso, derubato e sfruttato.
La cultura del dolore.
Come potevamo?
Come avremmo mai potuto prendercela con voi?
Ma poi siete venuti qui a occupare le case,
a rubarci lavoro,
a intasare le nostre strade...
molti si drogano,
molti sporcano, infastidiscono...
a volte commettete addirittura dei crimini!
...Grazie per averci offerto un pretesto.

## LA NOSTRA IDENTITÀ

In questo mondo
dove le minoranze non hanno diritto alla parola,
noi stiamo cercando una nostra identità,
noi non odiamo nessuno.
I nostri gesti sono anzi
frutto dell'odio di chi ci ha spinto ai margini,
la nostra non è violenza cieca,
ma una disperata risposta alla violenza di Stato
in cui ricerchiamo una nostra identità.
Noi non odiamo gli immigrati,
ma l'arroganza che ce li ha imposti.
È quell'arroganza che ci spinge a combatterci l'un l'altro.
Noi non rivendichiamo acriticamente un passato
di oscurantismo, di ordine e repressione,
ma vogliamo ricercare, in esso, i valori calpestati.
Non siamo cattivi.
Siamo solo dei giovani,
uguali agli altri,
forse anche più fragili.

Stiamo solo cercando la nostra identità
e quando la troviamo le facciamo un culo così!

## DROGA DI STATO

Oggi ne sono fuori,
tutto ciò che resta è un incubo, un brutto sogno dal quale sono riuscito a svegliarmi. Sono stato fortunato.
Perquesto voglio lottare contro questa assurda idea, questa macabra trovata che può portare solo altro dolore, altro male a quelli che hanno avuto meno fortuna di me.
Per questo voglio oppormi a chi propone
la liberalizzazione della droga.
Forse questi signori ignorano a cosa va incontro, cosa deve affrontare un tossicodipendente per procurarsi la sua dose quotidiana.
Forse ignorano che per procurarsi il denaro, i soldi per pagarsela, è spesso costretto a rubare. Rubare ai genitori, se ne hanno, agli amici. E poi a chiunque: ai pensionati, ai deboli, a chi non può difendersi.
Forse non sanno che per quei pochi soldi, quei pochi *maledetti* soldi, una persona che ha la colpa solo di essere nata debole in un mondo di belve, è costretta a fare a sua volta del male, a colpire con spietatezza, a commettere crimini e delitti, a servire i veri criminali, a sporcarsi le mani per dei ricchi assassini... costretta a dimenticare i propri princìpi e i propri sentimenti, a cominciare dall'umana pietà.
Io di questa PIETÀ, di questa voglia di andare incontro al prossimo, di aiutarlo e di soccorrerlo se ne ha bisogno, mi sono finalmente riappropriato.
Fatelo anche voi, egregi signori!
La liberalizzazione della droga, la 'droga di Stato',
è un'idea impietosa e crudele!
A cosa potrebbe arrivare? A quali efferatezze?

Quali azioni disperate e orrende giungerebbe a compiere un povero drogato, per permettersi di pagare il ticket?

***

*CiocoSnack:*
*Farina tipo 0, uova, cacao, latte,*
*zucchero, nocciole.*
*Non disperdere nell'ambiente.*

***

UNA MANO

Stiamo organizzando le forze dell'ordine affinché la criminalità e la corruzione vengano spazzate via dal nostro Paese.
Non è facile:
anche nelle forze dell'ordine c'è disonestà e corruzione,
ma se voi ci date una mano possiamo farcela.
Stiamo varando una serie di dolorose ma sane
riforme fiscali
affinché lo Stato possa risanare il debito pubblico.
Non è facile:
dove ci sono grossi interessi c'è disonestà e corruzione,
ma se voi ci date una mano possiamo farcela.
Stiamo lavorando affinché il potere di acquisto della lira
si rafforzi e si possa entrare a far parte dell'Europa
a testa alta.
Non è facile:
disonestà e corruzione sono ovunque,
ma se voi ci date una mano possiamo farcela.
Vogliamo riformare l'informazione per far sì che gli interessi dei privati non prevalgano su quelli pubblici, perché corruzione e disonestà sono ovunque: nelle amministrazioni pubbliche e comunali, nei ministeri e

nelle scuole, nelle sezioni dei partiti e nelle USL.
Ma se voi ci date una mano possiamo farcela...
non la destra,
quella con l'orologio!

## PROFESSIONALITÀ

Ciò che mi stupisce
è la totale mancanza di professionalità di certe persone;
certa gente fa il suo lavoro
in modo così sciatto
che oltre a essere improduttivo
è offensivo!
Offensivo per coloro che, scelta una professione,
cercano di fare del proprio meglio... cercano di
migliorare ogni giorno... e non venirmi a parlare di
gratificazione, è un fatto di civiltà! Di rispetto per gli altri!
Questa gente invece sembra sempre volerti dire: 'Non
me ne frega niente di quello che sto facendo, spero solo
di finire presto e andare a casa!'
Non sopporto la mancanza di professionalità.
...Guarda la polvere che ha lasciato sotto il tappeto.

## IL PATTO

Se hai capito chi siamo,
sai che il sistema della partitocrazia è vecchio
e va sostituito con qualcosa di nuovo,
ma non da altre piccole formazioni che si aggregano
e si disfano da una legislatura all'altra...
Perché, se hai capito chi siamo,
sai che i partiti vanno riformati dall'interno,
sai distinguere tra demagogia e progetti,
che è giusto parlare di onestà,

ma non è onesto farne uno strumento elettorale.
Se hai capito chi siamo,
sai che non amiamo i nostri partiti,
ma ci restiamo dentro;
che se voti il nostro partito,
forse stai votando contro di noi,
e se voti un partito avversario,
forse stai votando per noi.
Se hai capito chi siamo,
conosci la gente che vuole unirsi nelle idee,
ma rimanere divisa nelle ideologie...
Se hai capito chi siamo,
SPIEGACELO!

***

*Non insultate la mia intelligenza,*
*prendetevela con me!*

***

## LEGGI ECCEZIONALI

Non ci servono leggi eccezionali per la droga,
non ci servono leggi eccezionali per la mafia,
per la criminalità,
piccola o grande che sia...
quelle che abbiamo vanno bene,
non distraiamoci con falsi problemi!
Non perdiamo tempo a discutere di competenze
e di disposizioni,
di territori e di giurisdizioni,
di superprefetti e supermagistrati...
Perdersi in cavilli non servirà a niente,
non porterà a nessun risultato,
nessun beneficio,
nessun vantaggio reale.

Cos'è questa foga legiferatoria?
Non ci servono leggi eccezionali,
ci sono già delle buone leggi,
abbiamo delle ottime leggi...
Ci basti non applicare quelle!

## ESSERE E AVERE

Per tanti anni ho lavorato
solo per diventare ricco,
ho dedicato tutta la mia vita al denaro,
ho sognato ville in campagna,
auto costose e abiti firmati...
Ho sognato consigli d'amministrazione, quotazioni in borsa, fabbriche da dirigere, giornali da controllare...
Ma oggi che ho ottenuto tutto questo,
la mia vita mi sembra vuota.
Davvero non c'è altro?
Certo che c'è dell'altro,
ci siamo noi stessi.
Oggi il mio desiderio è quello di essere,
voglio essere ricco dentro,
voglio essere apprezzato per ciò che sono,
non più solo per quello che ho.
Oggi, fra 'essere' e 'avere', non ho più dubbi,
scelgo l'essere.
Anzi, ne prendo due!

## COME DUE SCHELETRI

Ti amo ma quando ti stringo al mio petto non posso non pensare che sotto i bei tuoi neri capelli biancheggia opaco e tetro il tuo fragile teschio...
Ti amo ma quando guardo nei tuoi profondi occhi verdi li

vedo navigare in orbite vuote che presto vuote torneranno come la casa del paguro.
Ti amo ma quando mi congiungo con te e urliamo sotto le lenzuola la nostra felicità, vedo quel corpo che stringo come un castello di carte, di vertebre e costole che un giorno il vento sparpaglierà nel mondo.
Ti amo ma quando stringo le tue mani vedo i bianchi rami secchi, le fragili falangi che gratteranno la bara.
Ti amo ma quando mi sorridi vedo una mandibola appesa alla tua faccia come una stampella, in attesa che i denti uno a uno la lascino come petali di una rosa.
Ti amo ma quando penso a noi due non vedo che due orrendi scheletri che si consumano in polvere, due mucchi d'ossa sgretolarsi nel nulla...
A noi ci ha rovinato la finanziaria...

## PUBBLICITÀ TRASVERSALE

Guardate queste due macchine,
sulla rossa sono montati degli ammortizzatori normali,
sulla blu, invece,
abbiamo montato degli ammortizzatori SilverHold,
più affidabili, più pronti, più sicuri!
Su terreno sdrucciolevole e sconnesso, l'auto rossa perde il controllo, a ogni buca le ruote sobbalzano, perdono aderenza col terreno e mettono in pericolo
la vostra guida.
Le ruote dell'auto blu, invece,
tengono perfettamente la strada,
seguono docilmente tutte le asperità del terreno,
superano tutti gli ostacoli garantendo
la massima sicurezza e il massimo controllo...
comprate un'auto blu.

# Lorenzo

(1994)

## Breve glossario gergale

*Abbàda*: Stai in guardia, fa' attenzione.

*A lazziale*: Persona spregevole, riferibile nell'uso esteso anche a fatti, situazioni, stili o scelte di comportamento.

*Aspe'*: Puoi attendere un momento?

*Begalina*: Cieca. *Mezza begalina*: Quasi completamente cieca o prossima alla cecità.

*Bùrghe*: Hamburger.

*Carota*: Migliore amico di Lorenzo, di età indefinita.

*C'ha sbiancato*: A indicare stupore, paura o ammutolimento.

*C'ha incajato*: È rimasto catturato, imbrigliato, bloccato.

*Chiùmo*: Chiudiamo, sospendiamo.

*Cistifeller*: Gruppo rock splatter.

*Cordapanico*: Sport estremo: una fune robusta viene sollevata ai due lati della strada per disarcionare ignari motociclisti.

*Diesseché*: Dipartimento scuola educazione.

*Erbo*: Ermo (da: 'Sempre caro mi fu quell'ermo colle').

*Féve*: Fece.

*Filofia*: Filosofia.

*Gufer* (forma abbreviata: *er Gufe'*): Marca o modello di ciclomotore.

*Icsi e ipsi*: Plurali facoltativi di X e Y.

*I Fratelli Foscoli*: Ugo Foscolo.

*Lachèccia*: Ketchup.

*Làra*: Diploma di maturità o superiore. *Làre*: plurale (*'na làra, du' làre, tre làre*).

*Machettestanventà*: La tua versione dei fatti è insostenibile (variante: *Mestappiàppeccù?*).

*Maddeché, maddechéahò*: Ma cosa stai dicendo?

*Mandoabitidu?*: (*inglese*) Da dove vieni?

*Mannace 'na cartolina*: Chissà quando e se ci rivedremo.

*Membro interno*: Viene interpretato come doppio senso a sfondo sessuale. Lo stesso avviene, meno comprensibilmente, per l'espressione scolastica 'cappello storico'.

*Modella*: Donna ideale.

*Modellismo*: Studio del corpo umano delle modelle.

*Modidà*: Me lo dovresti dare.

*Modidadà*: Me lo dovresti proprio dare.

*Modiproposicchédadà*: Lo esigo immediatamente.

*Numeri cuccioli*: Esponenti di potenza.

*Pus Jordan*: Musicista, leader del gruppo Flora Batterika insieme a Syd Pancreas.

*Reganadi*: Recanati.

*Rimorchiella*: Sport estremo: prendere la metropolitana al traino agganciandosi dal motorino per mezzo di un gancio o manico d'ombrello.

*Sacchi*: Migliaia di vecchie lire. Due sacchi corrispondono grosso modo a un euro.

*Sàmo*: Sappiamo.

*Scienze patetiche*: Biologia del corpo umano femminile.

*Secernere*: Scaturire, fuoriuscire di liquidi (*secernere sangue dal nasale*: rottura dei capillari.) Compare anche nelle forme difettive del participio passato e del passato remoto *secernùto, secernétte.*

*Sèpane*: Senape.

*Si féve*: Si provocò.

*Staffà?*: Che cosa stai facendo?
*Staffà du?*: (*inglese*) Che cosa stai facendo?
*Stai a sforma'*: Stai reagendo con poco fair play.
*Stùmo*: Studiamo.
*Tavolino*: La lettera pi greco, l'unica che Lorenzo crede di identificare nell'alfabeto greco.
*Tolomao*: Sistema tolemaico (pl. *Tolemai*).
*Toomannaddì*: Fidati di ciò che ti dico.
*Uozzagliù?*: (*inglese*) Come ti chiami?
*Vàjece*: Incoraggiamento a un'azione in corso. Regge la particella de (*vàjece de capoccia, de gamba, de chitara*).

# Avanzi: la nascita di Lorenzo

## EI FU

LORENZO (*Nascosto in un angolo dello studio sta parlando al telefono con il Carota*): Er panico, ahò!

Ma che sta' a scherza'?

*Ma chi è? Ma è Lorenzo! Dove si è nascosto?*

LORENZO Ma chi? Ma je do du' pizze che la rivorto...

Ma che sta' a di', ahò? Ma l'hai vista che è? Ma de che è fatta? Ma è lazziale, ma che sta' a scherza'?

*Ma dov'è? Scusate... Io lo sento dall'odore...*

LORENZO (*sempre al telefono*) Ma ringrazia Dio...

*Io seguo la traccia dell'odore...*

LORENZO A Carota, maddechéahò! Ma mettete 'a cuffia, a Carota! Ma ringrazia Dio... Perché j'ho voluto bene, ma me la rivorto quanno me pare, la butto per tèra e je cammino sopra cor motorino! Ma chi? Ma stai a scherza'? Ma perché è donna! Ma che stai a scherza'? Ma se la pijo...

(*Lorenzo si è accorge della presenza e cambia tono.*)

LORENZO Grazie, pressore'! So' stato bravo di studiare? Sì, puttroppo infatti mi piace molto tutta 'a materia. Sì, per merito di lei... No, non è mia madre ma je vojio tanto, tanto bene. Tanto, tanto, tanto bene e infatti puttroppo je vojio più bene di quanto studiari...

*Ma smettila! Smettila di fare lo sbruffone col Carota! Vergognati! Ma che credi che non t'ho sentito? Vieni qua!* (*lo prende per un orecchio*)

LORENZO Bada, ahò, che secerne...

*Sempre a fare il cretino e mai a studiare...*

LORENZO Infatti stavo parlando di materie di italiano. Mi piace di studiare la materia...

*Bugiardo! Capito? Una figuraccia con tutto lo studio e con tutta la gente a casa: hanno sentito tutti!*

LORENZO Ma che c'avete i lazziali nei microfoni, ahò?

*Ma sei scemo? Ma non lo vedi che c'hai qua? Questo è un microfono. Ti sentono qui e in tutta Italia.*

LORENZO Sì?

*Sì!*

LORENZO Sì?

*Sì!*

LORENZO A lazziali de mmerda!!!

*Basta! Siediti qua!* (*strattonandolo lo fa sedere a un banco di scuola in un angolo dello studio*)

LORENZO Bada, ahò...

*Mi esasperi Lorenzo, io devo lavorare!*

*Adesso ti metti qui e fai un bel tema, capito?*

LORENZO Maddechéahò!

*Seduto e scrivi. Titolo del tema... l'ho preparato io...* (*con voce flautata al pubblico*) *Se volete scriverlo anche voi – se per caso qualcuno da casa lo vuole fare, fate pure – poi in caso me lo inviate e io ve lo correggo, ché mi piace. Allora... titolo: 'Ei fu siccome immobile dato il mortai sospiro... Così comincia* Il cinque Maggio, *la poesia del grande Alessandro Manzoni, che più incarna quella passione civile, quel furore democratico di cui oggi tutti sentiamo il bisogno.*

*Quale sentimento, quali speranze ti ispirano questi versi nell'immedesimazione della tua vita quotidiana di giovane alle soglie del 2000?' Bello, eh? Svolgimento... Hai scritto? Forza... di giovane alle soglie del 2000...*

LORENZO Du' sacchi, poi?

*Cosa?*

LORENZO Du' sacchi, poi?

*Ma che due sacchi! Del 2000 e punto interrogativo.*

LORENZO (*scrive*): «...'nterrogativo...»

*Ma che scrivi punto interrogativo?*

LORENZO Interrogativo con quante ere? Quattro? Cinque?

*Lorenzo devi capire che tu sei giovane e nel 2000 il mondo sarà in mano vostra!*

LORENZO Mia e der Carota?

*Ma no! Voglio dire: voi costruirete un mondo migliore, ormai noi quello che abbiamo fatto abbiamo fatto! Stiamo nelle vostre mani... Non so, come lo immagini il tuo futuro? Avrai la possibilità di cambiare tutto, capisci... Che vorresti fare?*

LORENZO Posso anda' ar bagno?

*No! Da questo momento non parli con nessuno, immobile al banco e scrivi solamente...*

(*Lorenzo si mette a fare pallette di carta e aeroplanini che tirerà agli ospiti e al pubblico per tutto il tempo della puntata. Passa mezz'ora.*)

LORENZO Pressore', pressore', pressore'...

*Lorenzo, che c'è?*

LORENZO Posso chiede' puttroppo un dettaglio particolare che non ho capito che c'è scritto... praticamente...

*È già passata mezz'ora, ti ricordo, eh?*

LORENZO Io praticamente... Che devo fa'?

*Stai facendo il tema scritto di italiano! Come che devi fa'?*

LORENZO La scrittura mia su fojo di stendere proprio... Infatti puttroppo avevo capito...

*Ma che avevi capito? Tu devi fare il tema! Devi riempire tutto il foglio protocollo...*

LORENZO A seconda der titolo...

*Devi riempirlo, oh! È già passata mezz'ora, guarda che il tempo finisce!*

LOCHE Ma dài che sono antichità questi compiti scritti.

*Ecco fatto, tempo scaduto, consegnare!! È arrivato il momento: consegnare!*

LORENZO No, aspe'...

*Ma guarda...*

LORENZO Aspe', aspe', ho finito... Aspe', aspe'!

*No, no. Consegnare!*

LORENZO Ho finito, aspe', aspe'...

*Finito, forza. Qual è la brutta? Avanti!*

LORENZO La brutta nessuna, so' belle tutt'e due! Di gusti tuoi... A me piace questa, è carina, c'ha 'sta macchia de chèccia, c'ho incartato la pizza, je so' affezionato... Questa invece c'ho colorato...

*Leggi il titolo, forza.*

LORENZO Il titolo?

(*Lorenzo 'legge' un titolo incomprensibile, pieno di suoni gutturali.*)

*Ma che lo leggi in inglese, Lorenzo?*

LORENZO È italiano? Va be', comunque inglese te lo possono chiede', all'esame: possono chiede' tutto. Te fanno 'a trappola, ahò, è pe' esse' precisi...

*Lorenzo, è* Il cinque Maggio *di Manzoni. È italiano, mi avevi promesso di impararla a memoria. Forza...*

LORENZO Maa studierò... Avoja...

*Come 'me la studierò'? Avevamo fatto un patto:* Il cinque Maggio *la dovevi sapere a memoria.*

LORENZO Ma stamo ar 12 marzo, ahò! Ma c'hai fretta?

*Dài, forza Lorenzo! Leggo io. Il titolo era: 'Ei fu... dato il mortal sospiro... Così comincia* Il cinque Maggio, *poesia del Manzoni, che in più incarna quel senso civile, quel furore democratico ecc, ecc... quali speranze nella tua vita quotidiana di giovane alle soglie del 2000?'*

LORENZO (*legge*) Le soje der 2000 so' cotte tutte ar forno magnetico. Incarnano tutto il furore democratico di cui sentimo er bisogno di magnasse.

*Le soje? Che sono?*

LORENZO Le soje dii pesci, no? (*riprende a leggere*) Er Carota se magna i pesci co' tutta 'a capoccia, l'amo e le spine che ar piano de sopra j'ha svotato l'acquario esotico tutta l'acqua che nella mia vita quotidiana di giovane non me so' mai ammazzato tanto da ride'. Leopardi, puttroppo lui c'aveva la gobba che a toccarla porta fortuna anche se può secerne' muco. La donna, il Manzoni la vede religiosa che ci crede ancora a Dio e magari pure ao scudetto della Lazzio. Leopardi, la donna non la vede proprio siccome è gobbo però si potrebbe dire invece portatore di handicap ma lui l'handicap nun se lo può porta' perché già se porta 'a gobba. Infatti puttroppo lo scherzo del carci sulla schiena nun è piacevole ma è tale per noi che siamo cinque contro uno e poi magari a Leopardi lo riformano perché è inabile come er Carota che quando aiuta le vecchie ad attraversa' 'a strada a vorte le lancia contro er camion che se le porta via sur raccordo.

*Ma che tema è, Lorenzo? Ma che hai fatto tutto il tema su Leopardi, sulla gobba?*

LORENZO Io ho preparato Leopardi, ahò!

*Sì, certo, ma se poi all'esame ti chiedono Verga, Foscolo...?*

LORENZO E mbe'? Je lo riporto a Leopardi. Je riporto tutto a Leopardi... ahò, li porto ando' me pare...

*Sì, va be'... intanto sei uscito fuori tema!*

LORENZO Nun me so' mai mosso da qua, ahò! Che so' uscito? Maddechéahò!

*Per punizione, assisterai adesso alla lezione del professor Ghezzi che ti fa tanto bene...*

LORENZO Forse non tutti sanno che il professor Ghezzi andava al liceo... Leopardi...

(*Sullo schermo appare Enrico Ghezzi che inizia una sua presentazione fuori sincrono. Lorenzo si addormenta istantaneamente.*)

## 'A MANO DER CAROTA

*Lorenzo, Lorenzo!! Finalmente! È una settimana che ti cerco, oh!*

LORENZO Mbe'?

*Mbe'? Come mbe'? Guarda che io ho la tua responsabilità, hai capito?*

LORENZO Ma che mestappiàppeccù?

*Ma come ti sto prendendo in giro! I tuoi genitori torneranno prima o poi da questo maledetto viaggio intorno al mondo e io ti devo riconsegnare integro. Che hai fatto? Dove sei stato?*

LORENZO Ahò, so' stato ar muretto cor Carota, er Pezzetta... amo dato foca, amo fatto i botti. Amo fatto er panico, ahò!

*Er Carota, er Pezzetta: chi sono, compagni di classe?*

LORENZO Mandoabbiti, ahò? Er Pezzetta c'ha cinquant'anni!

*Oh, addio...*

LORENZO (*entusiasta*) Amo fatto i botti, amo dato foca a tutto...

*Lorenzo, basta! Potrebbe essere molto pericoloso!*

LORENZO Anfatti ar Carota j'è partita la mano!

*Ah!*

LORENZO Mo' quando se mette l'orologio je casca pe' tèra!

*Ma è terribile...*

LORENZO L'ho portato in macchina ar Policlinico!

*Ma come? Non hai neanche diciott'anni: non hai la patente!*

LORENZO Maddechéahò! Ha guidato lui, ma co' 'na mano sola: pò sterza' soltanto a destra. Non pòi capi' la caciara pe' fa' la conversione a U...!

*Lorenzo, adesso basta. Tu adesso non ti muovi da qui vicino, hai capito?*

*Scusatemi, mi è capitata questa croce... Io sto lavorando, Lorenzo, ti rendi conto?*

LORENZO Staffà?!

*Io sto lavorando e un giorno lavorerai anche tu, Lorenzo.*

LORENZO Sì, sì, eh...

*Sì, sì, eh! Vedrai come lavori, eccome...*

LORENZO Bada, ahò, sto già a lavora', sto a cerca' 'a mano der Carota. Se trovo 'a mano der Carota, la madre me dà due piatte! Hai sbiancato, ahò!!

*Non voglio più sentir parlare della famiglia Carota! Piuttosto: tra un botto e l'altro li hai fatti i compiti?*

LORENZO (*cincischia*) Infatti puttroppo...

*Lorenzo, parliamo un attimo. Tu lo sai che io a te ci tengo. Lorenzo? Lorenzo? Ma da quant'è che non ti lavi?*

LORENZO Luglio.

*Come luglio? Da luglio tu non ti lavi?*

LORENZO Mbe'?

(*Al pubblico*) *Diciamolo: non possiamo dare tutte le colpe ai giovani, noi abbiamo le nostre responsabilità e la scuola è una struttura insufficiente, ma c'è! Quindi, bisogna considerarla. Lorenzo, ho parlato con i tuoi professori: allora, storia te la danno sicuro.*

LORENZO Maddechéahò! 'A so 'a storia, ahò!

*Non c'è bisogno che fai così, che urli? Non la sai!*

LORENZO Maa so' imparata! A pagina 47, oh! La so!

*Sentiamo!*

LORENZO Ce sta Robespierre, mbe'? C'era Robespierre co' tutti 'st'antichi romani intorno, poraccio, e allora chiama la regina Elisabetta e je manda la flotta in Malesia puttroppo co' tutti 'sti cartaginesi lazziali s'affonda... Ma 'ndo' hai studiato, ahò?

*Ma che dici? È tutto appiccicato: un minestrone inconcepibile!*

LORENZO Maddeché! 'A so...

*Non c'è niente da fare: sei una tabula rasa...*

LORENZO Li conosci puro tu?

*Chi?*

LORENZO I Tabbula Rasa: gruppo rock de metallica da non confonde' co' i Cistifeller che so' punk...

*Lorenzo, ma come faccio a spiegarti che non esistono solo i video musicali...*

LORENZO Infatti ce stanno pure i videogiochi, eh, eh!

(*Al pubblico*) *Ammettiamolo: è anche colpa nostra. Mettiamoci una mano sulla coscienza: la nostra generazione aveva sogni e ideali e cosa abbiamo lasciato a loro? Il vuoto. Hai capito? Che cosa c'avete voi? Il vuoto...*

LORENZO Mbe'?

*Come mbe'? Ma non si può vivere con il vuoto, è impossibile. Per questo ti ho portato dei libri, Lorenzo...* (*Lorenzo la guarda con aria assente*) *Tu adesso li leggi e la prossima settimana ne parliamo... Ecco, c'è Elsa Morante,* La storia: *questo è importante. E poi, Verga. Ora, Verga è la base. Io penso che alla tua età...*

LORENZO Eeeh...

*Lorenzo, mi capisci? Ti sto dando dei libri da leggere...*

LORENZO Maddechéahò! Ma non c'hai 'na cassetta?

*Ma che, la cassetta di Verga?*

LORENZO Ahò, ma queste so' 600 paggine, ahò!

Mezza pagina al giorno: ce metto sei anni! Ma che stascherzà?

*Basta adesso, vai a casa! Doccia, bistecca e spinaci...*

LORENZO No, gli spinaci no!

*Loche, lo accompagni a casa...*

LORENZO Nooo gli spinaci no! C'ho er chèccia con dentro le patatine fritte con la Coca-Cola...

*Lo sai che ho visto a Video Music? Che Cid Punk dei Cistifeller mangia gli spinaci!*

LORENZO Maddeché! Quello se magna le puntine da disegno...

*A casa! Via!!!*

## I SEPOLCRI SPOSI

*Dobbiamo studiare, caro mio...*

LORENZO Maddechéahò...

*Abbiamo l'esame...*

LORENZO Va be', tanto è un proforma...

*Sì, quattro anni in uno un proforma! Tu devi prendere sessanta sessantesimi...*

LORENZO Sì, sì, eh!

*Dammi i temi che ti ho dato da fare...*

LORENZO Bada, ahò! È che infatti puttroppo...

*Forza, Lorenzo. Non tergiversare! Quale hai scelto? Quello sull'Europa unita?*

LORENZO No! Ma che devo di'? È unita l'Europa, ma che c'è stato er terremoto, ahò? Ma che l'hanno staccata, ahò?

*Hai fatto male, perché all'esame esce sempre il tema sull'Europa...*

LORENZO Maddeché, ho fatto i Sepolcri Sposi, tanto danno sempre quello. 'O faccio adesso così poi moo porto appresso, 'o ricopio...

*Qui è illeggibile, ma che scrittura è...*

LORENZO Lazziale antico, ahò...

*Leggi tu...*

LORENZO (*sillabando a fatica*) Tema: 'Quaaal... e in nomina... e Dorodrigo...'

*Leggo io il titolo, l'ho concepito io il tema, d'altronde ho fatto il classico: 'L'Innominato e don Rodrigo, due grandi figure della parabola manzoniana sempre attuali. Che riflessioni scaturiscono se rapportati alla tua realtà quotidiana?'*

*Svolgimento.*

LORENZO (*legge*) «Anvedi Renzo che infatti...»

*Siamo già fuori tema!*

LOCHE Eh, accidenti, ma lascia che il ragazzo si esprima con parole sue...

*Scusatemi...*

LORENZO «Anvedi Renzo che infatti scaturisce una riflessione de Lucia che battendole i pezzi che lei se stava 'na caciara da panico e quell'altro se rosicò; la peste puttroppo infatti, la caciara del secolo bada coi bubboni ahò! Anvedi don Rodrigo si féve ricovera' ar Policlinico ha sbiancato con quell'altri lazziali pur ancora ai giorni nostri domenica 'a Roma ha pareggiato gli amo tirato i sassi in faccia tranne er Carota...»

*Ma non una virgola, una pausa...*

LORENZO Maddeché! Quando sei stanca te fermi, che ce lo devo scrive, ahò!

*Continua...*

LORENZO «Er Carota si è perso una gamba de sangue come ar concerto dei Pap Test ai giorni nostri rapportato a sabbato quando er Carota s'è fatto male cor cavatappi, la madre sta in pensiero e la monnezza la buttabbe la sorella piccola che colla corrente je faceva lo scherzo all'apparecchio dei denti. Caniggia non esprime ggioco.»

*Come finisce, scusa?*

LORENZO «Caniggia non esprime ggioco.»

(*Straccia il tema*) *Questo adesso lo rifai da capo!*

LORENZO E quando me rivie' così!

## L'EDUCAZIONE SENTIMENTALE

*Io vorrei scusarmi con il pubblico ma devo assolutamente controllare i compiti di Lorenzo, capisco che questa non è la sede... Forza Lorenzo, hai fatto la composition?*

LORENZO Bada che cell'ho, ahò! (*Lorenzo tira fuori un foglio sgualcito e malridotto: è la sua composition...*) «Hello! My nei is Lorenzo... Hello? Uozzagliù? My nei is Lorenzo. Im a student of my school ma n'ce so' annato mai... My favourite sport is calcetto: l'altra vooolt io e er Carota... entry puttropp a gamba tesa nel ginnok del lazziale ah anvéd up! La madre hooos riccoielo per tèra and portate him al Policlinico, puttropp infaat er Carota lo ha aspettato fòri dal Policlinico e gli ha spezzato pure l'altra! Hello!» Chiùmo...

*Ma questo hai scritto? Ma non si capisce niente... Va be'... in fondo l'inglese scritto è superato: ormai si sa che serve di più la lingua parlata... Adesso, conversation! Mi sembra che per domani...*

LORENZO Ma 'a so, yes, but de ché ahò...

*Ma che sai?! Scaldiamoci con un po' di conversazione: Hallo, Lorenzo, my cat is on the table...*

LORENZO No, your cat is... come se dice tèra?

*Ground...*

LORENZO Is sotto tèra bicose we l' emo seppellito vivo: so' già tri weeks che sta lì e non miagola più perché puttroppo infatti er cane soo stammagnà! Buò appetitooow! Interrogativa: Staffà du?

*Ma che dici? Forza rispondi... My name is Jane.*

LORENZO E 'sti cazzi!

*Basta! Fai vedere cosa nascondi dietro la camicia: che rivista è?*

LORENZO (*cercando di nascondere un giornale porno*) Maddechéahò!

*Lorenzo, il sesso è una cosa sana, ora che non ci sono i tuoi genitori devo parlartene io, non c'è niente di male se alla tua età provi certi stimoli...*

LORENZO Mbe'?

*Invece di stare ore e ore al bagno con quei giornalacci, esci con le tue compagne...*

LORENZO Staffà?

*Lorenzo, ti sto spiegando delle cose importanti, alla tua età. Per esempio, quella ragazza che telefona sempre a casa, Francesca, ti piace?*

LORENZO Maddechéahò! Mancorahò, maddeché?

*Ma come, hai scritto il suo nome con la vernice spray su tutti i muri di casa... Invitala, portala al cinema!*

LORENZO Ancora! Cell'ho portata sabbato, ahò, ma che tutti i giorni! Ahò!

*Ah, e allora che è successo?*

LORENZO Ma no, ce l'ho portata, poi dopo un quarto d'ora er film m'appallava, l'ho mollata lì, so' andato a gioca' a stecca cor Pezzetta...

*Allora, qui bisogna cominciare tutto da capo. Prima cosa: lei lo sa che tu sei innamorato di lei, le hai parlato?*

LORENZO Ma è de coccio, ahò! Infatti puttroppo l'artra volta per scherzo j'ho pure preso a borsa, je l'ho tirata sotto le ruote dell'autobus che passava... ahò s'è messa a piagne' come un lazziale!! Tra l'altro infatti siccome questa puttroppo spesso cade...

*Francesca cade? Ma perché?*

LORENZO Perché io pijo la rincorsa e je do le spinte, siccome è timida, non c'ha esperienza...

*Stammi a sentire: non si ottiene niente con la violenza, tu devi dirle delle cose carine, dei complimenti, poi a un certo punto invece di darle una spinta, prova a darle un bacio, no?*

LORENZO Sì, lo so, però infatti siccome puttroppo però je sanguina il naso...

*Come, sanguina...*

LORENZO Se uno je dà un frontino... oppure se la becca col gomito... è timida, è de coccio, non c'ha esperienza...

*Sei una bestia! Senti, Lorenzo, ma tu piaci a lei?*

LORENZO Mahò, mandabbitateahò, massevedeahò: sur diario dell'amica sua ci ha scritto Lorenzo puzza!!

*A parte che è vero, emani un odore...*

LORENZO Ma allora puzza de più er Carota, ahò!

*È una gara...*

LORENZO Quella de matematica lo interroga sempre dar posto ar Carota maddechéahò e mbe'?!?

*Torniamo a Francesca... Ai tempi miei si faceva la dichiarazione, non volete fare più la dichiarazione, ma almeno mandate dei segnali!*

LORENZO Ma j'ho fatto salta' il motorino, ma che devo fa' deppiù, ahò!

*E questo sarebbe un segnale?*

LORENZO Ma l'hai visto er motorino suo che è! È tutto vecchio, scassato, ma allora facevo salta' 'na Vespa nuova! Ma sei de coccio!

*Lorenzo, facciamo così, ti spiano la strada: la chiamo io Francesca...*

LORENZO Prima te consiglio de chiama' er Pezzetta comunque...

*Chi è il Pezzetta?*

LORENZO È l'omo suo. Siccome è un po' violento, puttroppo, infatti...

## *Maddechéahò*. Come secernere agli esami

### IL PIANO DI STUDI

*Buonasera e benvenuti alla prima puntata di questo nuovo ciclo a cura del* DSCHE *dedicato agli esami di maturità. Pochi minuti al giorno di ripetizioni televisive ad uso di tutti i giovani che dovranno tra poco affrontare la dura prova dell'esame e, naturalmente, dedicato anche ai loro genitori che vivono con ansia e spesso senza gli strumenti necessari questo momento così delicato.* RAI3, *sempre sensibile ai veri problemi della gente, mi ha incaricato di condurre questo spazio didattico data – diciamo – la mia esperienza personale con Lorenzo, il ragazzo che, come tutti sanno, mi è stato affidato dai suoi genitori per un breve periodo... e invece è ancora qui a casa mia... Ecco, mi affiancherà il professor Decupiis docente di Metodologia dello studio all'università di Piacenza... Lorenzo, che non possiamo proprio definire il primo della classe, sarà per noi un utile strumento didattico per questa preparazione agli esami perché – diciamolo – se ce la fa lui, sono promossi tutti! Bene, professore, ora entriamo in punta di piedi nel tempio: nel tipico ambiente dove il maturando medio italiano si prepara agli esami...*

*(Entrano in camera di Lorenzo: lo scenario non è quello che si aspettavano... Vengono investiti dal suono assordante della sigla di testa,* Muco nasale. *Quello che vediamo non è più lo studio*

*ma una stanza completamente devastata da Lorenzo e i suoi amici. Vestiti, scarpe da tennis e oggetti sparsi ovunque. I ragazzi zompano, ballano e si fanno scherzi in un caos indescrivibile. A questa vista, il professar Decupiis fugge urlando.)*

*No, così non si può fare! Mi avete mandato via il professor Decupiis, ma scusate! Ci tenevo tanto a collaborare con lui... me l'aveva consigliato Augias! Basta! Siete impazziti?* (*raggiunge il tavolo da ping-pong e spegne la musica*)

LORENZO Staffà?

*Cominciamo male, Lorenzo: lo sai quanti giorni mancano all'esame?*

LORENZO L'esame?

*Sì, l'esame di maturità! Lorenzo, devi fare sei anni in uno: te lo ricordi?*

LORENZO Maddechéahò! Sei anni di che tipo?

*Lo sai quando ci sono gli scritti vero?*

LORENZO Boh! (*rivolto agli amici*) Sai chi lo sa questo? Er Ghiandola... Ghiandola!

*Adesso fa lo spiritoso perché ci sono i suoi amici...*

LORENZO Eh...

*Forza! Noi dobbiamo essere l'esempio per tutti gli studenti italiani che ci stanno guardando in questo momento: dobbiamo dare consigli! Qui ci vuole metodo, ordine, un ambiente sano: dobbiamo creare una situazione ideale...* (*sgombrando il tavolo dalle scartoffie*) *In realtà, la prima cosa che consiglio è di preparare un piano di studi ragionato.*

*Sono settimane che stiamo pianificando... Forza, Lorenzo, fai vedere al pubblico il piano di studi che hai preparato... Anche voi a casa ricordatevi che la prima cosa da fare è organizzare giorno per giorno, ora per ora le energie dei vostri maturandi: insomma, un piano di lavoro razionale. Forza, dov'è?*

LORENZO (*Indicando la scrivania*) E questo che è? Bada ahò, ma sei de coccio?

*Parlo del piano di studio ragionato, Lorenzo: quello con le materie... l'abbiamo fatto insieme, no?*

LORENZO Ah, lo scarabocchio? Ermito, ando' l'hai messo?

(*Lorenzo cerca tra il delirio di scarpe e bottiglie di ketchup vuote sparse in mezzo alla camera.*)

*Ti avevo detto di mettere a posto, non si può studiare in questo disordine: pieno di scarpe da tennis... Tra l'altro, ho letto un articolo americano che diceva quanto fanno male le esalazioni delle scarpe da tennis...*

LORENZO So' da calcetto queste: che te sta' a inventa'?

*Mi manca il respiro... Allora, piano di studi.* (*Lorenzo le porge il piano di studi ragionato: è sgualcito e strappato*) *Allora, dovete fare un piano di studi così... no, meglio di questo... illustriamo...*

LORENZO Mercoledì...

*Perché, lunedì e martedì non ci sono?*

LORENZO Perché qualcuno è stato strappato... è stato rollato di canna...

*Va be', facciamo mercoledì come esempio tipo. Illustra mercoledì... Avanti, forza!*

LORENZO Mercoledì: sveglia ore 9:00; sveglia ore 10:00; sveglia ore 10:30; colazione: chèccia...

*No, colazione proteica, naturalmente...*

LORENZO Ore 10:34 inglese; ore 10:35 pausa.

*No! Non avevamo messo così... Andiamo avanti!*

LORENZO Ore 10:40 matematica; ore 10:42 devi morire...; ore di mezzogiorno, materia.

*Va be', ma materia quale?*

LORENZO Va be'... materia: aggiustaggio, puttroppo, e a mezzogiorno e uno: calcetto!

*Ma come subito calcetto? Un minuto studi?*

LORENZO Ahò, già un minuto di ritardo! S'incazza quello de carcetto, ahò: devo arriva' puntuale! Famo le cose serie, ahò!

*Senti Lorenzo, non era come l'avevamo fatto: manca italiano... Dov'è italiano? È la materia fondamentale!*

LORENZO Sai italiano dov'è?

*Dov'è?*

LORENZO Ad agosto!

*Ma come ad agosto? Questo è strappato, mancano solo diciassette giorni allo scritto: io ci rinuncio... L'hai riempito almeno il modulo per l'iscrizione all'esame? L'hai perso?*

LORENZO Maddechéahò! Il modulo c'è... Luca, l'hai visto il modulo?

(*Luca si sta rollando una canna con il modulo.*)

LUCA L'ho visto, sì...

(*Lorenzo gli strappa il modulo dalla bocca. Il tabacco cade.*)

*Ragazzi, mettiamoci d'accordo subito: voi volete veramente bene al vostro amico Lorenzo, non volete che perda un altro anno, vero?* (*Tutti hanno un'aria assente...*) *Voglio dire: se pensate di rimanere qui per ascoltare le lezioni, bene, altrimenti tutti a casa, chiaro?* (*nessuna risposta*) *Non rispondete? Allora, ve ne andate?* (*assenti*) *Ok, vediamo il modulo va...*

LORENZO È un po' sbruciato...

(*Al pubblico*) *Come tutti sanno, per presentarsi agli esami di maturità bisogna compilare un modulo di richiesta, normalmente entro gennaio, quest'anno fortunatamente c'è stato il condono e siamo ancora in tempo... Allora Lorenzo, tu non hai neanche la terza media però con tutto quello che abbiamo studiato, io direi di provare e di fare il grande salto: l'esame di maturità. Te la senti di fare questi sei anni in uno? D'altronde l'età ce l'hai...*

LORENZO E mbe', che ce vò? Faccio come me pare... Li stendo: je faccio 'na dialettica che sii portano via con le bolle, me pijo pure 'na làra... se me incazzo, pijo due làre...

*Sì, questo lo vedremo... Allora puoi ancora riflettere: maturità classica o scientifica?*

LORENZO Maturità normale, tipica, modello basico...

*Ma che dici?*

LORENZO Insomma, maturo come piace a me: c'è della Roma? Maturità romanista, stadiale... oppure metallica... basta che non è lazziale...

*Forza, non diciamo fesserie... A me sembra di averti dato una buona base umanistica: metterei classica...*

LORENZO Va be', normale... la tipica maturità...

Quella proprio così, senza tante cose che non te chiedono. Che non ce tengono...

*Come, classica? Figurati... c'è l'esame di greco scritto!*

LORENZO Non se pò senza?

*No, ma che dici? È la base per una cultura classica!*

LORENZO Greco è quello che scrive strano: me so' esonerato da greco...

*Macché esonerato: quella è religione...*

LORENZO Va be', è uguale...

*Allora, Lorenzo: Nome? Cognome?*

LORENZO Boh! Dài, scrivi Lorenzo tanto me conoscono tutti...

*Come boh! Forza, quello di mamma lo so, bisogna mettere quello di papà... Non me lo ricordo: come fa?*

LORENZO Fa brutto...

*Su, è straniero: viene dal nonno tedesco...*

LORENZO (*bofonchia in un incomprensibile idioma tedesco*) Swhhrr, swhhrr, swhhrr...

*Ma che lettera è?*

LORENZO Tedesco antico, de tedeschia: scerooak...

*Va be', mettiamo quello di mamma. Allora, purtroppo come privatista non hai il tuo membro interno, quindi dobbiamo sceglierne uno...*

(*Tutti i ragazzi ridono come scemi.*)

LORENZO (*rivolto agli amici*) Dechéahò! Ma c'ha capito: sta a di' de geografia...

*Ci penso io... lo troveremo! Vediamo: data, indirizzo – il mio purtroppo: se pensate che questa stanza era il mio studio – operazioni... Che hai fatto l'appendicite?*

LORENZO Uhmm... l'anno scorso ho fatto pedalino!

*Cosa?*

LORENZO Ho fatto il calzino destro...

*Che c'entra il calzino? Ho detto operazioni mediche: tonsille...*

LORENZO T'ho detto calzino...

*Che sei andato all'ospedale?*

LORENZO Eh... al policlinico me so' operato alla calza: anvedi, siccome per un anno andava tutto bene poi ho deciso de tojelo e s'era incajato che aveva fatto presa... M'hanno fatto l'anestesia totale, ahò!

(*Un amico di Lorenzo accende la televisione a tutto volume.*)

LORENZO Bada, ahò: Videomusi!

*Ma adesso che stavamo lavorando?*

LORENZO E quella mica aspetta, ahò...

(*Tutti i ragazzi si mettono a guardare Videomusic.*)

*Bene... Si conclude qui la prima puntata di questo ciclo didattico. Abbiamo affrontato il piano di lavoro e l'ambiente più ideale allo studio; domani cominceremo subito con inglese...*

LUCA Ma che devi fa' gli esami Lore'?

LORENZO Maddeché!

## WAZZAW GLOU?

(*Lorenzo e i suoi amici buttano dalla finestra dei pomodori al riso. Inconsapevoli dei danni che stanno combinando...*)

*Eh, basta con la ricreazione: è ora di studiare!* (*agli amici di Lorenzo*) *Voi sempre qui, eh? Una casa non ce l'avete, vero?!* (*cambiando tono si rivolge al pubblico a casa*) *Buonasera e benvenuti alla seconda puntata di questo ciclo didattico di preparazione all'esame di maturità: studieremo insieme per aiutare i ragazzi... Ma qui non si respira: c'è una nebbia di esalazioni di scarpe da tennis!*

*Apriamo la finestra...*

TUTTI Nooo!!

LORENZO A tèra...

(*I ragazzi si buttano per terra...*)

*E che sarà?* (*aprendo la finestra*) *Ci vuole un ambiente sano per studiare...*

(*Non appena apre la finestra, una bandiera laziale lanciata da fuori arriva a razzo e cerca di afferrarla.*)

LORENZO Abbàda, ahò! Non la tocca': è biologica!

*Ma questo è il massimo! Ma siamo impazziti!?*

LORENZO Te contamina! Bada, ahò!

*Lorenzo, ma che succede?*

LORENZO È pazzo! Pazzo...

*Ma chi è che butta le cose così?*

LORENZO Ma sai forse chi è? Forse è il lazziale di fronte...

*Ma questo tira così? Forse gli avete fatto qualcosa... forse...*

(*All'unisono, tutti i ragazzi smentiscono scuotendo la testa.*)

LORENZO Forse puttroppo infatti soffre di questa sua squadra di merda che poi, non è colpa sua, infatti ci si nasce di natura...

*Ma che stai dicendo?*

LORENZO È genetico, ahò! Il lazziale c'ha 'na ghiandola che secerne muco al cervello...

(*Riaprendo la finestra*) *Ah sì, eh... Secerne, eh? E cosa sono quei pomodori spiaccicati sulla finestra? Chi gliel'ha tirati? Vorrei una spiegazione!*

LORENZO Se l'è tirati da solo! Te l'ho detto: è pazzo, s'affaccia e se li tira...

*Ah sì? Ma quelli non sono i pomodori con il riso che ti ho portato stamattina? Se non sbaglio quella era la tua cena.*

LORENZO Sai... forse somija. Sembra, ve'? È simile...

*Tu e i tuoi amici avete lanciato al laziale tutta la cena ricca di proteine che io vi avevo preparato?*

LORENZO Eh, forse può essere...

(*Nel frattempo Luca, munito di una maschera antigas, guanti e bastone, cerca di rimuovere la bandiera 'contaminata'.*)

*Siete dei delinquenti! Non solo non studiate mai, ma vi permettete pure di gettare il cibo dalla finestra quando c'è gente che muore di fame: vergogna! Adesso basta!* (*rivolta ai ragazzi*) *Voi, fuori: non vi voglio più vedere, capito? Mancano sedici giorni all'inizio delle prove scritte: volete farmelo bocciare? Io vi ordino di uscire di qui!* (*imperterriti gli amici di Lorenzo non accennano ad andar via. Cercando di mascherare la rabbia*) *Oh! Un po' di polso ci vuo-*

*le... Ecco – dicevamo – questo è un periodo molto duro per i ragazzi, bisogna capirli... a volte lo stress dello studio porta, per reazione, a sfogare le proprie energie in maniera un po' selvaggia... anche voi a casa cercate di capire la pressione a cui sono sottoposti...*

LORENZO Staffà?

*Sto spiegando a chi ci segue da casa... Va be', lasciamo perdere. Oggi affronteremo un ripassino d'inglese...*

LORENZO Lo so l'inglese, ahò! È madrelingua de me, ahò: hellow wazzaw glou?

*Questo che avete appena sentito è un pasticcio incomprensibile... Andiamo per ordine, Lorenzo. Vediamo le frasi interrogative, per esempio traduci questa frase: 'Vuoi un gelato?'*

LORENZO Gliès!

*No, traduci la frase 'Vuoi un gelato?'. Come si dice in inglese?*

LORENZO Ah, scusa: gliès grazziel!! Two!!

*No, Lorenzo... Trasformiamo una frase affermativa in interrogativa. Anche voi da casa; prendiamo la frase 'Tu vuoi un cane'.*

LORENZO Tipo pastore!

*No, in inglese la frase diventa 'Vuoi tu un cane?'.*

LORENZO Tipo? pastore?

*No, Lorenzo: devi trasformare una frase normale in una domanda... Prova con 'Giulia mangia la pasta'.*

LORENZO Magna la pasta invece per esempio di tiralla in faccia al lazziale?

*No, Lorenzo... Devi invertire il verbo e il soggetto: 'You want', 'Want you?'.*

LORENZO Che de you magna la pasta cor cane pastore tipo gelato, che de?

*Ah, ho capito! Forse tu vuoi usare il* do*... Giusto: il do in inglese è una particella fondamentale! Fammi una domanda col do!*

LORENZO Che du stavi a magna' la pasta? Che du? Staffà? Il gelato sì, grazie! Che du?

*No, Lorenzo: che c'entra il che? Metti solamemte il* do*!*

LORENZO Ah! Mandoabitidu? Staffà du? Come stai du? Mandoabitidu? Sarai mica lazziale du?

*No, Lorenzo, non hai capito: devi usare solo il* do, *solo il* do...

LORENZO (*canta*) Only du, On-ly-duuu!!

(*Tutti i ragazzi ridono.*)

*No, non ridete, anzi mi ha fatto venire un'idea! Con le canzoni l'inglese s'impara subito; consiglio anche ai genitori che ci seguono da casa di usare questo metodo perché la teoria a volte è arida... Prendiamo i Beatles ad esempio.* (*nostalgica e compiaciuta intona* Yellow Submarine)

*We all live in the yellow submarine...*

LORENZO Ma questa è vecchia, ahò! 'A so: (*canta sulle note di* Yellow Submarine) 'Il lazziale puttroppo sta a mori'...'

*Su, che c'entra lo slogan da stadio adesso?*

LORENZO L'hanno scopiata dallo stadio, ahò... dalla curva sud!

*Ma sì, figurati... I Beatles vengono prima: neanche sai chi sono!*

LORENZO Sì, 'o so: c'hanno le parrucche bianche, fanno il genere veneziano...

*Ma che dici?*

LORENZO Proprio sicchessì, con quello strumento de chitarra quadrata...

*L'arpa?*

LORENZO L'arpanico...

*Ma che c'entrano i Beatles con i Rondò veneziano?*

LORENZO Sì, so' dei tempi tuoi, delle bighe: infatti ai tempi dei bighels c'erano ancora le cassette de legno... non erano magnetiche!

*Sì, va be', le cassette della frutta! Ma dài, adesso i Beatles erano al tempo degli antichi romani?*

LORENZO Un po' prima in verità, tra Robespierre e i fenici...

*Sì, perché Robespierre era prima dei romani adesso?*

LORENZO J'ha spianato la strada, ahò, se non c'era lui...

*Non ce la faremo mai...*

(*Luca sintonizza la tv su Videomusic a tutto volume: Lorenzo e gli altri ragazzi voltano le spalle alle telecamere rapiti dal loro canale preferito.*)

LORENZO Abbàda, ahò! Videomusi!!

*E anche per oggi si conclude la nostra lezione: abbiamo affrontato lo studio dell'inglese con un approccio più moderno... Provateci anche voi: i risultati non mancheranno...*

## COME PREPARARSI ALLA PROVA SCRITTA D'ITALIANO

(*Lorenzo e suoi amici sono affacciati alla finestra e con una canna da pesca tirano su le piante della signora Guidotti madre del laziale.*)

LORENZO Tie', questo è pe' te! A nome di tutti, siccome ti stai occupando di studenti, di noi, di quest'esame, ti vogliamo donare questo... Tie': è tua...

*Sembrano dei bestioni, però sono sensibili... È bello! Certo, ci vorrebbe un vasetto...*

LORENZO 'O so, ma non semo riusciti a tirallo su perché c'ha incajato... ma che devo fa' tutto io, ahò!

*Basta! Adesso basta!* (*rivolgendosi agli amici di Lorenzo*) *Voi qui non ci dovevate stare questa settimana! Io non ne posso più! Adesso voi prendete questa pianta e andate in ginocchio leccando per terra a chiedere scusa alla signora Guidotti: è chiaro questo? Uno, due, tre, via!!! Buonasera! Siamo arrivati – non so come – al lunedì della settimana calda: siamo finalmente in zona esame! Che emozione...*

LORENZO Perché?

*Come perché? Non sei emozionato anche tu, Lorenzo?*

LORENZO No, perché? Deché?

*Come perché? Giovedì hai l'esame scritto di italiano... la prova più importante...*

LORENZO Ah, già che quest'anno ce sta l'esame...

*Io direi, caro, di andare subito alla correzione del tema perché a me questo tema mi preoccupa: è importante, è la prova fondamentale dell'esame. Vogliamo correggere il tuo tema anche con i ragazzi che ci seguono da casa?*

LORENZO Il mio?

*Sì, vogliamo tirare fuori il tema – che hai sicuramente scritto – visto che stiamo qui per lavorare...*

*(Lorenzo tira fuori di malavoglia il compito: è un foglio di quaderno malridotto e sgualcito.)*

*Be'... mi sembra un po' poco... non ti sei sforzato. Rileggo il titolo che avevo assegnato: 'Apro il giornale e rifletto. In questa difficile fase di transizione, quali prospettive e quali cambiamenti si possono intravedere per la società?'*

LORENZO E va be' però, in questo momento mi sembra che non c'è molto da dire...

*Un momento... È un tema sull'attualità: come non c'è molto da dire, Lorenzo? Questo è proprio un momento pieno di avvenimenti: è in atto un cambiamento nella società...*

LORENZO Adesso però si tratta di aspettare, siccome tanto le cose speriamo – io spero – che cambierà qualcosa ma per adesso... Per me, non c'è molto da dire... tanto poi so' sempre le stesse facce, quindi comunque...

*È vero, questo è un pericolo. È giusto quello che dici, però non devi essere pessimista, Lorenzo: voi giovani tendete sempre a essere un po' pessimisti! Invece siete proprio voi che dovete aiutarci a individuare i volti nuovi, dobbiamo darci da fare, cercare insieme...*

LORENZO Volti nuovi? Ma magari... Ma tanto ormai quelli che ce stanno co' che li cambiamo? Co' gnente! La società è ao sbando... Chiùmo argomento che è mejo...

*Come chiùmo? Eh no, non scoraggiarti, è proprio il momento di fare piazza pulita, mandare via tutti... e sostituirli...*

LORENZO Guarda, fosse per me, pijerei tutti stranieri, eh!

*No, Lorenzo, ci manca solo che adesso andiamo a chiamare gli stranieri a governare...*

LORENZO Appunto dico: adesso er campionato è finito, che dovemo da fa'? Ce sta pure la Lazzio in coppa Uefa, er Milan ha vinto, se famo der male da soli... Maddechéahò! Che te devo di', ahò?

*Scusa, Lorenzo, non ho capito: stai parlando di campionato?*

LORENZO Eh, e mbe'...

*E la società è...*

LORENZO Della stramaggica... (*intona slogan romanisti*) Ale oh, oh!

*Ma che giornale hai letto?*

LORENZO Er «Coriere dello Spo»: quanti ce ne stanno, ahò?

*Io voglio dire una cosa: per una volta, una volta sola... una soddisfazione... Speravo che parlassi di Ciampi, di Segni...*

LORENZO Che devo di'? Che se 'nciampi nun segni!

GLI AMICI DI LORENZO (*ridendo all'unisono*) Ah ah!

*Ecco, io questo non lo leggo neanche: non c'è niente da leggere tanto! Ricominciamo da capo con santa pazienza...*

LORENZO (*completamente distratto*) Staffà?

*Se non te ne sei accorto, sto cercando di prepararvi alla prova scritta d'italiano... Forza, non perdiamo la concentrazione! Ho preparato uno schema: bisogna battere, battere sul tema! Lorenzo, per un attimo dimenticati degli orali...*

LORENZO (*risponde immediatamente*) Fatto!

*Non ne dubitavo... Vieni qui alla lavagna, ho preparato uno schema anche per voi a casa su come affrontare queste sei ore che avrete a disposizione per fare il tema scritto. Tra l'altro io ho ancora questo problema del membro interno...* (*l'espressione 'membro interno' suscita in Lorenzo e nei suoi amici ilarità senza precedenti: tutti scoppiano a ridere all'unisono*) *Non c'è niente da ridere! Non riesco a trovare il membro interno per te...* (*tutti ridono*) *Basta! Allora scrivi: venti minuti all'inizio subito per l'organizzazione delle idee; poi, un'ora e mezza anche due ore per la stesura di una brutta copia; trenta minuti di rilettura e correzione... Perché non scrivi, Lorenzo?*

LORENZO Va be', mo' lo faccio orale...

*Che fai orale, scusa?*

LORENZO Va be' su... Tanto so' quaranta minuti de ritardo, poi me metto a sede', me metto a ride', poi venti minuti per prepara' le pallette da tira' alla cozza davanti, un'ora de ricreazione, quaranta minuti per prepara' gli schemi perché sembra che dopo c'è calcetto – pare che hanno messo l'esame proprio in concomitanza co' la partita de calcetto... – e poi, va be', a trenta minuti dalla fine copio, venti minuti per fa' la firma e poi consegno. Basta.

*Tutto molto divertente però mi sfugge un piccolo dettaglio: quand'è che lo scrivi il tema?*

LORENZO Come? T'o ho detto: a trenta minuti dalla fine, al novantesimo, copio e consegno e segno, goal!!

(*Lorenzo e i suoi amici improvvisano una ola.*)

*Basta! Cosa copi se non hai scritto niente?*

LORENZO Mandoabiti, ahò? Me metto vicino ar termosifone e dalla tubatura arriva er tema der Carota, ahò! Ma non li hai fatti mai gli esami, ahò!

*Ah... Questa è bella! Allora stiamo freschi! Così siamo promossi sicuro... Che diploma ha questo signor Carota che scrive il tema per te? Lo voglio proprio sapere...*

LORENZO Non è che s'è proprio diplomato... Lui sta fòri cor banchetto: sta a vende' i temi. Quando ce sta l'esame di maturità, per lui quello è il periodo de lavoro, capito? Ha dovuto rinuncia' agli studi perché proprio in concomitanza de l'esame lui è impegnato, lavora di quello...

*Certo... Ma una cosa di cui tu forse non ti rendi conto è che quando ci sono i temi scritti, documento ufficiale di Stato, non entra uno spillo a scuola!*

LORENZO Sì, certo: mo' ce stanno le guardie a scuola!

*Sì, e con la pistola pure, capito?*

LORENZO Ah perché secondo te mo' la professore' me dà er titolo e io da solo moo penso e moo scrivo, moo... moo scrivo tutto da solo, moo 'nvento proprio e mo' me lo ricopio tutto da solo magari...

*Sì, esatto! E con questa manina qua!*

LORENZO Ma che te stai a inventa', ahò? Ma perché se a uno je serve un televisore se lo costruisce da solo? Ma quando mai, ahò...

*Ma che c'entra! Ma che un tema è un prodotto industriale?*

LORENZO È merce, ahò! So' gia fatti i temi: ce sta er banchetto der Carota 'ndo' ce sta tutto... Devi sape' sceglie' certo...

*Non mettere in testa alla gente queste cose! Io voglio solo dire una cosa: ma allora noi che stiamo facendo qui adesso? Giorni e giorni a ripetere...*

LORENZO Per quei poracci de lazziali che non c'hanno 'na lira, che so' scannati e che se possono compra' soltanto 20, 25 righe e je serve pe' riempi' quella cosa de storico... com'è che dici te?

*Il cappello storico...* (*anche a 'cappello storico' i ragazzi non possono trattenere le risate*)

LORENZO So' lazziali de mmerda in senso buono, però...

*Non dire queste cose che io ho un cugino laziale e lo rispetto! Basta! E poi tu chi sei che ti compri i temi? I soldi dove li trovi che i tuoi genitori non mi mandano una lira...*

LORENZO A me er Carota con quello che j'ho dato me deve da' la maturità scientifica e 'na làra all'anno: 'na làra medicinale, 'na farmacologia, una de aggiustaggio... tutte le làre madidà, madisicchédadà, con quello che j'ho dato, ahò!

*Ma che gli hai dato, scusa?*

LORENZO J'ho dato 'na macchina nova...

*Boom! Questa è la più bella: dove l'hai presa la macchina nuova?*

LORENZO Dar garage tuo... È nova, ahò!

*Tu hai dato al signor Carota la mia macchina nuova?*

LORENZO Va be'... nuova... È un po' sgraffiata, dài!

*Io sono già in causa con questo Carota, lo sai? Io chiamo subito l'avvocato Cau e glielo dico! Basta!! Questa cosa è chiusa!*

LORENZO (*imitando la voce*) Pronto, avvocato Cau? Sono... (*farfuglia una cosa incomprensibile che finisce in...*) ...ulo!!!

(*Lorenzo ride in faccia all'avvocato e gli attacca il telefono. I ragazzi ridono.*)

*Buonasera, ci vediamo domani con latino: facciamo Marziale e Catullo...*

LORENZO Ahò, ha sbiancato... Ahò, dài! Almeno pija er tema, te prego. La pianta è la tua... Ma che se mette a piagne? A me me vie' da ride... eh... eh...

## ER GUFER

(*Durante la sigla Lorenzo è affacciato alla finestra e con una corda cerca di tirare qualcosa. Tutti gli amici lo vanno ad aiutare: evidentemente è qualcosa di molto pesante...*)

TUTTI Oh, abbàda... Oh, abbàda!

LORENZO Ha abboccato, ahò!

(*Finalmente tirano su una bicicletta ma proprio in quel momento si apre la porta e loro fanno ricadere tutto: si sente un botto. Fuori campo, una signora urla come una forsennata: 'A disgraziati! Che vi siete impazziti?'*)

*Che avete fatto? Ma che rubate le biciclette dalla finestra?*

LORENZO (*facendo l'innocente*) Ma figurate! È quello der piano tèra che la lascia incustodita ner terazzo...

*Lorenzo, ringrazia che sei sotto esami e ti ricordo che mancano solo quattordici giorni allo scritto sennò...*

LORENZO Lo scritto deché?

(*Al pubblico*) *Fa lo spiritoso: d'altronde un po' d'ironia serve a sdrammatizzare l'esame!*

LORENZO Quale esame?

*Ah-ah! Basta! Sediamoci subito per la lezione di oggi e voi ragazzi se volete ascoltare bene sennò subito a casa, chiaro?*

(*I ragazzi, come al solito, rimangono al loro posto.*)

*Ma ci sentite o no? Allora fuori, chiaro?* (*nessuno si muove*)

*Bene, cari studenti che ci seguite da casa e caro Lorenzo, se ti ricordi, ieri abbiamo fatto un po' di storia...*

LORENZO Ah sì, storia amo fatto?

*Sì, abbiamo parlato delle grandi scoperte...*

LORENZO Ma con chi? Te 'o sei sognato, ahò!!

*Macché sognato... Ieri, Lorenzo: ventiquattro ore fa...*

LORENZO Cioè ieri prima di dormire?

*Sì, Lorenzo, ieri sera...*

LORENZO E poi c'è stato il dormi' de mezzo... Chiùmo...

*Cosa chiùmo? Non ho capito: ma che studiamo a fare se da un giorno all'altro non ti ricordi niente?*

LORENZO (*con espressione interrogativa*) Mbe'?

*Ecco, la memoria è il grande problema della maturità: trattenere nel cervello tutte queste nozioni, possibilmente fino al giorno dell'esame, è uno dei compiti del buon allenatore del maturando.*

*Ecco, la memoria può essere a breve o a lungo termine... nel caso di Lorenzo facciamo fatica a trascinare qualche concetto oltre il quarto d'ora...*

(*Piano d'ascolto di Lorenzo. Ingurgita pasticche da vari flaconi con etichette Historil, Geogralene, Inglesan, Scaltrex, Memorella ecc...*)

*Ci sono in commercio dei prodotti che aiutano a stimolare le facoltà intellettive dei nostri giovani e soprattutto la memoria...*

LORENZO (*con la bocca ancora piena di pasticche*) Le ho prese le pasticche, eh?

*Ecco, io le consiglio con moderazione, perché possono aiutare solo come effetto placebo, la memoria dei giovani è un meccanismo delicato, a volte oscuro... Facciamo un esperimento: Lorenzo, mi diresti per favore la formazione della Roma campione d'Italia nel campionato '82-'83?*

LORENZO (*Si alza in piedi e parte con una sparata a memoria: come una macchina ripete tutto nei particolari*) Tancredi, Nela, Maldera, Di Bartolomei, Falcao, Vierchowod, Conti, Prohaska, Pruzzo, Ancelotti e Iorio...

*Forse questo era facile... Mi sapresti dire allora, se te lo ricordi, chi si è infortunato alla prima giornata di campionato?*

LORENZO (*la risposta è istantanea*) Giovannelli!

*E vediamo se ti ricordi chi ha sbagliato i rigori della finale della Coppa Campioni in Roma-Liverpool?*

LORENZO Nun me lo dovevidafà... Conti non l'ha sbajato, ahò! So' i lazziali de mmerda che l'hanno distratto, ahò! Mandoabiti...

*Ecco, io divento matta: io non mi spiego come fa a ricordarsi tutto di calcio... e allora perché non ti ricordi niente di Carducci?*

LORENZO In che squadra giocava?

*Non c'è niente da ridere, a me viene da piangere... Ecco, questo è il classico momento in cui un genitore vorrebbe gettare la spugna... Io non spero certo che ti diano 60, sarebbe troppo, ma almeno 42 sarebbe già una soddisfazione...*

LORENZO (*indignato*) Quanto me danno?

*Eh, caro mio, non lo so: il minimo è 36...*

LORENZO No, allora non lo faccio: ar minimo me devono da da' 45...

*Lorenzo, mi fa piacere, si vede che hai un orgoglio e questo è bello.*

LORENZO Nooo, 'ste cose se dicono prima: se mi devi da' quaranta moo dici prima... Sto a sbianca' dalla mattina alla sera... allora annavo ar mare!

*Mi piace sentirti così combattivo, se ci dai dentro di più puoi anche arrivare a 50...*

LORENZO Maddeché! De più!... Allora vado a puli' le marmitte in piazzetta da Zampanò: me conviene, me danno almeno 40 sacchi...

*40 sacchi? Quarantamila lire??!! Ma che hai capito Lorenzo, pensi che qualcuno ti dia soldi per l'esame di maturità? Questo è un lavoro che stai facendo per te stesso...*

LORENZO Come per me stess'ahò! E quanto me pago? N'-c'ho 'na lira... ma che sta' a scherza'? Moo anticipate voi?

*Ma che adesso ti devo pagare per farti studiare?*

LORENZO Non dico te, ma qualcuno i soldi li deve tira' fòri.

*Ma chi, Lorenzo...*

LORENZO (*sempre più esaltato*) Nun dico te! Ma qualcuno 'sti soldi li deve tira' fòri: non facciamo a scarica barile, nun me frega gnente, fate 'na colletta...

*Forza, che se sei promosso qualcosa ci scappa...*

LORENZO Me devi compra' er Gufer...

*Cos'è?*

LORENZO Er gufer! Mandoabiti?

*Cos'è, un motorino?*

LORENZO Ma de più, ahò! Anvedi, ce l'ha quello di fronte, e adesso ce l'ha pure er Carota...

*Ah, tutti e due...*

LORENZO No, uno solo: adesso il suo ce l'ha er Carota...

*Ma roba da pazzi, che devo sentire... e poi no, guarda, il motorino non te lo compro: è troppo pericoloso...*

LORENZO No, er Gufe' non è pericoloso: è stereo, c'ha lo schermo pe' vede' Videomusi, quando sente l'assolo fa le pinne a sorpresa... è da rodeo, ahò! (*Lorenzo simula entusiasta le impennate del Gufer*)

*Va be', poi ne parliamo... Se ti applichi poi si vedrà...*

LORENZO No! Modidà... Modidadà...

*Poi ne parliamo Lorenzo...*

LORENZO No... modipoposicchedadà!

*Impara prima a parlare italiano poi si vedrà...*

(*Lorenzo, ormai in preda a un'ossessione, ripete meccanicamente la sua parola in tutte le sue declinazioni.*)

LORENZO (*ad libitum*) Modidà, modidadà, modipoposicchedadà... Eh, sì, modidà...

## IN METRO A 'RIMORCHIELLA'

(*Tutti i ragazzi ospiti nell'ex studio cercano di sfilargli il casco dalla testa: prima ci prova Luca con le mani; poi tutti insieme con un martello; infine, Lorenzo sale sul soppalco, mette la testa all'ingiù e i suoi amici ritentano nell'impresa... Quando si apre la porta Lorenzo si nasconde sotto il soppalco e i ragazzi riprendono con aria indifferente la loro solita postazione.*)

*Buonasera e benvenuti al nostro corso di preparazione all'esame di maturità! Comincia la nuova settimana del nostro ciclo didattico a cura del* DSCHE! *Queste ripetizioni accelerate ad uso dei maturandi, modestamente, hanno avuto un certo successo: i genitori mi scrivono chiedendomi tanti consigli ed esprimono an-*

*che molta solidarietà per questo mio compito quasi impossibile di preparare Lorenzo... Ma dov'è Lorenzo?*

(*Tutti rimangono zitti e immobili.*)

*Sto parlando con voi; dov'è Lorenzo? Capite l'italiano?*

LORENZO (*da sotto il soppalco dove si è nascosto*) Non c'è: è uscito credo...

*Forza, esci da là sotto: non essere ridicolo... Perché hai il casco? Non mi dire che sei andato in motorino con il Carota?!*

LORENZO No... Infatti, puttroppo...

*Ti avevo dato il permesso di andare al mare ma solo in metropolitana...*

LORENZO Eh... lo so, ma puttroppo er Carota dice che gli piace proprio di anda' in motorino...

*E hai dato retta al Carota?*

LORENZO Ho cercato accontentare un po' tutti e due...

*Sì? E allora sei andato con il casco in metropolitana?*

LORENZO No, so' andato in metro... in motorino...

*Che vuoi dire? Sei andato in metro?*

LORENZO Sì...

*O in motorino?*

LORENZO Infatti... pure: so' andato in metro in motorino...

*Lorenzo, non mi prendere in giro per favore: cioè, tu sei andato col motorino sopra la metro?*

LORENZO No dietro, a dire il vero...

*Come dietro?*

LORENZO Cioè... che nel momento in cui passa la metro, io e er Carota famo a rimorchiella...

*Ma cosa mi stai dicendo? Che è rimorchiella?*

LORENZO Ahò mandoabbitate? Te metti sul binario e quando passa 'a metro allunghi il braccio e t'attacchi a rimorchiella...

*Oh, mio dio... hai preso la metro al volo?*

LORENZO No... La prima l'ho mancata: l'autista c'ha visto, ha sbiancato, è andato fuori tema, ha deviato, no? Poi la seconda se semo nascosti meglio dietro 'a curva e prima dell'allungo swisshhh... ce semo riusciti! Eh eh! (*ride come un cretino*)

*Ma siete due imbecilli: è pericolosissimo giocare con i treni in corsa...*

LORENZO No, n'è gnente...

*Ma sei un criminale! Ma non possiamo dire queste cose ai ragazzi che ci ascoltano da casa...*

LORENZO E infatti, state attenti amici da casa a come andare a rimorchiella. State sempre indietro alla metro, mai davanti, che davanti è un po' pericoloso... Sai che è pericoloso? Il vento: 'o spostame dell'aria te pò sbatte' all'indietro all'artro binario e se passa quella de ritorno chiùmo... Io vi consiglio sempre, amici di casa, 'a rimorchiella di farla dietro perché davanti uno rischia de trovasse puttroppo come l'amico mio – er Pezzetta – che s'è trovato agganciato e ancora sta...

*Siete due pazzi!*

LORENZO 'N artro amico mio si è trovato in mezzo e l'ha agganciate tutte e due. (*mimica*)

*Sei un criminale, ma il vero criminale è il Carota! E tu ancora gli vai dietro!!! Ma cosa c'hai in testa?*

LORENZO Er casco, puttroppo, in verità...

*Ecco, in verità, levatelo subito che mi stai facendo veramente saltare i nervi. Non lo voglio più vedere 'sto casco...*

LORENZO Eh... non se ne va: me c'ha incajato de capoccia... Perché puttroppo per andare al mare, siccome il mare sta di qua e la metro va di là, prima di tutto bisogna lasciare e andarci de palo... Tocca di molla' in corsa e andacce de palo pe' frena'...

*Come di palo? Non ho capito...*

LORENZO Cioè lasciare il conducente e frenare l'inezia del decollo: il conducente... (*Mentre continua a spiegare il metodo 'rimorchiella', Lorenzo prende la rincorsa, sbatte la testa al muro e riesce a sganciare il casco...*) Bada, ahò! S'è sganciato, ahò!

(*Tutti applaudono felici.*)

*Basta, via! Io questo casco non lo voglio più vedere dentro questa casa! Anche perché abbiamo perso quasi tutto il tempo dedicato a questo ciclo didattico... questa sera dovevamo correggere la ricerchina di scienze... Tirate fuori la ricerchina di scienze che rileggo il titolo... ma cos'è 'sta cosa?*

LORENZO (*tira fuori la ricerca: è un foglio sgualcito e insabbiato*) In verità è la ricerca di scienze...

*Anche voi a casa avrete sicuramente fatto la ricerca e attraverso quella di Lorenzo potrete verificare gli errore... Avanti, leggi. Il titolo era: 'Gli elementi sulla crosta terrestre...'*

LORENZO Sì, sì, ho capito: domani me lavo!!!

*Forza... allora: 'Gli elementi sulla crosta terrestre vengono suddivisi in due grandi gruppi: metalli e non metalli. Classifica più elementi possibili in base alle loro proprietà fisiche e chimiche.' Leggi, Lorenzo: cosa hai scritto...*

LORENZO «Gli elementi sulla crosta terrestre si dividono in Metallica e non Metallica. I Metallica nascono il 9 maggio a casa di Hugh Tanner, dove Lars Ulrich – vero nome Large Oilrig – si sfrantumò in un assolo di batteria che la madre sbiancando je ce spiccò de collo dalle scale colla pelle della quale puttroppo infatti ci rifece in verità tutti i tamburi. Syd Pancreas invece la crosta terrestre se la magna a mozzichi; mentre Johnny Verano e...»

*E che c'entra? Abbiamo detto metalli e non metalli...*

LORENZO Non-Metallica so' tutti gli altri gruppi heavy-metal: Metal Church, Motley Crue, Ratt, Virgin Steele, Lazzial Sound, Biancazzurral, Formellers, Olgiata Hell...

*Ma non è scienze! Lorenzo, che hai fatto? Una tesi sull'heavy metal? Ti avevo chiesto di dividere gli elementi in base alle loro caratteristiche fisiche!*

LORENZO «Caratteristiche fisiche de Pus Jordan: altezza due metri e cinque, al garrese sempre due metri e cinque, chitarra de marmo intagliato da 'na lapide di lazziale; je piacciono le donne colla macchinetta e strappa' ar volo la capoccia dei piccioni sur terrazzo...»

*Ma noi dovevamo fare scienze!*

LORENZO «Sarebbe bello un mondo tutto de Metallica senza i lazziali, ma la natura puttroppo ha voluto così...»

*Ma tu hai fatto una tesina sull'heavy metal...*

LORENZO È scientifica...

*Ma come scientifica? È sbagliato: sei andato tutto fuori tema!*

LORENZO No, ho scritto tutto dentro ar fojo, ahò!

*Senti Lorenzo, è arrivato il momento e io ti devo dire una cosa... Anche voi ormai siete grandi e certe cose le dovete sapere... Lo sai cosa fa Pus Jordan, il chitarrista dei Cistifeller?*

LORENZO Je parte de assolo mentre mozzica...

*No: lavora in banca! Voi le dovete sapere queste cose! La storia che mozzica i piccioni è tutta una pantomima per vendere i dischi!*

LORENZO Ma che stai a di', ahò!

*Pus sta proprio allo sportello: stamattina mi ha cambiato un assegno in banca!*

LORENZO See... C'ha fatto 'na rapina in banca... Ma chetestainventà, ahò?

*È così: il batterista, altro che tamburi con la pelle della madre... quello ha quattro figli e mantiene la nonna malata... Quelle sono tutte cose che servono per lo spettacolo.*

LORENZO L'ha rubati all'asilo i bambini: j'ha staccato la capoccia ai bambini!

*I Guns'n'Roses – vi piacciono i Guns'n'Roses, no? –, sai cosa c'hanno? Una collezione di rose antiche nella serra...*

LORENZO 'O sai perché? Perché ce vanno li bacarozzi e lui se li magna!

*Voi dovete guardare in faccia la realtà! I Motley Crue – vi piacciono i Motley Crue, no? – sono campioni mondiali di uncinetto!*

LORENZO No! Te sta' proprio che a sbaja', ahò! Te lo stai a inventa', te lo stai a inventa'! (*Lorenzo non crede a queste notizie: pur di non ascoltarle, si copre le orecchie e urla*) Too stai a inventa', too stai a inventa'!

*E i Sepoltura? Loro fanno piccolo punto ricamo! Sono campioni internazionali...*

LORENZO (*Insieme a tutti gli amici come uno slogan da stadio*) Te lo stai a inventa', te lo stai a inventa'! Te lo stai proprio che a inventa', te lo stai a inventa'! Non vojo senti'!

## MODELLISMO E SCIENZE PATETICHE

(*Gli amici di Lorenzo stanno facendo un enorme buco nel pavimento con picconi, Black&Decker, martelli pneumatici ecc...*)

*Lorenzo! Ma che sei impazzito?! Che diavolo stai facendo?*

LORENZO (*con la solita aria innocente*) Stavo a appenne' un quadro... pe' tèra...

*Ma come un quadro? Per terra poi? Ma hai fatto un buco nel pavimento: è un danno di milioni!*

LORENZO Mannaggia... Stavaffà 'na sorpresa: ora hai rovinato tutto!! Dici sempre che arrivo a scola in ritardo allora siccome che la metro passa qua sotto mi stavo a fa' 'na fermata in camera...

*Ma sei un pazzo criminale: è una cosa gravissima quello che hai fatto!*

LORENZO Va be' daje, nun esagerarne: ce lo sai che er bijetto non lo paga proprio sicché nessuno, poi noi neanche ci saliamo sulla metro, l'agganciamo dall'alto a rimorchiella...

*Lorenzo, ti proibisco assolutamente!!!*

LORENZO Va be' allora gli spicci me li dai te, ahò!

*L'unica cosa che riesci a fare con impegno sono danni: qui ci vogliono venti milioni per risistemare tutto... Io... allora devo darti una brutta notizia, Lorenzo: bruttissima...*

LORENZO Che devo fa l'esame davero? Me l'aspettavo...

*Quello si sa... È che abbiamo avuto sfortuna: sei stato estratto per primo...*

LORENZO Pepprì, ahò!! Ho vinto!

*Macché... Sei il primo studente in tutta Italia che interrogheranno agli orali. Ti rendi conto? Sei uscito il 2 luglio!*

LORENZO E 'ndo' so' annato?

*Andrai a fare gli esami, Lorenzo...*

LORENZO Non so manco se posso... devo vede' l'agenda...

*Basta! Non rimane più tempo... Ma non bisogna perdersi d'animo, specialmente alla vigilia... Cerchiamo di organizzare il poco tempo che ci rimane: dov'è il calendario?*

LORENZO Come dov'è? Sta ar bagno...

*Che ci fa al bagno? Il calendario deve stare sempre qui...*

(*Lorenzo va verso il bagno e inizia a bussare forte alla parete.*)

LORENZO A Lugaaa, staffà?? Porta il calendario...

*Ma che modo è? Vuoi sfondare il muro?*

LORENZO (*bussa*) No, è già sfondato... (*Scopre un buco praticato nel muro*) A Lugaaa!

(*Al pubblico*) *Il pericolo più grosso per chi prepara il maturando è il nervosismo: non bisogna cedere allo sconforto...*

(*Luca dall'altra parte porge il calendario arrotolato.*)

LORENZO Molla...

*Ecco, questo deve stare qui! Sempre sotto gli occhi dell'alunno per ricordargli che non deve perdere tempo... Ora ditemi voi cosa ci faceva in...* (*si accorge che è il calendario di Cindy Crawford*)

LORENZO Ahò, bada! Piano: è origginale...

*Magari avessi tutta questa cura, non dico per la mia camera, ma almeno per i libri di studio: saresti uno studente modello...*

LORENZO Ma è studio, ahò!

*Ma cosa, la foto di Cindy Crawford?*

LORENZO È biologica, ahò! È scienze: c'abbiamo studiato tutti...

*Ah, questo è studio!*

LORENZO È studio de biologici scientifico naturali.

*Ah, è scienze questa!*

LORENZO È scienze, sì!

*Allora guarda, benissimo, l'hai voluto te... Visto che siete molto preparati, oggi facciamo scienze! Facciamo il corpo umano femminile visto che sei così preparato: disegna...*

LORENZO Allora chiùmo qua?

*Come chiùmo?*

LORENZO Chiùmo: modella, chiùmo...

*Ma perché? È la stessa cosa! È il corpo umano femminile, avanti!*

LORENZO Machetestanventà... Quello è modellismo: 'n'artra materia. Ecché sta' a scherza'? Quelle pijano i soldi già come, s'affaciano alla finestra la mattina solo perché se so' svegliate, cento sacchi per una...

*No, modellismo non si porta all'esame! Mi dispiace: modellismo non c'è!*

LORENZO Lo sapevo... Peccato!

*Eh, peccato... Invece facciamo il corpo umano femminile! Avanti, disegnare!*

LORENZO No, dài... il corpo umano femminile è proprio che sembra voler infierire sulle donne... Puttroppo è scienza patetica: scienze patetiche non la portiamo!

*Pochi giudizi! Avanti, forza: corpo umano femminile! Vediamo quanto sei preparato...*

(*Lorenzo disegna sulla lavagna il corpo umano femminile...*)

LORENZO La donna, puttroppo disgraziatamente...

*Perché 'purtroppo'?*

LORENZO Perché puttroppo non è modella: nun te butta' giù... Diciamo che la donna è sbagliata sia sopra che sotto: le ossa delle donne so' tutte diverse da quelle modelliche, completamente sbajate... è per quello che ci vanno in puzza. E con una sassata ben assestata il sistema ossale della donna va in crisi. Il sistema ossale è tutto storto: non se capisce come sta in piedi. Per esempio la modella c'ha quest'osso verticale (*indica il seno*) che sorregge quello che taluni chiamano il seno femminile; la donna invece puttroppo c'ha...

*Ma che stai dicendo? Non ci sono le ossa dentro il seno!*

LORENZO Alcune donne fortunate c'hanno un po' di cartilagine, invece la modella...

*Sì, la modella c'ha le ossa dentro al seno...?*

LORENZO È questo il problema sotto riproduttivamente...

*Ecco, parliamo della riproduzione...*

LORENZO Puttroppo disgraziatamente la donna se riproduce pure. Creatura sfortunata di questa scienza patetica, la donna c'ha questi tre organi: la vagina, la vescica e il ciclo. Al 15, 16 del mese con la luna piena se è un ciclo molto grosso, si chiama ciclope. E 'sto ciclo secerne ova ogni mese...

(*Tutti ridono.*)

*Ma che dici?*

LORENZO Ma non t'ha detto gnente tu' madre?

*A me?*

LORENZO Non mi dii interrompere... Perché puttroppo secerne tutta 'na clorofilla de uova perché un po' fotosintesi sua della donna che siccome piove evapora l'acquitrite carbonica e la donna c'ha 'ste ovaie secerne uova. Poi evapora, secerne....

*Ma che so' galline?*

LORENZO Va be'... Uova mammiferiche...

*Uova mammifere...*

LORENZO Eh, uova mammifere: se capisce! Perché preséppie lo sapevi che il delfino non è un pesce ma una spia mammifera? Perché se tu lo apri trovi le ova a sei a sei con la plastica ancora col prezzo... Invece gli altri le vendono fuori, so' un po' bancarellari!

*Tu non hai idea di cosa sono i mammiferi, hai una confusione dentro... tu non sai niente di come è fatto il corpo umano: niente sai! C'hai una confusione... c'hai una pasta dentro la testa!*

LORENZO Ma se cor Carota l'altra vorta amo aperti i mammiferi... Amo visto l'interno mammiferico...

*Ma di che?*

LORENZO Ma anche senza Videomusi, voi stessi, proprio dal vivo, in casa, potete scoprire le meraviglie della natura con un gattino e uno spigolo adatto facendolo roteare, imprimendo all'animale un movimento di roteare, appunto una volta al muro il gatto smette il suo caratteristico miagolo e ci mostra il suo meraviglioso contenuto della capoccia mentre lo stomaco meraviglioso organo secerne il mangime delle scatolette...

*Ma che schifo!*

LORENZO No, so' bone, ahò!

*Queste cose fanno orrore...*

LORENZO Maddechéahò! È meraviglioso mondo...

*Ma quale meraviglioso? Ma dove studi? Tu hai mai aperto un libro di scienze?*

LORENZO No, so' contrario alla vivisezione! Mo' ce stanno le cassette! Ancora che apri i libri, ahò... Ce stanno le cassette!

*Le cassette del* Mondo di Quark?

LORENZO Ma le tua so' vecchie! Mo' ce stanno queste nuove bellissime a cura dei Metallica... Se vede tutta la meravija der corpo umano...

*E che sono Piero Angela i Metallica?*

LORENZO Maddepiù ahò! Nel video c'è uno che lancia un amplificatore a un altro e lo colpisce qui sulla mano; allora una scheggia j'entra dentro nell'apparato circolare e j'arriva al bulbo della cervella e secerne incandescenza che se vede tutto l'apparato nervoso allo scoperto...

*Ma fanno vedere questo nei video?*

(*Tutti rispondono entusiasti: 'Sì!'*)

LORENZO (*entusiasta*) Maddeppiù, ahò! Ma nun la vedi Videomusi? C'è Pus che se prende in mano gli oculari e se li magna a mozzichi: se vede benissimo...

*Ma è mostruoso! Questo fanno vedere in televisione? Ma dovrebbero proibirlo... Io capisco, ragazzi, che la vostra è una reazione alle violenze del mondo...*

(*Tutti fanno 'no' con la testa.*)

*Mi rendo conto che solo facendo così potete difendere la vostra tenerezza: lo so che voi nascondete una grande dolcezza dietro tutto questo cinismo, è vero?*

(*Nessuno risponde.*)

LORENZO (*preoccupato*) Staffà?

*Vado a vedere il Tg3... A domani: stessa rete, stessa ora, se avrò ancora la forza...*

## CANIGGIA E IL GRECO LAZZIALE

(*Scopriamo che Lorenzo si è ossigenato i capelli. È biondo platino e con l'aiuto dei suoi soliti amici sta cercando di recuperare il suo colore originale nei modi più stravaganti: si sdraia per terra e sulla testa gli passano scopa e spazzolone, gli sputano ecc... Si apre la porta. Veloce come una saetta, Lorenzo si avvolge i capelli in un asciugamano a turbante.*)

*Buonasera...*

TUTTI (*in tono educato*) Buonasera...

*Ahi, ahi ahi... Che cosa avete combinato stavolta?* (*si affaccia alla finestra*) *Signora Guidotti, mi scusi, mi dica subito a quanto ammonta il danno che le stacco un assegno... Facciamo prima...*

(*Lorenzo si siede al suo posto e comincia a studiare da solo.*)

*Buonasera! Bene... Oggi direi di non perdere tempo e cominciare subito con greco: chi ha tempo non aspetti tempo...*

LORENZO Infatti puttroppo...

*Lorenzo, che hai fatto? Ti sei lavato i capelli?*

LORENZO (*con l'aria falsa da bravo studente*) Eh? Ah! Ciao, scusa, stavo di studiare...

*Eh, perbacco! Che cosa è successo? Lorenzo studia e si lava i capelli, mi devo preoccupare?*

(*Tutti ridono imbarazzati.*)

LORENZO Adesso però stùmo che domo fa' l'esame di classica...

*Sì, bravo! Ma asciugati quei capelli sennò ti prendi un colpo... dài!* (*fa per toccargli l'asciugamano ma Lorenzo fa un salto indietro*)

LORENZO So' asciutti, asciughete li tua! Machettestanventà oggi, ahò! Stùmo?

*Sì, studiamo Lorenzo, calma... È che è la prima volta che vedo un asciugamano nei pressi del tuo corpo...*

LORENZO Allora, stùmo: vogliamo riprende l'argomento di geografia analitica... oggi.

*Forza, dài, togliti quest'asciuga... Iiih! Ma che hai fatto, Lorenzo?*

LORENZO Gnente, dài, adesso... l'ho lavati: ahò, erano neri...

*Lorenzo, ma sei biondo!* (*comincia a toccargli i capelli*) *Ma sono tutti ossigenati, bruciati...*

LORENZO È er colore mio, ahò! Chettestanventà?

*Guarda che roba, ti sei rovinato: sei ridicolo! Perché l'hai fatto?*

LORENZO Ahò, e daje! (*rivolto al pubblico a casa per cambiare argomento*) Molti ci hanno scritto questa settimana per parlarci di queste matematiche di lettere e oggi affronteremo...

*Lorenzo, mi dici perché hai fatto una cosa del genere?*

LORENZO I fratelli Foscoli... inquadrati nel tempo di loro...

*Non cambiare argomento Lorenzo! Vuoi dirmi perché ti sei tinto i capelli?*

LORENZO (*spazientito*) Ahò, machestaffà, er controllo igienico?

*Ma perché ti sei fatto biondo?*

LORENZO So' sempre stato de' nascita così: so' uguale a Caniggia! È er colore mio da piccolo, ahò!

*Ma che dici? Da piccolo eri nero nero con un cespuglio in testa...*

LORENZO Ahò, ma c'è stato mai un momento che numme sei stata tra le palle?

*Cretino, ho visto le foto di mamma...*

LORENZO Ahò... che ce posso fa': so' nato così! So' sosia a Caniggia, uguale...

*Ma quando mai?*

LORENZO Ahò, me ce chiedono l'autografi... Quando so' nato il medico m'ha detto: 'Ma chi è, Caniggia? È sputato ahò!' Ti dico una parola sola: uguale!

*Ma sembri un pagliaccio! Altro che Caniggia! Perché hai fatto questa scemenza?*

LORENZO A quella je piace Caniggia! Dice: 'I capelli so' diversi...' So' uguali!! (*parlando come tra sé e se*) Dice: 'Se gli assomigliavi?!' So' uguale!

*No, non ci posso credere Lorenzo: ti sei tinto i capelli per piacere a Loredana? L'hai fatto per amore!?*

LORENZO Machestaddì, che t'enventi?

*Tesoro...*

LORENZO (*si alza innervosito*) Non mi dire tesoro... So' uguale di Caniggia: che ce posso fa'?

*Si fanno anche dei gesti disperati per amore...*

LORENZO Machestaddì? Te la sei bevuta: era 'no scherzo... C'è cascata, ha sbiancato, ahò! L'ho fatto pe' cosa di studio...

*Per studio?*

LORENZO Siccome che ho visto l'ossiggenata, no...?

*Sì, l'acqua ossigenata: e allora?*

LORENZO Mandoabbiti... Ce stava scritto 'cinquanta volumi'... ho pensato che era un enciclopedico mentale, moo so' applicato testualmente...

*Ma che vuoi farmi credere, Lorenzo? È una cosa scema ma romantica... Su, ho capito: l'hai fatto per Loredana...*

LORENZO Chi? Manco me ricordo più... Ah, quella che je piace Caniggia? E che ce posso fa'? So' uguale...

*Sì, sì... Passiamo a greco...* (sospira) *Non ti posso vedere così: mi fai ridere...*

LORENZO Sì, facce ride te... (*sarcastico*) che hai di questo problema che non detieni il membro interno...

(*Tutti ridono.*)

*Sì, scherzaci... Senza membro interno non ti puoi presentare da privatista...*

LORENZO Allora chiùmo: annamo a gioca' a calcetto! È annata così...

*Passiamo alla versione di greco che sarà meglio...*

LORENZO Allora stùmo o chiùmo?

*Stùmo! Allora, per fare una buona traduzione... Prima regola: leggere tutta la versione cercando di cogliere il senso generale del testo. Forza Lorenzo, leggiamo qui dalle lettere di Platone...*

LORENZO (*si appresta a leggere la versione, prende un respiro, si alza in piedi; gesticola, emette dei versi incomprensibili a voce alta. Tra i suoni gutturali si percepisce solo la parola 'tavolino'*) Ee, pue', ii, aaa, ooo... tavolino... pi, pu, a, uu...

*Che è 'sta cosa? Che cos'è tavolino?*

LORENZO Non l'hai visto er tavolino piccolo?

*Ma quello è il pi greco, Lorenzo...*

LORENZO (*in preda a un'agitazione forsennata*) Ma che sei begalina, ahò! È tavolino quello! Seee, maddechéahò... Guarda bene: se vede pure un pezzo de tovaglia!! So' geroglifici, ahò... (*ricomincia a leggere emettendo suoni e muovendosi a ritmo come un burattino impazzito*)

*Calmati Lorenzo! Il greco mica è uno sport; non è una cosa fisica.*

LORENZO È fisico, ahò! So' esercizi fisici...

*Devi solo vedere dove cadono gli accenti, seguire il ritmo... Guarda:* (*comincia a leggere rinforzando gli accenti con il battito della mani*) Neòs tegòn teoòn pollòi dèta autòn... *Guarda dove cade l'accento...*

(*Lorenzo guarda la traiettoria dell'accento in aria fino a terra.*)

LORENZO Non l'ho visto: rifai un po'...

Kalòs kài agatòs...

LORENZO (*segue con lo sguardo la traiettoria e si ferma in un punto del pavimento. Lo indica*) Eccolo! È la' pe' tèra...

*Ma che per terra, Lorenzo! Non hai capito gli accenti...*

LORENZO Ma che c'è da capi'? So' più che altro accenti di pastori de lazziale... per le pecore...

*Ma che dici? Che c'entrano i laziali con le pecore?*

LORENZO Dài su... È lingua morta de lazziale: se usava pe' i pastori greci lazziali che cercavano de parla' fra di loro senza perdese le pecore... (*Lorenzo mima una conversazione in cui l'oratore si rivolge continuamente indietro per controllare che il gregge non si disperda*) O, erè, lù, fè, 'ndovai, tedicè, nun te move', allò, ecc...

*Ma che c'entrano i laziali coi greci? E poi quante fantasie su questi laziali: li hai visti mai allo stadio con le pecore?*

LORENZO Grazie! Non gliele fanno porta', gliele sequestrano all'entrata, perché so' armi contundenti; se quelli le tirano in curva in testa ar portiere, so' esplosive!

*E anche greco te lo danno: perché perdere tempo? Te lo danno... e fa due con latino: arrendiamoci! Quest'estate studiamo a Ladispoli, te lo dico io...*

LORENZO Co' le pecore dei lazziali? No, te prego... Aspe', aspe'... è un fatto de allenamento: bisogna fasse il fiato, ce vò il fisico... (*comincia ad aspirare come per un'immersione in apnea*) Qualcuno me pija er tempo de greco? (*aspira fino a riempirsi i polmoni*) Egò, ahò, staffà, alè, mannaddì, uò, tavolino...

*Lasciamo perdere: ti ho detto che te lo danno...*

LORENZO Tanto pure a Caniggia... È destino: io so' uguale! Che ce posso fa'?

*Come pure a Caniggia? Gli hanno dato un anno e due mesi a Caniggia!*

LORENZO De greco?

*Di altre cose... Lasciamo stare!*

LORENZO Machestaddì... Anvedi questa: amica delle pecore lazziali...

*Dal parrucchiere domani mattina alle nove!*

LORENZO Te sei persa 'n accento... È rimasto lì pe' tèra...

(*Tutti ridono come cretini.*)

## FILOFÌA

*(I ragazzi organizzano una specie di passerella artigianale per passare dalla finestra dello studio a quella del laziale di fronte. Un passaggio pericolosissimo, dove Lorenzo parte all'arrembaggio con una bomboletta spay di vernice rossa o blu e scrive sulla finestra del laziale 'Lazio mer...'. La porta si apre proprio in quel momento. Tutti scappano al proprio posto e chiudono di corsa la finestra lasciando Lorenzo fuori.)*

*Buonasera! Eccoci qui con il nostro consueto corso didattico...*

(*si sente battere il vetro*) *Che c'è adesso? Lorenzo! Ma dov'è?* (*apre la finestra e Lorenzo rientra con le mani sporche di vernice blu*) *Che ci fai fuori? Ma sei matto?*

LORENZO (*con aria da finto innocente*) Fuori? Ma sai, pensa... ho sbagliato: stavo andando in bagno e je c'ho imboccato de finestra...

*In bagno?*

LORENZO È la stanchezza... Questo studiare che ti porta al sonnambulatorio da policlinico...

*E questa passerella?*

LORENZO Che meno male che c'era questa, sennò io pensavo de sta' al bagno!

*E queste mani blu?*

LORENZO Hai visto? Proprio blu di stanchezza... di uno stress di queste maturità di lingue morte che te s'appiccica proprio...

*Infatti...*

LORENZO Puttroppo...

*Che stavi facendo alla finestra dei Guidotti?*

LORENZO Mah... Pensa, neanche mi ricordo: c'è proprio una stanchezza tropicale...

*Stanchezza... Ma se non fai niente dalla mattina alla sera! E allora Lorenzo, quando dovrai andare a lavorare per mangiare, quando dovrai trovarti una casa e pagarti l'affitto?*

LORENZO Perché? Maddeché?

*Come 'maddeché'? Prima o poi dovrete andare a vivere da soli, no?* (*tutti smentiscono scuotendo la testa*) *Come 'perché'? Non volete essere liberi dai vostri genitori? Andarsene di casa il prima possibile era il nostro più grande desiderio da ragazzi...*

LUCA Ma perché, poi ch'ai risolt'ahò!

*Come che hai risolto? La tua autonomia, la tua indipendenza...*

LORENZO E mbe'?

*Mangi quando ti pare, ti alzi quando ti pare?*

LORENZO E mbe'?

*Torni quando ti pare, dormi fuori, parti...*

LORENZO Ahò, e vattene, chettedevodadì! Mica te ce 'mpedisco!

*Io me ne devo andare?*

LORENZO Io sto bene, ahò!

*Sì, io me ne andrei davvero, e molti genitori lo farebbero... Poi voglio vedere come te la cavi da solo!*

LORENZO Ahò! E se ti senti sola vieni due, tre volte a settimana, lavi, fai compagnia coi piatti, cucini, spese e poi quando hai finito te ne vai...

*Secondo te io me ne vado e poi vengo qui la mattina a fare le pulizie?*

LORENZO Be', la mattina, non prima delle undici però...

*Lorenzo, ma non si può vivere così sulle spalle degli altri: ognuno di noi deve avere uno scopo nella vita, un ideale...*

LORENZO E mbe', ce l'ho: er Gufe'!

*Va be', un motorino è un po' poco, non trovi?*

LORENZO Allora due Gufer, tutta la concessionaria... Ahò, me ce spreco...

*Guarda, oggi voglio proprio fare filosofia: una materia che ci parla proprio di questo!*

LORENZO Der Gufe'?

*No! Di quali sono le nostre aspirazioni, dei massimi sistemi, del senso della vita...*

LORENZO Ah-ah... li so tutti i massimi...

*Bene, sentiamo: e quale sarebbe la filosofia di Platone?*

LORENZO Platone? 'A filofia sua? A chi tocca, nun s'engrugna!

(*Tutti ridono.*)

*Ah, benissimo: vedo che sei preparato! E invece quella di Socrate?*

LORENZO Basta che respira...

(*Ancora risate degli amici di Lorenzo.*)

*Ah sì, certo... E quella di Aristotele?*

LORENZO Aristotele? Sai che nova c'è?

*Non c'è niente da fare: è colpa nostra che posteggiamo i figli a scuola per non averli tra i piedi e ci accorgiamo di loro solo durante la maturità... quando è in pericolo il pezzo di carta...*

LORENZO Sere', Sere', e la vòi sape' la filofia dei Foscoli?

*Certo...*

LORENZO Li mortacci tua! Ah, ah!

*Che superficialità! Ma tu non sai neanche cos'è la morte?*

LORENZO Sì, è quella malattia dei vecchi...

*Ma che dici?! Cos'è la morte?*

LORENZO È come andare in serie B!

## LA PROVA SCRITTA DI ITALIANO: 'A VECCHIA

(*Lorenzo e i compagni di classe stanno giocando concentratissimi alla Playstation...*)

*Buonasera! Giornata veramente cruciale per tutti i maturandi italiani... Io sono agitatissima: non sono riuscita a fare niente tutto il giorno! Allora, com'è andata? Com'è andata?* (*nessuno risponde: sono tutti troppo impegnati a giocare...*) *Lorenzo, allora? Lo capisco, si devono rilassare: sei ore impegnati a scrivere il tema, è dura... Ma Lorenzo, allora? Com'è andata oggi? Non sono riuscita a fare niente: pensavo solo al tema tuo, al tema tuo...* (*Ancora nessuna risposta: tutti i ragazzi sono ipnotizzati davanti al videogioco*) *Ragazzi scusate, mi volete dare una soddisfazione? Sono quattro giorni che stiamo qua a lavorare... Lorenzo, scusa, mi dici per piacere com'è andata?*

LORENZO (*risponde alle domande continuando a rimanere incollato allo schermo*) Che il bidello ha portato subito la polizia. Quindi praticamente...

*Come la polizia?*

LORENZO Sì, siccome so' minorenne m'hanno portato dar preside subito... (*incurante e indifferente alle domande, torna a guardare lo schermo e a giocare come un invasato*)

*Lorenzo, scusa, ma come la polizia? Che ti sei fatto qui?* (*Lorenzo ha un occhio nero*)

LORENZO Ahò, sto a gioca'!

*Ma che hai fatto una rissa il giorno della maturità?*

LORENZO No, siccome ce sta Guidotti, no? 'A scalinata, siccome io stavo ar piano de sopra, Guidotti stava ar piano de sotto, da 'a tromba delle scale ha fatto capoccella e puttroppo j'ho buttato giù er vocabolario in testa... Lo so, è una caduta de gravi che ho fatto io...

*Ma perché hai fatto questa cosa, scusa? Una rissa il giorno dell'esame?*

LORENZO Peccato che s'è presentato con la madre che c'-ha er pugno de fero...

*Ma chi? La signora Guidotti c'ha il pugno di ferro?*

LORENZO Sì, er Pezzetta j'ha tirato in faccia un panino!

*Ma com'è possibile? Ma Lorenzo, l'hai fatto il tema o no?*

LORENZO Ma che tema, ahò? Famme gioca'...

*Ma come? Basta con i videogiochi! Basta! Devi parlare con me!* (*Spegne con un gesto secco il video e trascina con la forza Lorenzo alla scrivania costringendolo a interrompere di colpo il gioco: lui ha una reazione esagerata...*)

LORENZO Ahò, aspe'... Sto a gioca' ar campionato...

(*Lorenzo è in preda a una crisi di astinenza da videogiochi: tremebondo, continua a simulare la partita nell'aria...*)

*Te lo do io il campionato! Che hai? Forza, non esagerare, ho solo spento la televisione! Puoi giocarci dopo! Vieni qua un attimo?* (*Lorenzo piange dalla rabbia*) *Non ho mai visto una reazione così! Scusate, ma da quant'è che giocava? Lorenzo? È solo un videogioco!* (*Gli dà una botta in testa con la scarpa da ginnastica trovata sulla scrivania sperando che si calmi*)

LORENZO (*come se si risvegliasse*) Staffà?

*Lorenzo, l'hai fatto allora questo tema? Siamo qui per parlare della maturità e voglio sapere del tema: sono emozionatissima! Erano belli i temi!*

LORENZO Sì, c'hai ragione te!

(*Al pubblico*) *Quest'anno – devo ammetterlo – erano veramente belli! Allora?*

LORENZO Gnente... Praticamente entri e ce sta 'sta stanza, co' tutti i ragazzi, ognuno prende posto, se siede, poi cinque minuti, comincia er silenzio e entra 'sta vecchia in scena, tira fuori 'sta busta e legge 'ste poesie...

*Ma quali poesie? Quale tema hai scelto? Io lo so: quello sui diritti umani; è vero, era proprio bello...*

LORENZO Sì!

*Eh, lo sapevo... Avrei scelto anch'io quello: era bellissimo! La citazione di Tocqueville, il padre della democrazia... Anche se, devo dire, io sarei stata indecisa: anche quello sul razzismo...*

LORENZO Eh, io quello ho fatto!

*La Repubblica di Weimar? Be', anche quello sul razzismo era un bel tema...*

LORENZO Eh, ho fatto quello...

*Hai detto Tocqueville... C'era anche quello su Pavese e Vittorini... che non era male...*

LORENZO Sì, questo qua!

*E mbe', il ritorno alle radici è sempre stimolante: si poteva citare Proust...*

LORENZO Esatto, questo ho fatto...

*Hai fatto Tocqueville...?*

LORENZO Sì!!

*I diritti umani...?*

LORENZO Daje! Sì. Questo...

*Il razzismo...?*

LORENZO Esatto!

*Com'è possibile? Che li hai fatti tutti? Lorenzo, non mi prendere in giro! Ce l'hai la brutta? Lorenzo, forza, non diamo sempre quest'immagine... Vogliamo leggere la brutta, per piacere? Ti ho detto: fai la brutta per me; l'hai fatta la brutta?*

LORENZO Sì, ma mo' non so ando'... Caccola, che hai visto la brutta? Niffo, che hai visto la brutta copia? Cimurro, che hai visto la brutta copia? Lugaaa? (*un amico di Lorenzo si sta fumando la brutta copia...*) Ahò, er protocollo non fa bene, te ce inganna de bronchi...

*Questa è la brutta? Scusate... io non lo so... È tutta bruciata...*

*Qui non si capisce: non c'è il titolo... Allora...* (*prova a leggere il tema*): *«Afscore...» Scusa, ma che cos'è questa parola? Non ho capito: leggi tu! Che è?*

LORENZO «'Na vecchia.»

*'Na vecchia?* (*Gli amici di Lorenzo ridono*) *Silenzio! Avanti! Voglio sentire il tema! Tutti vogliono sentire il tema di Lorenzo!*

LORENZO «Oggi, giovedì 24 giugno, tutti zitti e seduti e la vecchia tira fuori la busta postale: se scatarra la gola e inizia a legge'. Infatti puttroppo non ci vuole certo il vocabolario per capire che è solo una vecchia che un artro po' s'è 'ntesa male e vomitava er semolino su quella cozza der primo banco. Infatti legge tutte 'ste poesie de 'sto nipote Virgilio suo balordo che je secerne lettere de Tocheville dove se capisce chė lui a Tocheville ce sta benissimo ma siccome alla vecchia non je vo' manda' 'na lira, je racconta tutte 'ste bugie poetiche. Il nipote è nazista che i vecchi li schizzano peggio degli anziani e aspetta che more pe' beccasse i sordi e andacce a modelle... coi sordi de lei. 'Sti nazisti alle vecchie jè fanno: 'Vai, vai... Speramo che se pija un colpo de sole, oppure speramo che er bagnino je passa sopra cor gommone e se la porta via.' Intanto lui, il nipote, sta a Tocheville e se magna er panettone coi candidati: è un furbo! È un diritto umano! È un paraculo! Lei, intanto, è vecchia e cozza infatti c'ha più strisce in faccia de 'na zebra juventina: c'ha tutti i bigodini per reggese la pelle facciale tirata sennò c'avrebbe certe borse che er Carota gliele avrebbe già scippate cor motorino. Guardate 'sta vecchia: c'-ha fame e si vede! Ma come s'avvicina ar panino er nipote je dice: 'Torna alle radici!' Questa è malata di cimurro: di quelle che un giorno, co' 'no schizzotto de muco, secerne pure il sistema occipitale! E fa la fine della Fiorentina! E allora lascia perde' 'sto lazziale de nipote e fatte 'na vacanza! Te dico 'na parola sola: Reganati! Dove i vecchi giocano a catasta sull'erbo colle finché nun ce spezzano 'e gobba.» Fine.

*Non ho capito Lorenzo: ma che hai fatto il tema così? Ma le tematiche sociali?*

LORENZO Dài, su, quella poraccia stava così...

*Ma chi? La professoressa?*

LORENZO 'Sta poraccia cor nipote stava lì da sei ore ad aspetta' colla mano così... 'Consegnate, consegnate.' E tutti je davano i temi: io so' passato e j'ho dato mille lire!

*Ma che hai dato mille lire alla professoressa? Le hai dato i soldi in mano?*

LORENZO Perché è onesta, lei è così: non è di quelle che te vojono puli' per forza er finestrino, che te vendono gli accendini, capito? È 'na pora vecchia che c'ha un nipote alle poesie postali e lei quello fa. M'è sembrato giusto... Me fa: 'Me dai i soldi?' J'ho chiuso 'a mano, j'ho detto: 'Le prenda', e me ne so' andato, capito?

*Questo è tentativo di corruzione! Ti rendi conto? Quello è un pubblico ufficiale: 'La vecchia' è una professoressa, hai capito? È una professoressa del ministero che dava i temi... Ma cosa hai fatto, Lorenzo?*

LORENZO Per onestà proprio j'ho dovuti da'...

*Io devo assolutamente parlare con il membro interno!*

LORENZO (*ridendo*) Machestaddì, ahò?

*Ma questo è un caso che non s'è mai visto!*

*Lorenzo, ti rendi conto? Tu hai fatto il tema sulla vecchia!*

LORENZO Ahò, quella c'era, 'sta pora vecchia...

*Ma non è così: quella era la professoressa del ministero!*

LORENZO 'O spunto sociale...

(*Squilla il telefono.*)

*Non è uno spunto sociale: quella ha letto i temi. Quelli erano i temi: non erano le lettere del nipote!*

LORENZO Mandoabbitiahò... Abbi rispetto pe' 'sta pora vecchia de...

(*Lorenzo risponde al telefono.*)

*Però scusa... potrebbe essere che leggono questo tema e dicono: 'Però il ragazzo ha avuto questa vena creativa...' Hai fatto una specie di... chiamiamolo racconto. Noi ci difendiamo così...*

(*Lorenzo non l'ascolta: è già immerso nella sua telefonata con Loredana.*)

*(Uscendo) Devo pensarci...*

LORENZO (*con la voce tenera e romantica che sfodera quando parla al telefono con Loredana*) Ah, pure da voi c'era 'na vecchia de poesie? Ah, 'n omo era? Se vede che era er marito... Ma hai capito 'sti poracci che 'na volta all'anno se fanno il giro de tutti i licei de Roma per cercare di rimediare... Be', mille lire io, mille lire te, piano piano... E allora? Sei stanca? Racconta! E tu? (*si appoggia sul davanzale della finestra e cade giù...*)

## LA PROVA SCRITTA DI GRECO: I NUMERI CUCCIOLI

*(I ragazzi giocano a cordapanico dalla finestra: tirano l'estremità di una corda, subiscono uno strattone, si affacciano e scoppiano a ridere; Lorenzo, divertito, mima la parabola del motociclista inciampato sulla fune. Un ultimo tiro di corda e si sente uno schianto metallico e si vedono volare dalla finestra pezzi di carrozzeria.)*

LORENZO Abbàda, er panico, ahò! Te c'è partito ar decollo... Ahò, mannace 'na cartolina!

*(Tutti i ragazzi ridono.)*

*Che diavolo state facendo, teppisti! Lorenzo, ti lascio fare tutto ma cordapanico no! Io sono stufa di pagare i danni dei vostri scherzi! Io non ho dormito la notte per lo scritto di greco e voi... Ma adesso basta, tutti fuori! Subito! È finito l'accampamento!*

*(I ragazzi, come se non avessero sentito neanche una parola, si mettono ai loro soliti posti.)*

*Buonasera! Tempi di grande tensione nelle famiglie dei maturandi italiani e la televisione è qui al vostro servizio per riportare la serenità nelle vostre case...*

LORENZO (*ancora ridacchiando*) Staffà?

*Parlo con il pubblico a casa e spero che a tutti sia andato bene il compito di questa mattina...*

LORENZO (*dal tono allegro*) Seee!!

*Lorenzo, ti vedo bello pimpante... Credevo di trovarti in lacri-*

*me dopo il compito di greco, non dirmi che è andato bene! (si accende di speranza) Lorenzo! Dammi questa bella notizia: è andato bene il compito?!*

LORENZO (*gasatissimo*) L'ho ammazzati ahò, stann'aspetta' l'ambulanza! Ho consegnato pe' primo, ahò!

*Bravo, meno male! Pensa che io avevo un'angoscia... ero convinta di essermi riportata via il vocabolario con gli altri libri...*

LORENZO Ah, boh! Manco l'ho cercato, 'sti cazzi...

*Come? Hai fatto la versione senza il* Rocci*? E chi te l'ha prestato?*

LORENZO Nun ce n'era bisogno, era facile: era greco disegnato, infatti ce stava tavolino...

*Il pi greco?*

LORENZO Sì, era pieno così de tavolini e poi morte ipsi: quest'anno ci stavano le ipsi...

*Molte ipsilon?*

LORENZO Sì, ipsi! E ce stava 'na caciara de nummeri de telefono mischiati colle lettere tipo agenda de casino... tipo targhe delle macchine 235T8; poi tutti icsi e ipsi; ce stavano i numeri grossi che se portaveno i numeri piccoli sul collo. I numeri cuccioli, capito? Poi tutti soppalchi, tutti palazzi a tre quattro piani, fichissimo...

*Scusa un attimo... Mi fai vedere la brutta copia?*

LORENZO Ma n'c'è bisogno, maa ricordo tutta... A Luca, passame la pennarella!

*Ma che l'hai fatto direttamente in bella?*

LORENZO No, nun è questione... (*Lorenzo disegna su una lavagna la 'sua' versione di greco: la versione che disegna è in realtà un'espressione di matematica*) Guarda: era tutto tipo 'na casa dentro 'n'artra. Ce stava de tutto... qua ce sta, fai conto, tipo 6 icsi, ipsi, tavolino, ce stavano le lettere che se portavano su 'a gobba i numeri cuccioli. Cioè, fai conto, un numero grosso tipo 7 stava ar terzo piano; poi ce stava preséppio 6, G, 9. Hai presente 'e targhe greche, svizzere, dei lazziali? Qua per esempio 9, se portava sulla groppa er 2, un numero cucciolo, era er fijo... Per esempio, qua: il 3 piccolo je lo reggeva icsi, capito? Se lo portava a cavacecio...

*Ma quelle sono frazioni?!*

LORENZO Chiamale un po' come te pare... Poi ce stava 'na casa, du' palazzi, poi ce stanno altri segni strani, capito? È stato 'no scherzo: qui ce stava 'na porta rotonda, uno deve bussa' e ce ne sta 'n'altra... (*indica la parentesi*) Qua ce sta un uguale... uno dice 'n'artra casa uguale? Invece n'è uguale manco per cazzo perché qua per esempio ce sta 'a Z e qua tutti i numeri de' 7... Capito? A elimina'! Questi muoiono tutti! Questo se ne va con questo, questo se ne va con questo, questo se ne va con questo, questo se ne va con questo... Casca tutto il palazzo! L'uguale se ne va da solo: m'è cascato qua...

*Ma questa è un'espressione di matematica: non è greco!*

LORENZO (*come un invasato continua a spiegare il suo compito*) Poi so' rimasti solo i palazzi, se c'hai piacere, je metti altri numeri, le lettere, oppure i numerini, i cuccioli che crescono... Er 2 prima sta così, sopra, poi quando cresce diventa grosso allora magari, noo so, X c'ha X grosso posato a Y e ce sta er bambino piccolo che se chiama X piccolo, se lo mette a cavacecio e je dice: 'Ahò, quand'era piccolo er fijo tuo me lo so' portato a cavacecio per vent'anni: mo' te, te porti icsi sopra, hai capito?' E poi magari, me sembra che ce stava...

*Lorenzo, Lorenzo...?*

LORENZO Mo', basta! Greco: rovinati! Quindici minuti e l'ho rovinati! Basta!

*Lorenzo, hai fatto lo scritto di matematica! Lorenzo, questa è matematica!*

LORENZO No, questo è greco! Però senza 'ste pecore laziali... È greco! Però semplice di targhe, hai capito? In simpatia!

*Lorenzo, scusa un momento: a che scuola sei andato? Sei andato al Mamiani?*

LORENZO Ma ancora, ahò? Ma ieri c'ho messo du' ore per

arrivacce! Ieri me so' fatto du' ore de autobus... Qua de fronte ce sta 'n'artra scola: ho attraversato la strada, ahò? Basta attraversa' la strada, e dimmelo, ahò, che ce sta un liceo de fronte...

*Ma quello è il Righi! Ma quello è il liceo scientifico! Tu hai fatto lo scritto dello scientifico!*

LORENZO Va be', è uguale! So' arrivato per primo, ahò! Ho fatto 'na figura: so' arrivato per primo! Stava de fronte a casa, capito? Attraversi: scuola. Attraversi: casa!

*Lorenzo, tu dovevi andare al Mamiani! Quello sotto casa è lo scientifico: tu hai fatto lo scritto dello scientifico! Dovevi andare al Mamiani, quello di ieri!*

LORENZO L'ho spiazzati, ahò! A parte che ar Mamiani, 'n'artra volta al banco cor fijo de Guidotti che porta ancora i segni che j'emo menato cor Carota, stavolta l'orale lo facevo ar Regina Coeli... Moo so' risparmiato, capito? Senti, er lazziale va al classico, io vado a scientifici...

*È la prima volta nella storia, hai capito?*

LORENZO Cioè, hai sbiancato!

*Tu hai fatto metà maturità classica e metà maturità scientifica. Non è mai successo!*

LORENZO Tutt'e due! L'ho rovinati, ahò! Pijo 60 ar classico, 60 allo scientifico: ho pijato 120 sacchi! Ma quando te ricapita, ahò! Capirai...

*Io telefono, dico che sei stato malato: diciamo che hai avuto un incidente...*

LORENZO Macchettestanventà, ahò? So' sano, ahò!

*Facciamo lo scritto solo per te: si può fare prima degli orali...*

LORENZO Io vojo 'na làra greca: me so' divertito! Io lo vojo fa' de lavoro: butta' giù 'sti palazzi de numeri cuccioli...

*Lorenzo, hai fatto una cosa che non ha fatto mai nessuno! Adesso dove ci presentiamo agli orali? Che maturità prendiamo adesso?*

LORENZO Mi piacerebbe nautico! Basta la patente B pe' porta' la nave?

(*Consulta il libro con tutte le maturità*) *Ma no, c'è teoria della nave all'orale! No, non l'abbiamo fatta: non si può...*

LORENZO Vojo maturità greca! Me diverto 'na cifra colle targhe greche ma senza accenti lazziali de pecore...

*Ma che c'entrano le pecore, Lorenzo?! Non mi confondere... Vediamo: forse ti passano all'artistico... no, all'istituto tecnico femminile...*

LORENZO Maddechéahò, ce sarai!

*Aspetta... vediamo: c'è maturità ottica...*

LORENZO Bello! Ottica de trucco...

(*Tutti ridono.*)

*C'è maturità di tintoria... No, c'è sostanze coloranti orale: e che gli raccontiamo?*

LORENZO Guarda un po' se c'è maturità metallica?

*Sì, c'è metallurgia... Vediamo, siderurgia: lavorazione dei metalli...*

LORENZO C'è assolo de Pus Jordan orale?

*No, non si può: manteniamo la calma...*

LORENZO Te posso di' 'na cosa? Se c'hai quarche problema famo maturità... Reganati! 'Na figata... Lo sai 'ndo' te porto Sere'? All'erbo colle! Lo sapete perché se chiama così, erbo colle? Perché ce sta 'a gobba seppellita! Puttroppo Leopardi è morto come latino: è un'annataccia questa. So' morte tutte le lingue morte...

*Io dico una cosa: comunque, la terza media te la devono dare! Io mi appello alla commissione perché quella te la danno sicuramente...*

LORENZO I sordi me devono da', ahò!

*Macché soldi! Comunque agli orali noi ci andiamo... Io tra l'altro adesso chiamo il membro interno.* (*A questa parola, tutti i ragazzi non riescono a trattenere le risate*) *Serve il membro interno, adesso: è una situazione talmente delicata che abbiamo bisogno del membro interno!*

LORENZO Festeggiamo 'o scritto mio! Alè! Ciao amici, ci vediamo presto e vi auguro la stessa fortuna che ho avuto io!

*Ma no! Dobbiamo ancora fare gli orali!*

LORENZO E vi dico questa parola magica: Reganati! A lazziale!!!

## GEOGRAFIA: UNA CARTINA POLITICA MA CON UNO SGUARDO AL SOCIALE

*(I ragazzi improvvisano una rock band. Oltre agli strumenti tradizionali, suonano qualsiasi oggetto nella stanza. Lorenzo, munito di fili elettrici, cerca di amplificare ogni cosa.)*

*Eh no, questo è troppo!*

LORENZO (*a causa dello scoppio, ha la faccia nera tipo cartone animato*) Ma ch'a fatto, ahò? M'hai mannato tutto in corto!! Ma che hai svalvolato?

*Io?*

LORENZO E che io?

*Cosa? Ora è colpa mia?! Avete fatto un'occupazione permanente, avete distrutto questo ambiente: neanche un terremoto avrebbe ridotto questa stanza così! Io dico basta! Adesso tutti fuori: marsch!*

*(Nessuno si muove. Solo Lorenzo va verso la porta portandosi la chitarra e trascinando i fili sparsi...)*

LORENZO 'O sai che te dico? Va be' ciao...

*Tu vieni qui! Ti ricordo che fra solo due giorni hai l'esame orale...*

LORENZO Se me lo ricordi adesso è inutile: me lo devi di ricordare cinque minuti prima... sennò me lo riscordo...

*Questa sera vorrei parlare anche per tutti gli studenti che ci seguono da casa di alcune tecniche o strategie per fare una buona impressione sulla commissione d'esame...*

LORENZO T'ho detto che je faccio 'na dialettica che li stendo... Ahò, schiumano dopo du' minuti, je fischiano le 'recchie e chiedono pietà: commissario portace allo stadio...

*Ecco, appunto: la dialettica, l'esposizione orale. Analizziamo quello che hai detto, Lorenzo: 'Je faccio 'na dialettica che schiumano.' Che lingua è?*

LORENZO E italiano! Mandoabbiti, ahò!

*Lorenzo, non si capisce quando parli: impasti tutto, risulta una lingua sconosciuta...*

LORENZO Muafastaddì...

*Cosa? (ai ragazzi) Voi lo capite?*

TUTTI Sì!

LORENZO Macheffsafforecchie?

*Avete capito?*

TUTTI Sì!

LORENZO 'O vedi? C'hai 'n'età...

*Per oggi lasciamo da parte la dialettica e passiamo a geografia: quelli sono nomi almeno...*

LORENZO Te dico 'na parola solo, vediamo se la capisci: Reganati!

*L'unica cosa che riesci a scandire: Recanati, e poi? C'è un mondo intorno a Recanati! Prendiamo la cartina...*

LORENZO Che famo, lezione di rollare? Geografia chiùmo?

*Forza, non fare lo spiritoso... Vieni, ecco: ti ho portato una cartina politica dell'Europa...*

LORENZO Sì, be'... politica e anche sociale, no? Non trovi che butta un occhio anche nel sociale?

*Ma che c'entra?*

LORENZO Sì, dài! Questo lo dico che piace alla commissione, ve'? Dà un occhio anche al sociale della gente... È una cartina politica sì, ma sempre con un accento pure al sociale...

*Che c'entra? Lorenzo, forza... Allora, qui c'è l'Italia: com'è?*

LORENZO Buona, diciamo... Certo, il disegnatore l'ha fatta lunga: forse troppo...

*Ma non è il disegnatore: è fatta proprio così... L'Italia è uno stivale!*

LORENZO Ahò, se doveva fa' lo stivale, poteva pure pija 'na squadra! Lo voleva fa' a mano libera ma non sei capace... Se devi fa' lo stivale pija la squadra, no? Comunque è lo stile suo... A chi piace, pe' carità... Per me c'ha messo troppi bozzi, trovo carina l'idea del triangolo in fondo.

*Ma che dici? La Sicilia è così: mica se l'è inventata il disegnatore!*

LORENZO Va be', e chi te lo tocca 'sto disegnatore... mamma mia! È 'nnamorata!

*Avanti! Facciamo gli Stati!*

LORENZO Va be', comunque mi piace questa cartina che non è insensibile al sociale. Pure i colori so' abbastanza rispondenti...

*Come?!*

LORENZO L'arancione è un po' troppo scuro secondo me, però questa non è colpa sua: è della stampa...

*Non diciamo scemenze...*

LORENZO L'Africa va bene, certo ce so' sempre problemi con le scritte ma pure qua non è colpa sua: so' gli africani che scrivono male.

*Ma che gli africani che scrivono male! Quelli sono i nomi degli Stati, Lorenzo!*

LORENZO Un altro je lo copre...

*Ma quelli sono i confini degli Stati!*

LORENZO Perché non hanno la regolamentazione della pubblicità. Allora, se uno mette un cartello pubblicitario qua, subito 'n artro jelo copre. Guarda qui, c'era scritto: 'Oh ragazzi, questi sudano', e subito un altro j'ha attaccato un altro cartello sopra e si legge solo Sudan; questo invece (*indica il Mali*) aveva scritto: 'Ma li mortacci tua', e je l'hanno coperto; è rimasto solo Mali, capito? In Africa se metti un bel cartello de pubblicità, subito l'africano vicino invidioso lo copre e non se legge più gnente, capito? Qui, invece, pe' attira' i turisti c'era scritto: 'Ma Rocco 'st'estate viene?' Gnente: è rimasto solo Marocco... 'na cosa de dispetti. Vedi qui: c'hanno scritto proprio i turisti di inciviltà: 'Mauro e Tania si amano...' (*si riferisce alla Mauritania*)

*Scusa un momento, Lorenzo: tu credi veramente che queste scritte esistano per davvero? Tu sei convinto che queste scritte esistano nella realtà?*

LORENZO Mandoabbiti, e certo ahò, e che è il disegnatore che se sveglia la mattina... Queste so' scritte pubblicitarie che esistono per gli aeroplani: sennò come fanno co' li aerei pe' orientasse, pe' attera' nello Stato giusto? L'aeroplano fa: 'Dove atterriamo?' Vedi qui? So' stati bravi... hanno proprio scritto Teheran: 'Teheran qui.' Hanno facilitato!

*Tu non puoi credere veramente che esistano queste scritte giganti in tutti gli Stati!*

LORENZO E certo, ahò! Servono pure per le rotte delle barche: sennò come ti orienti? È tutto blu... Per esempio se uno deve atterra' a Fiumicino, vede Italia, sa che T più o meno sta sul Lazio, quando vede A dice: 'Cominciamo a scende' che poi fra un po' non se vede più'. Infatti è importante per uno Stato scegliere un colore per terra... Hanno fatto bene questo giallo che se legge bene la scritta nera...

*Non ho parole...*

(*Entra il sarto con un vestito incartato.*)

LORENZO Chi è, ahò?

*È il sarto, Lorenzo, ho una bella sorpresa per te...*

LORENZO Ce va lui all'esame al posto mio?

*No, chiariamo subito che a me piacciono le vostre magliette, i capelli, le scarpe un po' meno, comunque ognuno deve essere libero di vestirsi come vuole, però...*

LORENZO Dechéahò?

*Avevo pensato che per fare un buona impressione con la commissione... Insomma, Lorenzo: ti ho fatto fare il vestito nuovo per l'esame...*

(*Tutti ridono. Il sarto mostra il vestito. È un classico gabardine dal taglio antiquato: tipico di uno studente d'altri tempi.*)

*Lo proviamo?*

LORENZO Anvedi, ahò, e che è er costume da presentatore?

(*Scena di vestizione violenta: Lorenzo non vuole indossare l'abito e tutti lo prendono in giro.*)

LUCA Anvedi er pupazzo!

LORENZO (*Parla in camera convinto di essere un presentatore televisivo*) Bonasera, amici da casa... Ahò, riga', è il momento del quiz... Ah ah!

*E stai fermo che devo vedere se va bene...*

SARTO Bene signora, io vado: sono cinquecentomila.

*All'anima...*

REMO Ma è gabardine inglese...

LORENZO (*durante la discussione sul prezzo continua a fare il presentatore scemo fino a che...*) Ecco, signori e signori, per oggi chiùmo il programma e vi ricordo il nostro sponso che è la chèccia dei fratelli Foscoli! (*...e se lo versa irrimediabilmente tutto addosso!*)

## PE' TTÉ

(*È il 2 luglio. Lorenzo ha avuto gli orali; di lui, nessuna notizia. Luca, l'amico di Lorenzo, porge una lettera così titolata: 'Pe' tté!'*)

«Staffà? Stamattina, come d'accordo, ho recato alla matura. Sapendo che non te sei mai fatta gli affari tuoi, prestamente eseguisci queste semplici istruzioni manuali a lingua italiana.

«Numero a) secerni il televisore sull'acceso *on*; serie b) pija 'na cassetta: (*come se fosse fisicamente presente, Lorenzo prevede le difficoltà per trovare la videocassetta cui si riferisce e con consigli puntuali l'accompagna alla ricerca del vhs*) no quella dei Metallica, quell'altra vicino Pus Jordan. Dellà... No, sotto: quella è vota... De giù: chinete. Sveja... sotto... (*trova la videocassetta*) Brava, ecco; serie c) inserisci il membro interno nel video registratore; u) riavvolgi il nastro col rullo *rrv* se sei avanti e portaio su *fuv* se sta indietro fino alla posizione del punto magnetico raggiunto di stoppe. (Ahò, me raccomando: non tocca' gnente che ce svalvoli sempre 'na cifra); o) schiaccia il tasto *play* a livello de registratore umano... Modestamente, ecco il filmatino. Operatore, Carota Sergio: 159.000 pagato a vista dal portatore co' l'assegno tuo!»

*(Nel filmato si vede Lorenzo affrontare la prova orale. Esaminato da una commissione di professori incompetenti, Lorenzo è libero di esprimersi nel linguaggio a lui più congeniale e, mescolando le poche nozioni che sa, riceve plausi e consensi: è maturo. Voto: 60/60 con bacio accademico!*

Ahò, che c'ha incajato le ocula? È finita!

(*Riprende la lettura...*)

«Ho messo tutto in ordine come piace a te, ti lascio la stanza come l'ho trovata. (*si guarda intorno: la camera versa nelle stesse identiche caotiche condizioni di sempre*) Io parto. Siccome che mia madre sta a Australia, se la raggiungevo con l'aeroplano: non deve esse' difficile... Ho visto la cartina sociale: basta di' al pilota de segui' la scritta 'Oceania Pacifica'; verso 'c' deve comincia' l'atterraggio; secernesi un carrello come quelli ar supermercato che er Carota riempiva de cocomeri e li lanciava contro le vecchiette. È stato bello stare con te! Non si può però avere sempre una persona che ti aiuta... Maturo vuol dire in grado di provvedere a sé stessi e essere in grado delle sue decisioni e io sono sicuro che, ormai, te la pòi cava' da sola. Se cercherai le valigie, te l'avrò prese io. Addio! ...Lo sapevi che i canguri c'hanno la borsa incorporata e nun se ponno scippa'? Addio...»

# Le canzoni

*Muco nasale*
(di Marchitelli-Rea-Guzzanti)

A Lazziali!!! Ahò! Ahò!
Hellò! Wòzzagliù? My name is Lorenzo, wòzz
are you goings?
Wòzzagliù? Wòzzagliù?
Maddechéahò!
Bada ahò! Bada ahò!
Eh! E mbe'
Eh! E mbe'
Eh! E mbe'
Ma 'nd'abbitate ahò!
Maddechéahò?
Maddechéahò?
Maddechéahò!

Woo-ooh! Muco nasale secerne su di voi!
Se sei nato lazziale, maddeché? Ma mo' che voi, ahò?
Muco nasale secerne su di voi! Abbàda! Abbàda!
Woo-ooh! Abbàda! Abbàda! Wow!
Eh! Oh! Eh!
E mbe'?

Eh! Oh! E mbe'!
Maddechéahò!
Puttroppo er Carota è entrato a gamba tesa sur lazziale ooh! Eeh!
Bada ahò! Bada-bada ahò!
Eh! E mbe'? Ma 'nd'abbitate?
Ar policlinic'ahò! Ahahahaha!

Woo-ooh! Muco nasale secerne su di voi!
Woo-ooh! Muco nasale secerne su di te!
Se sei nato lazziale! Abbàda! Abbàda!
Woo-ooh! Abbàda! Abbàda! Wow!

Matematica – devi morire!
Itagliano – devi morire!
Anlèse – devi morire!
Condotta – devi morire!
Applicazionàggio – devi morire!
Panico! Panico! Ma 'nd'abbitate? Panico! Panico!

Woo-ooh! Muco nasale secerne su di voi!
Woo-ooh! Muco nasale secerne sur lazziale!
Maddeché? Ma mo' che vòi? Ahò!
Muco nasale secerne su di te!!

Infatti, infatti Muco nasale anvedi ci sbiancò!!
Ahò! E ci ha sbiancato! No? Va be'! Too mannaddì, ahò!
Muco nasale! Abbàda! Abbà! Ahò!
Maddeché? Ma che vòi?

*Modella*
(di Marchitelli-Rea-Guzzanti)

Una Donna spesso cade, (infatti, puttroppo)
Co' 'na spintarella sola, (macché rincorsa, so' dieci metri)

Secerne sangue dal nasale se cor gomito je fai bum (ma piano, pe' scherzo)
C'ha sbiancato!? Ma 'ndo' vai? Che donna è? (n'c'ha esperienza è timida, capito?)

Una donna non capisce (ma che sei de coccio, ahò)
Se je bruci er motorino (corteggiando eh)
Si je butti a borsa in mezz'aa strada quando passa er 23! (ahahah! Bada, ahò)
Chiama a madre, schioppa a piagne! Che donna è? (Ma cerc'annàttene)

Infatti tu, invece tu, sei 'na modella! Modella!
Modè modella!
A modè! Ho colto un fiore dal secchio per te
Rotto le canne col ketchup per te!
Nun sei donna, sei modella, sei deppiù!
Nun sei donna, sei modella, sei deppiù!

Quando che me sento solo, (te credo st'ar bagno ahò!)
Guardo la tua fotografia (se me capita sotto, eh!)
Te faccio un assolo de Pus Jordan finché n'vie' la polizia.
A lazziali! Questa qui è la donna mia!
Infatti tu, tu, sei 'na modella! Modella! Modella! Modella!
A mode' me lavo entrambe l'ascelle per te
Rollo le canne col piedi per te!
Nun sei donna, sei modella, sei deppiù!
Nun sei donna, sei modella, sei deppiù!
Sei deppiù che mestappiàppeccù? Ah mbe'... (sto a parla' co' lei, ahò!)
Nun sei donna, sei modella, sei deppiù!

# Le altre apparizioni di Lorenzo

## LORENZO A TUNNEL. MANAGER DEI NIRVANA

Premessa *Di questo copione i telespettatori di Tunnel in realtà videro ben poco, perché non tutto andò come previsto.*

*Nonostante fossero stati presi amichevoli accordi con i Nirvana per la scena con Lorenzo alla fine della loro esibizione, i mitici componenti del gruppo con in testa il leader carismatico Kurt Cobain decisero di improvvisare un altro sketch più consono al loro stile rockettaro.*

*Appena l'impavido Lorenzo fece per avvicinarsi alla band, venne letteralmente accerchiato dai musicisti che cercarono in tutti i modi di togliergli la parrucca di dosso: impresa impossibile visto che era stata uncinata a dovere dal reparto trucco e parrucco di* RAI3.

*Credo che fu dal quel giorno che Lorenzo non ascoltò più un disco dei Nirvana.*

(*I Nirvana, straordinariamente ospiti a Tunnel, si esibiscono in un loro brano. Alla fine del brano, entra in scena Lorenzo indossando dei vistosi occhiali da sole.*)

LORENZO (*dirigendosi spedito verso il gruppo in tono minaccioso*) Ahòw, Frenx chesstaffay? State a secerne' Rock Melodico! Così non ci siamo proprio! (*rivolgendosi al gruppo*) Giowrz! Ma che c'hai fatto co' 'sta chitara, deluus mee! Very deluus me. C'hai incagliato de mani...

*Lorenzo!!*

LORENZO Aspe', aspe'... famme fini'... discorso a parte merita 'a batteria! Ahò, Jemiees, ma che c'hai alle mani, mica te mozzica 'a cassa, ahò! Lo sapevo che in cattività nu' rendete: ve sete fatti 'n' artra vorta de coccolino ammorbidente: you very deluus me! You very, very, deluuss...

*Lorenzo! Ma che diavolo ci fai qui? E che c'entri tu con i Nirvana? Non stavi al college a Boston? Che ci fai con questi capelloni? Dovevi venire il 2 per votare, non prima... Adesso mi spieghi tutto, vero?!*

LORENZO Famme anda': io sto lavorando...

*Ma che fai?*

LORENZO Noi suoniamo...

*Ma tu che suoni? Non diciamo scemenze: che ci fai con loro?*

LORENZO Mi occupo, diciamo... Diciamo di fiducia...

*Che vuol dire?*

LORENZO Diciamo che se serve uno straccio preciso pe' la chitarra lo so solo io, ahò! Quelli la chitarra non la fanno tocca' a nessuno...

*Perché non sei al college?*

LORENZO Sai, credo che noi qui stiamo facendo forse più esperienza di questo tipo di crescere verso una maturità che s'impara forse, più accumulata di esperienza che...

KURT COBAIN Do you know him?

*Yes... I know him, very well...*

COBAIN E NIRVANA This is our lucky day! He is following us from Chicago... six months ago... If you kindly wish...

*Yes, of course... I'll take care of him... once again... Sorry for the disturb...*

LORENZO Ow! Ma che pronuncia c'avete... Da panico, ahò!

*(I Nirvana vanno via e Lorenzo cerca di seguirli.)*

LORENZO Non penserete de cavavvela così, eh?

*Dove vai Lorenzo? Non ti muovere di qui! Adesso facciamo i conti...*

LORENZO Maddechéahò? Domani stamo a Tokio! Famme anna'...

*Lorenzo, non mi provocare: siamo in diretta...*

LORENZO Ahò, ma sei pazza? Che li mandi da soli, che non sanno spiccica' manco 'na parola de inglese...

(*Lorenzo fa nuovamente per andarsene...*)

*Aiuto! Fermatelo!*

(*Un gruppo di figuranti lo ferma e lo blocca a terra...*)

LORENZO Aiuto! Lasciatemi! Pubblicità!

*Lo dico io pubblicità! Adesso non ti muovi di qui e io e te parliamo... Tu rimani qui in Italia perché devi votare: è un dovere, specialmente in questo momento...*

LORENZO Maddechéahò!

*Lo so... I giovani disertano le urne, purtroppo c'è questo scollamento, questa distanza dalla politica, hanno pure complicato le cose... Non ci si capisce più niente: maggioritario, proporzionale, uninominale...*

LORENZO Uninominale è facile: ci sta 'sto nome, si tratta solo mettere 'sta croce il più possibile sopra al nome, io penso...

*Si va be'... E già questo per te è un'impresa, allora sai anche cos'è il proporzionale?*

LORENZO La so, ahò! Proporzionale, un candidato lo guardi, dici questo è proporzionale...

*Ma che stai dicendo?*

LORENZO C'hai sbiancato, eh? È così: se pendi da 'na parte, o sei più lungo de gamba o un po' gobbo, non te pòi presenta' proporzionale... Per esempio Leopardi non si poté presentare proporzionale perché... e dài, ammettilo: sei gobbo, ce stai a spezza' de schiena, ammettilo! Sei maggioritario da 'na parte, non è che gli altri te ponno veni' a di': 'Sei storto...' Abbi la maturità di presentatti maggioritario da solo!

*E con questa disinformazione i giovani dovrebbero entrare in cabina...*

LORENZO Scusa... ma se io, er Carota e er Pezzetta ci pijamo 'na gabina in tre, se pò fa'? Tanto in palestra ci cambiamo sempre insieme...

*Ma che dici?*

LORENZO Ma tu c'hai l'abbonamento?

*Ma quale abbonamento?*

LORENZO Della gabina... Immagino che se vai a votare più spesso te dovrebbero fa' una tessera, no che paghi sempre venti sacchi...

*Ma che dici? Ma è gratis!*

LORENZO Bada, ahò, allora ce vado subito: pijamo 'na gabina grande io e er Carota, anche se è a nome mio, poi lui come ospite... 'Na volta ce pò veni', credo...

*Ma il voto è segreto, Lorenzo...*

LORENZO (*a bassa voce*) Allora non lo dimo a nessuno, te dico 'na cosa privata: annamo quattro amici così... 'Na ventina de persone, no proprio compleanno coi regali... solo di portare 'na boccia, una stecca de fumo...

## LORENZO AL PIPPO CHENNEDY SHOW: 2 MAGGIO 1997

*(Il programma viene interrotto dall'irruzione di Lorenzo che entra in studio sgommando alla guida di un motorino...)*

*Lorenzo! Ti avevo proibito di venire qua! Lo sai che non ti voglio più vedere finché non prendi la maturità!*

LORENZO Staffà?

*Come 'staffà'? Che ci fai tu qua? Dove l'hai preso questo motorino??*

LORENZO Bada, ahò! L'ho trovato pe' tèra! L'ho liberato, poraccio, stava tutto incajato co' 'na specie di catena... 'sta gente che abbandona le povere creature in mezzo alla strada d'estate co 'sto caldo... E che si lascia la robba così? Pensa: abbiamo dovuto usa' la tenaglia...

*Certo, l'hai liberato... Guardatelo: questo è il mio fallimento personale...*

LORENZO Chi, ahò?

*Tu, Lorenzo! E guarda: è inutile che vieni qua a chiedermi soldi, eh?*

LORENZO Lo sai, se me servono i soldi te li prendo... non so' certo il tipo di chiedere...

*Che vergogna, sono cinque anni che cerchiamo di prendere la maturità...*

LORENZO Ahò, ma se te scoraggi ar quinto anno ar decimo che fai?

*Io non faccio più niente, Lorenzo! Non ci torni a casa: vai a lavorare!*

LORENZO Ahò maddechéahò! Sta' a sbrocca', ahò?

*Che vergona: non hai voglia di fare niente! Vergognati! Ma quanti anni hai?*

LORENZO Boh... eh, eh, eh...

*Come boh? Ti ho chiesto quanti anni hai!*

LORENZO Ma che fai, me chiedi le date? Che stamo a fa' storia, ahò! Er documento l'ho lasciato a casa! Maddeché... mo' mo studio a memoria? Allora nun ci ha senso falli i documenti se ognuno se ricorda tutto...

*Lascia perdere, non ti ricordi manco come ti chiami...*

LORENZO (*cambia tono e diventa tenero e arrendevole*) Io puttroppo infatti mi sto impegnando veramente di maturità: quest'anno ce la facciamo! Me lo sento! (*la abbraccia*)

*Ancora? Non m'incanti... Ma se abbiamo fatto le notti a ripetere, a studiare...*

LORENZO Ah, ecco chi è che parlava...

*Sei un disgraziato!*

LORENZO Sai, forse ci è mancato un incoraggiamento... forse... è mancato quel qualcosa che ti fa fare lo scatto...

*Cosa?*

LORENZO Pensavo... se mi potevi dare un mijone!

*Ma che sei matto? Io non ho più fiducia!*

LORENZO ...ma i soldi?

*Basta: vai a lavorare!*

LORENZO (*tenerissimo*) Quanto era bello quando studievamo, ti ricordi? Che tu mi davi i soldi... e oggi cos'è successo? Non ci ho più i soldi?

*Non mi incanti, Lorenzo...*

LORENZO Daje, famo ancora in tempo: me voglio presenta' privatista...

*No!*

LORENZO Ho trovato una scuola bona, ahò!

*Quale?*

LORENZO Istituto parificato Principe Giannini Da Panico: te fanno fa' sei anni in uno!

*Ma dove l'hai trovata 'sta scuola?*

LORENZO Sul «Coriere dello Spo»!

*Tanto ti boccerebbero pure lì... Non te la pago!*

LORENZO (*ripete come un invasato tutte le nozioni storpiate che gli sono state inculcato*) Ma so tutto, so tutto! Latino, paradigma der verbo *sum: sum, sumis, sumuis, sumusus, sumi, sumisi, sui, summu, summussu...*

*Sì, e l'infinito dov'è?*

LORENZO È infinito: me devi ferma' te! Dimme stop: *sumissis, sumu, umus...*

*Non sai niente: vattene...*

LORENZO Italiano, *Promessi sposi*, trama: uno sta a batte' i pezzi a lei; uno je rompe er cazzo; peste, bubboni, morto, se sposano... Dante e Alighieri fanno i gironi de ritorno, derby: Roma 1 - Lazzio merda... Leopardi si ammala di gobba, se piega a 360 gradi e muore: la gobba la seppelliscono, a tutt'oggi se chiama erbo colle!

*Basta!*

LORENZO Biologie: la donna, puttroppo consta di tre organi: la vagina, la vescica e il ciclo... verso il 15, 16 questo ciclo secerne muco se è un ciclo molto grosso si chiama ciclope. So' maturo! C'hai sbiancato ahò! Aa preparazione, aho!

*Ma che preparazione!*

(*Entra Silvia.*)

SILVIA Lori! Lori! Troppo bello, veramente...

*Ma che lo conosci pure tu?*

SILVIA Ma come? Lori? Troppo carino! È l'amico di Chicca, fa parte della comitiva della sera, conosce pure benissimo Giambi!

*Certo, un altro mascalzone...*

SILVIA Non esiste proprio: è troppo dolce! Ciao Lori...

LORENZO Abbàda, ahò...

(*Scambi di facce e smorfie tra Silvia e Lorenzo.*)

SILVIA Lori, me lo dai un passaggio?

LORENZO Non esiste proprio!

SILVIA Troppo dolce, troppo carino...

LORENZO Damme 'a borsa: taa porto io!

SILVIA Grazie, veramente... Vai un po' più avanti che mi siedo dietro...

(*Quando Silvia sta per montare in sella, Lorenzo le scippa la borsetta e se ne va sgommando a tutto gas.*)

*Che dolce, eh?*

# La seconda che hai detto!

## Il libro di Quèlo e di altra gente in grossa grisi

(1997)

# Prima giornata di videoconferenza

*Tu come lo vedi?*

QUÈLO Buonasera, volevo dire al mondo e a tutti gli amici di internet che in questi tempi stiamo vivendo una grossa grisi! C'è una grossa grisi... grisi dei valori... c'è molto egoismo... molta violenza...

*È vero, ma lei chi è?*

QUÈLO Io sono un messia e porto la parola.

*La parola di chi?*

QUÈLO La parola di Quèlo.

(*Indica un piccolo totem di legno con occhi e bocca disegnati e chiodi al posto delle braccia e dei capelli.*)

*Quèlo? E cos'è? Una nuova religione, un culto?*

QUÈLO Per adesso c'è Quèlo!

*Cioè?*

QUÈLO Tu come lo vedi?

*Io vedo un pezzo di legno... no, non lo so, un dio, un amuleto...*

QUÈLO La seconda che hai detto: un dio. (*scrive su un foglio*) «...un dio...»

*Ah, un dio... interessante, ma lei ha avuto una rivelazione o questo legno le ha parlato?*

QUÈLO La seconda che hai detto, questo dio mi ha parlato... Pronto? Ogni giorno migliaia chiamano per parla' co' Quèlo!

*Ah! Migliaia di persone?*

QUÈLO Migliaia di persone!

*Senta, ma cosa fa? Cos'è? Come funziona? Non so... allontana le energie negative?*

QUÈLO Ecco! Sai che fa Quèlo? Allontana le energie negative... (*scrive*) «...lui allontana...»

*Sì, ma questo l'ho detto io... ho capito...*

QUÈLO «...le energie...»

*Ma che fa, scrive quello che dico io? Scusi, ma se ha fondato una religione, ci dovrà dire qualcosa lei, no?*

QUÈLO E va be', ma c'è molta grisi, c'è molta grisi dei valori... la gente non sa più quando stiamo facento...

*Mi tolga una curiosità... lei è straniero? È indiano? È sudamericano?*

QUÈLO Sì, sono di Foggia...

*E perché parla così?*

QUÈLO Perché c'è grande grisi dei valori...

*C'è molta crisi dei valori, ho capito...*

QUÈLO La gente non sa più quando stiamo andando...

*Ci può dire di più? Non so... avete un testo sacro? Una Bibbia?*

QUÈLO La seconda che hai detto: la Bibbia, la parola di Quèlo...

*La parola di Quèlo... Ce la può illustrare?*

QUÈLO Certo... ecco...

(*Il messia mostra un foglietto di carta stropicciato con due righe scritte a penna.*)

*Ma quello è solo un foglio! Scusi, è dove pigliava appunti...*

QUÈLO Quèlo!

*Ho capito... ma non è possibile... scusate, ma pure voi che fondate delle nuove religioni, organizzatevi, ma che dà un foglietto con due appunti scritti a mano?*

QUÈLO Ho capito, ma questa, la religione, l'ho fondata sabato, domenica ci ho avuto nonna a casa, è venuta a pranzo ed è rimasta fino alla sera... e non se ne voleva andare...

*Ho capito, ma...*

QUÈLO Lunedì lo sai a che ora mi sono svegliato? Alle sette meno un quarto! Per mettere la bambina in macchina e l'ho portata a scuola!

*Ho capito, ma che gliel'ho detto io di fondare una nuova religione? È lei che ha il sito internet che la gente chiama...*

QUÈLO E va be', ma c'è grande grisi... la gente ha bisogno! Qua non sappiamo più quando stiamo andando su questa tèra... qua non sappiamo più quando stiamo facento su questa tèra. C'è grande bisogno...

(*Quèlo scompare.*)

*Ho capito, ma lei che risposte dà? Scusi? Pronto? Pronto?*

***

COLOMBO

Sono partito per l'India cercando
una risposta, cercando un santone
che mi indicasse la via dello
spirito e della felicità...
invece è tutta roba di pellirosse,
cactus e merda di cavallo.

## Seconda giornata

*Una speranza per il genere umano*

QUÈLO Buonasera, volevo dire a tutti gli amici di internet che nel mondo c'è grossa grisi, c'è molto egoismo, molta violenza... qua la gente non sa più quando stiamo andando, quando stiamo facento su questa tèra...

*Buonasera, sono contento di rivederla... lei è il profeta di questa nuova religione...*

QUÈLO Io sono un messia e porto la parola...

*La parola di chi?*

QUÈLO La parola di Quèlo!

*Ah ecco, Quèlo... Sa che molta gente ha chiamato per saperne di più su questa nuova religione?*

QUÈLO C'è molta grisi... molto egoismo...

*Ha ragione, e cosa c'è in questa nuova religione?*

QUÈLO Per adesso c'è Quèlo!

*Certo, c'è Quèlo... e mi aiuti a ricordare... cos'è Quèlo?*

QUÈLO Tu come lo vedi?

*È un feticcio, un dio, una disciplina.*

QUÈLO La seconda che hai detto... è un dio.

*E lei pensa che il suo dio possa risolvere i problemi del mondo, dare una speranza al genere umano, renderci più partecipi della vita degli altri...*

QUÈLO La seconda che hai detto... Com'è? Com'è?

*La seconda? Dare una speranza...*

QUÈLO Ecco che fa lui, lui dà una speranza al genere umano. (*scrive*) «...lui dà una...»

*Sì, va be', ma lei scrive sempre quello che dico io... non ha delle verità di fede...*

QUÈLO La seconda che hai detto...

*Senta, ma com'è la preghiera di Quèlo?*

QUÈLO La preghiera è tipo chiedere che va meglio o che 'na certa cosa si sistema bbène...

*Lo so cos'è la preghiera in generale... dicevo la sua, di Quèlo... lei parla col suo dio...*

QUÈLO Certo... prontooo...

*Sì, va be', pronto... tutto qui? Non avete un luogo di culto? Una chiesa?*

QUÈLO Tu come la vedi?

*Come 'come la vedo'? Lo saprà lei se c'è una chiesa dove riunirvi!*

QUÈLO Eh, ma non posso fa' tutto io... Lo sai oggi a che ora mi sono alzato? Alle sette meno un quarto... col traffico al centro so' arrivato alla stazione alle nove e ho perso la coincidenza pe' Foggia... Lo sai quanto mi ha chiesto Aldo per il carburatore?

*Che c'entra? Chi è Aldo, un altro adepto o il meccanico?*

QUÈLO La seconda che hai detto... (*scrive*) «...il meccanico...»

*Ma che fa? Lo scrive pure? Nel testo sacro?*

QUÈLO (*gli mostra il foglietto*) Ecco Quèlo...

*Sempre quella mezza paginetta... le avevo detto di prepararsi un po' meglio... arrivederci...*

QUÈLO Eh, arrivederci, ma guarda che te c'hai 'na grossa grande grisi! Tu non sai più quando stai facento, quando stai andando su questa tèra...

***

## HO VISTO IL FUTURO

Ho visto il futuro...
Ho visto uomini e donne in terra,

vittime della violenza,
uomini sopraffatti dal proprio
egoismo che uccidono i loro fratelli.
Ho visto grandi guerre e grandi distruzioni
...e ho visto la fine!
L'Apocalisse...
Intere città bruciare come paglia,
donne e bambini, giovani vite, distrutte
dalla cecità umana!
Ho visto il futuro...
Ho visto solo morte, dolore, distruzione...
la fine della razza umana,
la fine della vita...
io però le avevo chiesto se mio
marito mi mette le corna...

# Terza giornata

## *Una diversa spiritualità*

QUÈLO Buonasera, volevo dire al mondo e a tutti gli amici di internet che in queste ore dramatoco c'è una grossa grisi, c'è molto egoismo... qua la gente non sa più quando stiamo andando... qua la gente non sa più...

*Buonasera... scusi se l'ho interrotta ma qua non facciamo altro che ricevere telefonate... gente che vuole sapere...*

QUÈLO La gente deve credere in qualcosa...

*Sì, e vuole sapere chi è lei.*

QUÈLO Io sono un messia e porto la parola...

*Sì, la parola di...*

QUÈLO La parola di Quèlo.

*Ecco, sì, però guardi; non basta... I suoi proseliti vogliono sapere di più sulla sua religione, per esempio vogliono sapere se è prevista una reincarnazione o se c'è una specie di paradiso.*

QUÈLO La seconda che hai detto... c'è una specie di paradiso... (*scrive*) «...una specie...»

*Ah! Quindi c'è un paradiso e non una seconda vita terrena, interessante...*

QUÈLO No, la seconda che hai detto... una seconda vita terrena... (*scrive*) «...una seconda...»

*Eh no, come? Prima ha detto il paradiso... o l'uno o l'altro, sennò è una contraddizione.*

QUÈLO Tu come la vedi?

*Eh? Come la vedo io? Come la vede lei, lei ha una responsabilità adesso.*

QUÈLO Scancello quello... e metto questo.

*E allora mettiamo 'paradiso'... ma insomma almeno però ci deve descrivere bene cos'è questo paradiso.*

QUÈLO Il paradiso? Eh! Il paradiso è che... che ne so, che io prima stavo mmh mmh e poi mi trovo in un posto che tutto si sistema veramente bbène...

*Sì, ho capito...*

QUÈLO Oppure che io stavo a un posto dove dico: 'Ora veramente le cose vanno molto bbène che tutto si sistema.' Capito che? Stai proprio bbène...

*Ho capito! Ma questo è il paradiso in generale, lo sappiamo, ma noi vogliamo sapere cosa c'è nel suo paradiso...*

QUÈLO Per adesso c'è Quèlo.

*Sì, ma mi può dire qualcosa di più?*

QUÈLO Tu come lo vedi?

*Non lo so, c'è una grande luce bianca...*

QUÈLO Ecco, sai cosa c'è? Per adesso? Per adesso c'è una grande luce bianca... (*scrive*) «...una grande luce...»

*...bianca.*

QUÈLO «...bianca...»

*Senta, mi corregga se sbaglio, ma mi sembra una religione sudamericana che ricorda un po' un rito voodoo, cajun?*

QUÈLO Sì, è di Foggia.

*Tutti chiedono una cosa: tutti chiedono come possono parlare con Quèlo.*

QUÈLO È molto semplice, oggi chiunque può parla' con Quèlo... Pronto? Vedi? Oggi migliaia di persone possono parla' con Quèlo.

*Sì, ma che risponde?*

QUÈLO Cosa?

*Che risponde?*

QUÈLO Che risponde? È occupato... ritentolo! Sono in migliaia a ogni momento che vogliono ascolta' la parola... la parola di?

*Quèlo... Ma è un problema di linea o ci vuole una diversa spiritualità per accostarsi...*

QUÈLO La seconda che hai detto! Ci vuole una diversa spiritualità... (*scrive*) «...una diversa...»

*Una diversa spiritualità... Sì, ho capito... Senta però, scusi, lei deve smettere di appoggiarsi a me... voglio dire... la religione è la sua e lei non può ogni volta scrivere tutto quello che dico io...*

QUÈLO Ho capito, ma tu lo sai a che ora mi sono alzato stamattina? Alle sette meno un quarto!

*Eh va be', ci poteva lavorare di notte!*

QUÈLO La notte? Ma la notte... la bambina ha vomitato tutta la notte! Quella a merenda gli dà il cioccolato fondente!

*Eh, mi dispiace... però...*

QUÈLO ...che gli fa male ai denti e poi ha vomitato tutta la notte! Tanto chi c'è? C'è Quèlo, perché quella è andata a giocare a bridge colle amiche... lo sai a che ora è rientrata? Alle quattro del mattino! È andata a giocare... ci aveva il vestito tutto stropicciato...

*Sua moglie?*

QUÈLO Alle quattro del mattino giochi? E poi vai a giocare colle amiche e si stropiccia tutto? Capito?

*Mi dispiace...*

QUÈLO Eh no...

*Mi dispiace, scusi, non volevo... mi sembra che lei sia un po' in crisi in questo momento...*

QUÈLO No... io? Te stai in grossa grisi!

*Be', insomma, pure lei mi sembra...*

QUÈLO No io, guarda che te stai in grossa grisi, eh?... Tu stai attraversando delle ore dramatoco perché ci hai molto egoismo, c'hai molta violenza...

*Ma anche lei sta molto in crisi, mi sembra...*

QUÈLO *Io c'ho la grisi? Io c'ho la grisi?*

*Eh... sì...*
QUÈLO Io c'ho la grisi?... Pronto?... C'ho la grisi?

***

*Di tutte le esperienze che ho avuto*
*forse la più negativa è stata la vita...*

# Quarta giornata

*Miagolando nel buio*

QUÈLO Buonasera, volevo dire al mondo e a tutti gli amici in studio che c'è una grossa grisi dei valori... c'è molta violenza, molto egoismo... in queste ore dramatoco, qua non sappiamo più quando stiamo andando su questa tèra, quando stiamo facento sempre su questa tèra.

*Abbiamo con noi il nostro profeta, il nostro messia...*

QUÈLO La seconda che hai detto: io sono un messia e porto la parola...

*La parola...*

QUÈLO La parola di Quèlo...

*...e viene a noi con delle grandi verità, con delle parole di speranza, con delle...*

QUÈLO Col treno... da Foggia.

*Bene, tra poco potremo finalmente aprire il telefono a tutte le persone che vogliono rivolgerle delle domande o ascoltare le sue parole...*

QUÈLO Certo, ogni giorno migliaia di migliaia di pessone vojono parla' co' Quèlo... Pronto???

*Ecco, prima di aprire con le nostre telefonate facciamo chiarezza su quel poco che sappiamo di questo culto... Abbiamo capito che c'è grossa crisi; e la gente ha bisogno di credere in qualcosa e per adesso...*

QUÈLO Per adesso c'è Quèlo!

*Ecco, che cos'è Quèlo?*

QUÈLO Tu come lo vedi?

*Guardi, onestamente, visto da vicino, posso dire? Un pezzo di legno...*

QUÈLO Sennò?

*Sì, lo so, è un dio... ma questa sera vorrei riuscire ad andare un po' oltre, a fare luce su questo dio.*

QUÈLO La seconda che hai detto, ecco, sai che? Vorrei riuscire a fare luce...

*Sì, ho capito, sentiamo le telefonate...*

QUÈLO Pronto?

ANDREA Pronto?

QUÈLO Da dove chiami?

ANDREA Da Treviso...

QUÈLO Sennò?

ANDREA Dal Veneto. Volevo sapere se ha già dei discepoli, è da solo? Chi c'è con lei in questa religione?

QUÈLO Per adesso c'è Quèlo!

ANDREA Senta, e sulla fine del mondo?

QUÈLO Sì, grazie, altre telefonate? Pronto?

*Ma come 'sì, grazie', ma che si risponde così?*

DAVIDE Pronto? Sono Davide...

QUÈLO Sennò?

DAVIDE Boh, Mario...

QUÈLO Dammi una terza possibilità!

DAVIDE Giuseppe?

QUÈLO La seconda che hai detto: Mario. (*scrive*) «...Mario...»

DAVIDE Vorrei capire meglio... questo dio ha creato il mondo o no?

QUÈLO Tu come la vedi?

*No scusi, lo dica lei... Prima di Quèlo c'era il vuoto, o c'era già il mondo?*

QUÈLO La seconda che hai detto!

*Ah, allora c'era già il mondo, e cosa ha creato Quèlo?*

QUÈLO Prima c'era il mondo ma ancora nessuno l'aveva creato... e allora è arrivato Quèlo... e l'ha creato!

*Ma se c'era già, cosa ha creato, scusi?*

QUÈLO Prima c'era, però ancora nessuno ci aveva avuto l'idea di crearlo...

*Si rende conto che è caduto in grave contraddizione?*

QUÈLO Tu come lo vedi?

*Come 'come lo vedo'? Si sta contraddicendo... Questa religione è piena di contraddizioni...*

QUÈLO Ecco, sai che è? È piena di contraddizioni... (*scrive*) «...è piena...»

*Ho capito... passiamo alle telefonate.*

QUÈLO «...di contraddizioni...» Pronto???

NERI Pronto, mia figlia si sta diplomando alle magistrali, vorrei sapere se troverà lavoro...

QUÈLO No. Altre telefonate?

MARIA: Pronto?

QUÈLO Pronto... tu ci hai una grossa grisi, tu non sai più quando stai andando, stai miagolando nel buio, vai a dentoni...

*Ma che dice? Come fa a saperlo?*

MARIA È vero... ma vorrei sapere: cos'è il peccato nella religione di Quèlo?

QUÈLO Mah, il peccato è che magari te volevi fare una cosa, che la volevi fare veramente bbène e però sennò la cosa dopo che non era venuta molto bbène... oppure che te volevi quello e non è venuto e te dicevi mannaggia, se mi veniva allora tutto si sistemava veramente bbène...

*Voi avete il peccato o il mannaggia?*

QUÈLO La seconda che hai detto! (*scrive*) «...il mannaggia...»

*Ma che religione è? Avete il 'mannaggia'?*

QUÈLO Ho capito ma c'è grossa grisi, la gente ha bisogno di credere in qualcosa...

*Sì, però la prossima volta si prepari un po' meglio...*

QUÈLO Ho capito, ma tu lo sai a che ora mi sono alzato

stamattina? Alle sette meno un quarto! La bambina in treno ha vomitato tutto il tonno... lo sai il supplemento da Foggia quanto costa?

*Scusi, non volevo metterla in crisi...*

QUÈLO No, sei te che ci hai grisi, grisi dei valori; c'hai molto egoismo...

***

## LA LINEA

Questa linea si chiama 'linea della vita';

dice che avrai una vita lunga, intensa e felice... viaggerai molto, conoscerai il mondo e il mondo conoscerà te, farai tante esperienze...

Questa linea si chiama 'linea della fortuna';

dice che sarai molto famoso, amato da tutti i tuoi amici e vedo molto denaro, molta ricchezza che sarà solo frutto del tuo ingegno e del tuo lavoro...

Questa linea si chiama 'linea dell'amore';

dice che avrai molto amore, sarai amato dalle donne che amerai... vedo tanta passione, vedo una grande famiglia, tanta felicità e gioia fino alla fine dei tuoi giorni...

Questa linea si chiama 'errata corrige'...

## Quinta giornata

*Tre pani per quattro pesci*

QUÈLO Buonasera, volevo dire al mondo che in queste ore dramatoco, c'è grossa grisi, grande egoismo... qua non sappiamo più quando stiamo facento su questa tèra, qua non sappiamo più quando stiamo andando su questa tèra... C'è una grossa grisi... ma se ci mettiamo tutti insieme... coll'amore, colla speranza ecco che allora ci abbiamo tutti insieme una grossa grisi...

*Ah, ecco il nostro santone di internet... è tornato a trovarci...*

QUÈLO Buonasera...

*Lei ha fatto proseliti... è diventato un punto di riferimento per molte persone...*

QUÈLO Sennò?

*Come 'sennò'? Lei è un messia, una luce che rischiara il nostro...*

QUÈLO La seconda che hai detto! Io sono un messia e porto la parola...

*Sì, certo, lo so, la...*

QUÈLO La parola di Quèlo...

*Passiamo alle telefonate...*

ELENA Che cosa rappresenta il miracolo nella religione di Quèlo?

QUÈLO Il miracolo è una cosa che tu prima stavi normale...

poi improvvisamente succedeva qualcosa che tu non ti spiegavi veramente bbène! Oppure che tu vedi una cosa che dici: 'Oh! Ma questo non me lo spiego veramente bbène!'

*Ma questo non è il miracolo di Quèlo, questo è solo il miracolo in generale!*

QUÈLO La seconda che hai detto!

*Sì, ma un miracolo di Quèlo c'è o no?*

QUÈLO Tu come lo vedi?

*Non lo so, ha moltiplicato i pani o i pesci?*

QUÈLO La seconda che hai detto...

*Ha moltiplicato i pesci? Cioè? Come ha fatto?*

QUÈLO Mah, per esempio te ci avevi tre pesci e moltiplica per esempio per tre e fai nove pesci... oppure ci hai tre pesci moltiplico per quattro uguale sedici pesci...

*Tre per quattro non fa sedici, fa dodici!*

QUÈLO Quello per questo è un miracolo! Altre telefonate? Pronto?

MARIO Pronto? Mio figlio non sa leggere, cosa devo fare?

QUÈLO È normale che un bambino piccolo non sa leggere... appena nato il bambino non ha mai visto un libro... prima deve cominciare colla lettera A, poi quando la sapeva che passava a B...

MARIO Mio figlio ha venticinque anni.

QUÈLO No, allora se ha venticinque sa leggere. Altre telefonate?

SANDRO Pronto? Sono Sandro...

QUÈLO Quanti anni hai?

SANDRO Trentaquattro...

QUÈLO Perché?

SANDRO Eh... perché sono nato nel '63.

QUÈLO La seconda che hai detto... (*scrive*) «...nato nel sessantatré...»

SANDRO Esistono i misteri nella sua religione?

QUÈLO Certo...

SANDRO Per esempio...

QUÈLO Tu come la vedi?

SANDRO Non lo so, lo dica lei...

QUÈLO Non lo so...

SANDRO E allora come fa a dire che ci sono i misteri?

QUÈLO Come faccio? È un mistero... (*scrive*) «...è un mistero...» Pronto?

FABIO Pronto? Ha mai avuto problemi con la Chiesa?

QUÈLO No, sta a cento metri da casa... Pronto?

PINA Pronto? Mia figlia ha sempre avuto problemi con gli uomini: riuscirà a trovare qualcuno che le voglia bene veramente?

QUÈLO No. Altre telefonate?

*Come 'no'? L'ha liquidata così?*

GIULIO Pronto? Nella sua religione si può mangiare sempre tutto quello che si vuole o c'è il digiuno?

QUÈLO La seconda che hai detto...

GIULIO Allora c'è un giorno santo in cui non si può mangiare?

QUÈLO No.

GIULIO Allora c'è una cosa che è vietato mangiare?

QUÈLO No.

GIULIO Ma allora se si può mangiare tutto quando ci pare, quando c'è il digiuno?

QUÈLO Tu puoi mangiare tutto quello che vuoi che mangiavi che proprio ti sentivi veramente bbène... che però avevi mangiato tutto della casa che non ci è rimasto più niente e allora comincia il digiuno... che ne so apri il frigo, apri la credenza che non ci trovavi proprio niente e allora c'è il digiuno!

GIULIO E quanto deve durare il digiuno?

QUÈLO Eh, che te devi andare a fa' la spesa sennò che non ci è rimasto niente sennò c'è sempre il digiuno...

*Senta, ma la gente vuole delle risposte. Lei parla di spesa... ma che razza...*

QUÈLO Eh, ho capito, ma mica posso fa' tutto io qua, eh?

Lo sai a che ora mi sono svegliato stamattina? Alle sette meno un quarto... la bambina mi ha vomitato tutta l'anguria nelle scarpe... Lo sai quanto costa l'idraulico? Centocinquantamila lire e dopo mezz'ora il rubinetto perdeva di nuovo... quella va al corso di chitarra alle quattro del pomeriggio, lo sai a che ora è rientrata? Alle cinque del mattino... col rossetto tutto spostato sulla faccia... e che la chitarra la suoni colla bocca? Che poi la chitarra non se l'era manco portata e la bambina ci ha vomitato dentro il tonno...

*Lei è veramente in crisi...*

QUÈLO No, te ci hai grossa grisi...

*No scusi, se lei viene qui con le idee confuse, con i suoi problemi personali col...*

QUÈLO Col treno... da Foggia...

***

*Non rimandare a domani*
*quello che puoi fare dopodomani.*

# Sesta giornata

## *Una parola di conforto*

(*Quèlo entra, portato in processione dai suoi adepti.*)

QUÈLO Buonasera, volevo dire al mondo e a tutti gli amici di internet che in queste ore dramatoco c'è grossa grisi.

CORO Grossa grisi.

*Ma cos'è, una processione? Questa cosa ci sta scappando di mano...*

CORO Per adesso c'è Quèlo!

QUÈLO Io sono un messia e porto la parola...

CORO: La parola di Quèlo.

QUÈLO C'è grossa grisi, molto egoismo, ma...?

CORO Per adesso c'è Quèlo!

QUÈLO Qua non sappiamo più quando stiamo andando su questa tèra.

CORO C'è grossa grisi.

QUÈLO C'è molto egoismo, qua non sappiamo più quando stiamo facento su questa tèra.

CORO La seconda che hai detto...

QUÈLO No è che ripeti a pappagallo tutto quello che dico?

CORO Tu come la vedi?

QUÈLO Ma per adesso c'è Quèlo!

CORO Per adesso c'è Quèlo...

QUÈLO Pronto?

CORO Pronto?

*Ma che cavolo state facendo? Capisco che c'è crisi ma qua vi siete fatti prendere la mano!*

QUÈLO Pronto? Da dove chiami?

*Come da dove chiamo? Da qui, sono accanto a lei... è impazzito?*

CORO La seconda che hai detto...

(*Nello schermo della videoconferenza appaiono due giovani vestiti da sposi.*)

*Buonasera... auguri... ma cosa...*

CATERINA Maestro, noi vorremmo sposarci con il rito di Quèlo...

QUÈLO Pronto?

CATERINA Pronto?

QUÈLO Come ti chiami?

CATERINA Caterina.

QUÈLO Sennò?

CATERINA Franca.

QUÈLO La seconda che hai detto!

PIERO Maestro vorrei sposarmi col rito di Quèlo...

QUÈLO Tu vuoi sposarti col rito di Quèlo o co' lei?

PIERO La seconda che hai detto!

QUÈLO Franca, Piero, volete prendere in marito Piero e in moglie Franca?

CATERINA Tu come la vedi?

QUÈLO Non lo so, l'hai detto te...

PIERO Sì, ma c'è grossa grisi, grosso egoismo... la gente ha bisogno di credere in qualcosa...

QUÈLO Franca, vuoi prendere lui tipo marito?

CATERINA La seconda che hai detto!

QUÈLO Piero, vuoi prendere lei tipo marito?

PIERO La seconda che hai detto!

QUÈLO Allora uno di questi giorni andate a sposarvi... Altre telefonate? Pronto?

*Ma che 'pronto'? Lei comincia un rito matrimoniale e poi li manda a sposarsi da un'altra parte?*

QUÈLO Ho capito, ma mica posso fa' tutto io! Lo sai a che ora mi so' alzato stamattina?

*Alle sette meno un quarto...*

QUÈLO Bravo! Pronto?

*Senta, lei sta esagerando, la processione, il matrimonio, mi pare troppo... Lei è venuto qui solo per dare delle risposte a chi ne ha bisogno...*

QUÈLO La seconda che hai detto!

*Ho detto solo la prima...*

QUÈLO Ho capito, ma c'è grossa grisi, la gente deve credere in qualcosa...

*Ho capito, lasciamo perdere... Partiamo con le telefonate...*

QUÈLO Pronto?

SILVIA Buonasera... sono Silvia del comitato delle pari opportunità. Senta, ma la donna è considerata come l'uomo nella religione di Quèlo?

QUÈLO Be', la donna è come l'uomo all'inizio e poi però ti accorgi, non so quando vai al mare e guardi proprio bbène che non è proprio uguale, se vedi nei giornali la donna sembra... ma anche nelle videocassette se le guardi proprio bbène e le riguardi, le avvolgi e le riavvolgi e guardi proprio bbène i capelli sì sono lunghi e li puoi tagliare e allora è come l'uomo ma sotto non puoi tagliare, certo se tagli l'uomo ma non puoi perché poi non è che lui si sente molto bbène.

SILVIA Ma possono esistere sacerdoti donna nella sua religione?

QUÈLO Sì, ma tanto al mare li riconosci. Pronto?

PAOLO Pronto, mi scusi, sto passando un periodo di depressione, mi può dare una parola di conforto...

QUÈLO Tu come la vedi?

PAOLO Non lo so, mi dica... che tutto andrà bene, che è solo un momento difficile ma che poi andrà meglio...

QUÈLO Sennò?

PAOLO Non lo so, che queste cose aiutano a crescere, che prima o poi passerà...

QUÈLO Grazie, adesso mi sento già molto meglio, altre telefonate?

DARIO Lei crede che la morte cancelli tutto o la morte è solo un passaggio?

QUÈLO La seconda che hai detto... (*scrive*) «...la morte è solo un passaggio...»

DARIO Lei mi consola... se la morte è solo un passaggio, allora c'è vita oltre la morte!

QUÈLO Tu come la vedi?

DARIO Che dopo la vita c'è un'altra vita, non c'è la fine...

QUÈLO La seconda che hai detto, la fine...

DARIO Come 'la fine'? Ma allora in che senso la morte è solo un passaggio?

QUÈLO Che è solo un passaggio ma tanto basta quello ad ammazzarti...

ENZO Lei ha dei sogni nel cassetto?

QUÈLO No, solo calzini... Altre telefonate?

*Maestro, scusi ma non ho capito la risposta di prima... ma allora la vita continua oltre la morte?*

QUÈLO Certo, sennò il funerale chi lo paga?

FRANCESCO Senta, la Chiesa ormai ha accettato la teoria di Darwin... ma anche secondo lei l'uomo discende dalla scimmia?

QUÈLO No, l'uomo non può discendere dalla scimmia, forse il bambino...

FRANCESCO Come il bambino?

QUÈLO Eh! La scimmia non è che è un cavallo che puoi salire e scendere... se la scimmia è molto grossa, il bambino può scendere...

FRANCESCO Sì ma la Chiesa ha detto che l'uomo può discendere dalla...

QUÈLO Ho capito, la Chiesa l'ha detto, ma se quella non ce la fa non è che puoi costringere la scimmia... capito? Qua scendiamo dalla scimmia monti su un'altra scimmia... Altre telefonate?

SAVERIO Non sono d'accordo: se l'uomo discende dalla scimmia allora da dove vengono le verità della Bibbia?

QUÈLO Non lo so, dall'albero?

MONICA Senta, ma questo dio è onnipresente? Vede tutto ed è in tutti i luoghi?

QUÈLO Quèlo qualche luogo c'è qualche volta no... la seconda che hai detto...

MONICA Come 'la seconda che hai detto'? Un dio dev'essere in tutti i luoghi, vedere tutti e tutto...

QUÈLO Ho capito, ma mica posso fa' tutto io qua, eh? Lo sai quanto ci ho messo a fare la spesa colla fila? Due ore e un quarto... e la bambina è scappata al reparto dei biscotti e poi ha vomitato sulla cassiera... Lo sai mia moglie a che ora è rientrata?

***

## LA MIA PARTE FEMMINILE

Le donne mi dicevano 'Sei troppo maschio!', 'Sei troppo virile, troppo rude, insensibile! Ma dove ce l'hai tu la tua parte femminile?'

Eh! Dove ce l'ho io la mia parte femminile?

'Cercala! Trovala!'

Ma dove la cerco la mia parte femminile?

La cercavo e non la trovavo...

Poi un giorno, improvvisamente, l'ho vista!

La MIA parte femminile... piccola, piccola... però c'era!

L'ho messa a fuoco... e non me la sono più persa.

E ci parlavo colla mia parte femminile, ci comunicavo...

Era bellissimo! Eravamo solo io e la mia parte femminile...

E ogni giorno le davo forza, le davo energia!

E piano piano l'ho vista crescere... svilupparsi!

E giorno dopo giorno diventava sempre più importante per me!

Giorno dopo giorno diventava sempre più grande...

E quando la mia parte femminile è diventata abbastanza grande...

ME LA SONO FATTA!

# Settima giornata

## *Non siamo soli*

*Abbiamo ritenuto di dover interrompere momentaneamente questo ciclo di videoconferenze religiose del santone di Quèlo. L'episodio della setta suicida negli Stati Uniti deve farci riflettere sulla pericolosità che possono assumere questo genere di manifestazioni in internet. Siamo sicuri che ci capirete... abbiamo anche noi la sensazione che il fenomeno ci stia sfuggendo di mano, insomma... capisco la grossa crisi... se volete contattare il nostro messia potete sempre scrivergli: la sua email è...*

ALESSANDRO Buonasera, volevo chiedere se nella sua religione la transustanziazione ha un valore simbolico o no?

*Guardi, capisco i suoi dubbi, ne ho anch'io, però non posso aiutarla...*

PINA Buonasera, esiste il peccato originale nella sua religione?

*Non lo so, io...*

ANNA Buonasera, si può ancora parlare di anima e di corpo separati oppure sono riuniti in un unico essere divino?

*La seconda che ha detto...*

CARLO Quindi la reincarnazione è nuovamente negata, però allora come spiega...

GIORGIO Ma qui stiamo mettendo in discussione tutta la dottrina! Che valore dà allora all'Aura?

*Ma c'è grossa grisi io...*

TANO Dove finisce la metafisica se il valore della trascendenza è negato dai princìpi fondanti...

*Ho capito, ma mica posso fare tutto io... lo sapete stamattina a che ora mi sono alzato?*

(*Appare il messia di Quèlo su una portantina, circondato da decine di adepti.*)

QUÈLO Buonasera, volevo dire al mondo e a tutti gli amici di internet che in queste ore dramatoco c'è grossa grisi, molto egoismo, qua non sappiamo più quando stiamo andando su questa tèra... Ti chiedi i 'come mai', i 'come dove' nel mondo... Dove chi? Perché quando? Dov'è la risposta? Ti chiedi i 'quasi quasi' e miagoli nel buio... ma la risposta non la devi cercare fuori, la risposta è dentro di te, e però è sbagliata...

*Non ho parole, ma... è più forte di me. Non posso più fermarlo.*

QUÈLO Pronto?

GIANCARLO Pronto, sono Giancarlo.

QUÈLO Di che segno sei?

GIANCARLO Toro.

QUÈLO Sennò?

GIANCARLO Capricorno.

QUÈLO La seconda che hai detto...

GIANCARLO Volevo chiedere... Ma secondo Quèlo c'è vita nell'universo?

QUÈLO Mah... giusto un po' il sabato sera...

MARIO Ma secondo lei da dove veniamo? Da un altro sistema solare? Da un'antica civiltà aliena? Da Atlantide?

QUÈLO Da Foggia... Pronto?

EDOARDO Ma secondo lei la morte è la fine di tutto?

QUÈLO No... solo della vita.

TIZIANA Senta, ma il sesso è diverso prima e dopo il matrimonio, per Quèlo?

QUÈLO Eh no, deve essere uguale: se io sono di sesso maschile prima del matrimonio dopo rimango di sesso maschile, non è che io dopo cambio sesso oppure se...

TIZIANA Ma i rapporti sessuali per Quèlo come sono?

QUÈLO I rapporti sessuali sono quando per esempio un uomo e una donna stanno insieme bbène, ma proprio molto bbène, sempre più bbène bbène e dopo uno chiede ma come sei stato? E lei risponde bbène. Ma proprio bbène? Dimmi la verità! Vuoi che ti dico la verità o che sono stata bbène?

*Va be', passiamo a un'altra telefonata.*

LUIGI È possibile prendere l'energia vitale dalle piante?

QUÈLO Certo... se non ti vede il giardiniere...

GIULIA Pronto? Volevo fare una domanda: quando ci si reincarna si ricorda qualcosa della vita precedente o si dimentica tutto?

QUÈLO La seconda che hai detto!

GIULIA E di noi come stiamo adesso non rimane niente?

QUÈLO No!

GIULIA Ma allora se noi *non saremo più noi* che senso ha parlare di reincarnazione?

QUÈLO E che ne so, sei tu che hai chiamato...

*Altre telefonate?*

REMO Pronto? Verremo tutti puniti per quello che abbiamo fatto?

QUÈLO Non lo so, che avete fatto?

REMO Abbiamo peccato contro Dio, abbiamo ridotto questo mondo... un disastro, l'abbiamo inquinato... abbiamo ridotto il terzo mondo alla fame, abbiamo fatto il buco nell'ozono...

QUÈLO Guarda, io non ti denuncio perché sono buono! Ma tu ci hai grossa grisi! Ti devi costituire alla polizia!

*Ehm... altre telefonate?*

QUÈLO Hai capito chi era stato? Qua non sappiamo più quando stiamo facento su questa tèra...

*Pronto?*

SARA Si possono sentire le voci dei morti?

QUÈLO Certo, se hanno registrato qualcosa prima... per

esempio Humphrey Bogart basta che ci hai una cassetta, non è che non te la fanno vedere siccome...

*Va be', passiamo oltre...*

LAURA Senta, lei ha ragione... ma se il mondo è così brutto, c'è tutto questo egoismo, questa violenza... perché dovrei mettere al mondo dei figli?

QUÈLO Ma non potevi pensarci prima?

*Chiudiamola qui per oggi...*

MANIACA Pronto? Ti voglio... aaahhh... aaahhh... sei mio, ti voglio nudo...

QUÈLO Sennò?

MANIACA Ti voglio avere subito... adesso...

QUÈLO La seconda che hai detto...

MANIACA Sei mio... Non posso resistere, ti devo avere...

QUÈLO Tu come la vedi?

MANIACA Voglio il tuo corpo, voglio che tu venga sopra di me poi che mi sbatti al muro, mi strappi le calze e poi mi leghi al letto...

QUÈLO Ho capito, ma mica posso fa' tutto io! Lo sai a che ora mi sono svegliato stamattina? Alle sette meno un quarto... Mia moglie non era ancora tornata... La bambina ha vomitato tutto sulle scarpe... Quella gli ha dato da mangiare le cozze crude coll'aranciata... e adesso c'è un'infiltrazione dal soffitto, lo sai quanto ha chiesto l'idraulico?

MANIACA Ma io ti voglio... Prendimi...

(*La videoconferenza è momentaneamente sospesa.*)

* * *

## HO TROVATO ME STESSO

Ho trovato me stesso dopo anni perduti a cercare di essere un altro
inseguendo sogni che non erano i miei
perseguendo obiettivi che non erano i miei
rinunciando a essere una persona libera.

Finalmente ho trovato me stesso
dopo anni passati a ignorare i miei veri bisogni
ignorando il disagio di sentirmi diviso in due,
di tradire, calpestare con disprezzo ciò che realmente ero,
di abbandonarmi come un cane in autostrada
per diventare qualcuno che somigliasse a come mi volevano gli altri...
Oggi ho trovato me stesso
non volevo più essere diviso da me
mi sono cercato a lungo...
interrogandomi su dove potessi essere finito
perché quella parte di me che era stata tradita ormai mi temeva, mi sfuggiva...
C'è voluto molto.
Ho dovuto cercarmi, frugarmi come un poliziotto dell'anima
è stato difficile
ma ormai non volevo più rinunciare, non potevo tradirmi di nuovo...
ho dovuto guardare in ogni ricordo, ogni sbiadito frammento della mia vita
e finalmente
ho trovato me stesso...
che stavo a letto colla MIA ragazza!

## Ottava giornata

*La risposta è dentro di te, e però è sbagliata*

*Buonasera. Non intendiamo più fare censure ma vorremmo ricordare a tutti di non esagerare... Anche se ci rendiamo conto che c'è un entusiasmo crescente per questo nuovo culto, ci appelliamo al vostro senso di responsabilità per...*

(*Appare una processione di quèliti, recano un gigantesco Quèlo contenente il relativo messia.*)

QUÈLITI IN CORO Qua non sappiamo più quando stiamo andando su questa tèra... per adesso c'è Quèlo...

*Ecco, appunto...*

QUÈLO Buonasera, volevo dire al mondo e a tutti gli amici di internet che c'è grossa grisi... molto egoismo, qua non sappiamo più quando stiamo andando su questa tèra... Ti chiedi i 'come mai', i 'come dove' nel mondo... Dove chi? Perché quando? Dov'è la risposta? Ti chiedi i 'quasi quasi' e miagoli nel buio... ma la risposta non la devi cercare fuori, la risposta è dentro di te, e però è sbagliata...

COSIMO Pronto? Volevo chiedere che interpretazione dà all'idea di trascendenza e a quale metafisica fa riferimento.

QUÈLO Sennò?

COSIMO Che cosa è trascendentale? Ed esiste ancora...

QUÈLO La domanda è mal posta... Forse tu volevi chiedere che ore sono?

COSIMO Sì, Maestro... che ore sono?

QUÈLO Le dieci e tre quarti... Altre telefonate? Pronto?

LEANDRO Pronto? Chi siamo noi, di fronte ai grandi corpi celesti? Chi siamo di fronte alle stelle, alle comete?

QUÈLO Astronauti?

*Altre telefonate?*

GIACOMO Pronto? Mi dia una prova dell'esistenza di Dio!

QUÈLO Tu come la vedi?

GIACOMO Se Dio ha creato noi, allora chi è che ha creato Dio?

QUÈLO Noi...

GIACOMO Noi??? Dio ci ha creato e poi *noi* abbiamo creato Dio?

QUÈLO Eh! Mi sembra veramente il minimo...

GIACOMO Ma questo è un circolo vizioso.

QUÈLO Certo, e chi l'ha creato? Dio... Altre telefonate?

MARZULLO Pronto? La vita è un sogno o i sogni aiutano a vivere meglio?

QUÈLO Vai a dormire che è tardi. Altre telefonate?

ROBERTO Pronto? Le faccio una domanda sola... Perché?

QUÈLO Dove?

ROBERTO No, dico: 'Perché?'

QUÈLO E chi sennò?

ROBERTO ...Cosa?

QUÈLO Quando?

ROBERTO Quando cosa?

QUÈLO No, avevi detto 'una domanda sola'... Altre telefonate?

YURI Pronto? Perché è comparso l'uomo sulla terra?

QUÈLO Perché se l'uomo compare sull'acqua affogava... sennò che poteva anche nuotare però se appena compariva che ancora nessuno gli aveva insegnato di nuotare veramente bbène... se era comparso prima sulla terra un istruttore di nuoto poi compariva l'uomo sull'acqua allora quello gli insegnava a nuotare e allora potevi riandare nell'acqua che ti sentivi veramente bbène...

*Un'ultima telefonata...*

FABRIZIO Ebrei, musulmani, cristiani, indù, buddisti, shintoisti... quando potremo riunirci tutti insieme in un'unica grande Chiesa?

QUÈLO A carnevale.

*No, scusi, messia, ma questa non è una risposta accettabile! La sua è una religione seria! Lei non può permettersi di essere così superficiale su una cosa tanto importante come l'unificazione di tutte le religioni del mondo!*

QUÈLO Ho capito, ma mica posso fa' tutto io, lo sai stamattina a che ora mi sono alzato? Alle sette meno un quarto! La bambina è stata male tutta la notte. Quella gli ha dato il gelato colle olive ascolane: è andata a danza e la bambina ha vomitato ancora... che stavano facendo le piroette e ora devo reimbiancare tutte le pareti. Quella domenica che era il compleanno ci aveva la cena dalla madre ed è tornata lunedì pomeriggio con una collana di perle... che poi la madre è morta da due anni.

*E allora?*

QUÈLO Ma dice che lei ormai ci aveva l'abitudine...

*Ho capito, ma lei qui si è preso un impegno...*

QUÈLO Quello dell'attico ha attaccato la parabola collo scotch, mi è cascata in testa che stavo innaffiando, lo sai quanti punti mi hanno messo? Diciannove... E adesso non si vede più Rete4... C'è grossa grisi...

*Senta, si riposi e la prossima volta si prepari meglio...*

QUÈLO C'è grosso egoismo... qua non sappiamo più quando stiamo andando...

***

*Italiani: un grande popolo costretto*
*a tutt'oggi a vivere in Italia.*

***

## TUTTA LA VITA DAVANTI

Sono sempre stato un ipercritico, non mi andava mai bene niente... credo di aver rovinato la vita mia e quella degli altri, rincorrendo un ideale di perfezione che mi ha sempre tenuto lontano dalla felicità...

Avevo sempre da ridire su tutto e su tutti, non essendo mai capace di dare alle cose e alle persone il loro valore reale... la mia vita era arida, algida, senza colori...

Poi un giorno è successo.

Tornavo in autostrada da Milano; era notte ed ero molto stanco, improvvisamente, nella corsia opposta un camion è uscito con i fari accesi da una galleria e mi ha abbagliato; ero completamente cieco... devo aver urtato il guardrail e sono finito nella scarpata: avevo lo stomaco in gola, sentivo che era finita.

Ho creduto di morire.

In un solo istante ho rivissuto tutta la mia vita... tutte le mie esperienze, le cose che avevo fatto, le cose che avevo visto concentrate in un solo momento.

In un attimo tutta la mia vita mi è passata davanti.

L'audio era pessimo.

## Nona giornata

*Gli ultimi saranno i primi*
*ma lo sportello chiude alle dodici*

QUÈLO Buonasera, volevo dire al mondo che in queste ore diurne c'è una grossa grisi; cerchiamo uno spiraglio ma non se ne vede la luce... cerchiamo una guida, uno spiraglio luminoso... negli occhi, ma vediamo solo uno spiraglio di buio... qua non sappiamo più quando stiamo andando, quando stiamo facento su questa tèra... C'è molta violenza gratuita, ma a che prezzo?

*Ha ragione, è un momento difficile ma ormai la gente ha una nuova speranza sentendo le sue parole...*

QUÈLO Le parole di...

*Quèlo... sentiamo chi c'è in linea...*

DANIELE Buonasera, sono Daniele...

QUÈLO Daniele e poi?

DANIELE Daniele Righetti...

QUÈLO Tutto qui?

DANIELE Sì...

QUÈLO Mi sembra un po' poco...

DANIELE Volevo farle una domanda... Lei crede nella prova ontologica come dimostrazione dell'esistenza di Dio?

QUÈLO Tu come la vedi?

DANIELE Io penso a qualcosa come a una cosa perfetta;

una cosa che contiene tutte le qualità più alte al più alto livello; ora a questa cosa così perfetta non può certo mancare la qualità dell'esistenza, dunque essa esiste...

QUÈLO No grazie, abbiamo già un aspirapolvere... Altre telefonate?

GERMANA Buonasera, sono Germana... sono disperata... fra un mese dovrei sposarmi ma una settimana fa il mondo mi è crollato addosso: ho scoperto che mio padre, di cui sono innamorata da anni, ha una relazione omosessuale con il ragazzo di mia sorella e mia madre lo tradisce da anni col suo migliore amico...

QUÈLO Sennò?

GERMANA La figlia di lui, che è mia coetanea, è venuta da me a raccontarmi tutto, poi mentre cercava di consolarmi ha cominciato a toccarmi, ci siamo baciate e devo ammettere che mi è piaciuto... da allora non riesco più a fare l'amore col mio ragazzo... sono disperata, confusa... che devo fare?

QUÈLO Lascialo.

GERMANA Tutto qui? E questa sarebbe la soluzione al mio problema?

QUÈLO No, al suo... Altre telefonate?

DONATELLA Pronto? Buonasera... Mi chiamo Donatella.

QUÈLO Che fai?

DONATELLA Ho un negozio di cosmetici in centro.

QUÈLO E a casa chi c'è rimasto?

DONATELLA Mia cognata... Senta... ci può essere sesso senza amore, ma può esserci amore senza sesso?

QUÈLO Certo, se due persone vivono in città diverse a volte non è che possono vedersi veramente bbène! Oppure...

DONATELLA Ma mettiamo che due persone vivano insieme; dico: è possibile amarsi senza fare mai l'amore?

QUÈLO Be', magari lui ci ha i problemi e non ci riesce veramente bbène... però la moglie deve capirlo...

DONATELLA Sì, ma io sto parlando per ipotesi: se due persone sono perfettamente in grado ma non vogliono.

QUÈLO Magari lei ci ha avuto un trauma e gli fa paura che...

DONATELLA No, no potrebbero fare benissimo l'amore *ma si rifiutano*!

QUÈLO Senti, io non voglio costringere nessuno...

*Passiamo a un'altra telefonata...*

PADRE FEDERICO Buonasera... Lei crede che la piramide di Cheope sia opera dell'uomo o l'hanno costruita gli alieni?

QUÈLO La seconda che hai detto!

PADRE FEDERICO L'hanno costruita gli alieni? E perché?

QUÈLO Tu come la vedi?

PADRE FEDERICO No, me lo dica lei! Ha detto che l'hanno costruita gli alieni? E allora perché? Perché un faraone migliaia di anni fa avrebbe fatto costruire la sua piramide da esseri provenienti da un altro pianeta?

QUÈLO Forse per non pagare i contributi...

BRUNO Buonasera... La sua religione ammette l'esistenza dell'inconscio?

QUÈLO Sì, ma solo in sogno... Altre telefonate?

VERA Pronto? Senta, io credo che il messaggio religioso oggi sia andato completamente perduto.

QUÈLO Tu come la vedi?

VERA Per esempio... se Cristo suonasse oggi alla sua porta, lei lo riconoscerebbe?

QUÈLO Certo...

VERA Come può esserne così sicuro?

QUÈLO Il citofono è rotto da due anni.

*Maestro, scusi... lei, come profeta...*

QUÈLO Io sono un messia e porto la parola...

*Sì, ma cerchiamo di dare delle risposte sensate.*

QUÈLO Ma c'è grossa grisi! La gente deve credere in qualcosa...

CARLA Buonasera... Io volevo fare una domanda...

QUÈLO E adesso?

CARLA E adesso anche... Senta, secondo lei il motivo per

cui veniamo al mondo e viviamo la nostra vita è perché, come esseri spirituali, dobbiamo imparare delle cose? Migliorare alcune cose?

QUÈLO La seconda che hai detto!

CARLA Allora mi spieghi questo: se il senso della vita è purificare il karma, migliorarsi, imparare a non rifare certi errori... perché allora alcuni bambini nascono già morti? O muoiono dopo pochi mesi?

QUÈLO Eh! È che certi bambini sono molto precoci!

CARLA Come 'sono precoci'? Ma che diavolo di risposte dà? Io le sto parlando del senso profondo dell'esistenza! Lei deve darci delle spiegazioni!

QUÈLO Ho capito, ma mica posso fa' tutto io, lo sai stamattina a che ora mi sono alzato? Alle sette meno un quarto! Giovedì si è rotto lo scaldabagno e ora mi devo lavare coll'acqua della pasta!... Quella è andata alla posta a fare un versamento e lo sai a che ora è tornata? Alle cinque del mattino che dice che c'era la fila...

*Mi dispiace, però...*

QUÈLO Lo sai a colazione che gli ha dato? La meringa col pomodoro, la bambina si è sentita male e ha vomitato sulla dichiarazione dei redditi e sabato viene la finanza a casa... c'è grossa grisi...

MARZULLO Pronto? Si faccia una domanda e si dia una risposta!

*Ma chi era al telefono?*

QUÈLO Niente, un deficiente...

***

*Si dice il peccato, non la cifra.*

# Decima giornata

*Esiste il libero arbitrio?*
*Mi avvalgo della facoltà di non rispondere*

QUÈLO Buonasera, volevo dire al mondo e a tutti gli amici di internet che stiamo vivendo tutti una grossa grisi... C'è troppo egoismo, troppa violenza. Dove vai? E se sì, dove? L'uomo è solo; guarda quell'altro ed è solo anche lui, e via discorrendo nel cosmo!

*Buonasera, rieccoci a un nuovo appuntamento con il nostro messia...*

QUÈLO Buonasera.

*Abbiamo ricevuto molte lettere questa settimana...*

QUÈLO C'è grossa grisi...

*Ecco appunto... tutti ci chiedono come si fa a uscire dalla crisi.*

QUÈLO Eh! Uscire dalla grisi! È che io prima stavo che tutto andava male, c'è grossa grisi, egoismo, violenza, e poi però a un certo punto che mi sentivo veramente bbène! Che ora la grisi è passata e che tutto si sistema veramente bbène!

*E come si fa?*

QUÈLO Eh, te l'ho detto, te ci hai grisi poi a un certo punto se uscivi da questa grisi di tutte queste ore dramatoco e poi ti sentivi proprio bbène!

*Sì, lo so cosa significa uscire dalla crisi, volevo sapere come si fa?*

QUÈLO Tu come la vedi?

*Lo deve dire lei! C'è una soluzione per risolvere la crisi?*

QUÈLO Per adesso c'è Quèlo!

REMO Pronto?

*Sì? Voleva intervenire sul tema 'Come uscire dalla crisi'?*

REMO Sì, buonasera... sono Remo e mi occupo di cinema, ecco... secondo me lei è troppo pessimista a parlare di crisi! C'è in atto una grande ripresa... ripresa di idee, ad esempio... di gente che ha voglia di fare, di cambiare...

QUÈLO Tu come la vedi?

REMO Be', per esempio il cinema italiano... si dice sempre che è morto, che non fa una lira, che è un'industria in perdita, ma invece secondo me le cose stanno migliorando! Ci sono migliaia di nuovi autori, migliaia di attori e di registi che amano il cinema italiano!

QUÈLO Be', certo... se pagano tutti il biglietto...

*Sentiamo altre telefonate...*

LUISA Pronto? Secondo lei ha ancora senso sperare nel futuro?

QUÈLO No, tanto vale sperare da subito... Altre telefonate?

NICOLETTA Pronto? Senta, l'altra sera mi è apparso in sogno mio padre... mi veniva incontro in una specie di nebbia luminosa e mi sorrideva; mi ha detto: 'Non preoccuparti per me, io sto bene... da questa parte tutto è meraviglioso... c'è tanta gioia e tanta luce. Io sarò sempre al tuo fianco e veglierò su di te... sii felice!' Secondo lei che cosa significa?

QUÈLO Significa che tuo padre è morto.

NICOLA Senta, lei è favorevole al controllo delle nascite?

QUÈLO Be', certo, è sempre meglio che quando il bambino nasce ci sta qualcuno che controlla sennò quello nasce e non trova nessuno... che non è che si trova veramente bbène! Poi magari cresce col complesso che nessuno gli bada... Sì, può anche nascere da solo ma se non controlla nessuno... almeno la madre; magari lui ci ha bisogno del latte se non c'è almeno la madre che controlla... sennò lui poteva anche andarlo a comprare al bar però, non è che il neonato da solo al bar si trovava molto bene...

NICOLA Ma secondo lei faccio male a usare il preservativo?

QUÈLO Non lo so... non ci sono le istruzioni?

*Passiamo ad altre telefonate.*

UGO Lei crede nel destino?

QUÈLO Tu come la vedi?

UGO Il nostro destino ce lo scegliamo noi oppure il destino di tutti è scritto?

QUÈLO La seconda che hai detto... è scritto.

UGO Allora non siamo liberi di sceglierci il nostro destino?

QUÈLO Certo che sei libero... fai, fai, fai, fai...

UGO Ma come? Siamo liberi e abbiamo il destino scritto?

QUÈLO Certi sì, certi no... certi se lo scelgono oppure è scritto...

UGO Ma come certi sì, certi no?

QUÈLO Tu ti scegli il tuo destino, poi se vuoi dopo che lo hai scelto te lo scrivi...

UGO Come 'te lo scrivi'? Ma questa è una contraddizione!

QUÈLO Ecco, scrivi pure quella! Altre telefonate?

MARIO Senta, secondo lei gli omosessuali andranno in paradiso?

QUÈLO Non lo so, non conosco i locali...

*Sentiamo un'altra telefonata...*

MARCO Buonasera, mi chiamo Marco... Senta, io rispetto tutto e tutti... ma che cosa c'è nella sua religione che dovrebbe cambiarmi la vita?

QUÈLO Per adesso c'è Quèlo!

MARCO Io sono stato cattolico e mi hanno deluso, sono stato musulmano e mi hanno deluso, sono stato buddista e mi hanno deluso... mi dica lei come può chiedermi adesso di credere in Quèlo?

QUÈLO Marco, credi a Quèlo?

MARCO 'Marco, credi a Quèlo?' e basta? Tutto qui?

QUÈLO Per piacere Marco, credi a Quèlo?

MARCO Come 'per piacere'? Cerchi di convincermi! Mi indichi una via spirituale, una filosofia di vita!

QUÈLO Ho capito, ma mica posso fa' tutto io, lo sai stamattina a che ora mi sono alzato?

*Ecco, lei appena si alza dovrebbe concentrarsi su Quèlo.*

QUÈLO ...Alle sette meno un quarto! Ho accompagnato mia nonna che si è fatta rifare il seno; ci ha avuto una complicazione col silicone e ho dovuto donare un pezzo di natica...

*Non ci credo...*

QUÈLO Quella è andata dal parrucchiere... lo sai a che ora è tornata? Alle tre di notte col trucco degli occhi tutto sparpagliato sulla faccia e coi capelli uguali a prima!

*Ma, scusi, non le ha chiesto delle spiegazioni?*

QUÈLO Sì, ha detto che la tintura dura poco... tu come la vedi?

*Mah...*

QUÈLO Lo sai alla bambina che gli ha cucinato? Il pollo colle acciughe! È andata in giardino e ha vomitato sulla tartaruga che è specie protetta e i vicini mi hanno denunciato... c'è grossa grisi...

* * *

## OGGI SEI SOLO

Oggi sei solo, ma domani...
incontrerai una donna meravigliosa, una donna che ti farà sognare...

Una donna bellissima come l'hai sempre desiderata, una donna disponibile pronta a darti subito quello che vuoi.

Oggi sei solo, ma domani...
magari uscendo in strada, al bar dietro casa tua... o in una fila alle poste troverai la persona che hai sempre sognato.

Oggi sei solo, ma domani...
lei ti verrà incontro, quando meno te l'aspetti...

Credimi, io so che da qualche parte, fuori in strada, c'è una donna che può soddisfare ogni tuo desiderio.

Oggi sei solo, ma io so che presto lei sarà con te e anzi, quando la incontri rimandamela a casa, quella troia!

## Undicesima giornata

*Un solo dio a testa*

QUÈLO Buonasera, volevo dire al mondo e a tutti gli amici lettori del libro... che in queste ore dramatoco c'è una grossa grisi... Cerchiamo un 'come mai', un 'come cosa' nelle tenebre... Teniamo gli occhi chiusi nelle tenebre tanto è uguale... Siamo delle falene che sbattono la lampada fino a bruciarla... qua non sappiamo più quando stiamo andando... qua non sappiamo più quando stiamo facento su questa tèra...

*Meno male che c'è lei che si è preso la responsabilità di rispondere a queste domande...*

QUÈLO No, io sono solo un messia e porto la parola... la parola di Quèlo...

*Ho capito, ma finora il suo Quèlo non ha detto una parola... Lei è sicuro di parlarci veramente col suo dio?*

QUÈLO Certo... (*se lo porta all'orecchio*) Pronto?

*Molti hanno scritto dicendo di essersi fabbricati il loro Quèlo, è ammissibile o è una bestemmia?*

QUÈLO Tu come la vedi?

*Non lo so... nella sua religione monoteistica si può adorare un solo Quèlo o ce ne possono essere tanti?*

QUÈLO La seconda che hai detto...

*E allora non è monoteistica...*

QUÈLO È monoteistica... cioè che solo io posso parla' co' Quèlo... però ogni giorno migliaia di persone vogliono parla' co' Quèlo... Pronto?

*Guardi che monoteistico non significa un solo adepto, significa un solo dio...*

QUÈLO Certo, un solo dio... a testa.

*Sentiamo le telefonate... Pronto?*

FULVIO Pronto? Sono Fulvio... Ho sentito tutte le cose che ha detto e mi piacerebbe crederci... ma io credo che noi non siamo altro che polvere... dalla polvere veniamo e polvere diventeremo... non c'è altro che polvere, solo polvere...

QUÈLO Ma non te le fa nessuno le faccende a casa?

ROBERTA Buonasera, sono Roberta e chiamo da Verona...

QUÈLO Provincia di?

ROBERTA Verona... Senta, io sono indignata... quello che stanno facendo con l'ingegneria genetica è orribile... Ha sentito? Per avere organi disponibili per i trapianti hanno già creato in laboratorio una rana senza testa!... È immorale! È assurdo! Ma chi, dico, chi e cosa può fare dei trapianti del genere?

QUÈLO Forse i giapponesi?

ROBERTA Ma si rende conto? È un orrore, una brutalità... vogliono creare dei mostri infelici che serviranno solo come banca di organi per altri più fortunati... Lo faranno anche con l'uomo? È assurdo, non sono tutti e due esseri umani? Non hanno tutti e due gli stessi diritti?

QUÈLO Be', magari uno gli dà il fegato e quell'altro gli presta la testa.

ROBERTA Ma sta scherzando? È immorale! È un orrore! Tutto questo vuol dire solo il piacere perverso di manipolare e violentare la natura! Ecco, è solo questo... altrimenti che altro può significare l'ingegneria genetica?

QUÈLO ...Che le case vengono su da sole senza i muratori...

*Messia, ma si rende conto di quello che sta dicendo? Questo è un argomento delicatissimo!*

QUÈLO Lo so ma c'è grossa grisi... la gente deve credere in qualcosa... Pronto?

LUISA Pronto? Senta, mio figlio è un violento... picchia tutti i suoi compagni di scuola, gli insegnanti, le baby-sitter... come posso insegnargli l'amore per gli altri?

QUÈLO Con un cane lupo.

*Sentiamo altre telefonate...*

SERGIO Pronto? Buonasera, sono Sergio.

QUÈLO Buonasera...

SERGIO Lei crede possibile che i dinosauri si siano estinti per un meteorite? Tutti quanti nello stesso momento?

QUÈLO La seconda che hai detto...

SERGIO Ma andiamo... qui parliamo di milioni di bestioni grandi come case... per quanto fosse grande questo meteorite come può averli ammazzati tutti?

QUÈLO Be', magari erano allergici...

LOREDANA Senta, se Quèlo, il suo dio, ha creato l'universo dal nulla, dal vuoto assoluto, allora prima, dico prima, che cosa c'era?

QUÈLO ...Un bel progettino. Pronto?

PAOLO Maestro, secondo me non esistono il bene e il male. Il bene e il male sono due facce della stessa cosa, non può esserci il male senza il bene e non può esserci il bene senza il male, non è vero?

QUÈLO Senti, io non lo so che cosa hai fatto ma secondo me è meglio che ti cerchi un avvocato... Pronto?

ANNA Buonasera, mi chiamo Anna; ho ventisei anni e sono molto delusa: sono stata con decine di ragazzi ma ho capito che vogliono solo sesso...

QUÈLO Prova con uno per volta.

*Un'ultima telefonata...*

ANDREA Pronto? Lei mi fa ridere: parla di anima, di spirito, di religione... la verità è che lei non sa niente!

QUÈLO Tu come la vedi?

ANDREA Gielo dico io, l'uomo moderno si arrabatta con

la tecnologia, i computer, i telefonini... ma in realtà non sa niente... Abbiamo veramente imparato qualcosa? Ne sappiamo *veramente* più degli antichi greci?

QUÈLO La seconda che hai detto!

ANDREA Ah, sì? Il grande Socrate diceva: 'So solo una cosa: di nulla sapere.' E lei? Lei cosa crede di sapere?

QUÈLO Di nulla sapere più questa storia su Socrate...

ANDREA Ma che cavolo di risposta sarebbe?

QUÈLO Ho capito, ma mica posso fa' tutto io, lo sai stamattina a che ora mi sono alzato? Alle sette meno un quarto! Lunedì c'ho avuto i funerali di mio zio che era palombaro e si è fatto seppellire con tutta la tuta, lo sai quanto pesava la cassa?

*Ma non sia così cinico!*

QUÈLO Quattrocento chili! Mi sono slogato una spalla e tutti i parenti mi davano le pacche sulla schiena per farmi coraggio!

*Be', sono cose che succedono, lei non può stare sempre a giustificarsi.*

QUÈLO Sono tornato a casa e quella gli aveva fatto l'amatriciana colla marmellata! La bambina è andata a lezione dalla signorina e ha vomitato sul pianoforte e ora devo pagare io l'accordatore... Lo sai quanto costa? Tanto c'è Quèlo che paga i conti... Quella ieri è andata a comprare le sigarette e lo sai a che ora è tornata? Alle cinque del mattino! Che poi siccome lei non fuma me le sono dovute fumare tutte io...

*Su, adesso si calmi...*

DOLORES Pronto?... Lei crede che si possa leggere il proprio destino nelle carte?

QUÈLO Be', dipende da quanto ti stai giocando!

***

*Chi dubita della mia virilità*
*dovrà vedersela con mia madre!*

## QUALCUNO

Anche se oggi sei triste,
dentro di te c'è qualcuno che ha voglia di ridere, di essere felice,
qualcuno che ama la vita e vuole affrontarla senza paura...
Anche se oggi sei amareggiato, sfiduciato,
anche se oggi ti sei arreso,
dentro di te c'è qualcuno che ha ancora voglia di lottare,
che vuole credere nel domani,
che non vuole più piangersi addosso, ma cambiare le cose. Con coraggio.
Anche se oggi vuoi abbandonare tutto, vuoi fuggire lontano,
anche se oggi hai paura,
dentro di te c'è qualcuno che non vuole piegare la testa,
qualcuno che non rinuncerà!
Qualcuno che non vuole arrendersi e che non si arrenderà mai!
...Per venti milioni te lo faccio fuori.

## Dodicesima giornata

*Mettetevi il preservativo senza pronunciarlo*

QUÈLO Buonasera, volevo dire al mondo e a tutti gli amici di internet che in queste ore dramatoco l'uomo sta passando una grossa grisi... Dove stai andando, uomo? Quando stai andando, uomo? Cosa stai faccnto, uomo? Ma almeno un nome ce l'hai, uomo? C'è molta violenza... c'è molto egoismo...

*Buonasera, messia...*

QUÈLO Buonasera, da dove chiami?

*Sono sempre io, messia, sono qui per darle una mano con la sua nuova religione... ma finora non mi pare che abbiamo fatto grandi progressi...*

QUÈLO La risposta è dentro di te!

*Dentro di me? È lei che dovrebbe dare le risposte!*

QUÈLO Eh, lo so, ma c'è grossa grisi... la gente ha bisogno di credere in qualcosa!

*Sì, in qualcosa... qui mi pare che restiamo sempre sul vago, continuiamo a miagolare nel buio... va be', sentiamo le telefonate di oggi...*

BRUNA Buonasera, secondo la religione di Quèlo si possono donare gli organi vitali o è vietato?

QUÈLO La seconda che hai detto!

BRUNA Ah, è vietato? Ma perché? Se io dono degli organi, il fegato, i reni o il cuore, forse potrò riuscire a salvare delle vite umane!

QUÈLO Mah! Mi pare difficile in quelle condizioni!

*No, messia, forse non ha capito... chiedeva se la religione di Quèlo lo permette...*

QUÈLO Tu come la vedi?

*Secondo me è giusto... io dono degli organi e salvo delle vite!*

QUÈLO Be', basta che non diventi un'abitudine... Pronto?

SANDRO Pronto? Mi chiamo Sandro e sono disperato! Nessuno mi crede! I miei genitori, i miei amici... Tutti mi considerano un falso, un bugiardo, un mentitore...

QUÈLO Ma non raccontarmi balle! Altre telefonate?

NICOLA Buonasera, Maestro... senta, ma secondo la religione di Quèlo è giusto usare sempre il preservativo per non avere figli?

QUÈLO No, solo durante il rapporto...

*Forse Nicola voleva sapere se per Quèlo ci sono degli argomenti tabù?*

QUÈLO Tu come la vedi?

*Per esempio... si può parlare liberamente di aborto?*

QUÈLO Non lo so, chi c'è a cena?

*Sentiamo altre telefonate... Pronto?*

SABRINA Pronto? Buonasera, sono Sabrina... sono molto preoccupata per mio figlio...

QUÈLO Come si chiama?

SABRINA Marco.

QUÈLO Sennò?

SABRINA Andrea.

QUÈLO La seconda che hai detto! (*scrive*) «...Andrea...»

SABRINA Sì... insomma è ancora un ragazzino, ha dieci anni ma è molto sveglio e sensibile... da quando ci siamo separati, mio marito passa da una relazione all'altra... le rimorchia per strada e se le porta a casa, spesso sotto gli occhi del bambino... a casa sua è passato di tutto: infermiere, commesse, cantanti, ballerine, vigilesse... ora si è messo con una studentessa svedese che ha sedici anni meno di lui... sono preoccupata; secondo lei che tipo di educazione sta dando a mio figlio?

QUÈLO Tipo 'Full Immersion'...

CLAUDIO ...che senso ha parlare ancora adesso di eucarestia, di resurrezione, di purgatorio...

QUÈLO Per coloro che si fossero messi in ascolto in questo momento...

*Altre telefonate? Il Maestro oggi mi sembra un po' stanco...*

QUÈLO Pronto?

GERMANO Buonasera, mi chiamo Germano e sono uno studente di filosofia... volevo chiederle: secondo la filosofia di Quèlo potremmo ancora dire, con Sartre, che l'*esistenza* precede l'*essenza*?

QUÈLO No, purtroppo Sartre è morto. Altre telefonate?

DEBORA Pronto? Senta, ma anche nella sua religione Dio è buono e misericordioso?

QUÈLO La seconda che hai detto!

DEBORA Ma secondo lei, Dio perdona davvero *tutti* i peccati?

QUÈLO Be', qualche volta si fa aiutare...

*Un'ultima telefonata...*

DAVIDE Pronto? Ho scoperto che mio padre è omosessuale! Sono disperato! Ora a quale modello dovrò ispirarmi?

QUÈLO Forse uno di Valentino... Altre telefonate?

RICCARDO Pronto? Senta, io vivo da tanto tempo in perfetta solitudine: da anni non vedo mai nessuno, da anni non parlo mai con nessuno... crede che diventerò santo?

QUÈLO Questo puoi saperlo solo te. Pronto?

CAROLA Le ipotesi sulla morte di Lady Diana mi hanno molto turbato... ho sentito parlare di complotto, ma chi mai può avere interesse a eliminare una regina?

QUÈLO Forse l'alfiere.

CAROLA Ma che cavolo di risposta è?

QUÈLO Ho capito, ma mica posso fa' tutto io! Lo sai stamattina a che ora mi sono alzato? Alle sette meno un quarto! Sabato sono andato a riprendere la bambina a scuola due ore prima, che stava male che quella gli ha messo nel cestino il cocomero colla maionese! E il dottore dice che ci ha pure la carenza di ferro.

*Be', tenetela un po' a casa questa bambina...*

QUÈLO A casa? Sai domani dove la devo portare? Alla festa mascherata che vuole il costume da damina settecento.

*Be', quelli li trova dovunque...*

QUÈLO No, che costa settecentomila lire! Oggi sono andato in banca colla bambina ma quella gli ha dato troppo ferro e ha fatto suonare l'allarme... è arrivata la polizia.

*Ma sua moglie non le dà mai una mano?*

QUÈLO Quella? Ora si è comprata un cellulare che se lo porta sempre e sta tutto il giorno attaccata a parlare piano piano, ma non mi ha voluto dare il numero che dice che ancora non gliel'hanno installato.

*Guardi che lei ha grossa grisi!*

QUÈLO Sì, ci ha grossa grisi... molto egoismo.

*No, dico* lei *c'ha grossa grisi!*

QUÈLO Io ci ho grisi? *Io ci ho grisi?*

*Tu come la vedi?*

QUÈLO ...Lo vuoi un supplì coi canditi?

***

*Siamo solo un puntolino*
*minuscolo nell'universo...*
*ma l'universo è fatto di atomi.*

# Ultima giornata

## *Il giorno del giudizio*

QUÈLO Buonasera...

*Buonasera.*

QUÈLO Tu come la vedi?

*Forse vuole dirci che c'è una grossa crisi... che non sappiamo più cosa stiamo facendo su questa terra... che c'è molto egoismo... molta violenza...*

QUÈLO La seconda che hai detto!

*È la nostra ultima giornata di questo... affascinante ciclo di conferenze su Quèlo e i suoi discepoli... diamo subito spazio alle telefonate che oggi sono moltissime... Pronto?*

DARIA Pronto? Senta, lei crede che gli astri possano influenzare le nostre vite? I nostri pensieri? Addirittura le nostre azioni?

QUÈLO Tu come la vedi?

DARIA Io sono sicura di sì... mio figlio è sagittario e da qualche mese è diventato distratto, scostante, sgarbato... lo sai perché? Perché ora sente molto l'influenza negativa di Giove e di Saturno...

QUÈLO Be'... certo, forse dovrebbe frequentare qualcuno più della sua età...

FABIOLA Senta, ma perché il giorno del giudizio universale dovremo rientrare tutti nei nostri vecchi corpi?

QUÈLO Eh, perché se ognuno si mette a sceglierselo facciamo notte! Altre telefonate?

GERMANA Mio marito è molto religioso e si chiede spesso se i nostri figli sono veramente nostri o se ci sono stati donati da lassù... cosa gli devo rispondere?

QUÈLO Tu digli sempre che sono vostri... Pronto?

VERONICA Ci sono tanti fenomeni misteriosi: aerei che scompaiono nel nulla, gente rapita, morti inspiegabili, persone che prendono fuoco senza motivo... su queste cose la scienza deve ancora darci delle spiegazioni!

QUÈLO Perché pensi che è stata lei?

*Sentiamo altre telefonate... Pronto?*

MARIO Maestro, ma secondo Quèlo perché dobbiamo nascere, invecchiare e infine morire?

QUÈLO Perché se lo fai al contrario non è che viene molto bbène... certo, tu puoi anche fare che prima morivi, poi invecchiavi e poi nascevi ma poi non è che ti sentivi veramente bbène, che devi fare nascere il bambino vecchio... magari il dottore in clinica è giovane e ci ha soggezione di sculacciarlo! Poi se deve rientrare nella donna, certo se il vecchio è piccolino forse che ci poteva rientrare ma se è grosso che magari lui prima di invecchiare aveva fatto il pugile...

CINZIA Secondo lei il rock è la musica del diavolo?

QUÈLO Devi fare un regalo?

LUIGI Pronto? Mi aiuti! Mi sento una donna imprigionata in un corpo di uomo, cerco di nasconderlo, di mascherarlo, ma lui è più forte di me... lo odio, mi impedisce di essere me stessa, mi nasconde con la sua virilità, blocca la mia femminilità coi suoi muscoli...

QUÈLO Be', già è tanto che ti fa telefonare!

*Sentiamo chi altro c'è in linea...*

FABIO Pronto?... Secondo lei è possibile spostare gli oggetti con il pensiero?

QUÈLO Certo, basta che poi li rimetti a posto. Altre telefonate?

GIULIA Pronto? Sono Giulia... Perché l'uomo si affanna tanto ad accumulare beni materiali su questa terra se poi dovrà lasciarli tutti?

QUÈLO ...forse fa la collezione.

*Effettivamente c'è gente che fa di tutto per i soldi e passa la vita ad accumulare ricchezze, ma perché? Mica li può portare nell'aldilà?*

QUÈLO Tu come la vedi?

*Be', secondo il cristianesimo è impossibile, ma per esempio nell'antico Egitto si pensava che il faraone potesse portare i suoi oggetti nell'altro mondo...*

QUÈLO Ecco, sai che? Secondo il cristianesimo è impossibile, ma... (*scrive*) «...secondo il...»

*Sì, ma volevo sapere se è possibile secondo la religione di Quèlo!*

QUÈLO Tu come la vedi?

*Me lo dica lei, è impossibile o no?*

QUÈLO La seconda che hai detto!

*Ah, quindi è possibile? Si possono portare i soldi nell'aldilà? Ma è proprio sicuro?*

QUÈLO Sì, ma costa l'ira di dio di tasse.

*A volte ho l'impressione che mi prenda in giro... Lei si rende conto che ormai ha una responsabilità enorme!*

QUÈLO Lo so ma c'è grossa grisi... la gente deve credere in qualcosa... Pronto?

LUCA Maestro, Gesù Cristo ha spiegato le grandi verità celesti, poi gli altri hanno scritto i Vangeli, altri ancora li hanno divulgati, poi quelle parole scritte le hanno ripetute i santi, i chierici, i martiri, i monaci... e su quelle parole hanno costruito il patrimonio della Chiesa... crede che tutto questo succederà anche a Quèlo?

QUÈLO No, io ho depositato tutto alla SIAE.

*Altre telefonate?*

GRAZIA Senta, ma com'è possibile conciliare una religione con le nozioni della scienza di oggi? Secondo lei si può fare?

QUÈLO La seconda che hai detto!

GRAZIA Ma come è possibile? Per esempio nella Bibbia si dice: '...e Dio fermò il sole.' Oggi sappiamo che è la terra che gira e il sole in realtà sta fermo... non sono due idee contraddittorie? Possiamo forse accettarle tutte e due?

QUÈLO La seconda che hai detto!

*Ma come 'la seconda che hai detto'? O gira il sole o gira la terra, messia! Ha ragione la signora; che senso ha dire che Dio ha fermato il sole, se il sole stava già fermo?*

QUÈLO Be', che lui ha fermato il sole ma non è che ha fatto un grande sforzo...

*Lei è un ipocrita...*

QUÈLO No, io sono un messia e porto la parola... Pronto?

VERA Pronto? Volevo dire una cosa... Tempo fa un mio zio giovane improvvisamente si è ammalato di cancro ed è morto nel giro di due mesi... quel giorno ho capito che dovremmo vivere ogni giorno come se fosse l'ultimo...

QUÈLO In clinica?

*Questa è veramente l'ultima telefonata...*

MARA Pronto?

QUÈLO Pronto?

MARA Pronto, sono Mara!

QUÈLO Da dove chiami?

MARA Da casa tua.

QUÈLO Sennò?

MARA Da casa mia, sono tua moglie...

QUÈLO La seconda che hai detto... (*scrive*) «...sono tua moglie...»

MARA È tanto che volevo parlarti...

QUÈLO Certo, ogni migliaia di migliaglie di persone vogliono parla' co' Quèlo...

MARA No, è con te che voglio parlare...

QUÈLO Io sono un messia e porto la parola...

MARA È finita, non ti amo più! Me ne sto andando di casa... sono mesi che ho un'altra storia...

QUÈLO Tu come la vedi?

MARA La vedo così... è finita... è meglio per tutti e due... Cosa dovrei fare? Soffrire ancora? Restarti vicina?

QUÈLO La seconda che hai detto!

MARA Tanto ero sempre sola, non riuscivo ad avere un dialogo...

QUÈLO Certo, se stai solo non puoi avere un dialogo... puoi parlare te che fai la voce normale e poi rispondi colla voce uuuh che però non è che ti viene veramente bbène!

MARA Basta con le parole, me ne vado...

QUÈLO E la bambina? La tieni tu o la tengo io?

MARA La seconda che hai detto! Devi portarla mercoledì dal dentista, sabato a nuoto... poi è finito il detersivo e i sacchi della pattumiera...

QUÈLO Ho capito, ma mica posso fa' tutto io, lo sai a che ora mi sono alzato stamattina? Alle sette meno un quarto... c'era sciopero e ho fatto la tangenziale a piedi... la bambina ha vomitato dal cavalcavia e ha preso un vigile urbano in testa...

MARA Domani svegliati alle sei, c'è papà che deve fare le analisi... ciao...

*Oh, dio... e adesso come farà?*

QUÈLO Per adesso c'è Quèlo!

*Ora ho capito che cosa vogliono dire quei chiodi piantati nella testa di Quèlo; Quèlo si infligge i chiodi nella carne perché vuole espiare i nostri peccati...*

QUÈLO Ma quale carne? Questo è un pezzo di legno! Guarda che tu c'hai grossa grisi!

***

E Dio ci giudicò
e trovò che avevamo molto peccato...
che non avevamo saputo credere in Lui,
che avevamo permesso alla nostra sciocca presunzione,

alla cecità orgogliosa della nostra scienza,
alla futilità delle nostre cose terrene,
di oscurare la fede nel nostro Signore.
Dio ci giudicò e ci trovò colpevoli...
Ci vediamo in appello!

# Imbuti

(2002)

O natura ingegnosa!
Il fuco diventa larva che diventa bozzolo e infine farfalla.
La farfalla diventa cane, il cane diventa sasso.
E da lì prima finestra e via via dromedario.
Giuro, o natura, che non tradirò mai i tuoi segreti.

*Il libro delle rivelazioni*, 7, IV, 982

## POESIE E DISCORSI DI BRUNELLO ROBERTETTI

ROBERTETTI Buonasera, mi chiamo Brunello Robertetti, nasco poeta e vado avanti così. Sono un fans appassionati e potenziale pericolosi della signora Valeria Marino, lo sono in maniera disacerbante. Non guardo in faccio a nessuno né ora né ormai sono abituato. Sono una p'sona democratici. Ho rispetto per gli omosessuale e i negri purché i due fenomeni non si presenta contemporaneamente.

Con quale parole si può esprimere l'amore?
Con tre, io credo:
amore,

amore...
e un'altra che non mi ricordo.

Di fronte a tanta gente che parla
l'amore è sordomuto,
ma quel sordomut... zz sordomutezzo che...
col sorriso.
Che dice 'io sono sordomut ma per fin...'
Per finta?
Sordomuto solo a parole.

Se ti dicono ama, tu rispondi 'amore'.
Se ti dicono odia, tu rispondi 'amare'.
Se ti dicono 'così è la vita', tu rispondi 'aaamaaare'.
Se ti dicono perdona, tu rispondi 'amo' oppure 'amava'.
Se ti dicono 'bello' o 'a bello' o 'o a bello', lascia, ci penso io.
Se ti dicono 'prendi il remo?', niente, non è obbligatorio.
Non si può
morire dentro
senza
specificare.

Se mi vedi triste, non piangere,
perché tristezze è il piacere di ritrovare insieme.
Se mi vedi arrabbiati, non piangere,
perché la rabbia che provo è il motore dell'amore che provo quando sono arrabbiato.
Se mi vedi normale, non piangere,
non ce n'è veramente motivi!
Se ti do uno schiaffo, porgi l'altro guance,
sennò pure la stessa e porgo io
l'altra mano.
Non vedermi sempre a un momento specifici!
Guardami nell'insieme.
Più forte dell'odio è l'amore,

più forte
dell'amore
è
Mike Tyson, presempio.

Ogni mattina,
come Narciso si specchia nel ruscelli retrovisore,
io mi specchio in te
e nei tuoi occhi mi rado.
La prima lama solleva il pelo,
la seconda lo taglia, la terza gode.

Se fossi fuoco? Bruciav'.
Se fossi acqua? Bagnav'.
Se fossi saponetto? Strofinav'.
Se fossi acqua 'n'altra volta? Sciaquav'.

Quanti sensi ha l'uomo?
Cinque per sentire, vedere, toccavo, colore e profumi.
Quanti sensi ha la vita?
Cinque: nascere, ragazzo, p'sona, ammalato, funerali.
Quanti sensi ha la terra?
Cinque: aria, terreno, scotta, acqua, verdura.
Quanti sensi ha l'amore?
Cinque: conoscere, convssazione, appuntamento, sposata, sempre sposata.

E ora alcune rime che ho scritto per te:
amore – motore
cane – pane
gatto – esatto.
Tre rime proprio.

Con quanti nomi puoi chiamare Dio?
Puoi chiamarlo in mille maniere:

Dio, Visnù, Budo, Ernsto, Carisma, Giove, Allah.
Tanto non ti risponde.

Se l'amore è un frutto acerbo,
io sarò il zucchero che dà quell'effetto m!m! ecc.
Se l'amore è un gioco,
io sarò il punteggio che un p'sona racchetta ecc.
Se l'amore è un certo modo di fare,
io sarò il p'sona squisita ecc.
Se l'amore è il capo colorato,
io sarò lavatrice a 35 gradi massimo.
Se l'amore è un volo di gabbiano,
ancora me la cavo.
Se l'amore è un'altra cosa,
non sono preparato.
Se il cane è il miglior amico dell'uomo...
Ah, grazie tante per la considerazione!

Perché spari a zero,
che peraltro è un bravissimo cantante?
Perché questa protervio arroganz?
Che? ...non si legge bene.
Se fossi cane, 'bau'.
Se fossi gatto, 'miao'.
Se fossi tardi, 'ciao'.

Chi sono? Toc, toc?
Sono l'amore.
Ah, sei tu che bussavi?
Esatto.
Che posto occupo nella tua vita?
Vengo prima del tuo lavoro?
Vengo prima dei tuoi amici?
Vengo prima del tuo tempo libero?
Cosa?
Perché venerdì avrei un impegno.

Se parli da dietro la porta non si capisce niente.
Toc, toc?
Sei sempre l'amore?
Esatto.
Dimmi due parole sentimentale.
I tuoi seni come mele rotonde e fresche pronte per l'uso,
i tuoi occhi,
anche quelli,
mele.

Due retti parallele non si incontrano mai.
E se si incontrano non si salutano.

Cucù? Cucù? Chi è?
Sono il gufu che veglia nella notte e ti ricorda
l'appuntamento di domani.
Grazie, gufu, ma ci ho l'agenda del cuore
sulla quale ho scritto che domani
vedrò il mio amato.
Va be', comunque cucù, visto che veglio nella notte,
tanto vale che ti ricordo gli appuntamenti.
Ma gufo, gufo di merda, non ce l'hai una casa?
La mia casa è l'amore
e la riscalda il cuore degli amanti.
Maledizione a me e a quando ho deciso di vivere in campagna.

Se la televisione è lo specchio della realtà,
perché non se la tiene in bagno?
Sono sempre... vetri... che si... proiettn
...non si legge bene.
Nel Paese dei ciechi il canelupu è mio!

Se anche il mondo dovesse esplodere,
mi troverai qui.
Anche se dovesse scoppiare una guerra mondiale,

tu mi troverai qui.
Anche se dovesse diffondersi dappertutto una epidemia mortale,
tu mi troverai qui.
A portare sfiga.

San Francesco parlava agli uccelli.
Jessica Rizzo anche.
No, scusate.

L'amore è cieco,
non guarda in faccia a nessuno,
non fa fotografie ecc.
L'amore è sordo,
non sente ragioni,
non sente giustificazioni,
ci ha il walkman,
mai usato, sta ancora nella scatola.
L'amore è muto,
tace e lascia che sia il cuore a parlare.
Sta zitto quando è interrogato,
sta zitto non classificato.
L'amore è pensionato,
non esce mai di casa,
si guarda la televisione,
si sente la radio, con tutto che è cieco e sordo.
Ma quando l'amore chiama,
quando si rivolge a te che hai rinunciato al sentimenti,
quando ti chiama, parla al tuo cuore,
una cosa c'è da dire: ci ha un alito micidiale!

A questo mondo nessuno ti dà niente per niente,
sarebbe una perdita di tempo per tutti e due.

Non faccio più come prima fa-ce-vo...
Non cerco più la donna appariscenti.

Cerco un'anima sensibili, culturale,
curiosa del mondo circostanziale.
Non cerco più la maggiorata fisici.
Cerco una donna intelletta, cervellare,
non cerco più l'occhio chiaro, il petto sostantivi,
la natica brasiliano.
Cerco una donna intelligente, p'sonalità, cultura...
e speriamo che c'ha un'amica bona!

Io e te vivevamo nel giardino dell'Eden.
Poi ci hanno fatto un multisala.

Quando tu mi hai lasciato,
credevo che non ce l'avrei fatta.
Ho chiesto all'elefante di volare basso per farmi riprendere fiato.
Ho parlato con il comodino da viaggio che sbucciava i piselli,
con Antonio, quel termosifone napoletano laureato in sabbia per i pesci,
ma per un attimo, guarda...
...ho creduto di impazzire.

Quando ti ho visto la prima volta
è per noi un giorno festivi.
Tra le brughe odoroso
di acqua rugiada.
E foglie morte o lì, lì.
Tu, Diana cacciatore,
attendi il cervo – colazione.
Con uno scazzo felino
scocco il dardi dalla farena.
E lo lasci esangue a rimembrar del suo buon tempo
quando ai dì della festa ella scornava.
Come Dante versa i' contributo nella serva oscura,
tu, fontanella Borghese, getti... non si legge.

***

Telefona ore pasto, per capire, per vedere insieme.
Telefonami ore paste, per amarci, per provare...
Ho fretta di te, del tuo sapore sulla mia bocca, amara di considerazione.
Ho bisogno di vedere piuttosto te che un'altra p'sona.
Ho bisogno di vedere piuttosto te di un altro rapporto che possa sol superficiali e non costruttive di noi due.
Ho bisogno solo de tui labbr, ho bisogno delle labbr'n superiore.

Metti il tuo deodorante sotto le mascelle.
E spandi nell'aerrr un discorso olfattivi.
Per te ho ammazzato la mucca sacro,
per tc ho presi un vitello grasso dal colle steròlo,
polifosfato e addizzionato l'anidride più carbonici.
Figliola prodigi, bentornato e all'altra sorella prodigio niente.
Vorrei cantare le tue lodi, ma non so le parole.
Riscopro in te i sapori di un'infanzia
subito smentita dalla stampa internazionali.

Ave Gardnerl.
Laude a te, madonna, che fai stasera?
Ci sarebbe un cinemini.
Oh! Ninfa che ti bagna sotto un getto personale,
sciacqui i tuoi panne al lago dove osa soli i dèi
e qualche raramenti
cavalli
con
le corna sbagliate
davanti. Che vedevo protarsi?
Come?

Un?
Spéròne.

Tu mi parlavi del leggendario velcro d'oro
e di Ulisse che con la maga del circo mi portava da bambino.
E ivi tra le pagliacce travestite
guardavo gli elefanti feroci
volteggiare sul trapezio al suono del tambunnn.
Io, bambino tra le fiere pericolosa,
mi perdevo nella grande tenda
gonfia di nani e di scimmie cannone.

## DISCORSO DI FINE MILLENNIO AGLI ITALIANI

Signore signora, italiano italiana, hansel e gréten, ora diremo una serie di stronzate clamorose ma lo faremo come piace a noi, sottovoce.

Assistiamo infatti oggi alla nascita di una nuova era di quella che era prima. Il bambino che nasce oggi ha Giove in quinta casa e Giunone in barca, gente che se lo può permettere. I nati della terza decade mi devono ancora pagare la prima. La Luna consiglia: 'Crepa!' Capricorno consiglia: 'Beeeh.' C'è tori, ariete e pesci, ma non c'è il gatto e quindi i topi ballano e al cor gentil ratto s'apprende e si diploma in tempi brevissimi, comodamente a casa tua.

Sportivo, sportiva e sport, atletico leggero e pop, articolo per la pesca,
è troppo facile dire che oggi attorno al mondo del calcio ruotano tanti soldi ma un conto è dire che ruotano le monete, un conto è le banconote a foglia non ruotano, possono svolazzare, o spiegazzare.

Calciatore italiano,
nel tuo piede oggi, se pulito, si riflette lo stivale.
Ma ricorda:
la bandiera italiana è bianca, rossa e verde, cerca di onorare almeno uno di questi tre colori.

Caro babbo natalizi, vorrei un vaso di Natale sotto l'albero di Natale, sotto il vaso di Natale la terra di Natale e un NintenTo del '64 ma ancora in buono stato.

Ah, no, questo non c'entra... scuso.

Ah, ecco: oggi il sistema è maggioretario, cioè si vota a diciott'anni, il modulo 7 e 40 è stato sostituito dal più informale 8 meno 20!

Lo so, non basta, ma è poco.

Dobbiamo tutti rimboccarci le mani, ma prima te le sei lavate?

La società cambia: ottanti anni fa la donna scopriva solo la caviglia e l'uomo al buio tirava a indovinare, oggi ella si spoglia nuto ma ormai è vecchia e ci fa schifo ad altissimo livelli!

Con una pillola snssziòne l'uomo prolunga la sua estasi d'amore fino alla paga dei sensi.

Non più sentiremo il tristesss: cara, purtroppo, sono impotente davanti!

Ma ricorda: chi ritarda il piacere, ritarda il dovere!

Pensiamo ai nostri figli per esempio: oggi assistiamo al polifemare dei cosiddetti calendari, una donna nuda a gosto è anche comprensibile ma a gennaio è diseducativi!

E qui mi rivolgo alla coppia: italiano, italiana, feto indifferenziato, coppie di fatto, coppie di parole,

i dati dell'ISTAMBUL parlano chiaro: in questo Paese c'è la crescita zero, ricorda: se fai i figli devi anche dargli da mangiare, sennò nascano ma poi restano così a zero tutta la vita. E pur barba e baffi non potranno guidare la macchina.

Ed è a voi giovani che ora mi rivolgo:

quando noi eravamo giovani eravamo poveri ma avevamo un sogno. Pensate che povertà, dovevamo dormire a turno. Voi oggi siete molto mediali, ma attenti:

Oggi l'uomo mette le mani genetiche, ricopia le pecore e poi dice che le ha fatte lui, incrocia gli animali con fiori, frutta e città.

Dove andremo a finire?

Dottore dottoressa, agopuntori a mano e a macchina, scienziati, scenzàte, cavie di laboratorio, cavie lettriche:

Chi mi restituirà il sorriso di un bimbi? Chi fa il figlio in provetta deve sapere che se non lo tira fuori da molto piccolo, poi, sennò, cresce... si taglia i vetri!

È questa la scienza? È questo il progresso? Se non stiamo attenti, questo ci porterà in una spirale senza fine o a scelta una pillola senza fine, o un di-A-fra-Mma-in-con-su-pertra... fi ne.

E veniamo alla scuola. La scuola che ha tanti problemi, la scuola sta male, la scuola che peggiora, la scuola che muore, oh, no!, presto! Due milligrammi di cloraxina! Presto! Non c'è battito! La sto perdendo... *La sto perdendo!* Niente, l'ho persa... non abbiamo fatto in tempo!

Giustizia giusta, sbaglizia sbagliata, pentiti o solo un po' dispiaciuti, non chiediamoci più chi ha rubato; chi non ha rubato scagli la prima pietra, voglio vedere se si fregano anche quella.

Politici: elezioni. Exit poli et poli reverteris: troppo facile dire: 'Qui la politica è tutto un magna magna.' Bisogna distinguere tra primo, secondo e frutta.

Ora voi mi chiederete dove sto andando a parare, ma se ve lo dico voi tirate dall'altra parte!... E poi ci sto male io...

***

Italiano! Questo augurio è per te: dovrai spedirlo a trenta persone di tua conoscenza o una disgrass... ehm...

Italiano, molta strada è stata fatta ma ricorda: non menare il can per l'aia, al massimo dirà 'bau'. 'Aia' non lo può dire, hai voglia a menare, perché privo di corda avocàla.

Ora, forse, potrà stupire quello che dirò 'brombagliumbal!', strano eh? Sì, stupisce anche me, incredibile! Ogni volta è una sorpresa...

Italiano! Questo è un Paese che negli ultimi anni ha fatto grandi passi avanti, peccato che tutti gli altri vanno in macchina!

Auguro finalmente un buon duemili agli italiani cominciando da un robusto anno nuovo e un efficace gennaio già dalle prime applicazioni.

E ricorda: nel Paese dei ciechi lo sguercio è un re... Ma tanto non lo riconosce nessuno...

## VENDITTI

*Grande Raccordo Anulare*

Vieni con me, amore, sul Grande Raccordo Anulare
che circonda la capitale,
e nelle soste faremo l'amore.
E, se nasce una bambina, poi la chiameremo ROMA.

All'uscita 25 c'è 'a LAURENTINAAA.
Bruno l'infame ha cambiato gestione,
er prosciutto è più bono da Sergio
dietro la piazzAAA, ma non te fa lo scontrinOOO.

All'uscita dell'Aurelia c'è CASALOTTIBBOCCEAAA.
Fai la conversione,
e c'è il tabacchi notturno.
Se è chiuso, giù al controviale c'è il distribbutorEEE
che te frega e' restooo, er distribbutorEEE,
ma te frega e' resto.

Dalla 7 pòi anna' dritto pe' GROTTAFERATAAA.
Ce sta 'n inglese che viene contromano,
dice c'avete voluto in Europa, e noi c' entramOOO.
Guidamo tutti cosììì, non so' io che sono stranOOO.
Pure 'a reggina guida così, contromanOOO.
E che ie fai 'a murta aa reggina contromanOOO?

Vieni con me, amore, sul Grande Raccordo Anulare
che circonda la capitale,
e nelle soste faremo l'amore.
E se nasce una bambina, poi la chiameremo ROMA.

Dal Verano c'è la rampa de 'a TANGENZIALEEE.
Devi sta' attento, buttàtte 'n tempo addestra,
te pòi ritrova' sulla Roma-L'Aquila, occhio ar cartello,
occhio ar cartellOOO.

All'uscita 29 c'è ACILIA-CASALPALOCCOOO.
Dietro er bar de Enzo, c'è un centro commerciale.
Dice Tizziana che nun ce sta 'a mucca pazzAAA,
ce sta er cartello, vatte a fida', so' boni tuttIII
a méttece la scritta, sur cartello, so' boni tuttIII.
So' bono pure io, a métte' 'na scritta, sur cartellOOO.

All'uscita 24 c'è 'a CECCHIGNOLAAA
'ndo' m'hanno riformato pe' i piedi piatti.
Dagnèle 'nvece ha fatto la scena der matto, j'hanno menatOOO,

e poi nei granatierIII,
prima j'hanno menatOOO, e poi nei granatierIII.

...Amore amore... vortato a quella prima
e sei stata risucchiata dalla Cassia.
Chissà adesso co' chi stai,
chissà se sei arivata mAAAi...

Adesso c'è Sabbrina che lavora all'autogrill
dove faccio er pieno de benzina,
pe' fa' un metro sulla Tibburtina.
E se nasce una bambina, poi la chiameremo ROMA.

Er fratello lo chiamiamo CUPPOLONEEE.
Nana na, na na.
La storia finisce sur Grande Raccordo Anulare.
Nananaa.
Il mondo finisce sur Grande Raccordo Anulare.

## VULVIA

Cultura, arte, scienza, genetica e misteri dello spazio, cultura, l'ho già detto! Arte, l'ho già detto! Lo sapevate? Sapevatelo, su Rieducational Channel!

Corre come una lucertola, si arrampica come una lucertola, si comporta come una lucertola... Chi è? È la lucertola, scoprila, su Rieducational Channel!

Cavalieri! Sono stati i protagonisti del Medioevo, protetti da pesanti armature di ferro, si sfidano all'ultimo sangue in incessanti tornei. Perché lo facevano veramente? Chi li spingeva a farlo? C'era uno dietro che li spingeva? Scopritelo!
Spingitori di cavalieri, su Rieducational Channel!
Dal mare alla rete del pescatore, dalla rete del pescatore

al mercato, dal mercato alla vostra tavola: che altro deve fare la sogliola? Spazzarvi pure per terra?
Tutte le sogliole, su Rieducational Channel!

Lo sapevate? Due terzi del pianeta sono completamente ricoperti d'acqua, che fortuna nascere proprio sull'ultimo terzo: che culo, su Rieducational Channel!

'Mmbuto! Chi ha inventato il primo 'mbuto? Chi ha usato il primo 'mbuto per travasare l'acqua? Come faceva il primo 'mbuto? Si servivano di uno solo o più 'mmbuti? 'Mmbuto, su Rieducational Channel!

Lo sapevate? Un femore di brontosauro è stato rinvenuto in Antartide... Mi posso solamente immaginare dove è finita l'altra gamba! Spaccate spettacolari, su Rieducational Channel!

Subbaqqui! Quanto può andare sotto un subbaqquo? Quanto ci vuole prima che un subbaqquo riemerge da sotto? È vero che alcune pinne non vengono più via? Col talco forse... Se si incontrano in mare un palombaro e un subbaqquo sono colleghi o no?
Secondo me sono colleghi, sono tutti e due che lavorano nel mondo subbaqquo! Subbaqqui! Su Rieducational Channel! Scoprilo se sono colleghi o no, malgrado tutti e due lavorano nel mondo subbaqquo!

Dopo l'accoppiamento la mantide religiosa divora il maschio, eppure quello ci va lo stesso! È proprio vero che tira più un pelo di f... (va be' questa non la... ), un carro di buoi face... ah no, è la fine di quella di pri... niente. Scusatemi, su Rieducational Channel.

Lo sapevate? Ci avevate mai pensato? E a cosa? Non ci provate, su Rieducational Channel!

## VULVIA E ALBERTO ANGELA

VULVIA Antiche civiltà sepolte, ma tanto che le sepolte a fare? Poi arriva Alberto Angela con la sua paletta, è inutile proprio, è inutile che vi prendete il disturbo di fare la buca, mi raccomandi, su Rieducational Channel, mi raccomando. Anche se avete dei parenti, attenzione, la nonna, è inutile scavare.

Che lo fai a fare? Tanto lo sapete già: a un certo punto, a una certa ora arriva Alberto Angela, se la porta via perché magari la prende per un acheo. Non lo so, raccomando, se ce l'avete una nonna, è meglio seppellire in alto, quello è abituato a... va per terra, speriamo, speriamo che non la vede, su Rieducational Channel.

Usa la televisione per speculare, speculare sul dolore degli etruschi oppure sul dolore dei may atzechi, è gente che comunque è morta. Ma no, ma no, tanto non c'è rispetto, è lui che deve fare le buche, capito? Certo scavava lo speleologo, scavava lui, vedi come si arrabbiava, però non si può fare perché è figlio, certo è figlio. Certo, scava, tanto fa come gli pare in nome della scienza, certo è il figlio, questo è il fatto, perché io, se io era... la pianta c'era scritto sopra la pianta di figlia di A. e allora no, non ci stava, invece gli achei, la verità è che gli achei stanno sempre nel giardino della povera gente, questa è la verità, su Rieducational Channel, che poi non è neanche colpa sua... È il sistema sbagliato.

*Ma quale sistema?*

VULVIA Il sistema di scavare che ci costringe tutti.

*Vulvia, la vedo molto amareggiata.*

VULVIA Perché io potevo fare benissimo la conduttrice, potevo farla benissimo, scavare vasi culturali.

*Ma i conduttori non scavano vasi.*

VULVIA Certo, non scavano, dipende dal cognome, su Rieducational Channel.

Possessioni. È possibile essere posseduti dal dimogno? Lo sapevate? Centinaia di casi documentati dimostrano che persone ignoranti e analfabete non solo parlavano perfettamente il greco, ma prendevano pesantemente in giro chi aveva fatto il liceo scientifico.

Il *pluvianus aegyptus*, il famoso uccellino dentista, vive in perfetta simbiosi con il coccodrillo. Questo rettile così aggressivo e pericoloso si lascia placidamente pulire i denti dal simpatico volatile. Diventa feroce solo quando gli arriva la parcella.

Lo sapevate? Sapevatelo, su Rieducational Channel!

Lo sapevate? Il calendario romano aveva solo dieci mesi, ma gli avanzavano sempre due foto della Ferilli!

Sapevatelo, su Rieducational Channel!

La donna cigno: è esistita veramente la leggendaria donna cigno? Sembra che me la sono inventata io adesso! Improvvisazioni, su Rieducational Channel!

Anguille elettriche! A centinaia di metri, nelle profondità dei mari, vive forse la creatura più bizzarra del pianeta: un'anguilla elettrica, capace di dare una scossa di migliaia di volt... volt; perché lo fa? Perché? E perché se ne sta così in profondità negli oceani... tutta bizzarra, nuota... perché fa questa cosa della scossa, perché? Che senso ci ha? Bisogna che qualcuno ci va a parlare! Bisognavalo, su Rieducational Channel!

Gladiatori: nel Colosseo la sorte del gladiatore sconfitto era decisa dall'imperatore. Nella maggior parte dei casi questo rivolgeva il pollice verso il basso, non tanto per crudeltà, ma per evitare che si fermassero le macchine. Autostop imperiale, su Rieducational Channel!

Lo sapevate? La nitroglicerina, oltre a essere un micidiale esplosivo, è anche un potentissimo afrodisiaco, ma è consigliato solo a soggetti che possono raggiungere l'orgasmo molto rapidamente. Una botta e via, su Rieducational Channel!

Fino a poco tempo fa erano tutti convinti che la Terra fosse piatta, ma poi Colombo ha dimostrato che era sferica. Può essere così anche per certe donne? Reggipetti copernicani, su Rieducational Channel!

La legge di Einstein dice che non è possibile superare la velocità della luce, ma la gente è ignorante e i vigili dormono! 'Mbuto a sorpresa.

## LA CARRIERA DI VULVIA

*Ecco, sappiamo che Vulvia ha un po' di difficoltà coi tacchi. No, deve farcela da sola... avanti un altro passo, forza, ce la puoi fare! Ce la puoi fare!*

(*Vulvia arriva alla postazione. Abbraccio commosso.*)

*Vulvia! Finalmente qui! In diretta! Sono tante le domande che vorrei farle... La prima: sa che molte spettatrici vorrebbero fare una carriera come la sua. Come si comincia?*

VULVIA Si comincia dall'atomo, con tanta, tanta umiltà, poi se vai bene piano piano ti fanno annunciare molecola e poi un bacherozzo. E via... via... i meterori!

*E adesso è il volto di Rieducational Channel! Crede che i nuovi canali tematici, che come il suo si occupano esclusivamente di scienza e di cultura, cambieranno la televisione?*

VULVIA No, noi facciamo solo programmi, possono piacere o non piacere, ma per cambiare la televisione bisogna andare al negozio.

*Senta, non posso non chiederglielo: mi fa un annuncio di un documentario in diretta?*

VULVIA Lo sapevate? Nostradamus aveva predetto che il mondo sarebbe finito nel 2000, a meno che non gli davano due milioni di dollari in biglietti di piccolo taglio: ricatto astrologico, su Rieducational Channel. 'Mbuto a sorpresa!

*Vulvia e l'amore: se potesse tornare indietro rifarebbe le scelte che ha fatto?*

VULVIA Certo, ma se tornassi all'indietro le farei al contrario. Sceglierei di separarmi prima ancora di conoscere la persona, sono sicura che lui non capirebbe, sarebbe un errore, no, va bene la vita al dritto.

*Ma lei crede che gli sbagli possano aiutare a crescere?*

VULVIA Sì, se supportati da una buona alimentazione.

*Com'è la vera Vulvia?*

VULVIA Molto più struccata...

*Che rapporto ha con il suo corpo?*

VULVIA Molto buono, cerco di passarci più tempo possibile insieme.

*Ma come fa a essere sempre così bella in televisione?*

VULVIA Mi metto dietro delle bestie molto brutte, coccodrilli ecc. Allora...

*Ma lei crede che alcune sue colleghe si facciano strada nella vita soltanto grazie alla bellezza fisica?*

VULVIA No, una volta lo pensavo, ma la bellezza non basta, devi andarci proprio a letto!

*E cosa pensa della chirurgia plastica?*

VULVIA Sono contraria alla chirurgia plastica, il dottore mi ha sbagliato completamente le sise! Mi ha messo due sise destre. Quando cammino faccio molto sforzo sulla gamba. Posso allattare solo di profilo.

*A proposito, lei vuole dei bambini?*

VULVIA No, grazie, sono venuta in motorino.

*Ma perché ce l'ha tanto con Alberto Angela che è una bravissima persona?*

VULVIA Non ce l'ho con lui, ma il mondo è degli uomini, ti mettono le mani addosso, ti fanno una molestia proprio sul lavoro con tanti giardinetti che ci stanno, il mondo è degli uomini, dove altro potrebbe andare una donna?

*Ma perché, scusi? Alberto Angela le ha messo le mani addosso?*

VULVIA No, neanche! Siamo oltre il disprezzo! Eppure sono una donna come le altre, cioè neanche allungare la manina, l'uomo ti considera un oggetto e neanche ti vede! La donna oggetto.

*Senta, ma molti ci scrivono che secondo loro lei in realtà è innamorata di lui...*

VULVIA Ah! Uno speleologo! No, grazie, è la tomba dell'amore! Come si fa a stare accanto a un uomo che sta sempre dietro ai vasi? Pensa che il cane manco seppellisce più gli ossi sottoterra, tanto lo sa che poi arriva Angela!

*Be', mica tutti! Alcune donne se li sposano.*

VULVIA E come fanno, chi le spinge a farlo? Che, c'è qualcuno che le spinge? Spingitori di mogli di archeologo. Anche se alcune dicono che c'è qualcosa di buono, nelle coppie quando la donna sfiorisce l'uomo perde interesse, invece se sei la moglie di un archeologo più invecchi e più gli piace! Però no, a me lui non mi piace, no, grazie, non mi interessa proprio, su Rieducational Channel! Magari ti mette in casa un calendario degli achei... No, non mi sta bene, ti devo bastare io!

*Senta, lasciamo stare le cose personali. Adesso, per favore, ci faccia un annuncio di Alberto Angela, bello però; benevolo, senza niente di personale! Da professionista... lei è una professionista, Angela è un professionista...*

VULVIA Che curiosa coincidenza... Esploratori solitari, eroi che viaggiano in solitudine alla ricerca di antiche civiltà. Spariscono per anni cercando delle tracce misteriose. Archeologia oppure cultura. Esploratori solitari, ma manco una telefonata potete fare, che è, se so' bloccate le linee se fai lo speleologo, se so' bloccate le linee, manco una telefonata possono fare, su Rieducational Channel. Ci vuole tanto che uno fa l'esplo... esplora, tutto il giorno a esplorare, ci sarà un momento che riposi un attimo, c'hai vasi, poggi i vasi oppure dei reperti e stai, e neanche cinque minuti una telefonata a casa, su Rieducational Channel. Che è, stai totalmente preso da questa speleologia-archeologia e non puoi chiamare cinque minuti. No, tutto il giorno vuoi far credere che tutto il giorno stai a lavorare, su Rieducational Channel. Esploratori solitari...

## PIZZARRO

PIZZARRO Certo, perché oggi non si capisce più gnente, c'è questa perdita di senso, chi va di qua, chi va di là ecc. Quando ero ragazzo io, le cose avevano un senso, c'erano don Camillo e Peppone ed era tutto chiarissimo... Fernandel era don Camillo, e Gino Cervi era Peppone, tu fai il comunista, tu fai l'anticomunista, le regole del gioco... sennò la gente non capisce...

*Va be', ma questa contrapposizione comunisti-anticomunisti è un po' da anni Cinquanta...*

PIZZARRO E allora? Erano bellissimi gli anni Cinquanta, c'era John Wayne, c'era Marilyn. Se funzionava così bene, perché dobbiamo cambiare? Quando un'idea è buona, finché dura, diamoci dentro...

*Sì, ma poi ci sono comunque differenze, i valori della destra e quelli della sinistra.*

PIZZARRO Ma che dici? Mi stupisco di te che sei giovane, la destra e la sinistra non esistono... quelle sono storie per la gente semplice, come l'inferno e il paradiso. Mica esistono, quello è un linguaggio semplice per farti capire dalle persone semplici. Come l'angelo e il diavolo, mica esistono... esistono solo delle persone che vogliono spartirsi il potere, ma se glielo dici non vanno più a votare... Che te frega a te? Perché devi uscire di casa?

*Ma allora dice che sono solo lotte per spartirsi il potere?*

PIZZARRO Ma certo, per esempio a Berlusconi, no?, che gliene frega della destra e della sinistra? Ci ha i miliardi, 'a villa ad Arcore, l'aereo, la nave, una moglie che è un pezzo di... non mi faccia dire... ma che gli frega?

*Ma quindi, secondo lei, Berlusconi poteva pure fare il leader della sinistra, allora perché ha scelto la destra?*

PIZZARRO Ma perché si è liberato un posto a destra! C'è stato un vuoto di potere, a sinistra era affollato: i comunisti, i postcomunisti, i verdi... a destra non c'era più nessuno e si è piazzato a destra. Ma non lo so! Se lei deve parcheggiare e da 'na parte ci stanno le macchine in tripla fila e dall'altra è vuoto, dove va? Se piazza subito di là senza troppe storie, no?

*Ma scusi, mi sto confondendo, ma secondo lei Berlusconi è l'unto del Signore?*

PIZZARRO No, non è unto, è fard...

*Va be', però, ci sono dei temi di divisione anche all'interno della Chiesa. Per esempio, lei ha dato ragione a Biffi che diceva di non fare entrare immigrati islamici.*

PIZZARRO Di questi col turbante, a me e a te che ce frega?

*Come? No, mi frega, perché dobbiamo discriminare...*

PIZZARRO Sì, va be', va be', non lo possiamo dire in televisione, però a te e a me, dico, ma a noi, di questi col turbante in testa, che ce frega? Sono cattolici? No. Sono comunisti? No. Allora a che ci servono?

*Ma il cristianesimo dice che tutti gli uomini sono uguali...*

PIZZARRO Ho capito. Va be', poi questa la tagli, ma a me e a te, che ce frega?

*Ehm... Vedo che tocca sempre quella cosa che ha appesa al collo. Cos'è? Un...*

PIZZARRO Mah, ce l'hanno tutti i miei colleghi, non lo so bene che è, è un portafortuna...

*Come un portafortuna!? È il simbolo della sua religione...*

PIZZARRO Mah, non lo so, me l'hanno regalato, credo che sia cinese, indiano, boh? C'è questa specie di X, fatta così...

*Ma scusi! Come una X? È il simbolo...*

PIZZARRO Boh? È una cosa particolare, c'è questa figuretta in costume che prende il sole, non lo so che è...

*Come prende il sole? Ma quello è il simbolo del sacrificio...*

PIZZARRO Ma che sacrificio? E che uno che prende il sole me lo chiama sacrificio?

## RUTELLI

(*Francesco Rutelli, candidato dell'Ulivo alla vigilia delle elezioni politiche del 2001, entra in studio furioso.*)

*Oooh! Bentornato Rutelli, come sta? La vedo un po' arrabbiato o sbaglio?*

RUTELLI Vorei di' 'na cosa, a Dandi'! So' venuto a fa' 'n appello! Ce so' troppi veleni all'interno dell'Ulivo, ahò! Ma che stamo a fa'? Stamo tutti nella stessa barca, ahò!

*Ha ragione! Con chi s'è arrabbiato? Con Parisi?*

RUTELLI No, a Sere', er sardo nun dà fastidio, so' fatti così de carattere, sta a fa' colore, nun è er sardo...

*È Giuliano Amato che le sta giocando contro? Perché ha detto che l'Ulivo non ha un boss?*

RUTELLI Ma no; er sorcio è 'n amico, quando uno sta tanti anni nella malavita, poi senza er padrino se perde l'orientamento. C'è andato un po' in puzza, ma mo' je passa. Ma io dico, stamo tutti nella stessa barca, l'Ulivo, se ognuno se mette a rema' contro, non se spostamo e famo er muinello. *Do you know* muinélo? Se ognuno s'arabbia qua finisce che se menamo veramente.

*Ma allora non ho capito con chi ce l'ha? Con D'Alema? La famosa seconda regia dell'Ulivo?*

RUTELLI Ma che me frega a me della regia? Ahò, io faccio 'a comparsa, me paghi 'a posa, me dai er cestino e so' contento...

*Ma allora chi è che rema contro all'interno dell'Ulivo?*

RUTELLI Ma che me lo chiedi pure? È Berlusconi!

*Ma come Berlusconi? Berlusconi è il leader del Polo!*

RUTELLI A Sere', ma che stai a di'? Te fai 'a satira, io te capisco, sei pure brava, ma fai ammazza' dalla risate, ma qua stamo a parla' de cose serie, mica dee cocce delle noci! Berlusconi sta a rema' contro, fai 'e scenate, t'arabbi! Ma che c'è che non va, ahò! Noi qua stamo a lavora' pe' te, ahò!

*Scusi, onorevole, io non capisco...*

RUTELLI No, so' io che non capisco: Berlusconi, ma co' chi ce l'hai? So' cinque anni che te portamo l'acqua colle 'recchie!

*Come??*

RUTELLI Quello che me dispiace è chc la gente non se rende conto de quello che ha fatto il centrosinistra in questi cinque anni, danno retta a lui pare che lavoriamo male, ma io difendo er lavoro della grande coalizione der centrosinistra.

*Oooh! Finalmente tiriamo fuori l'orgoglio!*

RUTELLI Ahò?! Finché se scherza, se scherza, ma questo s'è arrabbiato veramente, ahò, a Silvio, stai a esaggera'! Ma che t'abbiamo fatto? Noi qua stamo a lavora', ahò! Io so' tanto buono e caro ma mo' basta! Dimme se in questi cinque anni ti abbiamo dato un probblema che è uno, ahò! Io riepilogo:

In cinque anni de centrosinistra nessuno ha mai toccato er conflitto di interessi. Nessuno ha toccato 'a televisione tua. Non te piaceva Prodi? L'abbiamo mannato all'estero. Trappolone e mannace 'na cartolina.

'A prima cosa che fa D'Alema è di' che Mediaset è 'na grande industria culturale! Abbiamo detto che sei un grande statista europeo. Fini te stava a rimonta'? Gli abbiamo scatenato Mariotto Segni. Bossi faceva er drogato? Se lo semo presi noi, te l'abbiamo disintossicato e te l'abbiamo ridato nuovo, se semo presi 'a Pivetti, Cossiga, Mastella e Dini.

D'Alema pubblica tutti i suoi libri per la Mondadori. Non ti piaceva Zoff, abbiamo cacciato Zoff.

Ti abbiamo dato le stecche per i telefonini. Rondolino faceva il portavoce a D'Alema e te l'abbiamo dato per il Grande Fratello.

Dice: 'La RAI è un servizio pubblico.' Ma che pubblico, a Berluscò? 'A RAI è un servizio tuo, ci abbiamo messo Mediaset dentro (Brugola, 'a Corvini...), t'amo fatto dei programmi per fare stravince' Canale5, te piamo tutto quello che ce dai: Papi, Amadeus, tutto! T'amo fatto er rappe de Mike Bongiorno. T'amo messo Bruno Vespa, che altro vòi? Vòi la calza? Metti la calza! Nun vòi la calza? Leva la calza! Amo cacciato i radicali: te davano fastidio, che li vedi mai in televisione? Mai, a Silvio, i patti sono patti!

Te dava fastidio l'otto percento della Bonino alle Regionali? L'amo fatta inciucia' cinque minuti co' D'Alema e te l'abbiamo riportati al due.

'A legge elettorale? Amo fatto tutto quello che hai detto, a Silvio! Volevi er maggioritario? Famo er maggioritario! Vòi la Urbani-Tremonti? Pronti a vota' la Urbani-Tremonti. Nun te conviene più er maggioritario? Vuoi di nuovo il proporzionale? Subbito!!! Pronti! Volemo er proporzionale.

Hai visto i referendum? Amo messo la sordina a Pannella, amo mandato la gente ar mare e poi abbiamo detto: 'Gli italiani non vogliono più il maggioritario', ma te rendi conto? Ma quando mai l'hanno visto? Questo perché è gente semplice, ma se era un altro Paese ce aspettavano fuori e ce menavano!

Te dava fastidio Veronesi? Diceva quelle brutte cose sulla libertà della ricerca scientifica che facevano tanto preoccupare er Santo Padre: hai visto? L'abbiamo lasciato solo, ha detto che non se candida più, forse se ne va pure all'estero. Hai visto? Noi, a Sua santità, non ce deve manco telefona', cerchiamo di anticipare i suoi desideri. Pensate un po' a voi, ahò!

E conteneteve, ahò! Ci avete tutti quattro mogli e dodici amanti! Er Santo Padre s'encazza! Dice: 'Ma che me stanno a cojona'?' Je fate pure i cartelli elettorali sul sacro valore della famiglia... Una famiglia, ahò!, no quattro!

A Silvio, ma che devo fa', ahò! Te dà fastidio 'sta gamba lunga? Me metto in ginocchio, ahò! Io mica me vergogno, butto un paio de carzoni ar giorno, ma non fa niente! Te dà fastidio er capello? Basta chiede': damme 'a macchinetta che me faccio calvo. Divento liscio come 'a capoccetta de Mario Silla!

*Ma perché? Per questa legge tardiva sul conflitto d'interessi?*

RUTELLI Ahò, quella semo stati costretti, putacaso vince, poi se trova in imbarazzo! Ahò, noi er conflitto l'avevamo eliminato: ce stavano solo gli interessi.

Lo sai, Silvio, non è per noi, ma all'estero ce ridono dietro, lo sai che non pòi governa'!

*Per le televisioni?*

RUTELLI Ma che televisioni! C'ha le imprese edilizie, 'a Mondadori, le assicurazioni, mezza stampa, mezzo cinema italiano, 'a pubblicità, er Milan... Avevamo sistemato tanto bene: a Mediaset c'è Piersilvio e al governo ce stavamo noi. Sei 'n ingrato, ahò! 'Sto padrone cattivo, sempre arabbiato, mai 'na parola buona, manco più er cestino a Natale!

Non dico pe' mme! Io 'ste cose manco le so; io stavo a fa' i sottopassaggetti, mo' me ne andrò a Bruxelles, lo dico per le migliaia di uomini e di donne che lavorano per il centrosinistra! Pe' chi hanno lavorato, Berlusconi? Per te, ahò! Così te facevi 'o spiritoso dicendo tasse al trentatré percento e noi poi facevamo i realisti e dicevamo che non se pò fa'! Tutti te volevano bene, ma che vòi de più, ahò! Sei 'n ingrato!

Sei 'n padrone cattivo! Veramente uno glie vie' da pensa' che ce vorrebbero i comunisti, ahò! Scherzo, Santità! Lo dico pe' disperazione! (*pianto*) Manco er cestino, ahò! Noi se semo fatti in quattro per te, Silvio, nun t'abbiamo manco mai chiesto i straordinari, manco i sabbati e le domeniche, pe' te, ah! Pe' fatte sta' tranquillo sulla barca. Niente, ahò!

Vabbene, camminace in testa, ma almeno levate i sopralzi, che so' duri, me lasci er segno pe' 'na settimana.

*Ma scusate, ma perché voi dell'Ulivo avete fatto tutto questo? Perché pensate che tanto l'Italia è un Paese irrimediabilmente di destra?*

RUTELLI Ma che stai a di', Dandini, io ti capisco, tu fai la satira, te serve un contrasto. Il Paese non è né di destra né di sinistra, il Paese è di Silvio Berlusconi. Scusa, ma ragiona colla capoccetta tua: se ti compri una macchina, di chi è? Di destra o di sinistra? È tua, ahò, l'hai pagata te. Se vuoi anda' a destra, vai a destra, se vuoi andare a sinistra, vai a sinistra. Ma è tua...

*Ma insomma, scusate, scusi, voi volete vincere o perdere?*

RUTELLI Io non so chi vince: se questa sinistra democratica e riformista o questa destra autoritaria e illiberale. So solo una cosa, ahò, ma se pe' disgrazzia vincesse 'sta destra: a Silvio, ricordati degli amici. Ricordate de chi t'ha voluto bene!

## ARMÀ

ARMÀ Quando dieci anni fa vi vendevo gli Schifagna eee cercavo di procurarvi un'emozione che si rinnova nel tempo come pochi. Quando dieci anni fa vi vendevo gli Schifagna, quando dieci anni fa vi vendevo gli Schifagna, vi dicevo: eee mi raccomando, siamo di fronte a un artista che si rivaluterà nel tempo come non mai! Eee è chiaro? Eee vi ricordate? Perché queste opere contengono una sintesi metaforica che si staglia sul piano internazionale attraverso una riflessione se vogliamo anche surrealista che vale il vostro denaro come non mai! Eee non perdete questa occasione! Eee non perdete l'opportunità di essere protagonisti di un'opera che testimonia il divenire dell'arte come rilettura critica di tutto il Novecento! Quando vi mettete in casa un'opera come questa, voi situate il vostro salotto come grande protagonista di tutto il Novecento. Eee fra due anni vi chiameranno i musei di tutto il mondo! Io vi avverto: vi chiamerà a casa il MOMA, eee vi chiamerà a casa la galleria d'arte più internazionale del momento! Eee è chiaro? Eee è chiaro? Eee dovrete staccare il telefono! Eee dovrete staccare letteralmente il telefono, eee dovrete staccare letteralmente il telefono come non mai!

CENTRALINO Guardi che è già venduta!

ARMÀ È già venduta? Ah, butta via! Però, però, allora mi dovete prendere i grandi quadri da guardia di Giulio Carciofari.

CENTRALINO Dice il signor Piero che quello gli fa schifo...

ARMÀ Eee Piero, ti voglio convincere: guardate, è un'opera formidabile! È imperdibile! Capisci la grandezza di questo artista? Capisci, Piero, la grande onestà intellettuale? Lui lo dice: 'Io non so dipingere!' Nei suoi quadri non c'è la firma, c'è scritto: 'Sono una pippa!' E la grande onestà intellettuale di Giulio Carciofari. Eee l'artista lo sa, fanno schifo... Ci sono molti incompiuti perché a metà lui ha detto: 'Vado a vomitare.' Dopo i primi che ha fatto, eee due critici d'arte gli hanno spezzato le dita, ma lui continua... eee molti acquirenti l'hanno buttato nel cassonetto, eee il camion passa, eee non lo carica, eh? È chiaro? È chiaro, Piero? Ti metti in casa la grande onestà intellettuale di Giulio Carciofari!

CENTRALINO Dice Piero che proprio non lo vuole...

ARMÀ Neanche lui lo vuole! Piero, mi ha detto, o lo vendi o lo butto daa finestra, la grande finestra di Giulio Carciofari!

CENTRALINO Dice Piero che in salotto gli fa schifo...

ARMÀ Piero, Piero, non sbagliareee, stai attento, sono

quadri da esterno, eee questi quadri sono brutti, l'artista lo sa al di là del loro valore commerciale, fanno schifo come non mai! Eee è brutto, eh? È brutto forte, io ve lo dico! Li potete attaccare alle pareti esterne, se avete una casa in cortina. Ti affacci alla finestra, dai due chiodate senza neanche guardare eee lo appendi e chiudi.

CENTRALINO Dice Piero che non capisce...

ARMÀ Eee Piero, eee Piero, sono quadri da fuori... eee quadri da guardia... quando il ladro si avvicina perché sente puzza di un salotto protagonista di tutto il Novecento, incappa in Carciofari e scappa a gambe levate eee qualche volta capita che lascia lui dei sordi... perché molti salotti sono protagonisti del Novecento, ma al Novecento e uno se li fregano.

CENTRALINO Dice il signor Piero che quello proprio non lo compra...

ARMÀ Allora buttiamo 'sto quadro... Piero, Piero, ti voglio favorire, se mi hai apprezzato il Fragolari non puoi rinunciare all'opera di Franco Stacconanana. Sono le grandi provocazioni culturali di Franco Stacconanana.

CENTRALINO Dice Piero, ma non si chiamava Ernesto?

ARMÀ Eee sono due fratelli, c'è Franco Stacconanana, ma c'è anche Ernesto, pure Ernesto Stacconanana, ci sta Franco, ma pure Ernesto! Franco Stacconanana si è posto il problema dell'arte moderna. L'artista si deve interrogare sulla funzione dell'arte nella società, Stacconanana si è interrogato sulla funzione dell'arte nella società e si è messo sette e mezzo.

CENTRALINO Dice Piero che non vuole neanche questo in salotto...

ARMÀ Caro Piero, tranquillo, verrà a casa tua il grande esperto, perché molti ascoltatori spesso non comprano perché privi della cultura dell'appendere! Il nostro esperto sta già venendo da te per trovarti uno spazio! Eee tra poco suonerà al tuo citofono, suonerà al tuo citofono come non mai!

CENTRALINO Dice il signor Piero che lui non gli apre...

ARMÀ Piero, non rinunciare; puoi metterlo anche nel sottoscala! Renderai il tuo sottoscala un grande protagonista del Novecento.

CENTRALINO Dice Piero che non lo vuole nel sottoscala...

ARMÀ Eee Piero, eee Piero, guarda che non ti dice neanche dove lo appende, tu ti attappi gli occhi e conti fino a cinquanta, e ti ritrovi un quadro in casa che non sai dov'è! Un domani apri il cassettone per cercare i calzini e ti spunta fuori la grande onestà intellettuale di Tonino Mutandari! È la grande cultura del sorpresismo! Ti arriveranno in casa i grandi musei internazionali. Vai a cercare le calze e troverai il grande museo internazionale chino sulla tua opera! È il quadro incollocabile. È l'antiquadro. Nei grandi musei si scatena la caccia al Mutandari. Nelle sale non lo trovano e poi magari il giapponese mi va in bagno e me lo trova appeso, capisci Piero? Lui tutti i giorni gli cambia di posto! È il sorpresismo!

ASSISTENTE Diretto', che ci ho? Ci ho qualcosa addosso! (*estrae dalla camicia un quadretto*) Oh, dio, è l'onestà intellettuale der grande Tonino Mutandari!

ARMÀ Straordinario! È incredibbile. Buonanotte a tutti, buonanotte, Piero.

## GABRIELE LA PORTA

LA PORTA Buonasera, e benvenuti a La Porta dell'anima che va in onda giovedì alle sette e un quarto di sabato notte, ogni martedì e lunedì fino al 3 novembre, dicembre, dodicembre e giuglio lugno. Oggi è il 3 marzo 1960 e ho quattordici anni. La volta scorza abbiamo parlato della conoscenza... questa settimana invece parliamo della conoscenza ovvero della conoscenza come la volta scorza. E penzo che o così o altrimenti lui muore... (*guaito dell'ostaggio*)

*Per carità, non faccia male a nessuno!*

LA PORTA Lo ripetiamo: La Porta dell'anima con la regia di Franco Zappetta, con la consulenza di Saverio Sortone. Ricordiamo: se risento di nuovo i cecchini che si muovono sul tetto, quest'uomo muore; se rifate uno scherzo come quello di mandare uno dei NOCS vestito da postino, quest'uomo muore.

*No, no, per carità!*

LA PORTA Lasciatemi fare questa trasmissione, come dico io e all'ora che dico io, ci ho qui la televisione: se mi dite che va in onda e poi invece c'è il monoscopio, quest'uomo muore!

*No, no! Niente scherzi, lei è in onda!*

LA PORTA È importante... è importante. Ricordate la storia di Tiresia e Edipo? Tiresia, Edipo vuole il zapere per il zapere senza il senzo del zacro, ma senza il senzo del zacro l'uomo non è niente, Edipo dice a Tiresia: 'Voglio la conoscenza, ma senza la saggezza.' Tiresia, che è sapiente ma è saggio, ha il senzo del zacro, senza il senzo del zacro l'uomo non è niente, Tiresia dice a Edipo: 'Non puoi zapere tutto.' Senza il senzo del zacro c'è un limite alla conoscenza, ma Edipo vuole zapere tutto! E dài! Voglio la conoscenza senza il senzo del zacro, e inziste! E inziste! AlloraTiresia gli dice: 'Tu ucciderai il padre e giaci colla madre.' Edipo impazzisce, e finalmente Tiresia se lo leva dalle palle. Avete capito? Senza zacro, senza il senzo del zacro non c'è conoscenza, senza conoscenza penzo oppure forze, altrimenti lui muore!

*No! La prego!*

LA PORTA Forze, forze, l'anima se rappresenta la conoscenza, penzo... penzo che senza la conoscenza l'uomo non è niente, ma senza il niente la conoscenza è priva di sapienza, forze, penzo che Ulisse, leggo testualmente, Ulisse con la sua potenza, forze può battere la tartaruga.

*Ma che c'entra Ulisse con la tartaruga?*

LA PORTA Ma senza conoscenza non c'è tartaruga e quindi Ulisse è solo, e nella corza, forze, nella corza perde la sua sapienza e resta il niente, il puro niente, un niente, scrive Hillman, senza tartaruga e senza la purezza della conoscenza. Altrimenti lui muore... È importante... è importante... il puro niente, senza la purezza della conoscenza e senza tartaruga. Grazie... ringrazia! (*l'ostaggio ringrazia con la testa*)

*È molto bello, tutto questo.*

LA PORTA Io che sono laico, ma credo agli dèi, ma non tutti perché gli dèi, Bacco, Tabbacchio e Venere, Minerva figlia di Giove e Sandra, che saluto: ciao, Sandra, so che ci segui... E qui c'è anche la lettera di Maria Grazia: Maria Grazia ci scrive, complimenti per la trasmissione eccetera, sono una ragazza di trentasette anni, ho difficoltà a trovare un compagno, forze, forze per la mia scarza avvenenza fisica ho infatti un handicap alla gamba che mi rende un poco claudicante. Ecco, Maria Grazia, diciamo le cose come stanno: non hai un handicap alla gamba, sei zoppa... sei 'na zoppa.

*Ma non è carino, però, dire...*

LA PORTA Zoppa, non è un insulto! Ce lo dice Hillman, zoppa, è una parola bellissima che viene dal greco *zoppèos*, e vuol dire... saggezza.

*Ma sempre saggezza vogliono dire queste parole?*

LA PORTA Sì, altrimenti...

*...lui muore! Okay, venduto saggezza.*

LA PORTA Allora, arrivederci a La Porta dell'anima, la regia è di Giuliano Borsani, con la conzulenza di Serena Battonati. Ci vediamo martedì, venerdì, saturneddì, uranedì, plutoneddì, alle nove e mezza, alle sette meno un quinto che fanno dieci anni a giuglio, lugno la temperatura è di 25 gradi con la consulenza di Sergio Zappetta. Detto Antonella Ludovini che ci segue sempre, la salutiamo: ciao, Marzia! Come stai? So che sei morta l'anno scorzo e mi dispiace. Mi dispiace tanto... spero che quest'anno andrà meglio, spero che non rimuori anche quest'anno. Ciao, Giuseppina. Comunque, buonasera e benvenuti a La Porta dell'anima che va in onda tutti i giorni bisestili da lunedì a mercoledì, marcurieddì, gioveddì, venerdì, saturneddì, uraneddi, plutoneddì. Sono le sette in punto delle nove di domani tranne aprile, la regia, lo ricordiamo, è di Saverio Zappetta con la consulenza di Sabino Paltò. Vi ricordate, l'altra volta abbiamo parlato di Omero: Macbeth e Pinocchio...

# Il Caso Scafroglia

## Uno psicodramma comico

(2002)

*(Uno studio televisivo. Corrado, vestito da conduttore, è seduto a un grande tavolo e legge il notiziario del telegiornale)*

CONDUTTORE Il 10 maggio del 2001 Mario Scafroglia esce di casa e si reca alla vicina stazione di Brambate per prendere il treno che doveva portarlo al lavoro. Ma quel giorno i colleghi non lo vedono arrivare; la moglie, a casa, aspetta un'ora e niente, due ore e niente...

REGIA OFF Dilla bene per favore...

CONDUTTORE Sto dicendo!

REGIA OFF La moglie?

CONDUTTORE La moglie...

REGIA OFF Si rivolge...

CONDUTTORE Si rivolge allora alla polizia ma trova soltanto un muro, un muro di ostinazione, un muro di ostilità...

REGIA OFF *Come?*

CONDUTTORE Un muro di incomprensione.

REGIA OFF Ma che muro?

CONDUTTORE Un muro! Sai il muro?

REGIA OFF Va be', va dalla polizia...

CONDUTTORE Va dalla polizia, sì, ma non è che gli fa...

REGIA OFF E trova un commissario molto gentile...

CONDUTTORE... Eppure, non è in grado di aiutarla!

REGIA OFF Che invece la aiuta!

CONDUTTORE... E pure bravo! Scafroglia, tornando a quel maledetto 12 maggio...

REGIA OFF 10 maggio!

CONDUTTORE 10 maggio... che poi io a mezzanotte devo fare un anello alla Fono Roma...

REGIA OFF Che devi doppiare?

CONDUTTORE Una cosa molto importante...

REGIA OFF I Teletubbies colorati per i bambini piccoli?

CONDUTTORE Sì, ma non sono pupazzetti: sono dei piccoli alieni. Scafroglia sta cercando...

REGIA OFF Quelli con le antennine in testa?

CONDUTTORE Sì, ma non sono antenne! Ognuno ha una sua personalità... Scafroglia...

REGIA OFF Ma perché, ti vergogni?

CONDUTTORE Ma non mi vergogno! È una grande produzione internazionale, un prodotto, un programma amato da tutti i bambini di tutto il mondo! Tu hai bambini?

REGIA OFF No!

CONDUTTORE E ti credo, chi ti si piglia...

REGIA OFF Come?

CONDUTTORE No, niente! Tornando a quel maledetto 12 maggio...

REGIA OFF 10 maggio!

CONDUTTORE Quel 10 maggio Scafroglia forse era sconvolto...

REGIA OFF Ma chi t'ha detto che era sconvolto?

CONDUTTORE Ma non lo so, non lo sappiamo. Non sappiamo niente, sappiamo soltanto che questo se n'è andato! Magari questo è morto, eh!?

REGIA OFF Cosa, ma chi te l'ha detto?

CONDUTTORE Mi fa senso. Sono passati ormai due anni...

REGIA OFF No, un anno!

CONDUTTORE Sono passati ormai un anno da quel maledetto...

REGIA OFF È passato ormai un anno...
CONDUTTORE Va be', poi questa la tagli!
REGIA OFF Ma come taglio? È un piano sequenza!

## IL MASSONE

MASSONE Adesso, una piccola comunicazione per noi fratelle.

Voi cambiate canale che è pieno di cose divertenti, specialmente sulla Fininvest, tanto noi dobbiamo dirci poche cose...

Rapidamente, fratelle. Allora, Auditel: togliete due o tre punti a *Striscia* questa settimana sennò del Noce fa i capricci.

Messaggio per Carrara. Lascia Trapattoni ma anche la prossima partita la dobbiamo perdere: niente di drammatico, uno o due goal... perdiamo ancora noi, vabbuò?

13 di settembre. Per domani abbiamo allora deciso che in Sardegna non piove; per quella cosa della tromba d'aria c'è tempo, faremo più tardi!

Gabriella... grazie per l'Iraq.

Petruccioli, pagina tre del calendario: la Canalis sa già tutto.

Allora, rapidamente... Fratelle fiorentine, allora Black Blocs nella zona cinque, sette e nove: lasciate perde' la due che è tornata zia dalle vacanze e se quella non dorme me fa una testa tanta...

Allora, Tg1; omettere notizie 4, 7 e 9; Tg2: omettere notizie 2, 3 e 5.

Ecco finalmente, fratelle, i primi sei estratti del Superenalotto di mercoledì. I numeri sono: 2 come P, 8 come G, gli anni di Silvio, Bologna 80, 5 come il canale, le scarpe di Fassino e per il jolly sentire a Montezemolo... lo sapete come funziona.

Natalia stanotte dorme con Paolo; Luisa, stanotte dormi

a casa e verrà a trovarti Vladimir che non lo può fa' in albergo perché la moglie gli controlla il telefono in albergo, tanto quello viene... Lo sai, è una cosa molto rapida...

Allora, stiamo in chiusura... ridate il segnale a 'sti disgraziati, questo è tutto...

Mi raccomando: quel furto a casa di Veltroni, riportate tutto che non è il momento di fare cose...

## STUDIO

CONDUTTORE Cosa può essere successo a quest'uomo? Abbiamo visto uno schianto, qualcosa di terribile. Noi speriamo ovviamente che a Scafroglia non sia successo niente però noi oggi vorremmo parlare di questi problemi dei giovani, di queste crisi che possono prenderli. Ne vogliamo parlare con padre Federico. Molto piacere!

PADRE FEDERICO Buonasera!

CONDUTTORE Padre Federico è uno studioso di riviste porno nascoste dentro grandi libri di teologia...

PADRE FEDERICO No, sono uno studioso di teologia!

CONDUTTORE Sì, di teologia, che ho detto? E padre Federico vorrebbe tanto rivolgersi ai giovani!

PADRE FEDERICO Io ringrazio voi che ci date quest'opportunità! Noi vogliamo parlare ai giovani, ai giovani che sono il futuro della nostra società.

CONDUTTORE Ecco, padre... posso chiamarla padre?

PADRE FEDERICO Certo!

CONDUTTORE Allora, padre, rivolga un appello...

PADRE FEDERICO Il nostro appello si rivolge soprattutto ai giovani...

CONDUTTORE Posso chiamarla papà?

PADRE FEDERICO No, papà no!

CONDUTTORE No, papà no: su queste cose siete ancora molto chiusi...

PADRE FEDERICO No, non è questione... ma i bambini chiamano papà... È un'altra cosa! Noi vogliamo metterci in contatto con i ragazzi che escono dalle discoteche, vorremmo poter comunicare via telefono, se possibile, con uno di questi giovani!

CONDUTTORE Ecco, noi abbiamo paura che i giovani possano seguire l'esempio di Scafroglia... Questa persona è scomparsa, non sappiamo... padre, ci dica una parola rassicurante: come possiamo fare perché i giovani non seguano l'esempio di Mario Scafroglia? E che bisogna fare per diventare padri professionisti, per diventare dei padri a un certo livello?

PADRE FEDERICO Innanzitutto è necessaria la vocazione...

CONDUTTORE Va be', ma la vocazione ce l'hanno tutti: non è che tutti quelli che hanno la vocazione diventano padri!

PADRE FEDERICO E poi studiare molto in seminario!

CONDUTTORE Va be' però, padre! Di scuole è pieno e le scuole hanno il valore che hanno; poi, secondo me, il valore si vede sul terreno, no? E infatti sfondano in pochi: e allora che bisogna fare? Lo diciamo perché magari molti giovani, attirati dalla vocazione, si mettono a studiare, gli fanno comprare il vestito nero, il crocefisso e poi si ritrovano in mezzo a una strada!

## LORENZO-GHEZZI RECENSISCE MAGDALENE

LORENZO-GHEZZI E poi c'è *Magdalene*. *Magdalene* è un film di genere, film di suore di menare delle ragazze. Film che sta avendo grande scalpore e piace soprattutto ai giovanissimi che si accalcano numerosi – ci sono le file fuori al film – per vede' finalmente queste suore che menano delle ragazze.

Arriva una ragazza e je menano; arrivano in due e je menano in due per volta: schiaffi e calci e pugni, je fanno delle mosse speciali, film che sicuramente diverte. Film sicuramente divertente e ricco di effetti tra cui quattro sganassoni con i denti che volano. La cosa che poi delude, che poi il secondo tempo arranchia... Perché le suore che menano, le suore che menano e poi capisci che è un film non fresco, di genere, fatto a tavolino, cazzotto per cazzotto, studiato e sicuramente non mancherà, ironia, che questa ce la metto io, *Suore di menare 2*: quest'industria hollywoodiana farà sicuramente un seguito. Poi, improvvisamente, il film ci regala un guizzo divertente nel secondo tempo; nel secondo tempo, dopo che te sei fatto du' palle, che a 'ste ragazze 'na volta che j'hai menato non c'hanno più i denti e stanno per terra non è che je pòi sarta' sopra, e il film un po' arranchia... praticamente il film ha un guizzo che improvvisamente il film si apre ed entrano queste due figure, anche se per poco, due figure divertenti che rompono questa monotonia di questo negro vestito de nero con quest'altro, che fanno un po' de sparare de ufi e finalmente come una parte che il regista ci concede alludendo un po' a questa cinematografia hollywoodiana di sparare questi ufi, oppure ce sta quell'altro che je stacca la testa e je ricresce, oppure che ne so, ce stanno... non so' manco sorci, sono delle specie di creature esofaghe di un pianeta diverso e poi ce sta la scena, da dire notevole, la scena che je esce gli spinaci dalle mani perché è abbastanza impressionante come è fatto bene...

AMICO DI LORENZO Machestaddì, ahò! È *Men in black* quello!

LORENZO-GHEZZI Ma che c'entra *Men in black*? Stamo a parla' de...

AMICO DI LORENZO È *Men in black*! Ma in che sala sei andato, ahò? Hai sbagliato sala!

LORENZO-GHEZZI La sala P...

AMICO DI LORENZO Ma no, era la sala Q: lo vedi che c'ho ragione io! Ce sta la scena de quella che lo sgarra col dito?

LORENZO-GHEZZI Sì... Ma non è quello, è *Magdalene*, è *Magdalene*...

AMICO DI LORENZO È *Men in black*, te stai a sbaglia'! Hai visto mezzo de uno e mezzo dell'altro...

LORENZO-GHEZZI ...e poi il film se apre come se la sala respirasse, la sala più grande, anche l'audio è molto mejo, lo schermo in qualche modo più grande; poi invece la pausa andando al bagno e il film si riarranca un po' e di nuovo ritorna questa cosa delle suore...

AMICO DI LORENZO Ma che stai a di'? È sempre quello de *Men in black*...

LORENZO-GHEZZI Machestaddì te, ahò! Stavo al multisala, alla sala P! *Men in black* stava alla sala Q! Dici che ho visto un pezzo de quell'altro?

AMICO DI LORENZO Eh! Io t'ho visto che sei entrato con quella!

LORENZO-GHEZZI Comunque a me un po' di suore negre vestite pure bene non è che ce sta male perché da' du' schiaffi alle ragazze e anche spara' a un paio de ufi a me non me dispiace! Cioè, dovendo parlare di una professione del genere, quando hai finito con le ragazze io un po' de ufi... Comunque è una pellicola discutibile in una stagione de campionato francamente deludente. E questo è tutto!

## STUDIO

CONDUTTORE Il 12 maggio del 2001...

REGIA OFF Il 10 maggio!

CONDUTTORE Il 10 maggio del 2001 Franco Scafroglia...

REGIA OFF Mario Scafroglia!

CONDUTTORE E pure Franco!

REGIA OFF No, solo Mario.

CONDUTTORE Come mai solo Mario scompare? Franco resta? È mai esistito un Franco Scafroglia? Forse era proprio questo il problema: Mario Scafroglia voleva un fratellino?

REGIA OFF Ma che stai dicendo?

CONDUTTORE Che cosa sto dicendo? È difficile capirlo senza sapere chi fosse Franco Scafroglia...

REGIA OFF Mario!

CONDUTTORE Sì, Mario Scafroglia. La sorella ce lo descrive come un uomo violento, come un uomo mortalmente geloso, terribilmente geloso. Dopo pochi minuti di colloquio con lei capiamo tuttavia che non è affatto sua sorella ma una donna psichicamente labile, che non conosce lo Scafroglia e stava parlando del suo fidanzato Raul che, penetrato nella stanza, ci gonfia di botte a lei e a noi. Ma l'interrogativo resta: Mario Scafroglia era un violento? Parleremo di questo, parleremo della sua fuga e poi parleremo di tanti altri argomenti, forse ciò da cui Mario Scafroglia fugge; quali sono un po' le notizie: il grande ritorno del tappo di sughero, l'uovo alla coque, quest'amico che abbiamo sempre sulle tavole, e poi l'immane tragedia dell'aereo precipitato a Tokyo – sono ormai più di 150 le vittime perite in questo terribile incidente – e poi il ritorno della tintarella. La tintarella se si può prendere d'inverno: fanno male i raggi ultravioletti? Ne parliamo con il professar Spannacchiatta, che è docente di approssimativologia all'università di Urbino...

REGIA OFF Ma che stai dicendo?

CONDUTTORE Niente, la stiamo un po' buttando, io credo, in caciara e forse parleremo di Oriana Fallaci che ha descritto Agnoletto un antisemita negro e poi, ancora: il seno rifatto si vede ancora? E coprilo, no! I bambini ci guardano, i bambini ci prendono a modello. Ma allora che gliela abbiamo comprata a fare la televisione?

REGIA OFF Sì, ma che c'entra?

CONDUTTORE Ci sto arrivando... Forse è questo che è mancato a Scafroglia. Forse cercava uno spazio per sé stesso. Ne parliamo con padre Pupacchiotti.

PADRE FEDERICO Federico!

CONDUTTORE Federico okay, okay. Vuole ancora mantenere l'anonimato. Ancora Federico...

PADRE FEDERICO No, mi chiamo Federico! Come l'altra volta!

CONDUTTORE Va bene, vuole la tradizione! Con padre Pupazzi parliamo...

PADRE FEDERICO Federico, non Pupazzi!

CONDUTTORE Federico Pupazzi.

PADRE FEDERICO No, Federico e basta!

CONDUTTORE Ecco, io vorrei che adesso il padre ci spari due valori molto rapidi in velocità che piacciono al pubblico. Due valori molto rapidi?

PADRE FEDERICO Non lo so... La famiglia, l'amicizia...

CONDUTTORE La famiglia e l'amicizia: due valori in dieci secondi! È stato veramente rapido, non le avevamo provate queste cose. Padre Stappi adesso ci fa un bell'appello a Scafroglia...

PADRE FEDERICO Va be', mi chiami come crede...

CONDUTTORE A Scafroglia che ci segue, se ci segue... Speriamo che stia vedendo in questo momento la trasmissione. Padre Spagnari vuole fare un appello...

PADRE FEDERICO Federico...

CONDUTTORE Federico... Federico farà un appello a Scafroglia se ci sente.

PADRE FEDERICO Bene, prima di parlare ai giovani io vorrei fare un appello a quest'amico Scafroglia. Mario Scafroglia ho sentito che ti chiami, consentimi di chiamarti Mario. Hai fatto da poco questa nuova amicizia, io ti vorrei essere vicino in questo momento e vorrei che tu...

CONDUTTORE Grazie padre Spazzani, io spero che Mario Scafroglia l'abbia sentito e che risponda a quest'appello e che torni presto a casa.

PADRE FEDERICO Federico!

CONDUTTORE Padre Federico, posso dire una cosa? Tu ti

butti troppo giù! Sei una splendida figura di uomo religioso: stai su! Grazie a tutti, noi chiudiamo qui questa meravigliosa serata!

REGIA OFF No, no, no! Non possiamo chiudere, dobbiamo andare avanti!

CONDUTTORE Dobbiamo andare avanti ma Scafroglia è scomparso, non torna, io ho un turno alla Fono Roma un'altra volta!

REGIA OFF E lo fai saltare il turno!

CONDUTTORE E lo faccio saltare! E allora chiediamoci dove altro può essere andato a finire Scafroglia: forse non è voluto scomparire, forse è stato vittima di un errore bancario!

REGIA OFF Come?

CONDUTTORE Ieri è passata la legge Cirami: puntualmente Previti, che è un gentiluomo, ha rilasciato Berlusconi che ha riabbracciato la famiglia – Veronica, Massimo, tutti quanti. Guardate l'accusa sul caso Previti. Guardate cosa sostenevano: lui dice: 'Un errore bancario.' Loro dicono: 'Qua ci sono questi 2 milioni 732 mila dollari che sono stati versati dal conto All Iberian Fininvest al conto Ferrido intestato a Fininvest. Da qui sono passati al conto Mercier casualmente intestato a Cesare Previti, e di quelli, 425 milioni sono andati sul conto Pavoncella intestato ad Attilio Pacifico dove avrebbero corrotto i giudici.' Vedete come sto... Io con tutte queste prove lo sto opprimendo, non gli do modo di spiegarsi a quest'uomo: lo sto facendo scappare via. Questo succede: se gli stiamo così addosso scappa via. E forse è questo che è successo a Scafroglia: non ha saputo trovare una via d'uscita, si è sentito pressato, si è sentito forzato da questa ostinazione e forse non ci rendiamo conto che l'errore bancario esiste, che ci sono dei paesi in provincia dove dei teatri, dei cinema sono stati chiusi per aprire queste meravigliose sale. Errore bancario in cui tu entri, apri un conto corrente e poi forse, qualcuno, se sei fortunato, alla fine della serata verserà dei soldi. L'errore bancario quindi esiste. Io voglio mantenere sospeso il giudizio e peraltro vi dico che non sempre si è fortunati, non sempre si riceve denaro.

A volte, come nel caso di questa ragazza, si può anche incorrere in terribili avventure. Buonasera! *(in collegamento vidiwall, una ragazza incappata in un errore bancario)* Vuole raccontarci, perché non ci credono che esistono gli errori bancari, che cosa le è accaduto?

RAGAZZA Io ormai sono stata versata tre volte.

CONDUTTORE Tre volte?

RAGAZZA Sì. L'ultima volta ero in biblioteca, all'università, e niente... Ho chiuso gli occhi e mi sembra di aver visto delle montagne, della neve – credo che fosse la Svizzera – e poi mi sono ritrovata su un conto in Sudafrica!

CONDUTTORE Mi scusi, capiamo il suo dolore... Capite? Stiamo parlando di una ragazza che è stata personalmente versata per errore su un conto. E il classico racconto, le montagne, corrispondono sempre: tutti hanno questa visione. Le montagne poi... in Sudafrica mi ha detto poi, no?

RAGAZZA (*piange*) Sì...

CONDUTTORE Quindi ha avuto un disagio. È tornata a piedi? Come ha fatto a tornare a casa?

RAGAZZA Non sono tornata...

CONDUTTORE È ancora lì?

RAGAZZA Sì, infatti sono qui, sporca, ci si sente veramente... è una cosa tremenda che non riesci più a lavare via, ti resta addosso. Poi magari capiti su un conto corrente di cui non conosci neanche il numero!

CONDUTTORE Perché, vi dico, l'igiene nei conti correnti è una cosa trascuratissima. Quindi, lei è capitata su un conto di cui non conosce il numero...

RAGAZZA Niente!

CONDUTTORE Niente! Chissà chi ci ha messo le mani perché prima di mettere le mani sul conto corrente il proprietario chissà dove le aveva messe!

## MAFIOSO

(*Il mafioso è in attesa di giudizio seduto sul banco degli imputati insieme al picciotto suo nipote. Entra la corte.*)

GIUDICE Ah, eccoci qua e speriamo bene! (*al giudice a latere*) Mi raccomando: tranquilli, sereni.

1° GIUDICE A LATERE Eh, insomma...

GIUDICE Un sorriso ogni tanto, guardare e non guardare, sono brave persone!

1° GIUDICE A LATERE Ma come 'brave persone'? Quanti omicidi hanno?

2° GIUDICE A LATERE Sono in due, ventiquattro omicidi.

GIUDICE Va be', adesso senza prenderli di punta loro poi... un sorriso ogni tanto con moderazione. Calma, pacati...

PICCIOTTO Eccellenza? Entrò la corte! I giudici, eccellenza! Sono venuti per noi!

MAFIOSO Ho capito, ho capito!

PICCIOTTO Eccellenza, non li vuole neanche guardare un poco?

MAFIOSO 'Sta minchia di giudici!

PICCIOTTO Dice eccellenza che adesso non vuole guardare! Eccellenza, sono tre: guardi!

MAFIOSO Non vedo! Facissi avvicinari...

PICCIOTTO Avvicinatevi, dice eccellenza, presto!

MAFIOSO Non mi piace, non mi piace!

PICCIOTTO Dice eccellenza che non ci piace!

MAFIOSO Non mi piace quello alto che tiene 'a faccia da minchia, non mi piace!

PICCIOTTO Tiene 'a faccia prevenuta...

MAFIOSO Tiene 'a faccia prevenuta! Quello tiene già la sentenza in testa, non mi convince...

PICCIOTTO Dice eccellenza che te ne puoi andare quello alto perché tiene già la faccia della sentenza! Vai fuori!

MAFIOSO Facissi girari!

PICCIOTTO Quelli che sono rimasti si possono girare per piacere?

MAFIOSO 'U sigalignu 'u facessi girare dietro!

PICCIOTTO 'U sigalignu si girassi per piacere a trigentosessanta gradi ché ci deve far vedere a Sua eccellenza.

MAFIOSO Facissi vedere i mani...

PICCIOTTO Facite vedere 'e mani, per piacere. Va bene così, eccellenza?

MAFIOSO Non mi piace, non mi convince: tiene le mani prevenute. Chistu ha già sparato la sentenza dentro la mente... Non mi piace!

PICCIOTTO 'U sigalignu lo mandiamo via?

MAFIOSO Sì, è un minchia! Non è che dico che è cattivo, dico che è un minchia, è un quaquaraqua, non mi convince, non mi piace, che cosa mi rappresenta? Non è una corte! Pure 'a fimmina non mi piace!

PICCIOTTO Eccellenza, secondo me è pure un po' puppo quello, eh?

Mafioso Peggio! So' prevenuti i puppi...

PICCIOTTO 'U sigalignu nun se ne va chiù: gli posso sparare, eccellenza?

MAFIOSO No, prima deve passare l'altra legge!

PICCIOTTO 'U sigalignu se ne può andare, dice eccellenza!

MAFIOSO Anche 'a fimmina!

PICCIOTTO No, 'a fimmina no, eccellenza...

MAFIOSO Anche 'a fimmina non mi piace: è rossa di capelli, non mi piace!

PICCIOTTO Eccellenza, la fimmina la terrei, me piace!

MAFIOSO Te posso di' 'na cosa? Te posso di' 'na cosa? In tutta sincerità, sono tuo zio: sei un minchia!

PICCIOTTO Eccellenza, bacio le mani con reverenza!

MAFIOSO Tu con la minchia ragioni! Sei una protesi della tua stessa minchia!

PICCIOTTO Dice eccellenza che vanno via! Anche la fimmina se ne può andare! Fate entrare gli altri!

MAFIOSO Ma è proprio l'ambiente che non mi convince: voglio cambiare città, non mi piace! Voglio essere giudicato a Honolulu.

PICCIOTTO È megghio a Honolulu, eccellenza?

MAFIOSO E megghio! Mio cugino c'è stato: c'è gente tranquilla, non hanno questa prevenzione!

PICCIOTTO Io tengo un parente a Broccolino!

MAFIOSO Che minchia c'entra Broccolino? 'U sai dove sta Honolulu?

PICCIOTTO Ce sta...

MAFIOSO Non sai una minchia! Fai entrare gli altri giudici!

PICCIOTTO Fate entrare gli altri giudici, dice eccellenza!

STUDIO

CONDUTTORE (*a padre Federico*) Lei si vuole rivolgere ai giovani, eh?

PADRE FEDERICO Sì.

CONDUTTORE Ecco, padre Facchiero qui...

PADRE FEDERICO Federico!

CONDUTTORE Senz'altro, sì, ma non è questo! Padre Facchiero sta cercando di rivolgersi ai giovani. Usa la radio, usa...

PADRE FEDERICO La radio. Noi soprattutto abbiamo questa radio e abbiamo la possibilità attraverso questa di parlare...

CONDUTTORE Il tipico approccio del papà qui è usare la radio.

PADRE FEDERICO Mi perdoni ma non sono papà...

CONDUTTORE Perché loro hanno questa stazione: vi ricordate quel 12 maggio?

REGIA OFF 10 maggio!

CONDUTTORE Quel 10 maggio?

PADRE FEDERICO No, ma è una stazione radiofonica, non una stazione pubblica...

CONDUTTORE Però una volta approcciato il giovane, la religione che cosa gli offre? Come fare a riportarlo?

PADRE FEDERICO A parte che noi cerchiamo di metterci in contatto con i ragazzi...

CONDUTTORE Ma non faccia il modesto: lei rivuole indietro questi ragazzi, forza! Allora, qual è la parola che sintetizza la nostra religione? Cioè, un giovane viene attratto lì, lei lo cattura, e poi: che cosa gli offre?

PADRE FEDERICO Noi non lo catturiamo! Innanzitutto le parole che possiamo dire sono quelle che ormai sanno tutti: Cristo è amore.

CONDUTTORE E va bene, e questo è il primo incontro. Poi che cosa?

PADRE FEDERICO Basta! Che vuole dire oltre questo?

CONDUTTORE Cioè, tutto qua?

PADRE FEDERICO Certo!

CONDUTTORE Va be', ma questo non può funzionare!

PADRE FEDERICO Ma questo lo dice lei.

CONDUTTORE Perché le altre religioni li fanno sparare, li mandano in giro... 'Amore', sicuramente, piace a un certo tipo di pubblico religioso; però io voglio una religione che sia amore, che sia azione, che sia avventura! Non si spara mai! Non è questo il problema? Non si spara più un colpo! Quant'è che non appicchiamo più fuoco, quant'è che non spariamo più due bei colpi in questa nostra religione?

PADRE FEDERICO No, no, non siamo d'accordo su questo piano!

CONDUTTORE Allora veniamo al punto. Siccome ci sono molte religioni che pur riconoscendo Cristo, il cristianesimo, dicono che Lui non era veramente il figlio di Dio: era uno venuto a sua volta ad annunciare la venuta futura del figlio di Dio.

PADRE FEDERICO Ah sì? E chi era questo?

CONDUTTORE Chi era? Elvis!

PADRE FEDERICO Ma per carità, mi faccia la cortesia! Quello era un cantante!

CONDUTTORE E quello era un falegname, non è uguale?

PADRE FEDERICO Va be', ma che vuoi dire? Pure Harrison Ford era un falegname!

CONDUTTORE Ma infatti Harrison Ford non si è fermato alla croce di legno, è andato avanti, ha fatto il cattivo, sa fare la commedia... Invece noi siamo fermi!

PADRE FEDERICO Va be', io credo che sia arrivato il momento di cominciare a mandare il numero in sovrimpressione per le nostre telefonate. Noi vogliamo parlare con dei giovani, dei giovani che vengono dalla discoteca, dei giovani che ritornano dalla discoteca di notte e che possono, naturalmente un po' presi dai fumi dell'alcol o presi dalle sostanze che ingeriscono, schiacciare un po' troppo l'acceleratore. Potete mandare il telefono? Ci possiamo collegare per cortesia?

CAZZARO Buonasera. Senta, io volevo fare un intervento perché a me sembra che tutta questa caniggia attorno alla legge Cinar sia una follia!

CONDUTTORE Attorno alla legge...?

CAZZARO La legge Cinar! Una legge giusta perché mi va a proteggere il carciofo che sicuramente è un pezzo della nostra identità nazionale! Io adesso non dico che il carciofo francese sarà peggio del nostro... Ma dico che in quell'ortaggio c'è tutta la storia d'Italia e va protetto almeno che chi va a comprare sa che si tratta di un carciofo italiano. Siccome, io le spiego, ho questa casa in Abruzzo e in questa casa in Abruzzo noi ne coltiviamo modestamente una piccola quantità, però è un ottimo carciofo. È un carciofo in cui c'è la storia, in cui c'è l'Italia, capisce? E allora, io penso che dobbiamo entrare in Europa proteggendo però la nostra identità!

CONDUTTORE La legge Cirami, non Cinar!

CAZZARO Ah, Cirami... ho sbagliato, scusi...

CONDUTTORE Prego!

CAZZARO Be', però visto che ci siamo a me me sembra un po' assurdo che siccome non je danno l'Oscar lui fa una legge...

CONDUTTORE Non Cerami, Cirami!
CAZZARO Ah, Cirami... Buonasera!
CONDUTTORE Sì, buonasera!
PADRE FEDERICO Ma veniva dalla discoteca?

## MAFIOSO

(*Fa un numero di telefono e aspetta che rispondano. Parla al telefono.*)

Sciùnzu! Come chi è, chi è? Sciùnzu? Ah, mi riconosci? Che ti avevo detto? Hai visto che è passata? Ti pozzu dire una cosa fraternamente? Sei un minchia! Sei la protesi della tua stessa minchia che, consentimi, è poco, è insufficiente! Hai visto che è passata? Si preoccupava come una femminedda, non passa e poi 'u processu, allora, minchione ci vogliamo fidare che quando dico una cosa è quella? Che è una legge buona! Pensa, io chista legge la applico da anni e neanche sapevo che si chiamava Cirami, noi la chiamiamo 'o mi assolvi o ti muro la sorella', però il significato è lo stesso e Cirami è più sintetico! Hai capito, minchione? Invece di preoccuparti di queste cose tecniche, ti preoccupassi di questi minchia che ti circondano, che ti metti dentro, ma chi so'? 'Sto Mancuso che apre bocca e parla, è arrivatu chistu nanu sapiente che parla e dice chiste... Ma allora? Ma ci vuoi sparare dindre 'u culu? Ma ci vuoi mettere 'a lupara dindre 'u culo e lo schizzi nell'iperspazio? Sì, però tu devi lavorare: chisti appalti che state facendo, 'u ponte 'u vugghiamo fare preciso? Siete chiacchieroni, siete gente che non è precisa: tu mi devi diri quanti ponti, quante infrastrutture e io ti dico quante tonnellate di droga, così si fa! Chillu parla, chillu tira la croce, chillaltru guida la macchina... ma che minchia è? Un asilo di infanzia? Allora! Tanto lo sai come va a finiri: aggio io a bere l'amaru calici e scendere in politica perché chistu Paese ha bisogno delle riforme: o le fate voi o le dobbiamo fare noi, ché sono anni che ci battiamo per certi valori!

## STUDIO

CONDUTTORE Hanno ragione, non bisogna accettare il primo giudice che ti danno: deve essere il giudice giusto, devi sentire che è il tuo giudice, deve scattare qualcosa, deve esserci quel feeling; quando sei lì e lo vedi il giudice te ne accorgi subito, è una cosa a prima vista. Voi direte che sono un inguaribile romantico, ma è così! Meglio rimandare il processo; farlo tra quattro anni, cinque anni però deve essere lui che ci processa. Ma cosa c'entra Scafroglia con tutto questo? Forse scappava da questo clima esagerato di tensione che c'è in questo Paese; questo continuo scontro, questa tensione continua, questa lotta continua tra i giudici da una parte e i criminali dall'altra, questo clima di contrapposizione frontale, come se ci fosse sempre uno steccato in mezzo fra i giudici e i criminali. Ma perché? Vogliamo dire una parola di riappacificazione tra questi due mondi? Vogliamo dire che sì, sono morti molti giudici, ma sono morti anche molti gangster? Molti giovani gangster che ancora non avevano neanche fatto in tempo ad ammazzare qualcuno? Io lo dico perché questa cosa mi tocca personalmente. Voglio raccontarvi una cosa che mi è accaduta. Vedete, io sono sempre stato un ipercritico, sono sempre stato un uomo che criticava tutto, a cui non andava mai bene niente, un uomo che aveva sempre da ridire... su sé stesso, sugli amici, e criticava, criticava... e forse ho sprecato gran parte della mia vita a criticare, perdendomi il senso delle cose... finché in una notte è successo: viaggiavo in autostrada, era molto tardi, ho visto due fari di un camion venirmi incontro, ho sbandato, sono andato fuori strada: in un attimo tutta la vita mi è passata davanti... L'audio era pessimo! Ma riparliamo ancora del Caso Scafroglia con un amico, insomma... Io faccio finta di non conoscerlo ma qui devo... ed è padre... manco mi ricordo come si chiama... Federico! Vero?

PADRE FEDERICO Sì, padre Federico, grazie...

CONDUTTORE Padre Federico Spezzetta ha proprio dedicato la sua vita, per quello che vale, al recupero dei giovani, ad aiutare i giovani. Sono ormai anni che padre Ficchi sta cercando...

PADRE FEDERICO Federico! Ha detto bene poc'anzi guardi...

CONDUTTORE Sì, Federico Pocanzi sta cercando di aiutare i giovani a non prendere una brutta china che, dobbiamo dire, padre...

PADRE FEDERICO Perché? Perché i giovani sono le persone più vulnerabili!

CONDUTTORE Perché sì e basta! E devono stare zitti! Padre Federico sa che in questi giorni le tensioni internazionali sono molto alte: c'è il Social Forum. Come sapete ci sono molte tensioni; Oriana Fallaci, la scrittrice, ha sollecitato lo stato di difesa; ci sono molti pericoli di violenza; un ritorno, probabilmente, di antisemitismo. In tutto questo ci sono dei giovani che stanno manifestando per le loro idee. Padre Federico...

PADRE FEDERICO La ringrazio! Cerchiamo di contattare questi ragazzi, cerchiamo di contattarli per sentire cos'hanno, qual è il loro malessere, perché sono così vulnerabili e facilmente vengono presi dalla violenza.

CONDUTTORE Ecco, perché voi impedite i matrimoni omosessuali, perché adesso impedite anche che i sacerdoti diventino omosessuali?

PADRE FEDERICO Innanzitutto noi non abbiamo nulla, assolutamente niente, contro gli omosessuali, ci mancherebbe altro, perché sono delle persone malate che hanno delle disfunzioni... Non è che è per questo che, se è successo che in passato ci sono stati dei casi, purtroppo deplorevoli, di preti omosessuali o pedofili, non è detto che tra preti omosessuali e pedofili debbano sposarsi fra di loro e comunque procreare o andare a fare... No, no, ho sbagliato, mi perdoni... Mi confondo perché non era l'argomento che...

CONDUTTORE Senta, intanto la voglio tranquillizzare: questo non è un esame, è un colloquio. Lei deve rilassarsi, non diamo un voto, ma è un giudizio complessivo e riguarda lei come padre; noi sappiamo che ha un curriculum ottimo, che è un padre ad altissimo livello. Io voglio che lei adesso dica forte: 'Sono omosessuale!', perché questa cosa aiuterebbe molto la liberalizzazione dei costumi. Allora vogliamo dirlo? Lo inquadrate? Padre, dica: 'Sono omosessuale!', e così lei fa un passo in avanti per riguadagnare la fiducia dei giovani. Lo dica...

PADRE FEDERICO Guardi, mi dispiace deluderla ma io non sono omosessuale... non posso asserirc...

CONDUTTORE Lo dica, lo dica...

PADRE FEDERICO Ma no, non lo voglio dire, mi scusi...

CONDUTTORE Papà, lo devi dire! Papà...

PADRE FEDERICO Senta, io non sono suo padre e non posso dire una cosa che non è vera!

CONDUTTORE Perché non potrebbe essere mio padre? Perché, gli omosessuali non possono fare figli?

PADRE FEDERICO Ma noi non abbiamo niente...

CONDUTTORE E allora lo dica: 'Sono un omosessuale!'

PADRE FEDERICO Ma non lo sono, scusi... Lo dica lei!

CONDUTTORE Ma l'ho chiesto prima io!

PADRE FEDERICO Ma per carità! Io non lo voglio dire, lo dica lei!

CONDUTTORE Ma l'ho chiesto prima io stavolta, dica lei! Un'altra volta me lo chieda lei prima!

PADRE FEDERICO Per cortesia, andiamo avanti e non faccia il bambino...

CONDUTTORE Ah, le piacciono i bambini!

## LORENZO-GHEZZI RECENSISCE HARRY POTTER

LORENZO-GHEZZI E torna in questi giorni Hery Pòtte, la quattròcchia volante che è stata la gioia di grandi e piccini e torna de moda la maggìa, maggìa bianca o maggìa negra e subbitto se apre er dibbattito su che d'è e che nun è maggìa: viviamo in tempi, cioè, in cui la maggìa esiste ancora oppure si è fermata ar Medioevo occipitale? Ritorna quindi il gufo de merda, la scopa volante che gira su sé stessa e se sa dove andrà a finire, come il proverbiale cetriolo de Ars Crista landerzen.

Ma la maggìa esiste, lo sa benissimo il tifoso giallorosso vittima de un campionato de malocchio co' lo striscione bruciato, er pupone sacrificato nella notte de luna piena: Lazio che vince, come è possibile? È incredibile, è 'n evento naturale? Io dico de no, ma la scienza non può spiegare tutto e allora ben venga il nostro Hery Pòtte, mago in erba, ma erba de quella bona, de quella che te fa vola'! Contro il malocchio quindi una maggìa divertente e giocosa ricca di effetti diggitali, come la sequenza bellissima der mago contro il malocchio, in volo, che se gratta li cojoni; sequenza portante e cinema di intrattenimento qundi, questa fortunata saga de Hery Pòtte, mago fumato, è tratta da Spìlber che ha smesso da fa' li pupazzi marziani e s'è buttato sugli ebrei de guèra mentre l'amico suo, Giorgio Luca, ancora insiste con le guère stellari che te ce abbiocchi de brutto tranne la tuttavia sequenza del granchio cameriere che la trovo una sequenza da antoniologia proprio...

## STUDIO

PADRE FEDERICO Va bene, io vorrei andare avanti e mandare il numero in sovrimpressione per avere queste telefonate dei giovani. Noi stiamo cercando, ricordiamocelo, di metterci in contatto con i giovani che stanno tornando dalla discoteca...

CONDUTTORE Del Social Forum...

PADRE FEDERICO Sì, con i giovani che stanno tornando dalla discoteca o anche del Social Forum.

CONDUTTORE Oppure: discoteca, si drogano, si ubriacano, poi vanno al Social Forum... Potrebbe essere...

PADRE FEDERICO Tante volte... E queste, comunque, sono delle cose che noi cerchiamo di far evitare ai ragazzi. Quindi, se ci possono chiamare... Sentiamo se c'è una telefonata in linea, se finalmente qualche ragazzo...

CONDUTTORE Sentiamo...

CAZZARO Buonasera, salve. Io sono un telespettatore. Sono veramente sorpreso, indignato, quasi divertito dall'arroganza di certe affermazioni.

CONDUTTORE Sì...

CAZZARO Perché a me che una cosa complessa e storica come l'antisemitismo, o un problema così complesso da gestire come il G8 e questa cosa del Social Forum, a me, a pensa' che lo fa l'ACI, me faccio du' risate! Scusi se glielo dico...

PADRE FEDERICO Come?

CAZZARO Ma a me che una cosa del genere la fa l'ACI me sembra molto strano. Io le spiego, ma lo dico perché io ho una casa in Abruzzo e, le dico, c'è una strada molto sterrata – e molto spesso mi è successo di bucare – allora io ho telefonato; sono stato le ore! Ho aspettato quattro ore. Avoglia a di' che lo fa l'ACI: non sanno neanche riparare una gomma. Ho parlato al telefono e questi non sono venuti a fare un minimo servizio per mandare un carro attrezzi a prendere questa povera derelitta macchina che aveva bucato...

CONDUTTORE No... La Fallaci, la giornalista!

CAZZARO Allora, che una società di questo genere si occupa di temi grandi come l'antisemitismo, mi fa ridere! Che lei mi dice che il G8 lo fa l'ACI a me fa ridere perché come il G8 buca questi non sanno manco dove mette' le mani! Mi scusi se glielo dico, è abbastanza ridicolo. Ma glielo dico non per cattiveria ma...

CONDUTTORE No... ma la Fallaci è la giornalista...

CAZZARO Ah, la giornalista la fa l'ACI? Ma non ho nulla in contrario, anzi. Le posso dire una cosa? Io sono uno che viaggia spesso e devo dire che una rivista sul settore oltre «Quattro ruote», un giornalismo che parla veramente...

CONDUTTORE No! La Fallaci, la giornalista!

CAZZARO Un giornalismo che parla veramente dei problemi delle strade dove ci sono gli ingorghi, ce sarebbe bisogno! Lo può anche fa' l'ACI però io voglio dire che l'ACI dovrebbe prima garantire i servizi indispensabili che sono riparazione, assistenza delle macchine che hanno qualche incidente e poi, se avanza del tempo...

CONDUTTORE No l'ACI fa la giornalista: Oriana Fallaci!

CAZZARO Ecco, capisce? Sennò qua lo fa l'ACI, lo fa l'ACI e poi quando se buca una gomma...

CONDUTTORE (*scandendo le parole*) O-ria-na-fal-la-ci, capisce?

CAZZARO Ah! Oriana fa l'ACI? E io non la conosco, io auguro a questa Oriana tanta fortuna ma non li conosco. Guardi, io sono stato al telefono per ore con questi dell'ACI e non ti sanno dire niente, non ti dicono né buongiorno e buonasera. Una volta ho parlato con una certa Lorella che mi disse di aspettare. Fu l'unica molto gentile... Lorella che mi disse di aspettare che arrivasse il carroattrezzi a cambia' la gomma. Adesso io a questa Oriana le auguro maggior fortuna, ma si troverà sicuramente ad avere grossi problemi perché io auguro a Oriana che quando se ritrova a fa' l'ACI ce riesca...

CONDUTTORE No, non è che Oriana si mette a fa' l'ACI, Oriana Fallaci...

CAZZARO Prima i servizi essenziali, poi l'antisemitismo; prima le gomme che scoppiano...

CONDUTTORE E una giornalista che si chiama Oriana Fallaci, capisce?

CAZZARO Ah, Oriana Fallaci...

CONDUTTORE Buonasera!

CAZZARO Buonasera...

CONDUTTORE Bene, bentornati al Caso Scafroglia. Abbiamo di nuovo con noi padre Federico Stazzetta...

PADRE FEDERICO La ringrazio per aver pronunziato correttamente il mio nome...

## MASSONE

Buonasera. Noi avemmo a di' adesso un po' di cose per noi altri fratelle.

Voi cambiate pure canale oppure spegnete 'u televisore anche se non si può mai spegnere veramente 'u televisore. Fratelle, un po' d'attenzione! I tempi sono difficili, state facendo confusio'! Ho detto: 'Fermate il terremoto!', e voi avete ammazzato colonnello SISMI.

Che tenete 'o prosciutto dintr' 'e 'recchie? Qua è tutto macello.

Per quanto riguarda Cacciari, va sterilizzato. Non lo dico io, non so' crudele, a me piacciono gli animali, va sterilizzato!

Allora 'o vogliamo fa' 'o zippo? 'O zippo, lo dico semplicemente, bisogna prende' la pomata: questa pomata risiede nella credenza della casa ando' tenimmo i ministri usati. Allora, al piano di sotto, no dove c'è Scajola, dopo che c'è Ruggero c'è un vano: lì dentro se priende la crema e facimma! Una cosa che prende veramente dieci minuti! Lo vogliamo fa' o no? Deputati Scaltricci e Bertucci, basta picchiarvi: 'o diversivo ha funzionato, la legge è passata.

Ripeto: 'o diversivo ha funzionato, la legge è passata. 'O riripeto: 'o diversivo ha funzionato, la legge è passata. Basta picchiarvi: state dando un cattivo spettacolo di sé.

Brevemente, per quanto riguarda l'ONU: pare che se fa, 'a cosa se fa.

'O ripeto: 'a cosa se fa. Se fanno i botti il 2 novembre. La risoluzione dell'ONU è a pagina 240... Co' 'u cruciverba della settimana scorsa.

Ridate la linea a questi poveracci...

È un anno disgraziato...

## STUDIO

CONDUTTORE Ecco, padre Scattorra sicuramente è al corrente...

PADRE FEDERICO Il mio nome è Federico...

CONDUTTORE Sì, ma io la chiamo per cognome perché mi sembra più professionale...

PADRE FEDERICO No, ma non è neanche il mio cognome. Basta Federico, è sufficiente!

CONDUTTORE Va bene! Che cos'è la globalizzazione? È un sistema molto complesso di cose per cui se una piccola parte del mondo si batte perché il fumo fa male, tutto il resto del mondo se vede una sigaretta se la mangia. Il presidente del consiglio, in questo momento, si sta battendo per la globalizzazione; lo vediamo ad esempio per le grandi riforme che sta facendo per la giustizia: le rogatorie, e poi la legge Cirami che lo levano dai guai... però, attenzione, non più come singolo uomo ma come istituzione perché è presidente del consiglio e comunque, come compensazione, probabilmente ci sarà la grazia per Sofri. Sofri probabilmente, quando sarà liberato, verrà versato sul conto Matilda che è il 65759 sulla banca di Asburgo. Allora, padre, parliamo un po' di globalizzazzione. Il Cristianesimo è stato, tutto sommato, il primo collante, la prima vera globalizzazione, quello che ha ridotto tutto il mondo a una pappa, a una pappa buona, a una buona pappa...

PADRE FEDERICO Una pappa buona...

CONDUTTORE Pappa buona, sì! Ne parliamo con padre Spezzetta.

PADRE FEDERICO No, Federico. Il mio nome è sempre Federico!

CONDUTTORE Volevo che lo dicesse lei!

PADRE FEDERICO Io posso soltanto asserire che più che una pappa è stato un mezzo, un modo, per far conoscere a tutti quello che è il nostro credo.

CONDUTTORE Diciamo su questo una parola lunga che è 'transustansazione'. Per esempio, un sacramento o un mezzo di trasporto? Perché molti, in questi giorni, ci hanno chiesto il biglietto.

PADRE FEDERICO Nessuno dei due mi sento di dire con massima tranquillità. Un'altra cosa, un po' complicata da spiegare qui in questo momento...

CONDUTTORE È una cosa-su-ruote?

PADRE FEDERICO No, sicuramente no. Posso chiedere l'aiuto?

CONDUTTORE Possiamo chiedere l'aiuto di una telefonata, sì possiamo farlo! Pronto?

CAZZARO Pronto, buonasera! Senta, io chiamo perché devo dire che qua mi ha, in questo Paese, si passa da un eccesso all'altro.

PADRE FEDERICO È un giovane?

CAZZARO Perché adesso, da' Grazia a Sofri mi sembra veramente eccezionale! Uno che è stato in prigione, condannato probabilmente ingiustamente, adesso però da questo a dajie Grazia mi sembra veramente una cosa eccessiva, un salto di pane in frasca! Non dico che non sia bravo, perché probabilmente è in grado di farlo, ma mi sembra però che non sia il suo target, perché dirigere un quotidiano come «Lotta continua» non è dirigere un settimanale femminile! Quindi, passare da dirigere «Lotta continua» a dirige' «Grazia» mi sembra veramente un volo pindarico, ecco!

CONDUTTORE Caro amico...

CAZZARO Lo sa perché glielo dico? Siccome io c'ho una casa in Abruzzo e c'è mia moglie che è abbonata a «Grazia» e c'ha tutti i numeri, le piace di guardarlo...

CONDUTTORE Sì, è un bellissimo settimanale, ma...

CAZZARO Probabilmente va nelle mani di chi ha sempre fatto questo genere di cose. Non dico una donna, perché anche gli uomini sono in grado di occuparsi di queste cose...

CONDUTTORE Sì, sì!

CAZZARO Ma sicuramente Sofri...

CONDUTTORE No, c'è tutta una nuova sensibilità però, noi diciamo la grazia come liberato dalla galera. In questo senso la grazia...

CAZZARO No, no, ho capito che «Grazia» è usci' dal carcere certo, ma è chiaro che deve anda' nella direzione di un giornale, non è che può farlo da una cella, a maggior ragione...

CONDUTTORE No, la grazia vuol dire che esce dal carcere!

CAZZARO Ah, la grazia nel senso di uscire dal carcere?

CONDUTTORE Sì, buonasera!

CAZZARO Buonasera...

CONDUTTORE È una serata molto importante per noi questa perché, dopo più di una settimana di indagine a vuoto su Scafroglia, questa sera facciamo un passo in avanti: questa sera abbiamo un testimone, qualcuno che lo ha visto in una giornata successiva a quel 12 maggio...

REGIA OFF 10 maggio, comunque bel colpo! Bel colpo! Uno scoop abbiamo stasera!

CONDUTTORE Sì! È un testimone che afferma e conferma.

REGIA OFF Con nome e cognome?

CONDUTTORE Con nome e cognome, sì! Che ha visto Mario Scafroglia e che è pronto a testimoniarlo. Vogliamo incontrarlo... (*sullo schermo, Arnel, un collaboratore domestico filippino intento a fare le faccende*)

ARNEL Buonasera, sinio'! Arderci, sinio'! Arderci, sinio'!

CONDUTTORE Buonasera!

REGIA OFF No, scusa, sarebbe questo il testimone?

CONDUTTORE Questo è il testimone che ha visto Scafroglia dopo quel 10 maggio, vero?

ARNEL Sì, sinio', sì, sinio'!

CONDUTTORE Ha visto Scafroglia?

ARNEL Sì, sì, visto Scafroglia, sinio'... Come tu vuoi, sinio'! Venerdì visto, sinio'!

CONDUTTORE Venerdì?

ARNEL Sì, sinio'...

REGIA OFF Ma che sta dicendo questo?

ARNEL Visto Scafroglia anche giovedì della prossima settimana, sinio'...

REGIA OFF Ha visto Scafroglia tutti i giorni?

CONDUTTORE No, l'ha visto venerdì, giovedì...

ARNEL Viene!

CONDUTTORE No, non vieni perché io giovedì non ci sono: lunedì, mercoledì e venerdì. Giovedì stai dalla signora. Tu mi hai detto che stai dalla signora...

REGIA OFF Ma non lo vedi che non sa di cosa sta parlando?

CONDUTTORE Sai di cosa stai parlando?

ARNEL So di cosa sta parlando, sinio'!

REGIA OFF Chiedigli di Scafroglia...

CONDUTTORE Senti, dov'è che hai visto Scafroglia?

ARNEL Dov'è che hai visto Scafroglia...?

CONDUTTORE Ma hai stirato?

ARNEL Ho stirato con ferro freddo, sinio', sì, sì...

CONDUTTORE Ma col ferro freddo che stiri a fare? Scusa, è inutile: se è rotto me lo dicevi e lo compravo!

ARNEL Ferro rotto, sinio', scusa, sinio'...

CONDUTTORE Ma mi hai detto che funzionava!

ARNEL Funzionava rotto, sinio', sì, sì...

REGIA OFF Questa sarebbe la svolta, lo scoop di questa sera?

CONDUTTORE Sì...

REGIA OFF Richiedigli di Scafroglia, per favore...

ARNEL Scusa, sinio'? Scusa, sinio'... Se mio cugino vede Scafroglia può venire anche lui venerdì?

CONDUTTORE Attenzione, abbiamo quindi, forse, un secondo testimone che potrebbe aver visto Mario Scafroglia! Tuo cugino? Ma quando?

ARNEL Mio cugino viene venerdì e fa due ora io, due ora mio cugino: fa quattro ora, sinio'...

CONDUTTORE No, no! Intanto venerdì io non ci sono, e non mi fido, e tuo cugino viene una volta, vediamo come lavora e poi, forse...

REGIA OFF Questo non sa di che sta parlando, io non so se te ne sei accorto.

CONDUTTORE Sai di che cosa stai parlando?

ARNEL Sì, sì... pulire tutto...

CONDUTTORE Sì, pulisce tutto... Tuo cugino sa stirare?

ARNEL Cugino e anche fratello stira, sinio'. Faccio venire mio cugino e mio fratello: sta un'ora e mezza mio cugino, una ora e mezza mio fratello signore... e una io.

CONDUTTORE No, non è che fate un'ora per uno e pago quattro! Perché non conosce la casa e non so quanto ci mette; magari ci mette il doppio di quello che ci metti te, va bene?

ARNEL Sì... Scusa, pozo prende' miei soldi per andare in Filippine sabato...

CONDUTTORE Sabato vai nelle Filippine? E quando torni?

ARNEL Domenica, sinio', torna.

CONDUTTORE E quanto ci mette l'aereo per andare nelle Filippine, scusa?

REGIA OFF Va be'... e questo è il testimone attendibile?

CONDUTTORE Sì! Scusa, sei il testimone attendibile.

ARNEL Attendibile, sì, sinio', stirato tutto.

## L'INCIDENTE

(*Un passante attraversa le strisce pedonali e viene travolto da un'auto.*)

PASSANTE (*investito da un'auto*) Che botta, ma che sei matto? Oh, dio, mi fa male!

AUTOMOBILISTA (*esce dalla macchina*) Non è niente, su! (*controlla i danni all'auto*)

PASSANTE Ma che fai, vai a guarda' la macchina? M'hai preso le gambe tutte due! Oh, dio, dio!

AUTOMOBILISTA Su che non è niente! Tutto a posto, no? Arrivederci!

PASSANTE A posto che, a posto che? Mi sei venuto addosso! Prendi la targa, prendi la targa! Per favore, chiama l'ambulanza che mi fa male!

AUTOMOBILISTA Allora rivolete il comunismo?

PASSANTE Cosa?

AUTOMOBILISTA Allora rivolete il comunismo? Allora torniamo agli anni Cinquanta!

PASSANTE Ma che c'entra?

AUTOMOBILISTA Allora l'Unione Sovietica era una cosa buona, quella non era una dittatura? Quella in Cile sì e invece l'Unione Sovietica non era una dittatura? Sai quanti milioni di morti avete fatto?

PASSANTE Ma che sta dicendo? Ma mi hai fatto male alla gamba e io stavo sulle strisce!

AUTOMOBILISTA Ah, che sto dicendo? Perché voi lo sapevate e siete stati zitti!

PASSANTE Ma che cosa sapevamo?

AUTOMOBILISTA Allora io non mi devo vergognare del mio passato! Siete voi che siete rimasti gli stessi!

PASSANTE E allora?

AUTOMOBILISTA E allora sei complice di Che Guevara, perché ci avete le magliette di Che Guevara e di Stalin! Io non mi devo vergognare del mio passato! Lasciateci fare quello che la gente vuole che noi facciamo!

PASSANTE Ma che deve fare? Lei deve fare la denuncia: il suo dovere è quello di fare la denuncia ai carabinieri, alla polizia...

AUTOMOBILISTA Il conflitto d'interessi non c'entra, la gente lo sapeva ma ha votato lo stesso, evidentemente questo non è un problema per il Paese, è solo un vostro argomento... strumentale!

PASSANTE Ma vostro di chi?

AUTOMOBILISTA Ah, adesso questo non è più un vostro argomento?

PASSANTE Ma io non c'entro niente con...

AUTOMOBILISTA Il buco di decine di migliaia di miliardi che avete lasciato! Perché il Paese è in mutande, dopo cinque anni di centrosinistra! Allora, abbia pazienza...

PASSANTE Sì, ma a me mi fa male! Ma che c'entro io con il centrosinistra?

AUTOMOBILISTA Perché è dall'89 che voi andate a tentoni e non sapete più chi siete!

PASSANTE Ma che sta a di'?

AUTOMOBILISTA Allora, noi però lo sappiamo!

Fateci governare in pace, poi, dopo, fra quattro anni si rivota e ne riparliamo.

PASSANTE Senta, guardi, facciamo così: a me non me frega niente, lasci stare... arrivederci...

AUTOMOBILISTA Ecco, bravi fate le vittime, fate le vittime! È facile... (*il passante va via e lui risale in macchina*) Ahò, funziona sempre!

## STUDIO

CONDUTTORE Perché Scafroglia è fuggito? Forse non si sentiva amato dagli altri? Forse non riusciva ad amare sé stesso perché non capiva le regole della società in cui viveva? È difficile volersi bene quando si pensa che gli altri non ci apprezzino, non ci stimino, non ci capiscano... Mi viene in mente la favola del brutto anatroccolo, ve la ricordate? C'è questa nidiata di anatroccoli tutti bellissimi tranne l'ultimo, che è grigio, un po' strano... la mamma gli vuole bene, lo accetta, lo coccola come gli altri, ma i fratelli lo guardano un po' così... la mamma va in giro con questi anatroccoli e incontra la signora anatra sua vicina che le fa: 'Ma signora!

Ma che bella nidiata, sono bellissimi! Complimenti... ecco, posso dire una cosa? Lei sa che ho l'abitudine di dire sempre quello che penso: signora, sono anche più belli dei miei ma... l'ultimo... veramente, signora... è brutto, io glielo dico...' E questo brutto anatroccolo sentiva ripetere questa cosa tutti i giorni, anche gli altri fratelli glielo dicevano: 'Sei brutto, sei brutto!', e anche il padre: 'Sei brutto, figlio, sei un brutto anatroccolo, abbi pazienza, papà ti vuole pure bene, ma non sei come gli altri...'

Passavano i giorni e lui cresceva sentendosi brutto, bruttissimo, aveva paura che chiunque lo incontrasse glielo avrebbe ripetuto ancora, e così cominciò a isolarsi, a non giocare più con gli altri... e un giorno, senza che nessuno se ne accorgesse, si allontanò dalla nidiata e sparì.

Dopo un po' di tempo i fratelli erano cresciuti, e cominciavano ad andare da soli avventurandosi in zone inesplorate del lago. Un giorno stavano giocando a schizzarsi con l'acqua, quando si accorsero in lontananza di una cosa bianca e lucente. Incuriositi e un po' intimoriti si avvicinarono e scoprirono che si trattava in realtà di un bellissimo cigno.

Tra stupore e ammirazione, lo guardarono meglio e dopo poco si accorsero che c'era in lui qualcosa di familiare, nello sguardo, nella forma del becco... 'Ma io questo lo conosco... c'è qualcosa che... ma non è che...' 'No, no, somiglia... Ho capito a chi pensi... somiglia ma non e' lui...' 'No, aspetta! Ma sì! Ti dico che è lui!' Il cigno a testa bassa cercava di allontanarsi prendendo un'altra direzione ma gli anatroccoli, emozionati e increduli, gli si pararono davanti. Non potevano credere ai loro occhi: 'Oh, dio! Ma sei tu? Sei veramente tu?' 'Sì, ragazzi, sono proprio io...' rispose il cigno. 'Ma è incredibile! Gesù, ma allora non avevamo capito niente! Altro che brutto anatroccolo, tu sei un cigno!'

'Sì,' ammise quello mestamente 'un cesso di cigno!'

## MASSONE

(*Lo studio è occupato dal massone, che ha costretto anche padre Federico a mettersi il cappuccio.*)

Buonasera, fratelle!

In nome della 'Uallera d'oro, riprendiamo il possesso di questa rete, di questo studio perché qua le cose stanno messe male, perché qua stanno succedendo cose anticostituzionali, antigolpistiche, è il caos!

Ma che arrestate quelli a Perugia? Dovevate processare Previti, che arrestate a Caruso? Dovevate prendere a Mancuso!

Ci stiamo disperdendo, stiamo disperdendo i sogni della nostra gioventù golpistica in quisquilie, in entropie che ci fanno perdere energia!

Allora voglio dire una cosa... Allora, io dovevo prendere possesso personalmente di questo studio per veni' qua ho dovuto utilizzare gli antichi tunnel: quali tunnel?

Lo sapete, fratelle: quelli dove teniamo i talebani, dove teniamo gli iracheni, dove teniamo la gente esplosiva che sta lì in attesa, quelli che poi premiamo un bottone e esce fuori 'u guaglione e scoppia!

So' 20 anni che aspetta l'occasione sua! Se so' fatti vecchiarelli! Ecco, ho dovuto disturbare a questa gente per passa' sotto e veni' qui.

Avvertimento per le forze dell'ordine: non toccate niente, ho messo esplosivo C4 dappertutto, come tocchi scoppia! Mamma mia, ma statevene a casa, ma chi ve lo fa fa'!

Voglio di' una cosa ai fratelle perché qua dobbiamo tornare ai tempi originari dei cavalieri della 'Uallera d'oro.

## STUDIO

CONDUTTORE (*entra seguito da un angelo*) Bene, bene, bentornati! Buonasera! Siamo tornati al Caso Scafroglia, scusate...

PADRE FEDERICO Scusate lo dico io! Guardi, è una cosa inconcepibile! Ci sono delle persone che hanno un modo di fare, un'arroganza che non mi piace...

CONDUTTORE Padre Scatorra, senta... Lei ha una mente aperta? Lei crede che esistano delle entità superiori a noi?

PADRE FEDERICO Sì!

CONDUTTORE E allora, basta! Tenga la mente aperta che non è successo niente se non quello che doveva succedere. Noi andiamo avanti parlando di giustizia perché c'è venuto in mente che forse Scafroglia potrebbe essere sfuggito alla giustizia. Forse ha paura della giustizia e questo ci porta a un tema interessante: esiste veramente la giustizia in Italia o è solo un fotomontaggio? Si tratta dei soliti trucchi fotografici? Ne parliamo con padre Scarrozzi...

PADRE FEDERICO Mi perdoni... Federico... Volevo ricordare il mio nome...

CONDUTTORE Si figuri... ne parliamo con Federico. C'è la giustizia dell'uomo ma poi c'è la giustizia di Dio, (*all'angelo*) vero?

ANGELO Deché?

CONDUTTORE Di Dio!

ANGELO Ah!

CONDUTTORE Chiediamo questa cosa a padre Scagnozzi...

PADRE FEDERICO Federico!

CONDUTTORE Ci sono stati due eventi importanti nella giustizia in Italia molto ravvicinati tra di loro: l'arresto dei ragazzi No global e la sentenza per Giulio Andreotti che lo condanna a 24 anni come mandante dell'omicidio Pecorelli. Voi sapete che il tema della giustizia è molto delicato perché nelle democrazie moderne il potere legislativo e quello giudiziario hanno pari valore, sono poteri autonomi e, quindi, entrambe le cariche che li rappresentano sono istituzioni da rispettare in egual modo. Ecco, nelle democrazie moderne, questi sono poteri separati. In Italia si è andato oltre, siamo andati oltre la separazione dei poteri – siamo al divorzio dei poteri – e quindi si tratta di stabilire chi dei due dovrà pagare gli alimenti. Ed ecco che queste baruffe tra magistratura ed esecutivo continua. E in questo momento è la magistratura a essere sotto botta perché se Borrelli si azzarda a dire: 'Domani forse piove', viene crocefisso, mentre chiunque in politica può commentare una sentenza e dire onestamente se gli è piaciuta o non gli è piaciuta, se è giusta o non è giusta come se si parlasse del campionato di calcio. Adesso, nel caso della sentenza Andreotti, i commenti sono abbastanza unanimi, tutti si dicono turbati. Adesso vi leggo: Ciampi, il presidente della Repubblica, dice: 'Non commento ma sono turbato.' Cossiga dice: 'È un'autentica e smisurata vergogna.' Landolfi di An: 'Sentenza stupefacente e incredibile.' Boato: 'Sentenza scandalosa, al limite della realtà: sono turbato.' Bobo Craxi: 'Una follia.' Sono tutti turbati. Parliamo con quello che ha emesso la sentenza, sentiamo che ne pensa.

(*Collegamento con il giudice.*)

GIUDICE Sono turbato.

CONDUTTORE Pure lei?

GIUDICE Sono turbato, sono costernato, è una notizia che mi ha profondamente scosso.

CONDUTTORE Ma è lei che ha emesso la sentenza!

GIUDICE È terribile!

CONDUTTORE Ho capito, ma l'ha emessa lei la sentenza, no?

GIUDICE Sì, sono io! E mi fa sentire ancora più sconcertato!

CONDUTTORE Ma pensa!

GIUDICE Sono turbato... Si tratta di una delle cariche istituzionali più importanti della storia del nostro Paese...

CONDUTTORE Ma allora la giustizia in Italia come funziona?

GIUDICE Ovviamente, malgrado questo, continuo ad avere fiducia nella giustizia... Ci campo...

CONDUTTORE Bene. Stiamo di nuovo qua con padre Federico... Ha visto, padre, che cosa è successo? Siamo partiti dall'arresto dei No global, Caruso e gli altri, siamo passati ad Andreotti, alla giustizia internazionale. Abbiamo fatto un bel giro e rieccoci qua con lei a parlare con i giovani! Io vorrei che il padre parlasse con i giovani, 5 minuti che si sfoga...

PADRE FEDERICO Ragazzi, fatemi parlare come con un amico vero, come con una persona che vi sta vicino...

CONDUTTORE Sì, dategli retta un minuto! Veramente, non vi chiedo altro!

PADRE FEDERICO Leggete il numero in sovrimpressione che stiamo per mandare e prontamente voi che state tornando dalle discoteche fate il numero di telefono e mettetevi in contatto con noi! Abbiamo bisogno di parlare con voi!

CONDUTTORE Ecco, sentiamo se c'è una telefonata... Pronto?

CAZZARO Pronto? Buonasera. Io sono un telespettatore e ho già chiamato qualche volta perché è una trasmissione molto simpatica ma questa sera avete fatto veramente tristezza perché, quando ho saputo con mia moglie che è stato arrestato Caruso, io sono rimasto veramente agghiacciato perché stiamo in uno Stato in cui non c'è più giustizia perché se uno come Pavarotti che ha evaso le tasse per molti anni ed è pure bigamo, me lo consenta, fa quello che gli pare, fa pure i festival, e invece un poveraccio come Caruso con tutto il talento che ha viene arrestato, è veramente un Paese infame! Fa bene quello ad andassene a Montecarlo!

CONDUTTORE Ma che c'entra?

CAZZARO Perché Caruso, io le dico perché mia moglie c'-ha tutti i dischi perché io le spiego: abbiamo questa casa in Abruzzo dove io ho un vecchio grammofono e ci piace ascoltare questo meraviglioso interprete che era Caruso...

CONDUTTORE Ma che c'entra? Quello era Caruso, questo è Caruso dei No global! Caruso, quello che dice lei, è morto!

CAZZARO Ah, è morto?

CONDUTTORE Sì, è morto!

CAZZARO Questa è una cosa che veramente dispiace, allora veramente viviamo in uno Stato di polizia, è veramente uno scandalo! Io non ce volevo crede' de sta' in un regime... Ma che la polizia se mette a spara' in carcere a un tenore...

## MASSONE

MASSONE Ecco, siamo tornati fratelle della 'Uallera d'oro, fratello padre Federico, fratelle... Siamo tornati! Io mi scuso, volevo soltanto ricondurre all'ordine perché stiamo disperdendo le energie, troppa entropia mentre noi dobbiamo fa' 'pia e entra'.

Questo era il piano: vi ricordate fratelle?

Il piano originale era in tre punti: primo punto, rovinare le nuove generazioni, rincoglionirle con la televisone facendoli puntare soltanto su 'a fessa e il calcio, su 'a fessa e il calcio, finché non sono belli bolliti.

Primo punto acquisito.

Secondo punto: occupare le istituzioni, occupare la stampa, occupare la magistratura, occupare la polizia, i carabinieri e fa' 'a cosa e *fa' 'a cosa...*

Terzo punto: levarsi tutti quanti 'o cappuccio che c'è anche Scirocco e sto murienn'e caldo.

Sul secondo punto: ci stiamo disperdendo...

Ma pecché, pecché? Il golpe è una scienza esatta, voi fate l'arte, fate l'artista, chillu, 'u prete, che dice il 25 aprile, chill'altre che sostiene Pera che dice che Mediaset ha licenziato italiani: ma se l'abbiamo rincoglioniti apposta! Non avete capito il dramma, il dramma di questo Paese?

Comunque io restituisco la linea a questi poveracci...

Voi dovreste cambiare canale, cambiate Stato, cambiate anno di nascita ché qua sta per succedere la fine del mondo! Non sapete che sta per succedere!

Tra due mesi arriverà, mo' non c'entra niente ma 'o diche: arriverà un meteorite che prenderà la Terra e la spazzerà fuori dalla galassia!

Ecco, solo per dire che anno di merda che è questo!

Basta, non dico altro!

STUDIO

CONDUTTORE Ecco, Ho sentito dire delle sciocchezze sul ritorno delle leggi razziali però questa è una cosa importante perché, ad esempio, dice che i nostri giovani, i nostri ragazzi dovranno essere educati in modo diverso a seconda delle regioni di provenienza quindi non avremmo un disoccupato italiano ma il disoccupato del Molise, il disoccupato calabrese... Cioè un disoccupato finalmente radicato nel luogo in cui non lavora. Stiamo parlando quindi dei giovani: ne parliamo con padre Pinoli, straordinario...

PADRE FEDERICO Federico!

CONDUTTORE Padre Federico è un padre straordinario, è un padre medio che pesa fra i 75 e gli 80 chili...

PADRE FEDERICO 76 per essere precisi!

CONDUTTORE 76! Quindi direi proprio il padre standard, il padre ideale come stazza e come peso per parlare con i giovani!

PADRE FEDERICO Io la ringrazio molto e volevo, appunto, dire che i disoccupati magari non lavorano ma non rinunciano ad andare nelle discoteche!

CONDUTTORE Sì, ma sono finalmente non discoteche così ma...

PADRE FEDERICO Locali!

CONDUTTORE Esatto! Che si rifanno cioè al drogato e al ballerino locale!

PADRE FEDERICO Ai ragazzi che si fanno le iniezioni da soli...

CONDUTTORE Oh! Vogliamo dire una cosa a questi ragazzi, padre? Non drogatevi mentre guidate! (*mima un'iniezione con la mano*) Molti incidenti accadono perché si fanno la cosa mentre guidate! È pericoloso! Lo dica anche lei...

PADRE FEDERICO È pericoloso!

CONDUTTORE È pericoloso: vi fermate, fate il laccetto tutto preciso, però poi quando si guida si sta cogli occhi sulla strada! Lo vogliamo dire?

PADRE FEDERICO Se si lascia il volante a quelle velocità, quando si torna dalle discoteche, può essere molto pericoloso!

CONDUTTORE E poi va tutta fuori... è inutile, va tutta fuori!

PADRE FEDERICO Ricordate: la posizione del volante è alle dieci e dieci!

CONDUTTORE Le dieci e dieci... ecco io adesso vorrei sentire una telefonata di un giovane!

PADRE FEDERICO Magari!

CONDUTTORE Pronto? Dài, dài che ci sei! Ciao amico caro!

CAZZARO Buonasera! Senta, io ho chiamato già altre volte ma stasera sono veramente indignato perché mi pare che stiamo passando il colmo perché ho sentito parlare di ritorno di leggi laziali...

CONDUTTORE Di leggi razziali sì, ma...

CAZZARO Voglio dire che sono un tifoso come tanti italiani, che non sono di quelli che fa a pugni, che cerca la rissa a tutti i costi, ho rispetto per tutti...

CONDUTTORE Ma che c'entra?

CAZZARO È vero che noi abbiamo una fase di campionato abbastanza dura, è vero invece che loro stanno giocando veramente bene, però da questo a promulgare delle leggi laziali, e mi scusi se alzo la voce, è una cosa indecorosa perché la legge è uguale per tutti! Io non dico che...

CONDUTTORE Leggi razziali! Lei c'ha un apparecchio con l'audio difettoso!

CAZZARO Ah, le leggi razziali!

CONDUTTORE Bravo!

CAZZARO ...ma io c'avevo una vecchia cana lupa che si chiamava Zara...

CONDUTTORE ...Zara!

CAZZARO ...tanto buona ma che purtroppo è morta: l'abbiamo trovata con la gola sgozzata perché ce sta quel rottweiler qui vicino che...

CONDUTTORE Arrivederci!

CAZZARO Buonasera...

PADRE FEDERICO Ma perché, io non capisco, chiama sempre questo signore? Noi vorremmo parlare, ripeto, con i giovani che tornano dalle discoteche! Ora, simpaticissimo, anche a lei mi sembra che le stia molto simpatico per carità, però adesso basta, no?

CONDUTTORE Io più che ammazzargli il cane non so che fare! Ci parli lei...

PADRE FEDERICO Federico, grazie!

CONDUTTORE Perché? Perché vogliamo, in un certo senso, celebrare una nascita: non è un figlio, ma è come se fosse un figlio perché è un piccolo progetto in cui noi abbiamo creduto, in cui nessuno aveva scommesso: è una legge, la legge Cirami che tutti pensavano non ce l'avesse fatta, sarebbe stata fermata durante il suo processo dal presidente della Repubblica, invece questa legge è passata e oggi questa legge è stata applicata e ha permesso il rinvio del processo Imi-Sir Lodo Mondadori. Noi siamo felici e vorremmo con il padre...

PADRE FEDERICO Festeggiare!

CONDUTTORE Festeggiare! Io vorrei fare il nostro varo personale...

PADRE FEDERICO Le istituzioni funzionano, diciamolo!

CONDUTTORE Sì, le istituzioni funzionano e noi vogliamo quindi varare questa legge... (*entra un giudice; dal soffitto pende una bottiglia*) Si può girare? (*al giudice*) Ecco, stia bene... allora: per la legge Cirami... (*gli spezza la bottiglia sulla schiena*) Bene! Tanti cari auguri, eh! Ecco! E noi andiamo avanti! Parliamo di valori. Letizia Moratti ultimamente ha detto che la castità dovrebbe essere imposta nella scuola pubblica per scongiurare il pericolo dell'Aids. Lei cosa pensa?

PADRE FEDERICO Certo, ma non solo! C'è anche un articolo bellissimo che parla della riscoperta del piacere della verginità da parte di questi giovani; stanno aumentando i giovani che vogliono mantenere il loro corpo come un tempio.

CONDUTTORE E parliamo di verginità! Come sapete c'è in questi giorni un'inchiesta che sta osservando che molti giovani, specialmente negli Stati Uniti, stanno riosservando, riscoprendo il piacere della verginità!

PADRE FEDERICO Io direi una delle notizie più belle che abbiamo letto in questi giorni!

CONDUTTORE Dopo tanti anni di liberazione, dagli anni Sessanta sembrava che la liberazione sessuale fosse...

PADRE FEDERICO Anni oscuri!

CONDUTTORE E invece adesso c'è questa riscoperta del piacere della verginità. Io credo che sia un dato inquietante: che ne pensa?

PADRE FEDERICO Direi che è una cosa inquietante ma in senso positivo: questi giovani che hanno riscoperto il piacere...

CONDUTTORE Lei è troppo buono perché, scusa, questa cosa del piacere della verginità a me mi sembra un po' morbosa. Perché?

PADRE FEDERICO Perché, dice lei, attaccarsi a questo piacere della verginità?

CONDUTTORE Ma proprio questo piacere in solitudine e godersi questo piacere della verginità non è una cosa un po' schifosa?

PADRE FEDERICO Affatto!

CONDUTTORE No, adesso è normale...

PADRE FEDERICO È la riscoperta del proprio corpo come tempio da rispettare, da entrare in punta di piedi, ci si entra in punta di piedi nel proprio corpo!

CONDUTTORE Si ricordi che ci sono dei bambini che ci guardano.

## MASSONE

MASSONE Interrompiamo momentaneamente la trasmissione per una comunicazione fra fratelle! Qua ci fanno lavora' pure a Natale! Allora, su FIAT attenzione! La dichiarazione su FIAT è: Io non ho mai detto ciò che ho detto, io ho detto quello che ho negato che è quello che penso, ma quello che dico non è ciò che penso! Ripeto: Quello che dico non è ciò che penso ma ciò che io nego è la negazione del pensiero che io ho detto una cosa che non è quella che ho riportato, non è quella che ho riportato, ripeto, ma quella che nego che poi è il mio pensiero! E chiaro? Questa è la dichiarazione. Poi, brevemente, per quello che riguarda la verità, cioè «Stampa» e «Corriere», allora attenzione sempre ai segni di Schifani! I magici segni della capa di Schifani: se 'o riporto sta accussì vuol dire intestare la «Stampa» a Natalia Estrada; se lo porta accussì intestare «Corriere della Sera» a Iva Zanicchi, se invece lo porta accussì c'è maretta, nun ze fa niente. Allora, per quello che riguarda l'inserto «Sette», trattamento La7. Ripeto: per quello che riguarda l'inserto «Sette», trattamento La7. Lui sa qual è, lui sa com'è, lui sa quand'è. Chiudiamo brevemente ché è una comunicazione molto rapida. Altra cosa: visto che Biagi ha rifiutato, lo spazio viene dato a Monica Lewinsky che facciamo un provino questa settimana... è stata qui da poco. Mi raccomando quindi: sostituire 'O fatto di Enzo Biagi con Ho fatto con Monica. Ripeto: sostituire 'O fatto con Ho fatto. Lui sa qual è, lui sa com'è, lui sa quand'è.

## VULVIA - RIEDUCATIONAL CHANNEL

VULVIA È nato prima l'uovo o la gallina? La scienza ha già dato la sua risposta ma la gallina ha fatto ricorso! ...e andiamo avanti così, su Rieducational Channel!

...Poi dopo c'è l'appello... capirai!

Lo sapevate? Il quadrato costruito sull'ipotenusa è il doppio di quello sui cateti ma la qualità è scadente e dopo un anno lo butti! È così! È capitato a mia sorella! Fidatevi! Su Rieducational Channel!

Bon ton, la buona educazione. Lo sapevate? Le regole del Bon Ton sono molto complicate e piene di eccezioni: per esempio quando l'uomo porta una donna fuori, in un locale elegante, deve entrare per primo e uscire per ultimo... a meno che lei non ha sputato nel piatto del pane...

L'estinzione dei dinosauri: da oggi l'ipotesi del grande meteorite non convince più, ma allora che cosa può aver causato l'estinzione dei dinosauri? Non si esclude la pista islamica! Su Rieducational Channel!

## STUDIO

CONDUTTORE Buonasera! Vogliamo parlare un po' della Madonna? Vogliamo saperne un po' di più sul segreto di Fatima? Lo sapete che in Italia, oltre al regime fascista, c'è stato soprattutto un regime partigiano? Vogliamo parlare di san Giuseppe? E il bue? E l'asinello? Che li buttiamo via? Lo sapevate che la guerra in Vietnam l'ha cominciata Allende, quindi il colpo di Stato in Cile era giusto? Lo sapevate che Pinochet è uno straordinario cantante? E san Giovanni? Molti lo credono un quartiere ma è stato un uomo! (*si ferma*) Scusate... ma questa è la scaletta di Excalibur!

(*Nello studio scende il buio, e sospeso sulle loro teste appare un angelo.*)

ANGELO Dài, Socci, continua! Fai La spada nella roccia, dài!

CONDUTTORE Signorina, non sono Socci! Già gliel'ho detto!

ANGELO Non sono Socci... sempre la stessa storia!

CONDUTTORE Non è La spada nella roccia: è Excalibur e io non sono Socci!

ANGELO Senti, Socci, invece di perdere tempo, me dovresti fa' un po' di santi. Te spiace?

CONDUTTORE Ma che c'entra? Scusate... abbiamo un problema: siccome la RAI è molto vicina alla fine, s'è aperta questa porta dimensionale e vediamo delle cose dell'aldilà ma io non c'entro...

ANGELO Chiacchiera, chiacchiera...

CONDUTTORE Non facciamo i santi qua! Noi ci occupiamo di giovani!

ANGELO Dài, ma che te costa? Me dovresti fa' san Crispino e santa Loredana, poi...

CONDUTTORE Ma fare un servizio su di loro o farli santi proprio?

ANGELO Santi proprio!

CONDUTTORE Ah, li faccio io santi?

ANGELO Me dovresti rifa' anche, scusa ma molti si so' persi la puntata su santa Maria Teresa, e la dovresti rifa' un'altra volta e poi...

CONDUTTORE Rifarla santa un'altra volta?

ANGELO Eh!

CONDUTTORE Bi-santa? Non è possibile!

ANGELO Dài, Socci! Ce senti o non ce senti? Poi me dovresti fa', per cortesia, santa la CIA!

CONDUTTORE Santa Lucia?

ANGELO No! La CIA! CIA!

CONDUTTORE La CIA? L'organizzazione la CIA?

ANGELO Eh, la CIA! Nun fa' finta de non capi'!

CONDUTTORE Ho capito ma non ho i soldi per fare tutti questi santi!

ANGELO Dài, fa' 'sto favore, Socci! Stai a fa' niente tutto il giorno!

CONDUTTORE (*a padre Federico*) Senta, lei ha confidenza... Gli dica qualcosa...

PADRE FEDERICO Prima bisogna fare un processo per la beatificazione. Non è che così ci svegliamo la mattina e li facciamo santi!

CONDUTTORE Prima beata la CIA, poi si fa santa! Non è che possiamo fare così...

ANGELO Ma beato te che non fai niente tutto il giorno!

(*L'angelo sparisce.*)

CONDUTTORE Ecco, allora noi andiamo avanti con lo strepitoso padre Nathalie, questo missionario che il pubblico ha cominciato a...

PADRE FEDERICO Federico!

CONDUTTORE Che il pubblico ha cominciato ad amare. Ma che cos'è un missionario? Oggi lo sanno tutti ma nel '63, quando uscì *Missione Goldfinger*, fu una vera sorpresa, vero, padre? Donne bellissime, Vodka martini, macchine lussuosissime e l'indimenticabile musica di John Barry. Oggi infatti sono sempre di più i giovani che si dedicano al volontariato e, come si dice, vanno in missione. Non è vero padre?

PADRE FEDERICO Guardi, lei ha un po' di confusione nella testa perché chi si dedica alle missioni normalmente porta medicine, cultura e amore.

CONDUTTORE Ecco, possiamo dire soprattutto amore? Chi di noi non ha scolpito nella mente il bikini mozzafiato di Ursula Andress che esce dal mare?

PADRE FEDERICO Mi scusi, ma quello era *Licenza di uccidere*, lei è fuori strada!

CONDUTTORE Ecco, ci ricorda giustamente padre Polpetta che nessuno ha licenza di uccidere!

PADRE FEDERICO Federico, comunque!

CONDUTTORE Non esiste la licenza di uccidere! Allora, noi vogliamo dire una parola forte contro la violenza per affermare i valori a cui teniamo di più, il primo dei quali è la vita umana!

PADRE FEDERICO Sì!

CONDUTTORE Il secondo valore è la famiglia.

PADRE FEDERICO La famiglia.

CONDUTTORE Il terzo classificato è l'amicizia, seguita dalla sincerità.

PADRE FEDERICO Sincerità.

CONDUTTORE Allora, sono quattro valori.

PADRE FEDERICO Allora, approfittiamo per il nostro 'seminiamo bene'. Vogliamo mandare un semino a questi ragazzi?

CONDUTTORE Sì!

PADRE FEDERICO Un semino che germoglia e che fa crescere quel pensiero buono che noi vogliamo. Vogliamo dire 'falsità distante'? Distante da noi!

CONDUTTORE Questo è un mondo contaminato dalla falsità, allora noi vogliamo...

PADRE FEDERICO Falsità lontano!

CONDUTTORE Falsità lontano, però falsità brutto!

PADRE FEDERICO Be', lontano perché brutto!

CONDUTTORE No, perché se dici falsità lontano sembra un atteggiamento prevenuto nostro, invece noi spieghiamo: falsità lontano perché brutto! Quindi diciamo: 'falsità lontano poiché brutto!' (*insieme, mano nella mano*) Falsità lontano poiché brutto! Falsità lontano poiché brutto! Falsità lontano poiché brutto! Ecco, io credo che queste piccole cose servano a ribadire per tutti il momento di grande confusione morale...

PADRE FEDERICO E ci sentiamo già meglio!

CONDUTTORE E ci sentiamo meglio...

PADRE FEDERICO Io ho portato poi anche dei pensierini che ho scritto sempre nella solitudine della mia celletta che magari sul finale...

CONDUTTORE Ecco, stiamo però parlando di missioni. Per un missionario, molti ci chiedono, è più facile convertire un capricorno o un ariete? La battuta che si fa nell'ambiente, chiaramente, è che è sempre più facile convertire un acquario. Perché? Perché sta fermo! Però vorrei sentire padre Pattuola cosa ha da dire!

PADRE FEDERICO Allora... Federico, e la prego di non canzonare il mio nome. E comunque, io non l'ho mai sentita questa: questa è una cosa che si è inventato lei...

CONDUTTORE Diciamo una cosa, questo per i profani: l'astrologia forse è proprio il pilastro centrale del cattolicesimo. Voi sapete che sono stati scritti quattro Vangeli e che corrispondono ai segni di aria, di acqua, di terra, e di fuoco.

PADRE FEDERICO Senta, io la interrompo perché sta dicendo un sacco di sciocchezze!

CONDUTTORE Però, padre, ci tenevo ad arrivare a un punto: soltanto un padre vero può amministrare messa, vero? Se scegliete un padre, voi dovete sapere che è un padre italiano, assicuratevi, mi raccomando, che sia un padre italiano, che mangi italiano, guardate com'è la terra su cui il padre dorme, quali sono le essenze minerali che contiene; soltanto quel padre può dire messa. Se invece la messa viene detta da un laico – vero, padre, che ci sono anche queste improvvisazioni? –, se voi volete dire messa per conto vostro, con un pubblico e in una casa chiusa, c'è da pagare la SIAE perché voi usate comunque i testi del Vecchio e del Nuovo Testamento che sono depositati e ai quali vanno pagati i diritti d'autore. Ecco, in questi giorni, il famoso don Vitaliano, il padre No global, è stato rimosso, ha dovuto lasciare la sua parrocchia e, proprio in questi giorni, i No global arrestati a Cosenza sono stati definitivamente liberati; noi abbiamo qui un documento eccezionale: l'ultimo No global, che è costretto ad abiurare e se ne va, viene liberato. Ecco, dovremmo avere in collegamento...

*(Luttwak in collegamento. Vicino a lui, incatenato a terra, un ragazzo No global.)*

LUTTWAK Allora, giovinetto di merda, finiamo questa abiura, okay? Rispondi sì. Credi tu nel libero mercato? Rispondi sì; credi tu che il mercato si regolamenti da solo e non ha bisogno di nessun capellone di merda fra i coglioni?

CONDUTTORE Vediamo se ha capito...

LUTTWAK Rispondi sì.

RAGAZZO Sì...

LUTTWAK Credi tu che siamo in democrazia? Rispondi heil!

CONDUTTORE Ecco, l'avete riconosciuto? È Luttwak, un grande consulente di strategia militare americana.

LUTTWAK Credi tu nel libero arbitrio? Rispondo io: sì! Chi rappresenti tu in democrazia? Una minchia, okay? E ringrazia che vivi in un Paese libero! Fuori dalle balle!

CONDUTTORE Ecco, vattene e ringrazia! Buonasera, Luttwak. Senta, queste persone sono legittimate? Hanno commesso reato di opinione o no?

LUTTWAK Sì.

CONDUTTORE Sono legittimate a esprimere le proprie idee?

LUTTWAK No, queste persone non sono legittimate; esiste il reato d'opinione perché da quando c'è il maggioritario le opinioni legittime sono due.

CONDUTTORE Ecco, sono solo due!

LUTTWAK O questa di qua o questa di là, che è uguale.

CONDUTTORE Esatto.

LUTTWAK Se tu esprimi una terza opinione di fantasia non sei legittimato.

CONDUTTORE E non ci si capisce più niente.

LUTTWAK Io non ti riconosco, tu non è che puoi dire le tue idee, se le tue idee non sono state elette!

CONDUTTORE E chi sei? Certo!

LUTTWAK Non puoi rappresentare te stesso se non ti sei candidato, non ti sei votato e non hai vinto le elezioni.

CONDUTTORE Devi votarti, certo!

LUTTWAK Ti stai zitto. Questa è la lezione della democrazia.

CONDUTTORE Certo! Senta, Luttwak, voi avete cominciato a fare la guerra anche se ci sono ancora gli ispettori dell'ONU che stanno verificando...

LUTTWAK Noi la guerra la stiamo già facendo per due motivi: il primo è che abbiamo già lì le barchette, il secondo che abbiamo già lì gli omini, gli aeroplani, abbiamo tutte le persone che devono fare questa guerra...

CONDUTTORE Certo!

LUTTWAK Ora non possiamo rimandarle indietro; conviene finire e poi ripartire!

CONDUTTORE Una cosa che si chiedono gli sprovveduti: perché con tanti dittatori con armi di distruzione di massa voi avete scelto proprio Saddam?

LUTTWAK Proprio lì perché la guerra in Iraq è una guerra che l'America conosce già, ci si trova bene...

CONDUTTORE È l'abitudine, diciamo...

LUTTWAK Perché, negli ultimi dieci anni, il contribuente americano ha già speso con le proprie tasse tanti soldi che abbiamo investito in strategia per lì; armi per spara' lì, vestitini per mettisi lì, aeroplani da volare lì.

CONDUTTORE Certo!

LUTTWAK Se ora andiamo da un'altra parte bisogna spendere altri soldi e questo non è accettabile!

CONDUTTORE Senta, ma Saddam ce l'ha la bomba atomica o no?

LUTTWAK Mah... non ce ne frega poi realmente se ce l'ha o non ce l'ha...

CONDUTTORE No, a parte questo, ma per curiosità...

LUTTWAK Comunque lui ce l'ha perché gliel'ho regalata io sabato!

CONDUTTORE Ecco, quindi che non si inventino cose! Ma le armi chimiche anche?

LUTTWAK Le armi chimiche, anche: è stato dimostrato che Saddam ce l'ha perché gliele abbiamo regalate noi giovedì!

CONDUTTORE E allora finiamola con questa farsa degli ispettori dell'ONU! Ecco, Luttwak, la domanda ricorrente è: perché non avete fermato Saddam nel '91 ai tempi della Guerra del Golfo? Schwarzkopf era arrivato a pochi chilometri da Baghdad. Perché l'avete fermato e l'avete fatto tornare indietro?

LUTTWAK È stato probabilmente un errore però allora parliamo del marzo del 1991 e se Schwarzkopf fosse entrato a Baghdad noi avremmo pagato quell'invasione nelle tasse del '91, invece con poco ritardo noi avremmo pagato all'anno dopo...

CONDUTTORE E certo! All'anno successivo!

LUTTWAK Poi, un fiscalista della Casa Bianca, un commercialista, disse: 'Ragazzi, pare che forse l'anno prossimo detassano le invasioni, si possono scaricare.'

CONDUTTORE Ah! E allora conveniva aspettare!

LUTTWAK Allora abbiamo aspettato, poi invece non è andata così perché hanno detassato i cerchioni delle macchine ma bisogna aspettare l'anno buono! Questo è l'anno buono, l'anno della libertà infinita, duratura e permanente per lui e per lei.

## MASSONE

MASSONE Allora, brevemente: bisogna rifare la divisione dei poteri.

Ora io ancora sento qualche minchione che dice: 'La divisione dei poteri: legislativo, giudiziario...'

Ma che state dicienda? La divisione dei poteri se fa settimanale! La divisione dei poteri se fa a peso, la divisione dei poteri 'a faccio io!

I poteri vanno così dati: a Berlusconi un chilo in più di potere; a Casini un etto di potere; a Bossi levare due chili di potere; a Ventura duecento grammi di potere; tre etti a Morandi; cinque a Costanzo-Filippi; due chili a Publitalia; un etto voglio darlo al chirurgo della Ferilli. Voi direte: 'Perché?' Perché è l'ultimo grande chirurgo plastico che ancora lavora con la ghisa che è un materiale che si sta sperdendo!

Ah, che un anno difficile...

## L'ALCOLIZZATO

(*Studio. Buio. In un occhio di bue un uomo seduto, inquadra-*

*to dall'alto, si confessa con un groppo in gola, frasi sconnesse, sempre sull'orlo del pianto.*)

UOMO Ho cominciato a bere verso i quindici anni... però a quel punto era più che altro con gli amici... stavamo insieme, era un modo... così... la bottiglia era una compagna ma ancora non ci avevo questa dipendenza... questa cosa che poi, negli anni seguenti... dopo è stata sempre una disgrazia... Mia moglie, per quanto sopportava questa cosa che... non mi riuscivo a liberare... però poi, piano piano e pienamente, la bottiglia è diventata una schiavitù, sì, una vera e propria schiavitù! ...e quando poi è successa la cosa della bambina... che chiaramente siccome la colpa era la mia! (*singhiozza*) e sul lavoro poi, i colleghi con questo fatto che magari... sì, ero un po' irascibile perché bevevo e... quindi quando poi mia moglie era voluta andare via con la bambina... e io invece di lasciare sono rimasto... ancora più attaccato a questa bottiglia e ora sono un alcolizzato. Sì, sono un alcolizzato...

REGIA OFF Ma sei sieropositivo?

UOMO No

REGIA OFF Allora è l'altro studio!

UOMO Ah, scusi...

(*Si allontana, resta la sedia vuota.*)

## STUDIO

CONDUTTORE Buonasera e benvenuti al Caso Scafroglia! Siamo qui con padre Gonorrea che ci parlerà...

PADRE FEDERICO Federico!

CONDUTTORE Federico, sì... Posso dire una cosa, padre? Perché non cambiare il suo nome in padre Ferrari? È un suggerimento...

PADRE FEDERICO E allora perché non cambiarlo in Rossi, scusi?

CONDUTTORE No, lei deve cambiare marchio! Lei sa che il

nostro presidente del consiglio, che oggi è stato attaccato addirittura dal «Corriere della Sera», probabilmente è uno scambio, un errore tipografico... hanno pubblicato un pezzo dell'«Unità» sul «Corriere», ma è stato attaccato perché ha proposto di eliminare il marchio FIAT, che ci fa schifo a tutti, e mettere Ferrari, o SuperFerrari, o SuperMegaWow-Ferrari, o Giuliano Ferrari, o Forza Ferrari... E questa cosa improvvisamente farebbe...

PADRE FEDERICO Scusi, mi sta dicendo che io faccio schifo con il mio nome e dovrei mettermi un altro nome per evitare...

CONDUTTORE No, le sto ponendo un problema molto più serio: il giovane drogato esce fuori dalla discoteca di notte, ubriaco, drogato, pieno di pasticche che si tira...

PADRE FEDERICO Dai fumi dell'alcol!

CONDUTTORE... Un po' se le inietta, un po' se le mangia, sale non più su una vecchia Uno, su una Stilo, su una macchina che se si mette in moto è un miracolo, ma su una Ferrari e si schiantano come mosche!

PADRE FEDERICO È una bella osservazione quella che fa in questo momento e ci induce a fare un pensiero su questa cosa!

CONDUTTORE Ecco! Facciamolo!

PADRE FEDERICO Perché dare una macchina a questi ragazzi quando già sappiamo che, presi dai fumi dell'alcol, possono andare a spingere l'acceleratore? Anche se però, adesso, pensandoci bene, potrebbe esserci un altro motivo che è l'opposto: potrebbe anche essere un bene perché il ragazzo, alla guida di una macchina così costosa, se ne guarderebbe bene dal correre, perché distruggere o rovinare o stropicciare una macchina così costosa sarebbe un problema, eh! Perché costa di più la riparazione!

CONDUTTORE Guardi che la discoteca comunque le attira, le acchiappa queste macchine!

PADRE FEDERICO E lo so! La discoteca, purtroppo, è un vortice nero che...

CONDUTTORE Allora, padre, visto che è di vortice nero che stiamo parlando, la vogliamo dire una parola forte contro la droga? Lo vogliamo dire una volta per tutte?

PADRE FEDERICO Cominciamo oggi con 'seminiamo bene'?

CONDUTTORE Cominciamo bene con questo semino! I semini del padre...

PADRE FEDERICO Ecco, seminiamo un pensierino che va a germogliare dentro il giovane, una volta tanto...

CONDUTTORE Sì! E poi va a male... Noi vogliamo dire una cosa contro la droga... Io direi: droga no... droga, specialmente la sera quando il giovane ha bevuto...

PADRE FEDERICO Perché? Anche di giorno!

CONDUTTORE Allora: droga-brutto poiché brutto sempre, però specialmente la sera dopo la discoteca droga più brutto...

PADRE FEDERICO Perché?

CONDUTTORE Droga no, no, no! Droga bruttissimo perché la sera dopo aver bevuto...

PADRE FEDERICO È più pericoloso, sì... Allora io direi di formulare un pensierino...

CONDUTTORE Allora: droga, poiché brutto sempre ma-specialmente-la-sera-no! Questo è uno slogan che...

PADRE FEDERICO Io però preferirei dire a un ragazzo una cosa piccola, semplice...

CONDUTTORE Allora: droga, poiché brutto sempre ma-specialmente-la-sera-no! Mi dia la mano!

PADRE FEDERICO Non ce lo possiamo scrivere? (*insieme*) Droga, poiché brutto sempre ma specialmente, a maggior ragione – aggiungerei – la sera, no! Droga, poiché brutto sempre ma specialmente, a maggior ragione la sera, no! Droga, poiché brutto sempre ma specialmente, a maggior ragione la sera, no! Ecco, abbiamo seminato anche oggi un semino forse un po' confuso, direi stasera, ma che dà l'idea di quello che vogliamo dire!

CONDUTTORE Allora, diciamo anche una cosa contro la confusione?

PADRE FEDERICO Sì!

CONDUTTORE Allora: confusione no! (*insieme*) Confusione no! Confusione no! Confusione e droga insieme, a maggior ragione poiché brutta l'una e no l'altro, no! Oggi abbiamo messo due semini!

CONDUTTORE Ecco, benvenuti al Caso Scafroglia che non ci riguarda più. Ieri la devolution è passata al Senato quindi il Caso Scafroglia riguarda il comune di Brambate che sta in Lombardia e se lo guarda la Lombardia...

REGIA OFF E la trasmissione?

CONDUTTORE La trasmissione noi la facciamo dal Lazio quindi, al massimo, può essere come noi del Lazio vediamo il problema di uno che scappa in Lombardia? Con preoccupazione? Con sconcerto? Forse con indifferenza? Non lo so... Comunque da ieri è tutto molto più chiaro, i problemi sono regionali: la RAI è un problema del Lazio, la FIAT è un problema della regione Piemonte, gli albanesi sono un problema della regione Puglia ed ecco: è tutto molto più chiaro! Adesso però siamo qui e salutiamo padre Primiera che è venuto a trovarci ancora una volta simpaticamente...

PADRE FEDERICO Mi scusi se interrompo ancora una volta ma io mi chiamo Federico, se vuole glielo appunto su un pezzetto di carta!

CONDUTTORE Questo padre padrone, questo sardo ostinato, sempre... eh?

PADRE FEDERICO Le ricordo di nuovo che non sono sardo...

CONDUTTORE Ahiò! Come dite voi?

PADRE FEDERICO Non sono sardo! Comunque, le volevo dire, lei è del Lazio mi pare, no?

CONDUTTORE Io sono del Lazio, io sono un problema della mia regione, io sono vissuto problematicamente dal Lazio. Lei invece... di Oristano?

PADRE FEDERICO No, no! Io sono del Lazio perché io sono della Ciociaria e, fino a prova contraria, la Ciociaria è ancora Lazio, no?

CONDUTTORE Anche padre Primiera e Carte è un problema del Lazio!

PADRE FEDERICO Federico, per piacere...

CONDUTTORE Ok: Carte, Ori e Federico...

PADRE FEDERICO Glielo scrivo?

CONDUTTORE No, no, me lo ricordo. Noi invece, in questo momento, siamo bloccati. Come sapete c'è la devolution, una brutta legge che sta bloccando una brutta finanziaria – o, se volete, l'inverso – ma tutto è bloccato così poi Berlusconi possa dire che ci vuole il presidenzialismo; intanto alla RAI, come sapete, tutto si sta risolvendo; la RAI è allo stato terminale, c'era lo scontro fra la posizione di Pera e la posizione di Casini? Chi preferisce le pere, chi preferisce i casini, Padre Smazzi, un'opinione!

PADRE FEDERICO Federico! Come dice? Al contadino non far sapere quant'è buono...

CONDUTTORE Esatto!

PADRE FEDERICO I vecchi detti di una volta che comunque sono sempre efficaci...

CONDUTTORE Ecco, di fronte a un ragazzo che si affaccia per la prima volta al mondo del lavoro bisogna dirgli: 'Non sporgerti.' Perché?

PADRE FEDERICO Be', perché... Come 'non sporgerti'?

CONDUTTORE Perché è pericoloso!

PADRE FEDERICO Perché è pericoloso! Mai sporgersi, mai correre in macchina: questi sono quei princìpi fondamentali che qualunque ragazzo dovrebbe avere dentro ben presenti. Noi non siamo disfattisti, pensiamo che questo Paese, bene o male, comunque va avanti; con la Provvidenza cambieranno delle cose, speriamo in meglio...

CONDUTTORE Ma questa legge che delega i poteri alle regioni, per un ragazzo che esce dalla discoteca, è tardi, ha fumato, si è drogato, ha ballato, incappa in una legge che conferisce tutti i poteri alle regioni: questa cosa può aumentare gli incidenti o può diminuirli?

PADRE FEDERICO Mah... io penso che dipende sicuramente dalla severità dei tutori della legge delle varie regioni. Io opterei per una severità maggiore perché questi ragazzi, se temono determinate cose, sicuramente si vanno a comportare in modo differente e vorrei cogliere l'occasione di questa cosa che lei ha detto per partire con il nostro 'seminiamo bene'. Anche oggi vogliamo dare un pensierino incisivo, un semino che va a germogliare in un pensiero buono del giovane che lo accoglie dentro di sé! E io oggi ho preparato una cosa...

CONDUTTORE Ecco, padre Scala Quaranta ci ricorda...

PADRE FEDERICO Questa proposta di legge che dice... Lo stava dicendo lei, lo dica lei! Che vogliono delegare il potere alle regioni e dobbiamo vedere l'Italia, la nostra nazione, come se fosse una famiglia dove il papà e la mamma rappresentano lo Stato e le regioni tutti fratelli e noi non vorremmo che tra questi fratelli venga poi fuori l'odio generato da... Quindi io direi come messaggio e come semino da mandare...?

CONDUTTORE Odio brutto?

PADRE FEDERICO No, ancora meglio: Caino, no!

CONDUTTORE Caino, no?! Padre... mi dia la mano...

PADRE FEDERICO Caino, no?

CONDUTTORE 'Caino no' però è brutto! Suona male!

PADRE FEDERICO Allora 'No Caino'!

CONDUTTORE 'No Caino' sembra una droga... sembra novocaina Caino e poi perché 'No Caino'?

PADRE FEDERICO Perché Caino è...

CONDUTTORE Brutto!

PADRE FEDERICO No, no, però 'brutto' non si può dire...

CONDUTTORE Esatto! Non è che Caino è brutto per un fatto estetico... Caino e Abele... anche se Abele probabilmente...

PADRE FEDERICO Lo dice la parola, era bello...

CONDUTTORE Caino, non lo sappiamo se era brutto, però qui stiamo parlando – mi dia la mano forte, forte! – di una bruttezza interiore! Allora 'Caino-brutto-dentro' io direi!

PADRE FEDERICO Io ci terrei stavolta che sia una frasetta semplice...

CONDUTTORE Allora io direi: 'Caino brutto non esteriormente, o meglio, non lo sappiamo, ma nell'interiore, no!' Non so se le va bene come frase...

PADRE FEDERICO Mah... se la vuole fare così... (*gridano insieme*) Caino brutto nell'interiore, nell'esteriore non lo sappiamo, no! Caino brutto nell'interiore, nell'esteriore non lo sappiamo, no! Caino brutto nell'interiore, nell'esteriore non lo sappiamo, no!

CONDUTTORE Ecco, io credo che siamo riusciti a dare ai nostri ragazzi uno slogan di valori che si ricorda...

PADRE FEDERICO Sì, sicuramente si ricorda e fa nascere un pensiero che può essere sicuramente formativo per questi giovani ragazzi...

CONDUTTORE Ecco, dopo il semino, io vorrei sentire la telefonata di un bel giovane che esce dalla discoteca e trova la devolution fuori...

PADRE FEDERICO Speriamo, speriamo... Pronto?

CAZZARO Pronto? Buonasera! Io ho già chiamato qualche volta perché è una trasmissione molto interessante e devo dire che questa sera, quest'idea di Bossi, veramente assurda, di delegare i poteri alle legioni mi sembra anacronismo...

CONDUTTORE Alle regioni!

CAZZARO Ma come? Andiamo verso il 2000 e ci rimettiamo a dare potere alle legioni che poi, per quanto si possano muovere, voi lo sapete, la legione non è che piglia il treno... perché ce stanno i cavalieri, e poi ce sta...

CONDUTTORE Ma no le legioni: le regioni!

CAZZARO ...E allora io la trovo una riforma che non ci dà soddisfazione per quanto le legioni fossero superiori a quei certi celti a cui l'onorevole si riferisce, je arrivavano certe mazzate allora, e gliele potrebbono ridare oggi!

CONDUTTORE Senta, 'delegare i poteri alle regioni'!

CAZZARO Ah, lei lo sa quanta corda serve per legare una regione? Perché – io lo so – che viste sulla mappa le regioni sembrano molto piccole, ma anche quelle molto piccole, una regione come la Val d'Aosta, una regione come il Molise, avete idea per legare una regione come queste quanti chilometri di corda quadrata servono?

CONDUTTORE Ma no legare!

CAZZARO ...Soltanto per fa' un giro di corda, che poi non è che la tieni ferma una regione con un giro di corda perché te scappa, ma poi serve inoltre un altro po' de corda perché pe' fare il nodo...

CONDUTTORE E certo, sennò ti scappa...

CAZZARO E pensate che in Abruzzo c'è ancora in circolazione l'orso bruno e c'è ancora in circolazione il lupo bianco che so' animali che soltanto con la forza delle zanne e dei denti riuscirebbero a lacerare questa corda; quindi, questa cosa di legare le regioni mi sembra veramente un'assurdità...

CONDUTTORE Senta, amico mio...

CAZZARO A meno che non facciamo quella che io, da tanto tempo, chiamo la riforma della corda e cioè: mettiamo una corda veramente moderna ed europea.

CONDUTTORE Ho detto: delegare i poteri alle regioni! Non c'entra niente! Buonasera!

CAZZARO A proposito... parliamo di cose serie...

CONDUTTORE Sì...

CAZZARO Ma è vero che Saddam Hussein possederebbe l'anidrite del carbonchio?

CONDUTTORE Che è l'anidrite del carbonchio?

CAZZARO Ma questi siti famosi di Saddam Hussein non ci si poteva andare col computer?

CONDUTTORE Non sono siti internet... Buonasera!

CAZZARO No, perché io c'ho questa casa in Abruzzo dove ce stava questa cana lupa che è stata sgozzata ma secondo me è stato un complotto internazionale perché aveva scoperto qualcosa...

CONDUTTORE Era dell'ONU questa cana...

CAZZARO Aveva messo il muso sul carbocchio... questo non me lo leva dalla testa nessuno...

CONDUTTORE Va be', buonasera! Non ci crediamo! Se fa così lei si tormenta, il cane è morto perché era venuto il suo momento, vero padre?

PADRE FEDERICO Ma perché non c'è un filtro che ci dà la possibilità di...

CONDUTTORE Ci siamo fatti un'idea precisa: Scafroglia è sparito perché non si sentiva valorizzato, non gli veniva portato rispetto! Perché questo è un Paese in cui nessuno ti prende sul serio, qualsiasi cosa fai sei un buffone...

REGIA OFF Ma di che stai parlando? In che senso?

CONDUTTORE In che senso? È così! Perché il nostro presidente del consiglio, per esempio, Silvio Berlusconi, si ammazza di lavoro, ha un piano preciso e lo sta perseguendo punto per punto, ma si sta sempre lì a criticarlo sulla gaffe quando sta facendo a pezzi la democrazia e noi stiamo lì a vedere se c'ha la verdurina tra i denti!

È un Paese così, che non ti valorizza, quindi non ci stupiamo se la gente va all'estero! Silvio Berlusconi ha detto: 'Salverò Previti', e l'ha salvato, ha fatto la legge sulle rogatorie, non è che parlava così... Ha fatto la Cirami, farà l'immunità parlamentare totale, faranno il condono tombale per qualunque abuso edilizio di qualunque tipo; ha detto: 'Non lavoreranno Biagi, Santoro e Luttazzi.' Oh, non hanno più lavorato! Perché non lo prendete sul serio? Perché ogni cosa è una buffonata? C'è gente che lavora, sapete? C'è gente che s'ammazza anche venti ore al giorno per distruggere questo Paese, non è che sta lì a perdere tempo! Ha fatto a pezzi la RAI, l'ha ceduta a Mediaset, RAI2 è rasa al suolo: guardatele le cose! Ma perché non lo prendete sul serio? Allora, questo è un Paese in cui un dittatore – posso dire una cosa? È uno sfogo il mio... – se non si mette il cappellone, non spara per aria, non vedete il passo dell'oca fuori dalla finestra, non lo prendete sul serio, è sempre un buffone, c'è sempre da ridere... Questo non è giusto e, secondo me, Mario Scafroglia soffriva di questa mancanza di rispetto, di considerazione...

## MASSONE

MASSONE Interrompiamo momentaneamente la trasmissione, cambiate canale: questa è una rete per noi fratelle, di una televisione fatta tutta per noi fratelle. Cambiate televisione, cambiate telecomando, cambiate canale, cambiate Stato prima che lo Stato cambi voi! Oh! Brevemende: trovate spazio per Santoro, ripeto: trovate spazio per Santoro! C'è la casa di zia Maria, quella al mare, non ci va mai, c'è un po' di umidità... ci do il numero di Francesca; Francesca sa tutto: arriva, appiccia 'o fuoco, dopo due ore la casa è scaldata. Lui può stare lì, sverna che poi gli facimmo 'o contratto che lui già sa! Allora, brevemende: piano FIAT chiusura stabilimenti totale con spargimento sale su macerie. Ripeto: spargimento sale su macerie FIAT. Trattamento San Giuliano: a faglie, a faglie e poi ricapitalizzare. Per gli operai di Termini Imerese che hanno bloccato 'o stretto di Messina, licenziarli e riassumerli in qualità di piloni con contratto a termine. Oh... Per quanto riguarda la Lazio, vendere a Cossiga; per quanto riguarda Cossiga, vendere o chiedere impeachment presidente Carletto! Pecché? Pe' scassa' 'o cazzo, così, per divertirsi... Ma che cosa? Neanche questo si può fare più? Allora... Non so più cosa dobbiamo fare: rimuovere Papa da Montecitorio.

Ripeto: rimuovere Papa da zona Montecitorio; arroccare Papa con Cossiga; spostare Cossiga da D9 a C1. Ripeto: spostare Cossiga da D9 a C1. Bene! Frattini fingere di litigare con Barbiere, Moratti fingere di litigare con Tremonti; Tremonti: Moratti sta fingendo di litigare! Mamma mia 'o Carmine! Tg1, insinuare CGIL su morte Schiaffino; Tg2, non campate sugli allori: giocate servizi 5 e 7 sulla ruota di Bari e di Napoli; Tg3, ridurre edizioni a flash: 'nu flash! *Zà*! E basta! Comune di Cosenza: arrestare a Mancuso, non Caruso! Chillo parla, stupidi! Oh, tra sabato e domenica, nuova eruzione Etna: tenete in cantiere, tenete pronti a scaldarsi Vesuvio e Fujiama... Zorzi sa cos'è, Zorzi sa dov'è... Fujiama... Oh, bashta! Maronna che Paese difficile! Ci siamo fermati al golpe proprio... ecco, c'è mancato il coraggio di andare oltre... (*Intona* Bella ciao) questa matti-na, mi so' sveglia-to oh bella ciao, bella ciao, bella ciao ciao ciao, questa matti-na mi so' sveglia-to e ho causato un'invasion...

## STUDIO

CONDUTTORE Probabilmente, in questa Italia, il problema della valorizzazione, il problema del riconoscimento del proprio lavoro...

PADRE FEDERICO Fa un po' acquetta...

CONDUTTORE Fa un po' acquetta... Sentiamo padre Sputazza...

PADRE FEDERICO Comunque Federico, io ci tengo...

CONDUTTORE Sì, sì, d'accordo...

PADRE FEDERICO No, due parole soltanto, mi lasci dire: vorrei agganciarmi a questo discorso che lei ha fatto per mantenere quella che è la mia missione. Io vorrei parlare ai giovani, mandare i semini con 'seminiamo bene', questa piccola rubrichina che sono contento di mandare avanti giorno dopo giorno. Vorrei mandare anche oggi un piccolo pensierino prendendo spunto dalle sue parole che va a germogliare dentro il giovane e che fa nascere una pianta...

CONDUTTORE Io ho qui scritto infatti 'sfiducia'!

PADRE FEDERICO Bravo!

CONDUTTORE Questo è un Paese in cui non c'è la fiducia, ma non nel senso del Parlamento...

PADRE FEDERICO No, infatti! Perché è il giovane stesso che vedendo queste cose intorno a lui, la sfiducia dentro questo ragazzo cresce e lo porta poi a stare sempre peggio, ad andare in discoteca e tutte queste cose qua... Allora io direi, per sintetizzare questo pensiero: 'Sfiducia, basta!' Semplicemente 'basta'. Non le sembra giusto?

CONDUTTORE Sì, però 'sfiducia, basta' non è che sembra 'sfiducia va bene ma basta perché ne abbiamo abbastanza, siamo pieni, aspettiamo prima di fiducia ancora'? Perché, attenzione, molti a casa possono fraintendere...

PADRE FEDERICO Be', effettivamente...

CONDUTTORE Allora più che sfiducia, papà, io direi 'sottogamba!' 'Sottogamba no!'

PADRE FEDERICO Ma che c'entra 'sottogamba'?

CONDUTTORE Prendere sottogamba...

PADRE FEDERICO Ah, lei intende sottogamba perché prendendo sottogamba una persona che in realtà è degna di fiducia potrebbe indurre...

CONDUTTORE Allora io propongo che uno dei nostri semini che noi vogliamo installare nel giovane potrebbe essere: 'Sottogamba brutto!', non so se...

PADRE FEDERICO Perché brutto 'sottogamba'?

CONDUTTORE Sì, forse 'sottogamba brutta'... Brutta perché è una gamba!

PADRE FEDERICO No, no... è il concetto che...

CONDUTTORE È una metafora!

PADRE FEDERICO Ma brutto perché?

CONDUTTORE È una metafora e come metafora è femminile! Allora io direi: 'Sottogamba brutta!'

PADRE FEDERICO C'ha ragione lei, mi scusi!

CONDUTTORE Non vorrei che mi equivocasse...

PADRE FEDERICO A lei interessa che i ragazzi capiscano al volo quello...

CONDUTTORE Io e padre Sputi stiamo dicendo...

PADRE FEDERICO Federico, mi scusi!

CONDUTTORE Sì... Stiamo dicendo la gamba in senso figurato!

PADRE FEDERICO E certo! Mica quella vera sennò andiamo a finire sulla pornografia!

CONDUTTORE Ecco, allora, forse possiamo dire: 'Sottogamba-in-senso-figurato-per-carità brutta!'

PADRE FEDERICO Mi sembra un po', come al solito, un po' poco semplice, un po' lunga...

CONDUTTORE Guardi che quando lo dice tre volte si scioglie!

PADRE FEDERICO Facciamolo! L'importante è farlo! (*insieme*) Sottogamba in senso figurato, per carità, brutta! Sottogamba in senso figurato, per carità, brutta! Sottogamba in senso figurato, per carità, brutta!

PADRE FEDERICO Ah! E già ci sentiamo meglio!

CONDUTTORE E ripartiamo di slancio!

PADRE FEDERICO E la nostra missione è compiuta! Abbiamo mandato questo messaggio ai ragazzi...

CONDUTTORE Bene, continuiamo con padre Sedimento a parlare di giovani...

PADRE FEDERICO Federico! Mi perdoni!

CONDUTTORE Allora padre Humus, quanto conta oggi per tenere lontano un giovane dalla droga e dalla discoteca la scuola? A metà strada, tra la droga e la discoteca, c'è la scuola. Deve esserci la scuola! Ma scuola pubblica o privata?

PADRE FEDERICO Bravo! Io sono così contento che lei è così sensibile a questi argomenti: lei sa che quando parla di questo con me è sempre e comunque ben accetto. I giovani, i ragazzi: che cosa rappresenta un giovane in questa società? È una pianta che va indirizzata, va fatta crescere con l'acqua e con l'humus che sta all'interno della terra e in questo caso...

CONDUTTORE E il vaso chi è? E il rivenditore chi è? E il fioraio chi è? Sono tante le incognite!

PADRE FEDERICO La famiglia è il vaso e l'acqua è la scuola.

CONDUTTORE Senta, non facciamo inutili polemiche. La

scuola privata: adesso il ministro Moratti sta ridando alla scuola cattolica dei denari...

PADRE FEDERICO Ecco! Che è fondamentale sennò non va avanti...

CONDUTTORE Come investiamo questi soldi?

PADRE FEDERICO Come li investiamo? Be'... intanto bisogna comprare i banchi, bisogna comprare le matite: ci stanno tante cose che servono dentro una scuola!

CONDUTTORE No, ma non la copertura, dico: come li investiamo veramente? Lei sa, per esempio, che oggi si sono dimessi 62 rettori universitari. Si sono dimessi per i tagli alla scuola.

PADRE FEDERICO L'università, sì certo, in questo momento... Eh sì... l'ho sentita questa notizia... un po' mi ha turbato perché... Ma io direi una cosa che mi sembra la cosa più giusta: facciamo parlare loro!

CONDUTTORE Ecco, sentiamo se c'è un rettore che torna dalla discoteca...

PADRE FEDERICO No, io parlavo dei giovani! Se vogliono dire la loro su questa cosa dell'istruzione perché in realtà sono i primi che sono interessati... Pronto?

CAZZARO Pronto? Buonasera... Che cosa le avevo detto? Sono un ascoltatore che ha già chiamato altre volte...

CONDUTTORE Ma che abbiamo la linea diretta con questo signore?

CAZZARO Che le avevo detto? Avete visto che so' usciti fuori 'sti 62 reattori nucleari di Saddam Hussein?

CONDUTTORE No! Rettori universitari!

CAZZARO Evidentemente c'era qualcosa perché qui parliamo di ben 62 reattori! Ma avete idea di che potenza possono sviluppare? Di che arma terribile per l'umanità possono essere 62 reattori nucleari? Io lo so perché io c'ho un'esperienza personale perché voi dovete sapere che io c'ho questa casa in Abruzzo dove ce sta la vicina di casa che fa questo liquore locale, il liquore di deuterio, sì.

CONDUTTORE Ma che cosa stai dicendo, caro amico?

CAZZARO Che è un liquore fortissimo che basta che lo annusi e già te manda all'altro mondo da quant'è forte! E pensate che 'sta pora vicina un giorno esplose e secondo me c'era dell'uranio impoverito...

CONDUTTORE Senti, caro amico...

CAZZARO ...tanto che la mia pora cana Zara, a me nessuno me lo leva dalla testa che quel poro cane aveva fiutato che c'era qualcosa di strano, aveva fiutato un traffico nucleare in Abruzzo...

CONDUTTORE Senti, caro amico, la parola non è reattori: è rettori! Si è dimesso il rettore non il reattore!

CAZZARO Ah, ho capito, però che s'è dimessa Rettore mi dispiace molto perché la trovo comunque una cantante che ha fatto delle canzoni molto importanti! Non capisco perché in un Paese in cui 'sti cantanti non se levano mai dalle scatole, con rispetto parlando, e ancora 60, 70 anni vanno in giro a fa' dei pezzi che non si possono più senti', quella era una cantante a me molto cara, molto simpatica anche a mia moglie, e me piaceva tantissimo sia er serpente, er cobra, e chiaramente però quando sento le lamette me riprende un tuffo al cuore perché chiaramente me ricorda 'sto poro cane, Zara, che se non ve l'ho detta 'sta cosa, la dico mo': è stata sgozzata! Probabilmente perché era al centro di un traffico nucleare abruzzese...

CONDUTTORE Sì, un traffico nucleare abruzzese... Buonasera!

## VULVIA – RIEDUCATIONAL CHANNEL

VULVIA Psicoanalisi. È passato ormai un secolo dalla nascita della pscicoanalisi. A distanza di tutto questo tempo come dobbiamo considerarla? Una scienza? Una filosofia? Una letteratura?

...Oppure, come al solito, dobbiamo solo pagare e stare zitti?

Lo sapevate? L'ittiosauro, il gigantesco animale marino dalla potente pinna dorsale, è forse l'antenato di tutti i pesci di oggi, ma ormai è estinto da milioni e milioni di anni, quindi se ve lo propongono al mercato non vi fidate! Epatite sicura, su Rieducational Channel!

Orgasmo! Oggi è appurato che nella donna esistono due diversi tipi di orgasmo: l'orgasmo vaginale e l'orgasmo clitorideo. Ma ci sono anche due modi diversi per fingerli? Io so fare solo questo ah... ah... ah... Che tipo di orgasmo finto è? Finto vaginale o finto clitorideo?

Indovinalo, su Rieducational Channel!

## STUDIO

CONDUTTORE Buonasera e benvenuti all'ultima puntata del Caso Scafroglia. Questo programma volge al termine, il programma finisce, finisce anche quest'anno – un anno difficile il 2002 – e allora è tempo di bilanci. Siamo qui con padre Barbie per parlare di bilanci tra promesse mantenute... Allora, innanzitutto, agendo sui telegiornali avrete notato che la delinquenza è diminuita, non se ne parla più, ce n'è molta meno; le tasse sono diminuite; il traffico è diminuito e comunque quelle quattro macchine che sono rimaste è un piacere perché uno si sente anche meno solo in strada. La delinquenza, dicevamo, è diminuita; i ladri ci sono sempre ma sono diminuiti: sono ladri più bassi! Adesso un ladro medio non supera un metro e 55 e non ci vuole niente a bloccarlo; alla grande criminalità organizzata noi abbiamo opposto la polizia di quartiere; arrivano questi criminali che hanno contatti in internet, in tutto il mondo e organizzano grandi strategie ma non trovano più il dinosauro burocratico della polizia, della DIA, del servizio segreto, ma trovano lo sceriffo Gino che controlla un territorio di 10,15 metri quadri e più in là c'è la sceriffa Marisa e via così... Vero, padre?

Lo sceriffo Piero, il tenente Gianluigi e tanti altri personaggi che allieteranno le nostre serate: i poliziotti di quartiere! Stiamo lavorando anche all'esercito di quartiere, ci vorrà un po', lo sapete, ma ci arriveremo. Io poi ho chiesto personalmente la marina di quartiere perché sto in un condominio con una fontana molto bella, molto grande e mi piacerebbe vedere delle barchette... eh, padre? Queste barchette che partono con due marinai, che salutano le mogli con i fazzoletti... È un mio debole ma ci arriveremo!

## MASSONE

MASSONE Comunque, fratelle, per quanto riguarda il golpe, quando Schifani si cambia il riporto – ripeto: quando Schifani che sta da così se mette accussì – quello è il segnale!

Attenzione ché quello è il segnale concordato.

Mi raccomando, non vi distraete perché dobbiamo agire prima che passa 'a devoluzione!

Bashta! Mo' Bossi lo freghiamo alla Camera, vabbuò? Perché altrimenti dopo, mettetevi nei miei panni, ma che colpo di Stato è se facimmo 'e regioni?

Ma io posso andare da mia moglie e in tutta coscienza di': 'Ho fatto il colpo di regione'?

Ma chilla me ride in faccia perché non ha dignità questa cosa...

'Ho preso possesso delle forze dell'ordine.'

'Quali, la polizia calabrese?'

Capite che questa cosa non si può fare? Quindi, mi raccomando!

Comunque... Ah, Schifani, una cosa: ma perché non ti rimetti a fare i quadri? Ah, non era lui? Non è lui il pittore? Ti pareva che sapessi fare un cazzo nella vita!

Che anno difficile! Non me resta che lu ballo...

È un Paese difficile!

Andiamo avanti. Allora, vediamo che altro c'è! Io non ci posso credere... L'onorevole Vito.

Ancora si devono sentire lamentele per l'onorevole Vito! Adesso l'avete messo nella scatola incellophanato ma non l'avete spento e s'è visto 'sto scatolone che cammina e dice: 'Lei non mi interrompa quando mi interrompe! Lei non mi interrompa quando mi interrompe!'

I vicini si so' lamentati ancora, il rottweiler del vicino l'ha aperto come una cozza, esce tutto il fluff assorbente dallo stomaco... Ma avete idea di quanto costa quel Vito che è un prototipo? Uno ce n'è! A rifarne un altro ci vogliono milioni!

Ma che cosa... Ma non avete la serietà del colpo di Stato, siete al luna park del golpe... Io non lo so!

Già non faccio più 'u colpo di Stato e faccio 'u colpo di regione che mi vergogno a guardare mia moglie negli occhi sotto i cappucci: la sera io ho vergogna!

Lei sa perché, lei sa di che, lei sa chi è!

## STUDIO

CONDUTTORE Bene, rieccoci qui con padre Krizia autunno-inverno 2002 a parlare...

PADRE FEDERICO Federico...

CONDUTTORE ...con padre Federico a parlare di condono tombale. Come sapete... (*suona una campanella*) Che è?

REGIA OFF È scaduto il tempo! Anzi, scusa, Federico: stasera mi riaccompagneresti tu a casa, per piacere?

PADRE FEDERICO No, dottore, non posso: ho il pokerino oggi, non è proprio possibile...

CONDUTTORE Ma che state...? Scusate, siamo ancora in onda!

REGIA OFF No guarda, non siamo in onda!

CONDUTTORE Sì, siamo in onda: peraltro c'è la puntata lunga oggi...

REGIA OFF Scusami, scusami un attimo... Federico ti ho detto: secondo me dobbiamo ricominciare con le pillole!

PADRE FEDERICO No, no! Che vogliamo ricominciare con le pillole azzurre? No... (*al conduttore*) Dillo al dottore: 'No! Niente pillole azzurre!'

CONDUTTORE (*non capisce che succede e riprende il discorso*) Allora, stavamo parlando di condono...

REGIA OFF Il tempo è scaduto, scusami...

PADRE FEDERICO Stai a sentire il dottore... Senti il dottore che dice!

CONDUTTORE Ma che dottore?

PADRE FEDERICO Senti il dottore...

CONDUTTORE (*incredulo*) Dico... stiamo in onda!

REGIA OFF No, non stiamo in onda!

CONDUTTORE Oggi non è scaduto il tempo! Vi ricordo che è la puntata lunga questa!

REGIA OFF No, non c'è nessuna puntata! Non stiamo facendo un programma televisivo!

PADRE FEDERICO Giusto!

CONDUTTORE Allora: oggi è mercoledì però, se vi ricordate, c'è la puntata lunga perché ieri, martedì...

REGIA OFF Intanto non ci sono puntate lunghe e brevi perché non sono previste: non esiste un programma con le puntate lunghe e quelle brevi!

CONDUTTORE Che vuoi dire che non esiste, scusate! Vi ricordo che questo programma che noi facciamo...

REGIA OFF Tu conosci un programma con le puntate lunghe e brevi?

CONDUTTORE Sì... La nostra è una striscia e noi facciamo... diciamo ai telespettatori che ci seguono...

REGIA OFF Non ci sono telespettatori! Non è un programma televisivo!

CONDUTTORE Ma come? Ma stai scherzando?

PADRE FEDERICO No, dottore...

CONDUTTORE (*a Federico*) Scusa, padre Bobba, abbiamo una serie di puntate brevi di dieci, quindici, cinque minuti...

REGIA OFF Adesso cerca di ragionare...

CONDUTTORE ...e una serie di puntate lunghe da venticinque, cinquanta che poi vengono replicate in modo incrociato: lunedì, sabato e giovedì! Martedì invece, vi ricordo, c'è l'appuntamento con la replica della puntata in diretta del giorno dopo!

REGIA OFF Non c'è nessuna replica!

PADRE FEDERICO Ascolta quello che ti dice il dottore!

CONDUTTORE È sperimentale, eh! È satira!

PADRE FEDERICO Ascolta il dottore... Adesso ti faccio vedere una persona: la dottoressa Ceprani... (*entra la dottoressa*) Dottoressa, può venire un attimo per cortesia che qui c'è il nostro amico che...

CONDUTTORE Buonasera, eccoci qui con la dottoressa Ceprani... È una bella sorpresa...

PADRE FEDERICO Chi ti ricorda, Mario?

DOTTORESSA Allora, Mario...

CONDUTTORE (*alla dottoressa*) Chi è Mario? Federico si chiama!

DOTTORESSA Vogliamo evitare queste pillole blu, eh?

PADRE FEDERICO Eh, Mario? Senti la dottoressa!

CONDUTTORE Bene! Dovrebbe esserci un servizio sulla riapertura delle case...

REGIA OFF Non è un programma televisivo, non è uno studio televisivo...

DOTTORESSA Non c'è nessun servizio...

CONDUTTORE No! Restate con noi per la pubblicità...

REGIA OFF Non c'è la pubblicità!

CONDUTTORE E vedremo se è un programma...

PADRE FEDERICO Non c'è la pubblicità!

CONDUTTORE C'è sempre la pubblicità!

REGIA OFF A che ora dovrebbe andare in onda il programma, scusa?

PADRE FEDERICO Eh? Allora?

CONDUTTORE Dunque, si tratta di un programma che va di sera dalle 11:30...

REGIA OFF Alle 11:30 c'è Primo piano!

PADRE FEDERICO Ecco!

CONDUTTORE Sì, 11:30, che poi può essere 11:45, 12:00... 06:00...

REGIA OFF Questo non è un palinsesto!

CONDUTTORE È un programma sperimentale, ve l'ho detto.

PADRE FEDERICO Bravo, è un esperimento! Non è sperimentale!

CONDUTTORE Allora noi, stiamo portando una fascia di pubblico a RAI3 che prima non esisteva!

PADRE FEDERICO Che canale?

CONDUTTORE A RAI3! E poi domenica...

REGIA OFF Cosa c'è domenica?

CONDUTTORE Lo spettatore sa che domenica noi facciamo Il meglio di Scafroglia che va domenica alle 8:00!

REGIA OFF Alle 8:00, domenica su RAI3, c'è Blob!

CONDUTTORE No!

REGIA OFF Sì!

CONDUTTORE Ci siamo noi!

PADRE FEDERICO E dopo la minestrina c'è anche il budino alla gianduia che ti piace tanto e che la dottoressa, se ti ricordi, quando ti sei risvegliato... qual è la prima cosa che hai chiesto?

DOTTORESSA Il budino alla gianduia, e te l'abbiamo portato!

PADRE FEDERICO Ti ricordi?

SCAFROGLIA Allora, dovrebbe esserci Luttwak sui danni...

REGIA OFF No! Luttwak esiste ma non è qui!

REGIA OFF Dottoressa, per cortesia, vuole parlargli un attimo?

DOTTORESSA Ci provo... Allora, cerchiamo di ricordare

bene. Ti ricordi che abbiamo usato la tecnica dell'identikit, ti ricordi quelle facce che cambiavano?

CONDUTTORE Esattamente! Mario Scafroglia dovrebbe...

PADRE FEDERICO Bravo, bravo! Chi cercavamo noi?

CONDUTTORE Mario Scafroglia!

PADRE FEDERICO E chi è Mario Scafroglia?

CONDUTTORE E chi è Mario Scafroglia? Vediamo il filmato...

REGIA OFF Dottoressa, glielo spieghi lei!

DOTTORESSA Ci sto provando...

PADRE FEDERICO (*sullo schermo scorrono identikit*) Ci stiamo arrivando...

CONDUTTORE Questa è una tecnica che usa molto l'FBI...

PADRE FEDERICO (*al conduttore*) Guarda, guarda...

DOTTORESSA Ti ricordi che tu parlavi sempre di Bin Laden? Bin Laden, Bin Laden, eh?

CONDUTTORE No, non io! Tutti parliamo di Bin Laden, adesso pare che so' io fissato con Bin Laden!

PADRE FEDERICO No, è vero! Tutti, tutti!

CONDUTTORE È un continuo in questo studio parlare di Bin Laden!

DOTTORESSA Guarda caso un uomo scomparso... Ti ricordi?

PADRE FEDERICO E quindi?

CONDUTTORE E quindi?

DOTTORESSA Chi cercavamo noi?

CONDUTTORE (*ai telespettatori*) Attenzione, restate con noi: siamo a un punto importante... Bin Laden e Scafroglia sono la stessa persona?

PADRE FEDERICO Guarda un po'...

(*Le immagini si sono fermate sulla faccia del conduttore, cioè, Mario Scafroglia.*)

DOTTORESSA Ora che sei un po' più lucido, cosa vedi?

PADRE FEDERICO Chi è?

CONDUTTORE È Socci!

REGIA OFF Bisogna tornare alle pillole, eh!

PADRE FEDERICO No, no, dottore... siamo sulla giusta strada!

DOTTORESSA No, Federico! Non si può andare avanti in questo modo!

PADRE FEDERICO Non è Socci...

REGIA OFF Allora, ricominciamo da capo: tu come ti chiami?

CONDUTTORE Come mi chiamo io non è importante! Il pubblico ha superato questa cosa dei nomi, delle reti, delle aziende: tutto è un unico anonimato...

REGIA OFF Se ti dico 10 maggio, cosa ti ricorda?

PADRE FEDERICO Ecco! Partiamo da zero!

DOTTORESSA Ricominciamo da capo!

CONDUTTORE Il 10 maggio? Brambate!

PADRE FEDERICO Oh, bravissimo!

REGIA OFF Cosa c'è a Brambate?

PADRE FEDERICO Che c'è a Brambate? Ci arriviamo, ci arriviamo...

CONDUTTORE C'è una stazione!

REGIA OFF No! C'è una discoteca!

PADRE FEDERICO Discoteca!

REGIA OFF Allora, io adesso provo a ricordarti che cosa hai fatto quel 10 maggio...

CONDUTTORE Ma chi?

PADRE FEDERICO Tu!

CONDUTTORE Ma chi sono io?

PADRE FEDERICO Stai a sentire il dottore...

REGIA OFF Dovevi andare a prendere il certificato elettorale! Te lo ricordi questo?

CONDUTTORE Il certificato elettorale?

REGIA OFF Certo! E invece di andare a prendere il certificato elettorale...?

CONDUTTORE Ma perché, si votava?

REGIA OFF Sì, si votava il 13 maggio. Tra il 10 maggio e il 13 maggio del 2001, che cosa hai fatto tu?

CONDUTTORE Dunque, che cosa ho fatto...?

PADRE FEDERICO Stavi andando in...

CONDUTTORE Facevo un turno alla Fono Roma...

DOTTORESSA Ecco! Ti ricordi che tu dici sempre che fai il doppiatore, no? Perché il doppiatore?

CONDUTTORE Perché il doppiatore è un mestiere che molti prendono sottogamba, allora io vorrei dire: 'Sottogamba brutto!'

PADRE FEDERICO No, no!

CONDUTTORE 'Sottogamba brutta', ha ragione!

REGIA OFF Io sono per le pillole, eh!

PADRE FEDERICO No, no, dottore! Due minuti... un attimo, per favore! Ci stiamo arrivando...

CONDUTTORE Ci stiamo arrivando, state con noi: torniamo a quel 10 maggio!

REGIA OFF Esatto!

CONDUTTORE Era il 12?

REGIA OFF Era il 10 maggio! Certificato elettorale, poi ti sei messo in macchina per andare alla discoteca di Brambate. E che cosa è successo?

PADRE FEDERICO E che è successo?

REGIA OFF È successo un incidente: sei andato contro un albero. Era una quercia. Te la ricordi la quercia?

CONDUTTORE È andata giù la quercia?

REGIA OFF Sì, non c'è più la quercia!

PADRE FEDERICO Non c'è più la macchina, no la quercia...

CONDUTTORE Quercia brutto?

REGIA OFF No, la quercia è un albero contro il quale tu ti sei andato a schiantare con la macchina!

PADRE FEDERICO E purtroppo ti sei fatto male...

CONDUTTORE (*legge la carta*) L'amnesia!

REGIA OFF, FEDERICO E DOTTORESSA Oh! Meno male! Ecco, bravo!

CONDUTTORE Attenzione: stiamo arrivando a un punto importante... Ci vediamo dopo la pubblicità!

REGIA OFF Non c'è pubblicità, però tu sei rimasto in coma per un anno...

PADRE FEDERICO Per un anno...

REGIA OFF Dopo l'incidente...

CONDUTTORE Ma a noi non interessa sapere quello che è successo a me perché stiamo cercando di trovare Scafroglia!

REGIA OFF Bravo, continua!

PADRE FEDERICO Scafroglia: chi è Scafroglia?

REGIA OFF Come ti chiami tu?

DOTTORESSA Dài, di' al dottore come ti chiami...

CONDUTTORE Ma alla gente non interessa la morbosità sulla mia vita privata!

DOTTORESSA Ma concentrati!

CONDUTTORE Come mi chiamo? Io faccio un ruolo, sto conducendo quella che io chiamo un'inchiesta, no?

REGIA OFF Non è un'inchiesta!

CONDUTTORE Come la vecchia tv di Bernabei che ci piaceva...

REGIA OFF Non è uno studio televisivo: dove pensi di essere?

PADRE FEDERICO Dove pensi di essere, eh?

CONDUTTORE E che è? Una clinica?

PADRE FEDERICO Oooh!

DOTTORESSA Eh, meno male...

PADRE FEDERICO Eh? Quindi, tu sei...

REGIA OFF Chi sei?

CONDUTTORE Bene! Noi di solito a quest'ora abbiamo una telefonata, mi pare, no?

REGIA OFF Tu vedi un telefono? Non ci sono telefoni qui... Guardati, guardati intorno!

CONDUTTORE Il nostro telespettatore sa benissimo che, come tutte le sere, noi cerchiamo con padre Spacchiatta di parlare con... (*gli si avvicina padre Federico che indossa un camice bianco*) Perché si è vestito da sposa, padre?

PADRE FEDERICO Hai visto mai un telefono qua te?

CONDUTTORE No! Non ho visto un telefono...

PADRE FEDERICO Perché?

CONDUTTORE Perché probabilmente si tratta di questi nuovi apparecchi senza filo e senza...

REGIA OFF Non c'è il telefono!

CONDUTTORE ...senza filo e senza cornette...

PADRE FEDERICO Eppure?

CONDUTTORE Eppure parla!

PADRE FEDERICO E chi era che telefonava sempre?

CONDUTTORE E chi è? Sentiamolo!

CAZZARO Pronto Mario! Mario, mi senti? Mario, mi hai riconosciuto?

CONDUTTORE Ecco, è il solito scocciatore che chiama... padre Fuffi lo sa benissimo!

CAZZARO Mario, quando torni a casa? C'è mamma che t'aspetta: ha fatto anche i broccoli con quei grani de zucca sommersi, affogati nel burro che te piacciono tanto! Te ricordi quando magnavamo lo zucchero affogato nel burro? Mario? Mario? So' tu' fratello, Mario! Ritorna a casa, Mario! In quella bellissima casa in Abruzzo che comprammo tanti anni fa, che ci ha visto crescere, ci ha visto diventare adulti!

Lo sai che Marisetta s'è pure sposata? Ma tu non lo sapevi perché stavi come stavi... C'è pure Zara qua! Non ti porta rancore... Zara, abbaia tesoro, fai sentire la tua voce!

PADRE FEDERICO Mi scusi dottore, ma io mi sono un po' commosso...

CAZZARO Tentasti di sgozzarla, te ricordi? Te ricordi che tentasti di tagliarle le corde vocali? Ma quella da quel giorno sembra che te voglia più bene de prima, Mario!

CONDUTTORE Non è morta...?

REGIA OFF Continui, continui...

PADRE FEDERICO Lo senti? È la tua famiglia!

CAZZARO Ascolta, Mario. Io so che tu potresti restare lì a lungo, io credo che sia una tua scelta e allora se hai fatto una scelta de coma io la rispetto ma voglio dirti una cosa, Mario: forse gli anni passano ma i mesi ritornano!

PADRE FEDERICO Basta, buonasera... Gli confonde le idee...

REGIA OFF Stategli vicino, ragazzi...

CONDUTTORE Il nostro tempo è scaduto...

CAZZARO Pronto?

REGIA OFF Io direi che chiudiamo... Io vorrei spiegarti una cosa: tu hai la sensazione di stare in uno studio televisivo, a volte hai anche parlato con un angelo...

CONDUTTORE Noi siamo due mesi che andiamo in onda! Allora, io mi ricordo: si comincia il 4 novembre, oggi è il... Sono due mesi che andiamo in onda!

PADRE FEDERICO Non abbiamo tutto questo tempo per stare appresso a un paziente!

REGIA OFF Lo facciamo tranquillizzare un po' e dopo vediamo...

PADRE FEDERICO E il budino? Dategli un po' di budino...

(*La dottoressa porta via il conduttore.*)

REGIA OFF Tranquillo, Mario!

CONDUTTORE (*uscendo*) Restate con noi...

REGIA OFF Federico, che dici? Ne facciamo un altro?

## MASSONE

MASSONE Che cos'è la verità in Italia?

È un'idea, una corrente de partito, un'opinione, una corrente elettrica, una corrente d'aria?

Ma c'è qualcuno dall'altra parte? Ma sto interrompendo qualche programma? Ma c'è qualcuno che mi vede? Porca miseria...

Noi cavalieri della 'Uallera d'oro abbiamo fatto un golpe, abbiamo rivoltato tutto quanto, ci fosse uno dall'altra parte che dice: 'Oh, ma che sta succedendo?'

Oppure soltanto per dirti: 'Vaffangulo...'

Ma per dire, una reazione, ma porca miseria!

Ma voi lo sapete che noi lavoriamo dalla mattina alla sera per occupare i posti, per fa' l'attentato... E questa è fatica, e questa è passione, ma io 'o faccio 'o golpe, io mando l'Italia a gambe per aria ma vorrei qualcuno dall'altra parte che dicesse: 'Stanno attentando alla Costituzione!', oppure anche solo: 'Ma che sta succedendo? Toh, è 'nu golpe? Ah, è 'nu golpe.' No, tutto tranquillo, tutto normale...

Ma voi avete rispetto per chi lavora? Ma lo capite che cos'è la creatività in questo lavoro?

Monica Lewinski a RAI1: le diamo 25.000 dollari per fa' un lavoro che poi non fa... Lei sa che è, lei sa perché, lei sa dov'è! Ci fosse qualcuno in questo Paese che ti dà una soddisfazione!

Io quando lavoravo a Disneyland, da ragazzo, tenevo lo stesso cappuccio così uguale ma tenevo due 'recchie così... Ci stavano i guaglioni che facevano: 'Oh, vedi chi è? Oh, vedi chillo che vola! Oh, vedi chillo che decolla!'

Un'espressione, una reazione! Qua niente!

È un Paese di morti! E allora uno che deve fare?

Abbiamo fatto l'anarchia, abbiamo ritirato fuori gli anarchici e allora vedete che sulla mia scrivania oggi c'è una bomba: una bomba all'uranio? No, una vecchia bombaccia degli anni Sessanta che facevamo con lo scotch e con lo sputo e che era molto semplice; ci stanno due fili: ce sta 'o filo giallo e 'o filo arancione; se taglio 'o filo giallo se disinnesca, se taglio 'o filo arancione scoppia.

E io sto tagliando 'o filo arancione: pecché?

Pecché me so' shcassate!

(*Esplosione.*)

# Recital

(2009)

## PRIMO TEMPO

(*Tremonti con una palandrana settecentesca, seduto su una sedia antica, sullo sfondo l'ampia vetrata di un salotto Luigi XIV. Un quartetto d'archi suona ininterrottamente.*)

TREMONTI Povca puttana... povca tvoia... povca puttana... povca puttana e povca tvoia!

(*La musica cessa.*)

VOCI OFF (*ipoteticamente dalla finestra*) Abbiamo fameee! Vogliamo lavorooo! Paneee! Abbiamo fameee!

(*Entra un servitore.*)

SERVITORE Eccellenza... mi addolora disturbarla ma ci sono ancora quegli straccioni sotto la finestra.

TREMONTI Ma pevché? Pevché? Tutti i giorni la stessa stovia... e cacciali, no? Tivagli un paio di brioche! Tirale lontano!

SERVITORE Eccellenza, le ricordo che le brioche le ha tagliate dal bilancio...

TREMONTI È vevo! Povca puttana! Pvendi quelle delle vegioni, no? Le pvendiamo alle vegioni, poi magavi compensiamo con quei fondi per il Sud che tanto non glieli daremo mai.

SERVITORE Vogliono parlare con lei, eccellenza.

TREMONTI Povca puttana! Povca puttana globale!

VOCI OFF Abbiamo fameee! Vogliamo lavorooo! Paneee! Abbiamo fameee!

(*Tremonti si alza e va alla vetrata. Il servitore esce.*)

TREMONTI (*alla finestra*) È la cvisiii. È globaaaleee! Andate a pvotestave dal ve! Pevché vengon sempve sotto casa mia? Sono solo un ministvo! Avete visto che vifacciamo gli abusi edilizi? Pevché non vi indignate un po' su quello, così vi distvaete...

VOCI OFF Fameee, vogliamo mangiareee, abbiamo fameee!

TREMONTI Niente! Pensano solo a mangiave! È un'ossessione! Dategli in pasto un banchieve! E i boat people? Avete visto che vevgogna di legge che abbiamo fatto? Pevché non andate a pvotestave in viva al mave?

VOCI OFF Fameee, paneee! Lavorooo!

TREMONTI Allova sapete cosa vi dico? La cvisi è finita! Va bene? È ufficiale! La cvisi è finita! Se hai fame è psicosomatica.

(*Tremonti si allontana dalla finestra e torna verso la poltrona. Si mette seduto.*)

## INTERVISTA A TREMONTI

VOCE OFF Onorevole Tremonti...

TVEMONTI Nooo, l'intevvista no, povca puttana! Ma pevché ho vifatto il ministvo dell'Economia pev la tevza volta? Pevché mi sono cacciato in questa situazione? *Vambo 3*, *Supevman 3*, sono tutti dei fallimenti! Dovevo fevmavmi al due, dovevo squagliavmela! Ma pevché avvivo sempve ultimo a capive le cose?

VOCE OFF Onorevole Tremonti, la crisi è drammatica, è internazionale, lei dice che l'aveva prevista...

TREMONTI Sì, avevo pvevisto tutto! Avevo detto: C'è il cetviolo globale, sta pev avvivave la disgvazia, c'è il gvande cetviolo globale che giva, che vola basso, l'Italia deve camminave vasente al muvo e spevave che va a qualcun altvo.

VOCE OFF Sappiamo che la crisi non è colpa del governo, ma rispetto a quanto stanno facendo quelli degli Stati Uniti e di altri Paesi europei, che sostengono le loro economie stanziando enormi risorse, il governo italiano dà pochi soldi e spesso non è neanche chiaro se c'è veramente la copertura.

TREMONTI Guavdi, non diciamo balle, abbiamo appena stanziato tventa miliavdi pev gli ammovtizzatovi sociali, tventa miliavdi pev le infvastvuttuve, tventa miliavdi pev le impvese...

VOCE OFF Ah, quindi sono novanta miliardi!

TREMONTI No, ho detto tventa!

VOCE OFF Non capisco...

TREMONTI Sì, è pevché sei una donna. Vado da uno e gli dico: 'Ti do tventa miliavdi, ecco te li ho dati, scvivi che te li ho dati, adesso me li vipvendo un minuto e te li vipovto.' Poi vado al fondo pev gli ammovtizzatovi sociali: 'Ti do tventa miliavdi, scvivi che te li ho dati, me li vipvendo un minuto e te li vipovto...'

VOCE OFF Ma è il gioco delle tre carte!

TREMONTI Tventa cavte, pvego!

VOCE OFF Ma scusi, sono sempre gli stessi trenta miliardi!

TREMONTI (*si irrita*) Allova guavdi, facciamo quavanta! Va bene quavanta?

VOCE OFF Ma scusi...

TREMONTI Va bene quavanta? Pev me è la stessa cosa...

VOCE OFF Sì, ma...

TREMONTI Va bene quavanta? Ma i vubli da Mosca non ve li danno piu? Lì non c'è sussidio, pevò venite mica a pvotestave!

VOCE OFF Si calmi, ministro, è che questi soldi sono annunciati ma poi non si vedono. Addirittura lo dice il presidente di Confindustria Emma Marcegaglia, che adesso si vede direttamente con Epifani saltando il governo. Poi per la gente che non ce la fa ad arrivare alla fine del mese, invece di aumentargli un po' la pensione avete tirato fuori queste social card, e non solo c'è l'umiliazione di doverle mostrare nei negozi, ma la maggior parte delle volte sono pure scariche.

TREMONTI Pev quanto viguavda Mavcegaglia ed Epifani, Feltvi c'ha un dossiev su questi due (*gesti*) e pev quanto viguavda la social cavd, guavdi, sono d'accovdo, è disumana, io evo contvavio al nome, sono amevicanate, che vuol dive 'social'? Siamo tutti social, io avevo pvoposto: 'La cavta del movto di fame.' Cevto, ogni tanto sono scaviche. Elemosina. Non è che tutti quelli che fevmi ai semafovi ti danno cento live. Ma infovmatevi, abbiamo apevto un sito, lo dico ai senzatetto e ai movti di fame, c'è un sito, ti colleghi e vedi se c'è qualcosa pev te. Non devi fave la bvutta figuva che vai al mevcato ed è scavica: ti colleghi, vedi se lo Stato ti ha vevsato un supplì e vai al mevcato e dici: ho divitto a un supplì.

VOCE OFF E poi fate tagli indiscriminati su tutto, la scuola, le forze dell'ordine e la cultura: l'altra volta avete tagliato il teatro lirico, stavolta direttamente il Fondo unico per lo spettacolo...

TREMONTI Ma quale cultuva! Guavdi, questa voba dei tagli al teatvo livico in Italia deve finive! Questa è una voba covpovativa che fanno sempve la stessa voba. Pevché se voi andate c'è sempve la stovia di quello, il povtatove di handicap, Vigoletto, che tutti gli anni è povtatove di handicap. Oppuve la stovia di quella baldvacca che tutti gli anni mi va a movive di tifo... la Ttvaviata... bvava! E tutti gli anni fanno la stessa cosa e io vado e sono milioni che costa questa voba e sempve la stessa baldvacca che muove sempve di tifo... basta! In ogni caso non togliamo nulla. Voglio dive una cosa: se qualcuno ha la cuviosità di sapeve se anche quest'anno la baldvacca muove di tifo, noi abbiamo istituito un numevo vevde, vispondo io pevsonalmente, mi chiami, io vispondo e tu dici: 'Come va a finive la baldvacca?' E io dico: 'È movta di tifo anche quest'anno.' E abbiamo visolto a un costo zevo.

VOCE OFF Quindi lei mi sta dicendo che le misure prese dal governo italiano sono all'altezza di quelle degli altri.

TREMONTI Io le dico qualcosa di più: l'Italia è messa molto meglio degli altvi Paesi. (*si dà schiaffetti*) Mi vipvendo dall'enovme cazzata che ho detto...

VOCE OFF Come?

TREMONTI Guavdi, pev anni abbiamo soppovtato questi pvegiudizi sugli italiani, ci sbeffeggiavano, ci tvattavano come vubagalline, quando andavi al G8 il collega accanto contvollava se gli avevi fvegato l'ovologio o la Montblanc. Pensavano sempve che cevcavamo di tvuffavli. Poi la tvuffa è avvivata dai titoli tossici amevicani. Adesso vedono che siamo tutti così: avevamo i complessi, volevamo che l'Italia diventasse come gli altvi e invece è il mondo che è diventato italiano. Viva l'Italia! Pensavamo di esseve indietvo e invece siamo avanti, ma lo dico senza nessun campanilismo. È un dato di fatto.

Ma nella cvisi l'italiano è più pvepavato degli altvi pevché è abituato a pvendeve fvegatuve.

È l'animale davwinianamente più adatto pevché è abituato all'ambiente ostile. Gli animali che vivono nei pavadisi tvopicali non si evolvono; poi basta un piccolo cambiamento climatico e si estinguono, mentve il sovcio o il bacavozzo più sguazzano nel letame e più si fanno fovti e fuvbi. Che cosa sto cevcando di divvi?

Queste democvazie pavadisiache dove ti vubano in casa e avviva la polizia, vimani incinta e ti danno il sussidio, vai in pensione e ti vidanno i soldi che hai vevsato. Cevto che ti impigvisci, è chiavo che ti indebolisci! Poi quando avviva la mazzata vai pev tevva.

Vedete? Tutti pavlano e si viempiono la bocca di gvandi

valovi: l'etica, la solidavietà, l'umanità... ma il valove vevo dell'italiano è che è ancova vivo dopo tutto quello che gli è successo.

Ci salva la diffidenza degli italiani pev le istituzioni. Se lei fa una tvattativa con una pevsona che vitiene onesta e lineave si espone a gvandi vischi e abbassa la guavdia, se fa una tvattativa con una pevsona che vuole inculavla savà molto più guavdingo, così è e dev'esseve il vappovto tva l'italiano e le istituzioni. Abbiamo sempve fatto giochi con il bilancio, giochini e giochetti cveativi. Poi condoni, annunci e disannunci. L'italiano sa che il govevno vuole fvegavlo, quindi sta ancova più attento, pavtecipa di più, quindi ancova di più democvazia, non questi miti amevicani col buon pvesidente. Voglio dive una cosa: gli italiani hanno eletto un tvuffatove... (*pausa*) pavlavo in genevale... pevché pensano che i magistvati abbiano tovto? Non cvedo dicano: 'I magistvati hanno vagione su tutto, quindi è meglio avevlo amico che nemico.'

Il successo della destva è stato quello di mostvave una classe divigente movalmente peggiove di quella degli elettovi, questo fa consenso, questo fa simpatia, Veltvoni fa l'amevicano e pevde. È come il successo del *Gvande Fvatello*, vedi della gente che è peggiove di te e ti consoli. Gaspavvi pev dive... non videte, è un collega... nel 2001 se non lo facevamo ministvo eva destinato al *Gvande Fvatello* e pvobabilmente avvebbe anche vinto quell'anno. Il cvitevio è la vappvesentanza al vibasso.

Guavdate il caso Mills, se questa cosa fosse accaduta a Fvanceschini o Bevsani i lovo elettovi li avvebbevo linciati, i nostvi non hanno fatto una piega. Questo è il covvetto vappovto colle istituzioni. Questa è la veva fiducia. Un muvatove ti fa un pveventivo e ti dice che ti vipava il muvo in un mese; tu sai già che quel pveventivo savà vaddoppiato e quel mese diventevanno quattvo. Lo sai già, lo metti nel conto, non ti mette in cvisi quando poi te lo dice e quando il muvo due giovni dopo che hai pagato già si cvepa di nuovo. Questo è il sistema Italia. Un civcolo vizioso che diventa vivtuoso al vibasso. Guavdate, dico un pavadosso, non dovete pensave tvoppo alla cvisi, se non ci fosse stata questa cvisi, noi vi avvemmo fvegato lo stesso.

VOCE OFF Gli altri governi fanno anche grandi sforzi per combattere l'evasione fiscale, voi sembra il contrario. In più le tasse aumentano.

TREMONTI Guavdi, l'evasione fiscale non è un fatto tecnico, stiamo pavlando di qualcuno che usa i sevvizi e costvinge un altvo a pagave le tasse al suo posto, quindi è un tema etico e noi di etica non pavliamo... questo è un govevno laico.

VOCE OFF Ma così aumenta anche il lavoro nero. L'economia italiana non si regge sul valore della piccola e media impresa?

TREMONTI La piccola e media impvesa vale un piccolo o medio menga. L'economia sommevsa è stata sempve l'unica economia funzionante in Italia. Oh! Viguavdo alle tasse, sia ben chiavo, le tasse sono aumentate solo pev chi le paga, se tu non pagavi il nostvo govevno non ha cambiato minimamente la situazione. Non inventatevi balle!

VOCE OFF Comunque, tornando alla crisi, io vedo piccole misure di sopravvivenza sull'immediato. Le fabbriche chiudono e la strategia economica del governo sul lungo periodo non è chiara. Cosa pensate di fare?

TREMONTI Guavdi, io non viesco neanche a vedeve cosa accadvà a giugno, se lei mi chiede di metteve a bilancio fva sei mesi venti miliavdi pev la pvotezione della givaffa io le dico subito sì. Puve cento! Ma che ne so io dove savemo fva sei mesi? Non so se avete capito, il pvoblema non è quanto duva ancova la cvisi, è quanto duviamo ancova noi!

VOCE OFF Allora è finita! Ma scusi, non c'è proprio speranza, quindi? Ma scusi, ma lei, personalmente, al di là di questi crudi dati della politica e del mercato, non ha anche una visione più ampia, più spirituale, che l'aiuti ad avere comunque fiducia nel futuro?

TREMONTI Guavdi, adesso io dico una menata, ma la voglio dive, non videte, non fate i soliti della sinistva, divò qualcosa di pevsonale; ognuno di noi ha la sua fovma di fede ma io ci ho fatto un vagionamento che è anche basato su una voba scientifica sevia. La Tevva è un piccolo pianetino, di un piccolo sistema solave, ai mavgini di una modesta galassia alla pevifevia del cosmo. Non posso cvedeve che i soldi siano tutti qui. Dov'è tutto il denavo? I nostvi soldi sono soli nell'univevso? Videte puve ma io non ci cvedo... Eeeh, gli ufo... Voi sapete benissimo che ci sono stati decine di migliaia di avvistamenti documentati. Gli amevicani ne hanno almeno dieci di ufo pavcheggiati nell'Avea 51. Voi pensate che se dentvo c'eva una voba di tecnologia, noi oggi non vedvemmo gli aevei amevicani a fovma di ufo con il vaggio della movte? Invece non è così... pevché? Eeeh pevché non c'eva nessuna tecnologia... e allova cosa sono questi ufo? Eeeh, vi siete mai chiesti pevché questi oggetti volanti hanno sempve la fovma di dischi metallici? Che cosa sono? Eeeh, io lo so cosa sono. Sono monete! I dischi volanti sono gigantesche monete! Sono spiccioli che economie molto supeviovi alla nostva ci lanciano dallo spazio, degli spiccioloni che tivano pevché fovse sono intevessati al nostvo mevcato o fovse devono vipulive del denavo. Dobbiamo stabilive un contatto dall'Italia, (*gesto con la mano*) venite, lo scudo fiscale è anche pev voi, è tvoppo il cinque pevcento? Facciamo il quattvo, facciamo niente? Che cosa vi piace? Venite da noi: mangiave bene, chiavave bene, fichi fichi, volete fave abusi edilizi, vi diamo via la Savdegna.

VOCE OFF Ho capito ministro... Lei spera negli ufo e intanto non fa niente.

TREMONTI E cevto! Se mi fate un'intevvista ogni cinque minuti...

(*Si alza e fa per andarsene.*)

VOCE OFF Ma ministro, non se ne vada, c'è gente che non ce la fa ad arrivare alla fine del mese!

TREMONTI Ahò, ma mica è 'na gava! Dove avvivi avvivi...

(*Musica e luci in movimento.*)

(*Entra Corrado.*)

*Monologo introduttivo*

CORRADO Buonasera, questo governo ha esordito subito con proposte forti e sbrigative. La prima: togliere le mignotte dalla strada! E dove le mettete, chiedevamo noi? Ingeeenui... Volete riaprire le case chiuse? Non 'le case chiuse', *una* casa!

Per il resto il governo non fa niente. La verità è che il governo non sa dare una risposta efficace alla crisi perché non ha capito la domanda.

Prima in economia c'era il mito del liberismo: togliete tutte le regole, il mercato si regola da solo. Poi il liberismo ha fallito, ma noi prima di buttarlo via vogliamo dargli un'altra possibilità: d'accordo, non funziona in economia? Proviamolo su altre cose, la giustizia, la sicurezza, l'edilizia. Giuro che se non funziona neanche stavolta lo lasciamo perdere.

Edilizia senza regole. Il piano casa: te la allarghi come ti pare; io ti metto a disposizione solo un perito che per venti euro ti dice okay a tutto e poi capisci tu se hai fatto un abuso orrendo o no.

Se hai fatto un abuso vedrai che dopo ci stai male. Ogni italiano è responsabilizzato, sa lui se può fidarsi del suo senso civico.

Io, per esempio, no: ho una grande onestà intellettuale ma il mio corpo ruba. E quindi io devo dire: 'No, grazie, chissà che combino.'

La politica ormai è una cosa separata da noi, poi con questa legge si votano da soli, si eleggono da soli.

Ma è sbagliato parlare di regime, perché un regime ti controlla, ti manda la polizia a casa, mentre loro semplicemente se ne strafottono. Non sono nazisti, gli unici libri che bruciano sono i libri contabili.

Cosa resta allora a noi cittadini? La libera iniziativa sulle cose che lo Stato non fa più: i pompieri non hanno soldi; vuole la signora Marisa occuparsi degli incendi? Non c'è problema. Va in giro la notte con un secchio d'acqua e dove c'è il fuoco butta.

E poi ci vuole un po' di realismo. Nella riforma della scuola che stanno varando, per esempio, tagliano delle materie. La Gelmini ha deciso che per uno studente italiano è praticamente inutile studiare la geografia, tanto dove cazzo vai? E anche la storia è inutile, la via intitolata a Craxi lo dimostra.

La giustizia. La verità è che fare la riforma della giustizia è difficilissimo, riformare l'ingiustizia è molto più facile.

Le tasse le pagano i lavoratori dipendenti. Per i grandi evasori, con lo scudo fiscale lo Stato ti tratta come una banca... Senti, per anni hai rubato milioni di euro al tuo Paese, in un modo incivile, facendo aggravare il debito pubblico e costringendoci a strangolare con le tasse anche chi muore di fame. Ora, questi soldi schifosi, pure grondanti di sangue, della mafia, li vogliamo far marcire sotto il materasso (*cambia tono, congiunge le mani*) o li vogliamo far fruttare?

I giudici sono in difficoltà, i processi durano una vita e molti finiscono in prescrizione? Allora facciamo che la prescrizione è la regola e la sentenza è l'eccezione.

Il processo breve: non riesci a fare un processo in dieci anni? Allora me lo fai in cinque! Che è come dire a uno che ha perso una gamba: 'Senti, la protesi non te la possiamo dare, volessimo segare anche l'altra?'

Lascia perdere, sfogati sui processi piccoli! Noi magari ti aiutiamo con delle leggi severissime sui reati di poco conto; dodici anni di galera a chi butta una cartaccia per strada, vai! Acchiappalo!

Intanto il lodo Alfano è stato bocciato. Berlusconi dice che i giudici della Consulta erano di sinistra, la verità è che di questi giudici la maggior parte era di destra ma dopo aver ascoltato l'arringa di Ghedini sono diventati tutti di sinistra. Di colpo! (Dramma vero poi a casa. Le mogli: 'Ma che t'è preso? A settant'anni con l'eskimo... la maglietta di Che Guevara!') Comunque, non importa, queste riforme vanno fatte. Berlusconi dice: 'Io vado avanti.' Il tribunale dice: 'No torna qua.' E ci sono ancora tante proposte e tante idee da vagliare, per esempio sulla separazione delle carriere: il giudice fa il magistrato, il pm fa il fioraio. Netta! Oppure combattere la mafia coi fermenti lattici!

I rumeni. Qualunque analisi dimostra che la gran parte degli stupri viene fatta da italiani dentro le mura di casa, ma loro continuano a stuprare per strada e questo dimostra che proprio non si vogliono integrare. Non diventeranno mai dei veri italiani.

Allora facciamo le ronde. La ronda vede un rumeno o uno spacciatore, telefona, chiede quale auto della polizia è più vicina, corre con una tanica di benzina a fargli il pieno e vanno. Le ronde sono apolitiche e neutrali, infatti le prime che si sono viste in televisione avevano la maglia con il simbolo della Destra di Storace, ma ce ne sono di tutti i tipi. C'è anche una ronda democratica: vanno in giro e come vedono un criminale si gonfiano di botte fra di loro.

Liberi cittadini animati da senso civico che controllano il territorio. Peraltro questa non è una novità. Tutti pensano che le ronde siano un'invenzione della Lega e che esistano prevalentemente al Nord, e invece c'è una lunga e storica tradizione di ronde anche al Sud.

(*Corrado si dirige verso una scrivania e presenta padre Federico. Padre Federico è già seduto.*)

CORRADO Con tutta la violenza che c'è oggi non me la sento di mettere al mondo un figlio. E se quello la notte mi taglia la gola? Però dobbiamo preoccuparci di chi i figli ormai li ha fatti, l'Italia va verso la recessione e l'unica nostra speranza sono i giovani. I giovani che sono il futuro della nostra società, la nostra futura classe dirigente, e dovranno imparare a scheggiare la selce, accendere il fuoco coi legnetti e costruire le capanne di fango. E noi quindi vorremmo aiutarli, parlare con loro, offrire, nel nostro piccolo, una parola di speranza. Ed è per questo che ho invitato oggi con me un padre, padre Federico. Benvenuto...

PADRE FEDERICO Buonasera.

CORRADO Ecco, padre Spezzetta ha...

PADRE FEDERICO Federico.

CORRADO ...Federico. Ecco padre Federico Spezzetta ha proprio dedicato la sua vita, per quello che vale, per carità, al recupero dei giovani, ad aiutare i giovani. E sono ormai anni che padre Ficchi sta cercando...

PADRE FEDERICO Federico! Ha detto bene poc'anzi...

CORRADO Sì, Federico Pocanzi sta cercando di aiutare i giovani a non prendere una brutta china che, dobbiamo dire, padre...

PADRE FEDERICO Perché? Perché i giovani sono le persone più vulnerabili! Noi siamo una piccola comunità religiosa...

CORRADO Ecco, religione: non abbiamo paura a usare questa parola, io personalmente ci tengo a dire subito al padre che credo fortemente in Dio, nella parola di Cristo, come tutti i tori ascendenti gemelli, e credo che Ra, il mitico dio Ra degli egiziani, sia in realtà san Giuseppe con un altro volto...

PADRE FEDERICO No, mi scusi se la interrompo...

CORRADO (*continua*) Ecco, diciamo una cosa... questo per i profani: l'astrologia forse è proprio il pilastro fondamentale del cattolicesimo. Voi sapete che sono stati scritti quattro Vangeli e i quattro Vangeli corrispondono ai segni di aria, ai segni di acqua, ai segni di terra e ai segni di fuoco...

PADRE FEDERICO Mi scusi se la interrompo, ma lei sta dicendo un sacco di sciocchezze!

CORRADO Certo, ma lei ne sa molto più di me. Infatti, io magari so i segni ma non so calcolare i pianeti, Mercurio, il Sole in quinta casa eccetera. D'altronde, voi avete un sacco di tempo libero, mentre a noi ci tocca lavorare...

PADRE FEDERICO No, guardi, noi lavoriamo molto, per proteggere i ragazzi dalla violenza e dalla discoteca che...

CORRADO Ecco, la violenza, qual è la vostra risposta?

PADRE FEDERICO Be', come lei sa, noi diciamo: 'Se ti danno uno schiaffo porgi l'altra guancia.'

CORRADO Porgi l'altra guancia, il problema viene alla terza sberla... Che facciamo? Cambiamo ancora o ribattiamo sulla stessa?

PADRE FEDERICO È indifferente, è il concetto che conta... Io comunque sono venuto qui, lei mi ha gentilmente invitato, per parlare con i giovani, con i ragazzi che sono qui stasera o che ci seguono da casa...

CORRADO Allora, padre Barbarella, vediamo se c'è una telefonata.

PADRE FEDERICO Federico...

(*Registrazione audio.*)

CORRADO Pronto?

CAZZARO Buonasera, io ho già chiamato quarche vvorta, perché ho sentito questa sera dire delle cose che a mio parere non stanno né in cielo né in terra.

CORRADO Prego, dica...

CAZZARO Ma voi avete idea, lo dico al ministro Tremonti che non frequenta l'opera, evidentemente, di che spesa comporta tagliare un teatro lirico? Soltanto la sega circolare, per la quale prevedo un diametro di non meno di sei-otto metri tra consumo e assistenza, vedrebbe un costo di almeno venti-trentamila euro al giorno, chiaramente il tutto va fatto in giorni in cui il teatro dev'essere chiuso per la sicurezza del pubblico, c'è il serio rischio di segare un abbonato e quindi è un incasso che viene a mancare. La mia domanda è: siamo sicuri che alla fine è un risparmio?

CORRADO No, diceva i tagli...

CAZZARO Poi c'è il problema delle uscite di sicurezza, ci sono questi maniglioni salvapanico che so' d'acciaio e non è facile taglialli come le poltroncine de legno.

CORRADO Non tagli fisici al teatro, tagli dei fondi destinati al teatro pubblico.

CAZZARO Ma anche tagliare il fondo non è facile, primo chi decide se il fondo è dove ce sta il palco o dove finisce la galleria? Già questo è arbitrario. Poi c'è il problema del suggeritore che va avvisato con estrema tempestività perché richiuso nella sua botola può veramente rischiare...

CORRADO No, guardi, caro amico, il ministro parlava di tagli economici, dei soldi!

CAZZARO Aaah, taglio nel senso che non gli danno più i soldi.

CORRADO Non gli danno più i soldi, esatto. Grazie, ora lasci la linea... buonasera.

CAZZARO Comunque a me dispiace, devo dire, questo disamore del ministro per la musica.

CORRADO Eh, lo so...

CAZZARO Lo dico perché c'ho questa casa a Milazzo dove io e mia moglie coltiviamo questa passione per la musica e ci abbiamo, pensi, una collezione meravigliosa di dischi del grandissimo, insuperabbile Caruso che avrebbe anche un valore se la cana non me l'avrebbe tutti smozzicati.

CORRADO Ma cosa vuole che ce ne f...

CAZZARO Però, io sono molto amante della musica, e ho sempre pensato che il sol è una delle note più belle.

CORRADO Sì è vero, il sol è la migliore.

CAZZARO Non c'è gara proprio cor fa, non c'è gara proprio cor la.

CORRADO Grazie... buonasera.

CAZZARO Buonasera...

(*Fine telefonata.*)

PADRE FEDERICO Non era un giovane e forse siamo andati fuori tema. Lasciami comunque chiamarti così. Diciamo che hai rotto il ghiaccio.

CORRADO E non solo quello...

PADRE FEDERICO Noi lo ripetiamo, vogliamo parlare solo con i giovani e vogliamo parlare con loro di valori.

CORRADO E parliamo di valori, che male che vada è inutile, lei...

PADRE FEDERICO No, non è inutile...

CORRADO No, ho detto 'male che vada'... Tra i valori di padre Spariglia c'è sicuramente la castità.

PADRE FEDERICO Federico... Lei sbaglia sempre il mio nome, certo la castità è un valore.

CORRADO Ecco, io ho sentito che anche fra molti giovani, contrariamente a quello che ci si aspetterebbe, c'è una rivalutazione della castità. Lei cosa pensa? È giusto?

PADRE FEDERICO Certo, ma non solo! C'è anche un articolo bellissimo che ho letto che parla della riscoperta, da parte di alcuni giovani, del piacere della verginità.

CORRADO E allora parliamo di verginità! Come ha detto giustamente il padre, ci sarebbero molti giovani che starebbero riscoprendo il piacere della verginità!

PADRE FEDERICO Io direi una delle notizie più belle che abbiamo letto in questi giorni!

CORRADO Dopo tanti anni di liberazione... Dagli anni Sessanta sembrava che la liberazione sessuale fosse...

PADRE FEDERICO Anni oscuri! Purtroppo!

CORRADO Insomma... c'è chi si è divertito! E invece adesso c'è questa riscoperta del piacere della verginità. Io credo che sia un dato allarmante, un dato inquietante. Cosa ne pensa, padre Sputa?

PADRE FEDERICO Io direi che è una cosa inquietante ma in senso positivo: questi giovani che hanno riscoperto il piacere intimo della verginità...

CORRADO Lei è troppo buono perché, scusi, questa cosa del piacere della verginità a me mi sembra un po' morbosa. Perché?

PADRE FEDERICO Perché è molto bello.

CORRADO Ma questo piacere in solitudine e godersi questo piacere della verginità non è una cosa un po' schifosa?

PADRE FEDERICO Affatto!

CORRADO No? Adesso è normale? Va bene...

PADRE FEDERICO Ma le dirò di più, anche delle giovani coppie scelgono di rispettare la verginità.

CORRADO Ah, quindi in due... 'Ti stai godendo la tua verginità?' 'Sì' 'Anch'io...' Che schifo. E perché non chiamiamo anche gli amici, allora? Facciamo una bella orgia della verginità! Mah, magari io sono un po' all'antica, lei è un padre moderno...

PADRE FEDERICO La riscoperta del proprio corpo come un tempio da rispettare, e nel tempio ci si entra in punta di piedi.

CORRADO La punta dei piedi, i famosi preliminari del padre, prendete nota... Comunque usiamo tutti i valori che abbiamo, anche i più assurdi, perché noi dobbiamo evitare a tutti i costi che i giovani disperati fuggano all'estero e convincerli a restare in Italia a pagare le pensioni a noi... E allora diamo un esempio con un'ospite, è una sorpresa per padre Sentina, è una giovane che rappresenta l'Italia nel mondo e infatti è Miss Italia... Buonasera...

MISS ITALIA Buonasera.

PADRE FEDERICO Buonasera.

CORRADO Allora: è una giovane, (*indica Miss Italia*) è un prete, (*indica padre Federico*) mi fanno dei segni dalla regia che il bagno è libero... Smazzatevela da soli.

PADRE FEDERICO Ma che fa? Ci lascia soli?

CORRADO Vai, vai, vai...

(*Corrado esce.*)

MISS ITALIA Innanzitutto volevo ringraziare tutte le Terme

di Salsomaggiore che mi hanno votata, il patron Mirigliani, veramente, un bacione come se era mio nonno, la signora Loren, la signora Lollobrigida, che tra l'altro dopo Miss Italia si è cementata nella beatificazione di madre Teresa di Gallura... Complimenti!... Il mio paese natale, Sacrofano: un abbraccio veramente enorme perché mi ha sostenuta con un affetto, un calore... veramente tangenziale.

PADRE FEDERICO Che bello! Che bello! Che bello! Avere qui questa ragazza così famosa che è venuta a parlarci dei suoi valori...

MISS ITALIA (*lo interrompe*) Le mie misure sono 90-60-90 ma i valori che contano di più per me sono: la famiglia.

PADRE FEDERICO Oooh! La famiglia: uno dei valori principali... Questa ragazza ci sta dando testimonianza di come un giovane può prendere la strada buona.

MISS ITALIA (*lo interrompe*) Ah, il come mai di tanta linea mi chiedi? Mah! Perché io proprio ho provveduto a ferrarmi bene bene di alimentazione, alimentazione in quanto mela, carboidrati, prosciutto, kiwi! Kiwi è importantissimo, non dimenticatevelo mai nella vita anche perché pensate, sono venuta a conoscenza che il kiwi c'ha pari amila acidi che la fettina.

PADRE FEDERICO Ecco, ecco, questa ragazza ha studiato e, si sente, è una ragazza interessata, inserita nel suo mondo, nel suo tempo, ma comunque senza perdere di vista i valori veri. Sono giovani che amano la semplicità, la natura...

MISS ITALIA (*lo interrompe*) Altroché! Avoja! Guarda, ti dico solo che a casa mia a capotavola ci si mette il cane! Un lassie ci abbiamo. (*ride*) Kiwi si chiama...

PADRE FEDERICO Be', io dico che c'è desiderio di maternità in questa bella ragazza.

MISS ITALIA Mah, guarda... secondo me ero cinica se dicevo che la bellezza esterna non aiutava, perché aiutava. Però sono molto contenta di essere qui oggi, oggi sera, così posso sfogare anche tutta la mia bellezza di dentro... Perché sarà una fissazione mia, vuoi per una questione di carattere, vuoi per un proprio mio apparecchiamento stellare, ma io desideravo credere in uno l'importanza della persona che c'hai davanti la sua bellezza dentro... malgrado tuttavia lo so tutt'oggi questo è un pensiero contromano perché onestà intellettuale è la prima cosa uno la mattina quando si alza.

PADRE FEDERICO Be', che dire? Queste parole io le trovo sublimi! Ella è pregna di contenuti sicuramente da imitare!

MISS ITALIA Il mio sogno nel cassetto pre'? Sicuramente il cinema. Lo so che è difficile e ci sarà una lunga gavetta... gavetta in quanto... niente, molte fiscion, dizione, provino, truccarsi e impararsi a memoria, sarà molto dura, lo so, sono giovane ma non è che piscio dal ginocchio.

PADRE FEDERICO Che aspettate, ragazzi! Emulatela! Emulatela! Emulatela!

MISS ITALIA (*lo interrompe*) Sì, un calendario lo farei però a patto che si vedeva bene la testa, perché voi stimate ginocchio, la caviglia, diciamo tutto quanto il femore, ma non dimentichiamoci che sopra questa tibia risiede una testa!

PADRE FEDERICO Bene, ecco qui una giovane che sa distinguere il valore effimero del denaro da quello della bellezza e dell'arte.

MISS ITALIA Io di pittura non sono stata ferrata, però mi piace molto leggere. Tant'è vero che una volta, pensate, ho letto entrambi i promessi sposi!

PADRE FEDERICO Brava! Molti si fermano al primo...

MISS ITALIA Tutti e due me li so' fatti! Buonasera. (*si alza*)

PADRE FEDERICO Ma come, signorina, già va via? Ma resti ancora a parlare con noi.

MISS ITALIA Ho finito tutte le risposte a memoria, se vuoi me ne imparo altre e torno domani.

PADRE FEDERICO Sì, torni a trovarci, grazie.

MISS ITALIA Bella fra'...

(*Miss Italia esce.*)

PADRE FEDERICO Che bello! Abbiamo aperto in bellezza...

Ecco una giovane seria con la testa sulle spalle, non questi giovani che seguono solo la discoteca e la moda.

(*Entra Fausto Bertinotti e si siede sulla poltrona.*)

VOCE OFF Onorevole Bertinotti, buonasera.

BERTINOTTI Buonasera... buonasera... buonasera.

VOCE OFF Onorevole, la rivediamo dopo un lungo periodo di riflessione, immagino. Lei non è stato rieletto, la sinistra detta 'radicale' è fuori dal Parlamento, in campagna elettorale vi hanno accusato di avere fatto cadere anche il secondo Prodi e avete subìto scontri interni e nuove scissioni. Come sono andate le cose? Lei si sente almeno in parte responsabile del crollo generale della sinistra? E soprattutto, ora pensate di rientrare in gioco?

BERTINOTTI Guardi, mentre rivendico l'esperienza del primo governo Prodi, come una fase felice, di grande impegno sociale e grandissimi scherzi telefonici, il secondo governo è stato complessivamente un periodo di amarezza, di frustrazione e di rammarico. Il centrosinistra aveva vinto per un pugno di voti. Ho dovuto improvvisamente diventare responsabile, così, senza neanche un corso di preparazione. Era per me una sensazione del tutto nuova e sconosciuta, sì, avevo provato senso di responsabilità al mio matrimonio e quando mi era nato un figlio, ma era sempre stata una sensazione passeggera, il giorno dopo ero di nuovo là a ridere e a fare scherzi... rompere i coglioni... poi mi sono improvvisamente sentito un vecchio... un uomo non dovrebbe mai andare contro la sua natura...

VOCE OFF E allora perché ha accettato?

BERTINOTTI La salvaguardia del mondo del lavoro e l'amore feticista per quel campanello, di cui mi sono liberato solo recentemente in un centro di disintossicazione in Toscana. Ma io mi sono impegnato per quel governo. Eravamo appesi a due senatori a vita, se uno mancava andavamo sotto... Andavo io ogni mattina a svegliarli e convincerli a venire in Parlamento a votare, andavo personalmente a prendere a casa questi senatori eletti all'estero, che erano venuti in Italia a fare turismo sessuale, per portarli in Parlamento a votare, a convincerli in tutti i modi: 'Entra, premi un bottone e poi giuro che ti porto a scopare!'

VOCE OFF E il risultato è che in quel governo l'azione della sinistra radicale è stata praticamente nulla.

BERTINOTTI Io ogni tanto li imploravo: 'Fatemi almeno dire «il salario minimo garantito», lo so che non si può fare, ma fatemi fare la mia parte!' 'No, devi essere responsabile, suona il campanello e basta.' Solo una volta mi è scappata una frase: 'Il governo Prodi ha fallito', ma subito mi hanno responsabilizzato e mi hanno fatto correggere quella dichiarazione e ho detto: 'Prodi durerà altri cinque anni.' Con il senno di poi non so se è più irrisoria la prima frase o la seconda. Non siamo riusciti a combinare niente e allora credo che gli elettori, la gente ci ha visto come quelli interessati solo a conservare la poltrona, quelli che fanno vita mondana e vanno alle feste e al Gilda.

VOCE OFF E perché vi hanno visto così?

BERTINOTTI Eh, ci hanno fotografato...

VOCE OFF Momenti difficili... Ed è per questo che in quegli anni si è affidato completamente allo psicanalista dissidente Massimo Fagioli?

BERTINOTTI Sì, mi è toccato responsabilizzare anche lui, un giorno ha dichiarato: 'Freud è morto!' Io ho dovuto prenderlo da parte e lui allora si è corretto e ha detto: 'No, Freud durerà altri cinque anni.'

VOCE OFF Poi l'esperienza con la sinistra Arcobaleno, il disastro elettorale, e cominciate a litigare fra voi e scindervi in tanti piccoli partiti comunisti.

BERTINOTTI Mi ero depresso, il partito continuava a litigare e a scindersi e io mi dicevo: 'È finita, siamo perduti.' Poi in una notte d'estate, ero alle Bahamas... ad aiutare certi operai in difficoltà, sono stato attaccato da un nugolo di zanzare, ed è cominciata una lotta furibonda, ma più cercavo di colpirle e più mi pungevano. Dopo mezz'ora le zanzare erano ancora là, io avevo centinaia di punture e mi sono accorto che mi stavo picchiando da solo... e allora ho capito! Ho capito che quello che ci era capitato (alle elezioni) era in realtà la nostra fortuna e che la Storia ci aveva finalmente messo sulla strada giusta!

VOCE OFF Io invece non ho capito...

BERTINOTTI Oggi i grandi animali non fanno più paura a nessuno. Il grande leone della savana, che un tempo terrorizzava l'uomo, oggi ci guarda (mansueto) da dietro le sbarre di un giardino zoologico. Di cosa abbiamo paura? Dei virus! Microrganismi che non riusciamo neanche a vedere! Allora dobbiamo continuare a scinderci, sempre di più, e creare migliaia di microscopici Partiti comunisti, indistinguibili l'uno dall'altro, che cambiano continuamente nome e forma! E attaccare la destra come gli insetti. Berlusconi punzecchiato da un nemico che non riesce neanche a vedere viene preso da un anticomunismo isterico, se la prende con il PD e lo spinge verso le nostre posizioni. Fine del dialogo. E un giorno questi grandi e goffi partiti del bipolarismo finiranno per divorarsi da soli, come i dinosauri che sembravano invincibili ma poi si sono estinti lasciando padroni del mondo i piccoli roditori, che finalmente uscirono dalle tane e diedero inizio a una nuova straordinaria era sociale...

VOCE OFF Ho capito... e quindi avete deciso di sparire dalla scena politica...

BERTINOTTI Lei dice sparire dalla scena politica, io dico sparire dal mondo del visibile! Capovolgendo il pensiero buonista del PD che dice di essere uniti anche nelle diversità, noi diciamo invece: dividiamoci anche se la pensiamo tutto sommato nello stesso modo. Anzi, vorrei aggiungere: proprio quando c'è un'eccessiva coincidenza di opinioni su riforme, politica e stato sociale, è venuto il momento di scindersi. Troppo facile farlo quando c'è un diverbio... Quindi io dico: 'Scindetevi e moltiplicatevi!' Microrganismi politici neanche rilevabili dall'elettorato: la sinistra deve tornare a essere un mistero, sei tu che devi ricercarla ma ti sfugge continuamente. Noi siam come le lucciole, viviamo nelle tenebre. E poi tra cento anni, dopo colpi di Stato, una guerra nucleare e un mondo in macerie, ritornerà improvvisamente la sinistra e dirà: 'Mi ha cercato qualcuno?'

VOCE OFF Ho capito. E quindi vi condannate a restare per sempre fuori dal Parlamento.

BERTINOTTI Guardi, la Camera non ci manca, ci sono tanti locali a Roma più vivaci e interessanti, non è l'unico posto dove far bisboccia... Cosa ci importa di stare in un Parlamento morto e cooptato. Meglio stare fuori. Almeno io so che la gente non mi ha votato mentre loro non sapranno mai se la gente li avrebbe votati veramente o no. E anche i democratici non li invidio davvero, cosa stanno là a fare? È come giocare a Risiko quando ti son rimasti due carrarmati in Jacuzia e gli altri hanno già preso i continenti. Sai che non puoi vincere. Te ne vorresti andare a casa ma sei costretto a giocare altre due ore per fargli finire la partita... Noi invece ci divertiamo, ogni giorno devi inventarti un nuovo nome e un nuovo simbolo, poi oggi con Photoshop è facilissimo!

La cosa divertente è che cambiano tutti i giorni anche la sezione!... Una volta ho dimenticato l'agenda la mattina, sono tornato il pomeriggio ed era diventata l'ufficio di un commercialista. Dove siete, compagni? Trovaci, Fausto. Un solo indizio: il simbolo adesso è tutto blu. E via a rotta di collo nella notte a cercare per tutta Roma la nuova sede. E poi di nuovo tutti insieme a fare scherzi, suonare ai citofoni citando Lenin e schivando la secchiata d'acqua: 'Andate a dormire!' 'La rivoluzione non dorme mai!' Noi opponiamo al voto utile il voto dilettevole!

VOCE OFF Sì, ma nessuno vi vota più, non siete più un riferimento per i lavoratori.

BERTINOTTI Abbiamo perso i lavoratori, ci resta la difesa degli omosessuali... e alcune felci... (*si infervora*) alcune felci che vanno difese da questo capitalismo selvaggio e sfrenato che nulla ha di sociale e che è barbaramente volto e indirizzato solo al profitto e allo sfruttamento del lavoro! Sì, alcune felci.

VOCE OFF E sul tema degli omosessuali alla fine si è scisso anche da Fagioli quando ha attaccato Nichi Vendola...

BERTINOTTI Quello con Massimo Fagioli è stato un rapporto importante e formativo, non lo rinnego, ma ormai appartiene a un'altra fase della mia vita. Oggi a guidarmi c'è un altro intellettuale di grandissimo spessore filosofico che per me è fonte di inesauribile stimolo e ispirazione.

VOCE OFF Ah... E chi è?

BERTINOTTI È Gabriele La Porta.

(*Bertinotti esce al buio. Rientra in scena Corrado.*)

*Secondo monologo di Corrado*

CORRADO Nel 2006 l'accordo tra Veltroni e Bertinotti era diverso: 'Fausto, l'altra volta Prodi l'hai fatto cadere tu, stavolta fammelo buttare giù a me, poi ti giuro che ti do la colpa lo stesso. Stai tranquillo.' Annunciando che il nuovo PD sarebbe andato da solo, Veltroni ha fatto crollare l'Unione di Prodi, altro che Mastella.

Poi ha fatto una campagna elettorale in punta di forchetta dicendo: 'Io il mio avversario politico neanche lo nomino.' E questo è comprensibile perché tirare in ballo D'Alema in campagna elettorale non era il caso.

Poi Veltroni se n'è andato. Oggi si occupa, se ho capito bene, di una legge sul conflitto d'interessi... Credo che sia un libro di poesie...

E i democratici ricominciano con la lagna su Berlusconi, ma perché? Addirittura Franceschini dice che Berlusconi pensa di possedere lo Stato, ma quanto Viagra servirebbe? Sono assurdità.

Berlusconi non avrà dato una risposta alle dieci domande però ha dato dieci risposte diverse a una domanda sola, conterà questa cosa o no?

Il PD attacca Berlusconi perché va a puttane ma non è sempre meglio che stare chiusi in una stanza a farsi le pippe dalla mattina alla sera?

Va bene, fatti suoi, ma allora perché le candida? Per i manifesti: c'è il nome, la foto, è più facile che tenere una rubrica. (*indica*) Ah, sentiamo che fa stasera Patrizia? Ah, già, sennò c'è Marzia, la moretta. Manda una macchina a prenderla...

Allora no, non è l'etica, è la sicurezza: a palazzo Grazioli entrano cani e porci, molte di queste ragazze sono dell'Est, potrebbero essere spie che poi lo ricattano e quindi è a rischio la sicurezza dello Stato. Ma uno che copre Putin sulla Cecenia può avere il problema delle spie russe?

L'unico risultato è che da destra hanno cominciato a dire che la sinistra stava preparando un golpe, perché questo scandalo delle escort ricorda molto quello di Tangentopoli: un'incredibile campagna d'odio e delegittimazione politica basata solo su semplici prove.

Quindi, complotto eversivo. Chi c'è dentro? La sinistra, «Repubblica», la magistratura, e ultimo hanno aggiunto Rio Mare, ché l'altro giorno lui si è ferito con una scatoletta di tonno. Ma della sinistra non dobbiamo preoccuparci perché per fortuna c'è un problema di metodo: la sinistra non è in grado di eliminare nessuno se prima non lo elegge segretario.

Poi lo scandalo Marrazzo ha messo una pietra tombale su tutta questa storia, perché l'indignazione della destra su Marrazzo è stata molto più forte di quella della sinistra sulle escort, ma non tanto per i transessuali, perché il rapporto è passivo e non attivo, non tanto per l'omofobia, ma, diciamoci la verità: sono delle cozze!

Che cosa voleva essere e che cosa è diventato il PD è veramente difficile dirlo: ogni tanto qualcuno dei padri del Partito democratico, come Prodi, dopo qualche anno di assenza torna a vedere il suo bambino e fa fatica a riconoscerlo: 'L'ultima volta che l'ho visto era alto così, adesso è così.' (*più basso*) Insomma Di Pietro è l'unico che fa un'opposizione chiara a Berlusconi.

CORRADO Sì, lo scafraglione, e poi adesso il centrodestra è al lavoro su questa legge per le persone in stato vegetativo permanente, cioè noi, e sul testamento biologico. Per la destra le parole vanno intese in senso letterale: stanziare soldi vuol dire chiuderli in una stanza e testamento biologico vuol dire deperibile nell'ambiente, cioè che deve sparire senza inquinare e senza lasciare traccia. Certo c'è il rispetto del Vaticano e dei credenti che si dividono in credenti praticanti, credenti non praticanti, e praticanti non credenti, che stanno in Parlamento.

(*Al termine del monologo Corrado va alla scrivania dove è seduto padre Federico.*)

CORRADO Ne parliamo con padre Porcu. Paddre Pporcu! Questo padre sardo, ostinato, duro... (*nocchini sul tavolo*)

PADRE FEDERICO Non sono sardo, prima di tutto...

CORRADO Padre Porcu! Mi piacete, mi piacete...

PADRE FEDERICO Non sono sardo!

CORRADO Non sono sardo! Ostinato proprio, niente!

PADRE FEDERICO Non sono neanche Porcu!

CORRADO Niente proprio, decide lui! È tutto come dice lui! Sono pazzo dei sardi!

PADRE FEDERICO Non sono Porcu, non sono sardo! Mi chiamo Federico!

CORRADO (*in sardo*) Non sono Porcu, non sono sardo! Ma mi piace, c'hanno la testa dura, eh! Va be'... la chiamo come ti pare! Come ti pare...

PADRE FEDERICO Scusi, ma io ho come l'impressione che lei mi abbia chiamato qui solo per prendermi in giro.

CORRADO No, non è vero, non l'ho invitata per prenderla in giro, è una cosa che mi è venuta in mente dopo... Comunque dica quello che deve dire.

PADRE FEDERICO Sì, perché io sono venuto per poter parlare coi ragazzi, coi giovani. La mia missione è questa.

CORRADO (*serissimo*) Ecco, ora vorrei dare al padre l'opportunità, come ci ha chiesto, di rivolgersi direttamente ai giovani che sono in sala per fare un appello...

(*Padre Federico improvvisa un discorso sui valori, sulla ricerca della felicità eccetera. È però continuamente interrotto da Corrado che vuole chiedergli un prestito.*)

PADRE FEDERICO [...]

CORRADO Ecco io poi volevo...

PADRE FEDERICO Sì, prego, scusi.

CORRADO No no no... dica dica...

PADRE FEDERICO [...]

CORRADO Io vole... io vole...

PADRE FEDERICO Dica dica.

CORRADO Mi vergogno... continui...

PADRE FEDERICO Mi scusi, è un concetto che vorrei esprimere...

CORRADO (*si schiarisce la voce*) Ehm!

PADRE FEDERICO Dica dica, che cosa voleva dire?

CORRADO Hai duemila euro?

PADRE FEDERICO ...In che senso, scusi? Guardi, mi trova un po' impreparato... stavo facendo un discorso.

CORRADO No, no, continui con l'appello, speriamo che i giovani ci seguano.

PADRE FEDERICO Lo sa... lo sa che noi non è che... noi... non ce l'ho.

CORRADO No no... ma io dicevo... dica dica...

PADRE FEDERICO ...Mi può chiedere, se vuole, aiuto spirituale.

CORRADO No no no... stiamo sui giovani.

PADRE FEDERICO [...]

CORRADO Mille?

PADRE FEDERICO Noi non... noi non abbiamo... Noi non maneggiamo...

CORRADO Lo so, lo so... no! Stiamo scherzando... stiamo scherzando.

PADRE FEDERICO ...Abbiamo anche il voto della povertà.

CORRADO Certo, no, restiamo sul nostro discorso... ascoltatelo ragazzi!

PADRE FEDERICO [...]

CORRADO Trecento euro... trecento euro.

PADRE FEDERICO Come?

CORRADO Trecento euro.

PADRE FEDERICO ...Forse non mi sono spiegato... Non sono nella condizione di poterle prestare denaro...

CORRADO Te li ridò, te li ridò.

PADRE FEDERICO Ho capito... Lo so... non ce li abbiamo.

CORRADO Ti faccio un postdatato a quattro giorni!

PADRE FEDERICO Non ce l'ho... non ce l'ho.

CORRADO Ti prego, ho bisogno veramente...

PADRE FEDERICO Senta! Se ha finito con queste sciocchezze... Io vorrei parlare con i ragazzi, con tutta la loro fragilità, con tutta...

(*Audio telefonata a schiaffo.*)

CAZZARO Aaah, buonasera, io ho già chiamato quarche vorta.

PADRE FEDERICO Niente, è sempre il signore di prima...

CAZZARO Volevo dire all'onorevole Bertinotti che mi sembra uscito veramente di senno...

CORRADO Sì, è vero...

CAZZARO Perché per quanto spaziose, e io ne ho viste veramente di grandissime, due carrarmati in una Jacuzzi non c'entrano... senza dire che l'acqua, specialmente quando è veicolata con quel vigore dall'idromassaggio, rischierebbe seriamente di corrodere la carlinga e specialmente i cingoli...

CORRADO No, la Jacuzzi... Bertinotti diceva la Jacuzia, faceva l'esempio del gioco del Risiko.

CAZZARO A maggior ragione, perché comunque il Risiko è un gioco che ha senso con almeno sei persone, quindi lei metta il tavolo e le sedie, allora come minimo dovremmo levare uno dei due carrarmati...

PADRE FEDERICO (*sussurra a Corrado*) Senta, le dispiace, io tra venti minuti avrei il rosario.

CORRADO Vada, vada, tanto adesso c'è l'intervallo...

(*Padre Federico esce.*)

CAZZARO (*continua*) Perché io c'ho questa casa a Milazzo e giochiamo spesso a Risiko senonché la cana me l'avrebbe tutti smozzicati, per cui che succede? Io magari ci ho Nordamerica e Africa, mia moglie ci ha l'Asia e chi vince? Vince la cana perché zompa sur tavolo e se magna tutto, specialmente le carte obiettivo. Pronto? Pronto?

CORRADO Sì. Grazie caro amico, ora però la dobbiamo salutare perché c'è l'intervallo...

CAZZARO Sì, volevo solo dire una cosa sulla giustizia.

CORRADO Sì.

CAZZARO Vi sono... ho sentito delle misure severe prese contro la pirateria, volevo dire che io sono anche d'accordo a esser severi, perché la pirateria è un crimine, peccarità, ma secondo me non è veramente il crimine da punire per primo in questo Paese con tanti fatti brutti che accadeno.

CORRADO Sì, ha ragione, certo prima si dovrebbero...

CAZZARO Cioè, se ogni tanto buttano giù un galeone spagnolo, non dico che non ci sto male, perché io sono molto emotivo e perché anche il cinismo è una brutta malattia de questo Paese, me dispiace per il galeone ma vorei la stessa efficienza sulle rapine in banca. Anche perché, diciamocelo, oggi i galeoni sono rari.

CORRADO Rarissimi... ma per pirateria si intende...

CAZZARO Soprattutto preoccupiamoci allora che uno che affonda un galeone spagnolo non esce de galera due giorni dopo. Poi adesso il governo ha pure vietato le intercettazioni e quindi mentre magari prima sentivi il determinato pirata dire 'vira a tribordo' e 'alza il pappafico' e potevi intervenire in tempo, oggi neanche questo.

CORRADO Guardi, per pirateria si intende che non si possono scaricare o copiare i film dei pirati! Ora però la saluto...

CAZZARO Lo sospettavo, ma perché?

CORRADO Eh, perché c'è il diritto d'autore che...

CAZZARO Ma perché, mi scusi, tutti i film sì e quelli dei pirati no? Glielo dico io perché: Johnny Depp ci ha dietro la Sony che è un colosso allora là la polizia interviene mentre un film de Laura Antonelli quello se lo scaricano...

(*Corrado si alza.*)

CORRADO Sssh... (*al pubblico*) Va be', fine primo tempo ci vediamo dopo...

(*Corrado esce.*)

CAZZARO Sullo stato veggetativo vorei dire che trovo molto crudele toglie l'acqua alle piante, non mi venite a dire che è una battaglia de civiltà perché la pianta non è in grado di lasciare un testamento biologgico valido, allora dovremmo chiede' ai parenti ma risiamo da capo a dodici, questo è il paradosso che i radicali non capiscono, lasciateje armeno er sondino che poi sarebbono quel computerino che uno va in vacanza e quello a una data ora eroga l'acqua e... Pronto? Pronto? Ma non c'è più nessuno? Buonasera...

## SECONDO TEMPO

VULVIA Scienza, astrosif... astrofica... ass... Pianeti! Cultura! Capire le cose veramente! Arte! Cultura! L'ho già detto... Scienza! L'ho già detto... Lo sapevate? Sapevatelo, su Rieducational Channel!

Questa settimana: le ascelle preesistevano all'uomo?

La prima impronta sulla Luna non è venuta più via!

Lo sapevate? Il boomerang prima di diventare un'arma da lancio veniva usato come assegno scoperto!

Ectoplasmi! Oggi si chiama ectoplasma, ma un fantasma medio può pesare anche di più! E allora se è un etto e mezzo che faccio? Lascio?

Tutto questo è... Rieducational Channel! Il canale dove ci lavoro io... da tanti anni... mentre altre hanno fatto carriera... sappiamo benissimo *come*! (*punta il dito e guarda in alto verso un'ipotetica regia*) Sì, sì, comincio, comincio...

Dinosauri! Cosa ha fatto estinguere i dinosauri? L'ipotesi del meteorite non convince più: nuovi scavi effettuati di recente hanno portato alla luce un debito pubblico spaventoso! Sono finiti i soldi... sono finiti i soldi...

Viaggiare nel tempo! Il viaggio nel tempo è veramente possibile? Se io viaggio indietro nel tempo e ammazzo mio nonno, allora non potrei mai nascere! E allora non potrei mai viaggiare indietro nel tempo e uccidere mio nonno! E allora perché mia nonna insiste? Ma risolvetevela fra di voi, su Rieducational Channel!

Il triangolo delle Bermude! Migliaia di aerei scomparsi nel misterioso triangolo delle Bermude. Come mai proprio lì? Come mai, mai nessuno che scompare... che ne so? A Isernia? A Civita Castellana? Proprio alle Bermude scompari, ma che strano! Ma che mistero! Tutti questi piloti colle mogli a casa vanno colle hostess e spariscono... Guarda caso proprio alle Bermuda? Non avete mai sentito del triangolo di Campobasso, eh? Mascalzoni! So io a quale triangolo andate dietro... (*alla regia*) No, questa non è volgarità, è satira.

Il cer-vel-lo! (*indica*) La scienza ha fatto incredibili progressi negli ultimi secoli ma ancora ne sappiamo molto poco sul cervello... Lo sapevate? Sembra che non sia neanche il suo vero nome! Cervello! Misterioso, affascinante organo, riservatissimo... sedicente.

Cavalieri! Sono stati i protagonisti del Medioevo, protetti da pesanti armature di ferro, si sfidavano all'ultimo sangue in incessanti tornei. Ma perché lo facevano ve-ra-mente? Chi li spingeva a farlo? Ma che c'era uno dietro che li spingeva? Scopritelo!

Spingitori di cavalieri, su Rieducational Channel! Scopritelo se andavano proprio di sua iniziativa o c'era uno che li spingeva.

Possessioni diabboliche! Possibile essere posseduti dal di-mo-gno? Lo sapevate? Centinaia di casi documentati dimostrano che persone ignoranti e analfabete una volta possedute dal dimogno non solo parlavano perfettamente il greco ma sfottevano pesantemente chi aveva fatto lo scientifico!

L'arroganza del diavolo, su Rieducational Channel! ...Sì, farete pure 'sto greco, ma noi facciamo quattro anni di inglese, e matematica? Massimo arivate a trigometria, col programma, massimo a trigometria! (*alla regia*) No, è una vecchia polemica mia... lei ha fatto il classico, ti passa avanti... come li fa i filmati di televisione? In greco?

'Mmmbuto! Chi ha inventato il primo 'mbuto? Chi ha usato il primo 'mbuto per travasare l'acqua? Come faceva il primo 'mbuto? Si servivano di uno solo o più 'mmbuti? 'Mbuti, su Rieducational Channel! Uno, due o più 'mmmbuti... uno stormo di 'mbuti...

È un piacere guardare la mantide religiosa! Lo sapevate? Dopo l'accoppiamento la mantide religiosa divora il maschio, eppure quello ci va lo stesso! È proprio vero che tira più un pelo di f... (va be' questa non la...) che un carro di buoi face... ah, no, la fine di quella di pri... niente. Scusate... chiedo scu... Scusatemi, su Rieducational Channel.

La conquista del West! La conquista del West, i pionieri americani che nell'Ottocento correvano coi cavalli e le carovane a chilometri e chilometri all'ora per conquistare le terre del Far West. Lo sapevate? Tanta era la foga e l'entusiasmo con cui gli americani correvano a conquistare a ovest, che molti, arrivati sulle coste della California, non si vollero fermare e affogarono nell'oceano, sì, sì, molti cowboy e molti pistoleri affogavano tanta era la foga proprio, e affogarono. Per 'sta mania proprio de conquistare sempre a ovest. Ma se è finito? E anche molti sciriffi morirono. Se tu ti tuffi là è pieno di sciriffi, cavalli e pistoli. Infatti in realtà gli Stati americani sono sessanta, ma non sono buoni, di Stati, perché sono Stati subbaqqui.

Il misterioso yeti! Il misterioso abominevole uomo delle nevi: ma chi è veramente lo yeti? È un antico uomo delle nevi? È una specie di orso? L'uomo lo bracca da anni inseguendo le sue tracce, ma siamo sicuri che sia lui? E se fosse un clamoroso caso di omonimia? Franco Ieti – Diritto di replica, su Rieducational Channel.

Curiosità: lo sapevate? La polvere da sparo è stata inventata dai cinesi come anche gli spaghetti, eppure né l'una né gli altri hanno avuto veramente successo finché non è venuta l'idea di se-pa-ra-re i due prodotti. Grandi Intuizioni. Prosegue la serie più sorprendente di Rieducational Channel!

Don Chisciotto trattato come un pazzo ed emarginato perché combatteva contro i mulini a vento, ma era pazzo davvero? Oggi esce fuori che lo faceva solo per evitare il militare... Allora pazzo lui o fessi loro?

Spingitori di cavalieri! Per secoli spingevano i cavalieri per fargli fare lunghi e incessanti tornei, ma chi li spingeva a farlo? Ma che pure là c'era uno dietro che spingeva? Spingitori di spingitori, su Rieducational Channel.

Cultura!

Pianeti! Dopo Saturno, si è scoperto che anche Urano e Nettuno hanno gli anelli, e noi Terra che aspettiamo? Dobbiamo fare sempre la figura dei morti di fame?

Fisica! La teoria delle stringhe mette in ginocchio l'industria del mocassino!

Le statue dell'isola di Pasqua. Dentro c'è la sorpresa?

Tutto questo è... Rieducational Channel!

Ci vediamo domani cooo 'mmbuti! Vado a rifarmi le sise...

(*Vulvia esce.*)

*Monologo di Cassiodoro (al pubblico)*

CASSIODORO Mi' sorella lavora in televisione, semo du' gocce d'acqua, lei si occupa degli animali e delli pianeti, io pure mi occupavo degli animali. Ammazzavo i maiali a schiaffoni... stavo bene, lavoravo sempre a sede cor sinalino mio, stavo là quanno me passavano i maiali davanti, *bom!*, 'na botta secca... ogni tanto qualcuno me scappava... capita! Tanto c'era er rullo 'ndo' annava, faceva er giro e *bom!* 'Na volta pe' sbajo ho pijato la moglie del padrone, 'sta matta... s'era messa in fila co' le scrofe... nun c'ho fatto caso e *bom!*... La stanno ancora a cerca'... A lui gli hanno dato er divorzio in contumacia... poi un giorno ho incontrato er direttore e m'ha preso a lavora' co' lui, ha detto che je piacio perché so' naiffe, io invece so' Sora ma nun gliel'ho detto. E così insieme se lavora... co' i quadri, li pittori... Io sto bene, è un bel lavoro, una volta semo andati cor direttore da uno che fa i quadri, er direttore me ha detto: 'Pensace te, me ne servono otto.' Io allora so' entrato nello studio, gli ho detto che volevo 'sti quadri e ho visto lui che nicchiava... allora me stavo a stufa' e gli ho detto: 'Senti un po', me la fai 'sta natura morta oppure te vòi immedesima' cor soggetto perché io 'na capocciata in faccia te la rifilo...' Ha da vede' come ha pijato i pennelli, sembrava Giotto! E così... a me me piace lavora' co' l'artisti perché è difficile che se ribellano... io vado sempre a compra' i quadri cor direttore, me fa fare la trattativa a me... annamo dar pittore e je famo: 'Belli 'sti quadri, quanto li fai? *Quanto?*' Anche due figurine per i ragazzini... Devo anda' in Vaticano a mena' un prete... prima lo meno, poi me confesso, devo ricordamme la seguenza precisa, perché se me sbajo è tutto un cavolo.

(*Entra una specie di trono pasquale su cui è seduto padre Florestano Pizzarro.*)

VOCE OFF Con padre Florestano Pizzarro, eminente teologo del Vaticano, vorremmo provare a superare il divario storico fra laici e cattolici, perché forse è venuto il momento di far cadere anche questo muro; capirci meglio, perché forse credenti e non credenti tutto sommato la pensano meno diversamente di quanto crediamo. Diamo il benvenuto a Sua eminenza padre Pizzarro.

PIZZARRO Ammazza quanta gente, ma che c'è 'a partita?

VOCE OFF Eminenza, andiamo subito agli argomenti caldi e alle posizioni della Chiesa che nei mesi scorsi hanno creato spesso scontri col mondo laico: avete scomunicato la madre della bambina stuprata che ha abortito, e tolto la scomunica ai lefebvriani, c'è stato il caso Englaro e ora il testamento biologico, poi siete contrari alla fecondazione assistita, e prima delle elezioni c'era ancora la questione dell'aborto e la minaccia alla legge 194.

PIZZARRO Ma se sta a parla' de tutto e de gnente.

VOCE OFF Come, eminenza, 'di tutto e di niente'?

PIZZARRO Ma stamo a parla' de tutto e de gnente, chi ve la tocca 'a 194! Magari! Quella è 'na battaglia persa...

VOCE OFF Come?

PIZZARRO Ma, amica mia, sull'aborto due so' 'e cose, o lo vietiamo, e ricominciano quelli clandestini, o lo lasciamo così, ma che pòi fa partori' una pefforza? Che famo, je commissariamo er corpo? Je mannamo i carabinieri? Nun se pò fa', magari! Nun ce lo fanno fa', nun ce lo faranno mai fa'. È 'na battaglia persa. Accontentamose, continuiamo quello che stamo a fa': continuiamo a piazza' obiettori de coscienza da per tutto che poi je famo fa' carriera e all'artri no e va bene così. Pure a coso, a Giuliano Ferrara, che ce s'era tanto appassionato, j'avevo detto: 'A Giulia', tanto pe' fallo contento, famo 'na cosa più piccola, ho detto, a 'ste ragazze levamoje i punti della patente...'

VOCE OFF I punti della patente a chi abortisce?

PIZZARRO Mbe'? Se non porti avanti 'a gravidanza, allora non porti manco 'a machina, sei 'n'assassina, delinguente, magari me vieni pure addosso.

VOCE OFF E ora come fate con la pillola abortiva che permette d'interrompere la gravidanza entro le prime sette settimane?

PIZZARRO E mbe'... obiettori di coscienza in tutte le farmacie... che problema c'è?

VOCE OFF Ma come fanno a negarla a una che la chiede?

PIZZARRO La devo ordina', arriva tra due mesi... ciao panzo'.

VOCE OFF E la pillola del giorno dopo?

PIZZARRO Ma te pigli 'na pillola il giorno prima e te ne vai a dormi'.

VOCE OFF La novità adesso è che c'è uno scontro violento con il governo di centrodestra..

PIZZARRO Ma non è gnente... è un gioco delle parti... abbiamo già perdonato... mo' rientra tutto.

VOCE OFF Per cui non fate parte anche voi del grande complotto contro Berlusconi?

PIZZARRO Ma quello il complotto ce l'ha in mezzo alle gambe!

VOCE OFF Pure il ministro Brunetta vi ha attaccato violentemente.

PIZZARRO Ma l'ho già perdonato... mezza Ave Maria e mezzo Pater Nostro... il Signore si è già accanito abbastanza...

VOCE OFF Passiamo alle cose serie...

PIZZARRO Volamo più alto.

VOCE OFF Voi continuate a vietare l'uso del preservativo, preferite che si muoia di Aids piuttosto che permettere l'uso di un anticoncezionale... Cos'è? Una vita che deve ancora nascere vale di più di una che c'è già?

PIZZARRO Esatto, guarda a noi ce interessa proprio la vita dal concepimento alla nascita, già un quarto d'ora dopo non gliene frega più gnente a nessuno, prova a cerca' 'n asilo nido...

VOCE OFF Questo perché la vita di un nascituro è innocente e noi altri siamo tutti peccatori?

PIZZARRO No, che 'innocente'! È innocente fino alla terza

settimana, poi se carica er peccato origginale, me dispiace ma soo carica, su 'sto fatto daa mela ce stiamo dentro tutti... pure i pupi.

VOCE OFF Ma quindi a voi della vita vi...

PIZZARRO Conta solo il feto dal primo giorno, il parto e prima de mori'. In mezzo ce sta un grandissimo chissenefrega...

VOCE OFF Va be', ci sono tante cose che dividono laici e cattolici... però, ripeto, non dobbiamo fare muro contro muro, comunque siamo tutti d'accordo nella difesa della vita, che la vita è un valore assoluto...

PIZZARRO Ma che vordì? Ma questo è un grosso equivoco, a noi ce fa pure comodo, ma nun è vero peggnente... svejateve!

VOCE OFF In che senso?

PIZZARRO Ma che pensi che semo tutti pella vita allo stesso modo? Ma che pensi che la difesa della vita vostra e la difesa della vita nostra so' uguali? Ma manco peggnente. I laici pensano che è un valore assoluto, noiartri pensamo che è un valore relativo che ci ha donato Dio. Er padrone è lui e ce dobbiamo fa' quello che dice lui... E che pensi che se 'n futuro la scienza se inventa un modo de fa' diventa' 'a gente immortale, che per un laico sarebbe er massimo daaffermazione della vita, che pensi che noi semo d'accordo?

VOCE OFF No?

PIZZARRO Ma nun semo d'accordo peggnente! Amo deciso che a 'na cert'ora se deve mori' e se deve mori'! Sennò ar regno dei cieli quanno ce annamo? Lo vedi che so' du' cose diverse? Stamo a fa er gioco delle tre carte peff... sembr... che semo tutti d'accordo, ma nun semo d'accordo fondamentarmente peggnente.

VOCE OFF Perché per voi...

PIZZARRO Bisogna moriii', bisogna moriii'! Bisogna nasce e bisogna moriii'!

VOCE OFF Ho capito.

PIZZARRO Oooh! Prolife ma pure proafterlife!

VOCE OFF Ho capito, crediamo in cose diverse...

PIZZARRO Ma lascia perdere il credere... credo... credo. Noi stamo a lavora', diciamo sempre le cose nostre... questo è lavoro.

VOCE OFF Ma che mi dice dell'ingerenza della Chiesa nella politica italiana... Adesso Berlusconi dice...

PIZZARRO Hai da moriii'... hai da mori' pure te.

VOCE OFF No, dicevo che adesso pure il governo di centrodestra parla d'ingerenza della Chiesa nella politica italiana.

PIZZARRO Ma quali ingerenze? Ma io 'ingerenza' non sapevo manco che voleva di', pensavo a ingerire, a roba da magna'... credevo che era 'na polemica sui sordi, sull'ICI, sull'otto per mille, noi diciamo sempre le stesse cose, *ta ta ta,* da secoli... siete voi che ci venite dietro... perché nun sapete manco più come ve chiamate, ma voi vi rendete conto di quello che diciamo? Ma hai sentito er papa quarche mese fa che ha detto? Ha detto che Satana esiste. In zenzo metaforico? In zenzo simbolico de er male che è in ognuno de noi? No, ha detto che esiste proprio fisicamente 'na persona che se chiama Satana, n'se capisce se de nome o de cognome, e che sta in mezzo a noi, è proprio uno vero in carne e osse. Io gli ho pure detto a Giosif: a Giò, visto che ce sei, di' che sta sulla Flaminia, hai visto mai saa prendono co' quello che m'ha sgraffiato la macchina... Mica penserai che ce credemo davvero!

VOCE OFF Ma allora lei non crede?

PIZZARRO Ma lascia perde', ma che stamo a scòla? Noi famo il lavoro nostro, siete voi che ce venite dietro e più ce venite dietro e più ce tocca lavora', mica me lamento, eh? È un momento d'oro, ma devi sta' pure attento a tutto quello che dici che tutti te danno retta, ma 'o sai che è 'm peso questo? Ma 'o sai che è 'm peso vero? Almeno quando c'era il latino la buttavamo un po' in caciara, adesso tocca pure di' le cose precise!

VOCE OFF Be', infatti il papa la messa in latino l'ha reintrodotta.

PIZZARRO E è 'na pacchia, non sai le cose che dimo alla messa, stamo a rispolvera' le versioni der ginnasio, er *De bello gallico, cave canem*, tanto nessuno ce capisce gnente.

C'è uno che ha detto tutte le declinazioni, *rosa-rosae-rosae, lupus-lupi-lupo* e quelli giù a prega', non sai le risate! Perché è un lavoro duro ma fa anche molto ride. Questa ha da esse' a religione, non è che dovemo apri' un dibbattito...

VOCE OFF Ma scusi, padre, voi comunque vi attenete alle parole del Vangelo.

PIZZARRO 'A parola de chi? Ma che stai a scherza'? Ma te nun zai er lavoro che c'è dietro! Er lavoro dii secoli! 'O sai i Vangeli veri quanti sono? Sedici! Dentro ce stanno le cose più assurde su quello che pò ave' detto e fatto Gesù Cristo, da mettese le mani nei capelli!

Noi se semo capati i meglio, quelli che più ce potevano servi' ma poi non sai quanto ci abbiamo lavorato sopra, uuuh (i secoli a mette' e toglie') diceveno dee cose che no' stavano né in cielo né in terra!... moriva, nun moriva... c'ha un fratello, c'ha una sorella, s'è sposato, dove va in vacanza...

VOCE OFF Cioè, lei sta dicendo che i Vangeli non sono i documenti originali ma sono stati manipolati?

PIZZARRO Ma che stai a scherza'? Ma te 'o sai la Madonna de Fatima qual è l'urtima frase che ha detto alla pastorella, l'urtima frase quella vera? 'Vamme a compra' le sigarette'... ma te pare che 'a lasciavamo? Ma ce dovreste ringrazzia'!

VOCE OFF Mi scusi, ma adesso sono un po' confusa...

PIZZARRO Ma so' cose complicaaate... Armeno 'na cosa l'amo semplificata: amo tolto il limbo. C'è inferno e paradiso e basta. 'Sto limbo pareva Lampedusa co' tutte 'st'anime in attesa de veni' spedite de qua e de là. Già 'sta cosa delle tre persone 'nce s'è mai capito gnente, er Fio, lo Spirito, è Dio, nun è Dio. So' uno ma so' tre. Lo sai l'eretici che amo dovuto massacra' nei primi secoli pe' tene' 'sto punto, moriveno dicendo: 'Guardate nun è cattiveria, è che nun ci avemo capito gnente.'

A fede è questo, se te metti a fa' le pulci qua è finita! È 'na finzione. Ma quanno vedi Erri Potte, no? Che io so' un patito di Erri Potte, ma che te metti a di' la bacchetta com'è possibbile? Mo' perché, il gufo parla? Ma te vedi er film e te stai zitto, è 'na finzione. Vivaddio 'sto spettacolo va avanti da dumila anni, ahò, manco *Chorus Line* a Broadway.

VOCE OFF Ma scusi, ma allora qual è la verità?

PIZZARRO Ma come qual è la verità? Ma che te pensi che non li leggemo i giornali, ma che venimo dalla montagna del sapone? Che non lo sapemo l'universo vero come è fatto? La teoria attuale che poi è una rielaborazione della teoria delle stringhe, si chiama M Theory e dice che ce stanno undici dimensioni e infiniti universi paralleli.

VOCE OFF Ah, lei crede a questo?

PIZZARRO Io credo? No, questa è la realtà, non è che credo! Ce stanno le equazioni, te le pòi anna' a vede', lo sai che se viaggi in un certo modo attorno a un buco nero supermassivo in rotazione pòi viaggiare avanti e dietro nel tempo a piacere?

VOCE OFF E quindi, scusi, non ho capito, infiniti universi paralleli? Quindi lei è per la scienza? Dio c'è o non c'è? Non capisco...

PIZZARRO Infiniti universi paralleli, pupe'. Dio pò esiste, nun esiste, staccene quattro, sedici, due negri, du' giapponesi, co' 'a barba, senza barba... nun conta più gnente. È tutto superato, colla palla de vetro ce indovini deppiù. Per fortuna alla gente non gliene frega gnente sennò dovremmo pure di' che non è vero... perché santo quarcheccosa ja parlato un angelo e ja detto che le quazioni so' dee grandissime fregnacce. Artro che Galileo, armeno quello era uno, lo facevi sta' zitto, questi so' migliaia, so' americani, stanno a 'sti centri de scienziati sottoterra co' 'sti acceleratori de particelle, vaje a di' quarcosa te, vaglie a da' foco uno a uno.

Una vorta i Giordano Bruno pijavano subito... mejo della carbonella.

VOCE OFF Sono sconvolta.

PIZZARRO E fuma de meno...

VOCE OFF Lei praticamente mi sta dicendo che neanche lei crede...

PIZZARRO Ancora co' 'sto 'crede'? Che c'entra? Quello è lavoro! Me interessa soltanto ogni tanto paa curiosità de capi' come è fatto l'universo quello vero... anche perché noi poracci pe' tutto il giorno stiamo in un mondo de fantasia... pure te ogni tanto dovrai stacca' o te porti il lavoro pure a casa?

VOCE OFF Senta, comunque, a prescindere dalla dottrina su cui uno può anche avere dei dubbi, l'idea di Dio però è ancora molto forte, molte persone credono in qualcosa semplicemente perché dicono che tutto è troppo perfetto e non può essersi creato da solo.

PIZZARRO Brava, me fai specie, cioè famme capi', te non riesci a crede che tutto se pò esse' creato da solo allora te inventi uno che non solo s'è creato da solo lui, ma ha pure creato tutto il resto, ma allora te vòi proprio complica' 'a vita. E te vòi proprio complica' 'a vitaaa... Gnente, stamo ar Medioevo qua, stamo ar Medioevo...

VOCE OFF Ma scusi, ma allora qual è il senso della vita? Qual è il fine della vita?

PIZZARRO Amica mia, imparete 'sta filastrocca che ci insegnano il primo anno di seminario: 'Er senso della vita è la vita, er fine della vita è la fine!'

VOCE OFF Buonasera.

PIZZARRO Buonasera... Gnente, stamo ar Medioevo proprio... c'ha ragione mi' fijo...

(*Verso la fine, padre Federico rientra in scena al buio e si siede al suo posto. Esce Pizzarro, luce su padre Federico.*)

PADRE FEDERICO Ecco, mi sento molto umile dopo aver ascoltato questi discorsi che non esito a definire alti. Noi però non ci addentriamo in questi argomenti così affascinanti e così più grandi di noi. Ecco, noi invece siamo una piccola parrocchia che vuole stare accanto ai giovani, è proprio con voi che vorrei parlare, ecco, sono le undici e trenta, mi pare che questa più o meno è l'ora in cui rincasate dalla discoteca, no ragazzi? Provate a prendere il telefono e chiamate. Ecco, però, una cortesia: pregherei gentilmente il signore che telefona sempre questa volta di astenersi, per lasciare spazio alla moltitudine di ragazzi che sicuramente in questo momento staranno pronti frenetici col dito sulla tastiera del telefono per prendere la linea.

(*Audio telefonata.*)

CAZZARO Buonasera, io ho già chiamato quarche vvorta. Io onestamente non credo che Rita Dalla Chiesa possa fa un'ingerenza sulla politica, diciamo semmai che so' i politici che co' 'sto vuoto de ideologie se appoggiano a *Forum* che è comunque un programma de successo, e lo strumentelizzeno quando glie fa comodo a loro! Poi però quando Rita Dalla Chiesa dice che la guerra in Iraq è sbajata nun la seguono... Come mai? Comunque, guardi, Rita Dalla Chiesa è una bravissima conduttrice... a meno che non ci hanno paura che va pure lei a Sky e allora pe' tenella bona er governo je s'appoggia a lei e pure a Fabrizio Bracconeri che io lo conosco da bambino perché io ci avevo una casa a Milazzo. E lui ci aveva un'ingerenza co' 'sta cana che io ci avevo e mi diceva sempre: 'Non glie date il pastone', che per la lupa è un tema sensibile perché soffreno spesso di intestino. E quello che va bene ar maremmano nun va bene colla lupa e Fabrizio Bracconeri faceva ingerenza in Abruzzo co' 'sta povera cana che poi Rita Dalla Chiesa...

(*Rientra Corrado e interviene al volo sulla telefonata.*)

CORRADO Non 'Dalla Chiesa'... Rita Dalla Chiesa. 'Della Chiesa': l'ingerenza della Chiesa.

CAZZARO Ah, ho capito, be' io sono credente, per carità, ma a me questa storia non me piace. Già non me piace quello che hanno fatto su Alitalia...

CORRADO Su Alitalia?

CAZZARO Eh già, amico mio, perché adesso non ce sta più l'Alitalia, c'è la CEI...

CORRADO Non la CEI, la CAI... La CEI è la Conferenza episcopale italiana!

CAZZARO A me me sta pure bene che adesso er Vaticano se prende l'Alitalia, non è tanto il brobblema del crocifisso su ogni posto, che lo capisco, ma lo scalo obbligato a piazza San Pietro, da credente mi fa pure piacere, ma da cittadino laico, io vengo da Milazzo e magari devo andare a Toronto, me tocca passare per piazza San Pietro e sentire il papa e intanto perdo 'a coincidenza.

CORRADO Non la CEI, la CAI! Da *caimano*!

CAZZARO ...Voglio poi vede' se da là trovo la coincidenza per Toronto. Che poi con le regole sur terorismo lo svizzero non passerebbe per il detector, perché l'alabarda potrebbe essere considerata un'arma per dirottare 'n areoplano, oppure se famo passare le alabarde, allora un terrorista basta che se fa furbo porta un'alabarda e poi 'na volta in volo fa quello che glie pare! Allora, dico io, non era meglio Lufthansa? Peraltro il sommo pontefice è tedesco, quindi non avrebbe opposto un veto.

CORRADO Guardi non c'entra niente il Vaticano con gli aerei, peraltro il Vaticano è contrario a tutti gli aerei...

CAZZARO Ah! Gli aerei no e invece je va bene quel prete annegazionista che sostiene che gli ebrei non furono gasati ma affogati.

CORRADO Non annegazionista, negazionista. Lasci perdere questo argomento delicatissimo, per favore.

CAZZARO Ah, negozionista, ma io non ci ho nulla in contrario che un prete voglia aprire un negozio e 'n'attività commerciale, però dovrebbono pagare le licenze come tutti! Già se so' scaricati i debiti di Alitalia, perché, diciamoci la verità: i debiti dei preti de Alitalia li abbiamo pagati noi. Mo' se vuoi fare il negozio...

CORRADO *No, negazionista!* Lasci perdere! Ha risposto 'no'. Buonasera...

CAZZARO Buonasera.

CORRADO Oooh!

CAZZARO Sì, sì, ho attaccato, ho attaccato...

CORRADO Grazie.

CAZZARO ...Un'ultima curiosità: ma lei lo sa che io soltanto alla tenera età di quarantasette anni mi sono reso conto che quelle casette che stanno al mare sono di fatto disabitate, cioè servono esclusivamente per cambiarsi d'abito... Quelle alla stazione balneare... Be', io ero convinto che in quelle casette ci abitasse qualcuno, magari dei menomati, delle persone che magari non hanno dei soldi...

CORRADO Le cabine?

CAZZARO Ecco, lei le chiama cabine, io le chiamo casette, ma ci siamo capiti...

CORRADO Buonasera!

CAZZARO No, va be', la lascio subito... Perché noi ci abbiamo questa casa...

CORRADO Buonasera!

CAZZARO Buonasera...

(*Fine della telefonata.*)

PADRE FEDERICO Io le consiglio di fare un fioretto. Tre giorni di silenzio.

CORRADO A proposito, invece di questo... Ho sentito dire da quel teologo di prima... Forse lei mi può aiutare padre Spazzatura (o padre Sentina), ma io non ho mai capito questa idea che la vita è un dono, ma è un dono fatto a chi? Chi è il non vivo che riceve il dono della vita? È un'anima? Ma l'anima esisteva gia per conto suo o è anch'essa un dono? E allora la vita è un dono fatto a un dono? Come una cravatta regalata a un trenino elettrico? Non ho capito. Ne parliamo con Johnny Cloaca, questo curioso soprannome per un uomo che ha deciso di dedicare la propria vita alla religione e agli altri.

PADRE FEDERICO Padre Federico, ma...

CORRADO Ecco, perché ha scelto – molti se lo chiedono – questo soprannome? Johnny Cloaca... Da dove viene?

PADRE FEDERICO Non l'ho scelto... nessun soprannome...

CORRADO Be', non vorrà dire che le è capitato così, che a uno capita un soprannome così, come Johnny Cloaca... Perché?

PADRE FEDERICO Ma non l'ho scelto io... l'ha inventato lei.

CORRADO Non l'ha scelto lei... Lei oggi si chiama Federico, va bene.

PADRE FEDERICO Gentilmente.

CORRADO Ci dia il tempo di adeguarci perché è difficile starle dietro, lei ogni volta cambia...

PADRE FEDERICO Ma questa l'ha partorita lei... È una piccineria partorita dal cervello suo, mi scusi...

CORRADO Va bene.

PADRE FEDERICO Mi scusi, mi chiamo Federico e basta.

CORRADO D'accordo, oggi abbiamo Federico. Oggi è arrivato Federico... Questa Cloaca non c'è più... abbiamo un'altra persona!

PADRE FEDERICO Sto facendo tanto per cercare di costruirmi una identità per i giovani che si devono identificare... lei mi cambia il nome...

CORRADO Allora, abbiamo sentito che ci sono molti Vangeli la cui autenticità e interpretazione è anche controversa. Alcuni sostengono che Gesù non avrebbe mai detto agli apostoli di voler costruire una Chiesa e diffondere la sua parola nel mondo. C'è quella frase a lui attribuita in uno dei Vangeli: 'Andate e diffondete i miei insegnamenti ai popoli della Giudea.' Ma anche là uno storico contesta la traduzione e afferma che la frase corretta è: 'Ahò, ma sempre qua state?'

PADRE FEDERICO Sciocchezze!

CORRADO Altri arrivano a sostenere, come sappiamo, che Dio sarebbe un'invenzione dell'uomo...

PADRE FEDERICO Arroganti sciocchezze...

CORRADO Sì, sostengono che l'invenzione di Dio è stata necessaria per dare un indirizzo più preciso alle bestemmie che prima erano troppo generiche e poco incisive...

PADRE FEDERICO Cose orribili che non vogliamo commentare...

CORRADO Ecco, per esempio tutti sappiamo, e poi abbiamo sentito, che ci sono molti Vangeli, oltre ai quattro canonici. Ma attenzione, questo è interessante: abbiamo sempre considerato invece la Bibbia come un testo unico, ma in libreria il mio libraio mi ha rivelato che in realtà ci sono due Bibbie: la Bibbia da sette e nove e la Bibbia da sedici e cinquanta, due testi diversi ognuno dei quali legittimamente si chiama la Bibbia, che dicono cose diverse e ci parlano di un Dio diverso...

PADRE FEDERICO Evidentemente è lo stesso testo che lei avrà trovato in versione economica o più costosa.

CORRADO No, non è questo, sono due testi diversi perché a pagina cinquanta della Bibbia da sette e nove dice cose completamente diverse da quelle dell'altra Bibbia, agli antipodi! Due versioni diverse, due idee diverse di Dio!

PADRE FEDERICO Semplicemente perché una avrà caratteri più piccoli dell'altra quindi le pagine non corrispondono...

CORRADO No, non credo... lo sapevo che qua con lei avrei incontrato resistenza... Che tipo di verità afferma la Bibbia da sette e nove?

PADRE FEDERICO La stessa precisa dell'altra...

CORRADO E cosa vogliono dire questi numeri? Perché la Bibbia da sette e nove?

PADRE FEDERICO È il prezzo in euro.

CORRADO (*ha fatto una figuraccia*) Va be', lasciamo perdere, abbiamo testato la rigidità della Chiesa su queste cose... La Bibbia è una e dev'essere una (sardo proprio!), va bene, va bene, allora lasciamo il mistero di questi testi e torniamo con i piedi sulla terra... Padre, lei li spenderebbe sedici e cinquanta per comprare una Bibbia?

PADRE FEDERICO Certo, anche molto di più.

CORRADO Anche trecento euro?

PADRE FEDERICO Se la Bibbia è buona anche trecento euro.

CORRADO Te li ridò!

PADRE FEDERICO Io però, se ha finito con queste sciocchezze, sono venuto qui per parlare ai ragazzi che sono rapiti dal vortice della discoteca e della droga...

CORRADO Sì, poi ci arriviamo alla droga, lo so che lei mira a quello, ecco, però, a metà strada tra la discoteca e la droga c'è la scuola; come la droga fa più male quando è tagliata, anche la scuola fa più male coi tagli... Il ministro Gelmini..

(*Entra il ministro Gelmini.*)

GELMINI Buonasera... buonasera... saluto tutti i presenti e ringrazio per questa splendida occasione che mi viene offerta per augurare a tutti gli studenti e i professori un buon proseguimento di anno scolastico. (*applauso*) Grazie all'introduzione del maestro prevalente e del gessetto unico, abbiamo potuto tagliare gli sprechi. Inoltre, grazie a questa governance, abbiamo ripristinato il rigore della meritocrazia: quest'anno non hanno meritato di andare avanti in decine di migliaia tra maturandi e mediandi. Poi, su suggerimento dei sempre lucidi e misurati colleghi della Lega, abbiamo fissato un tetto del trenta percento al numero degli studenti extracomunitari ammessi in ogni singola classe.

PADRE FEDERICO Bravi, un tetto per gli studenti poveri.

CORRADO Non ho capito... E quelli in più?

GELMINI Bocciati. Inoltre, non ci sono stati tutti quei licenziamenti pavimentati dalla sinistra.

CORRADO Pavimentati?

GELMINI Pavimentati... Insomma gli insegnanti in esubero non sono stati mandati a casa. I docenti sono entrati nel corpo di polizia mentre il personale parascolastico è diventato automaticamente paramilitare. Gli insegnanti hanno avuto in dotazione una pratica tenuta antisommossa e possono restare a operare nel proprio luogo di lavoro avendo l'opportunità di caricare gli studenti chiamandoli per nome. (*ansima*)

CORRADO Quindi mi conferma che c'è ancora del dissenso riguardo alla sua riforma.

GELMINI Non neghiamo che ci sia qualche residuo focolaio di ribellione, come per esempio quello dei facinorosi della scuola materna di Sondrio. Alcuni quattrenni esagitati che hanno incrociato le braccia rifiutandosi di fare il pisolino dopo pranzo barricandosi dietro altissimi muri di Lego. Ma la cosa veramente grave è che questi maternandi hanno impedito agli altri di seguire la lezione, aggredendoli con lanci di pongo e Gormiti. Ma non ci lasceremo intimidire da questi guerriglieri... Il Paese è con noi! Abbiamo il centoventotto percento del consenso! E continua a salire! Specie adesso che con la riforma è stata ripristinata quella praticissima scanalatura portapenne sul bordo dei banchi... Quante volte i nostri ragazzi si avvicinano al bullismo, alla violenza, esasperati da questo continuo rincorrere le penne che, in balia di un piano inclinato, mi rotolano giù dai banchi?

CORRADO Ministro Gelmini, posso chiederle una cosa? Ma cosa sta dicendo?

GELMINI (*grida con accento calabrese*) Ma che cazzo ne so! Non ce la faccio più a dire 'ste minchiate!

PADRE FEDERICO ...Ha cominciato a parlare in modo curioso.

GELMINI Ah, adesso parlo in modo curioso? E invece prima? (*grida*) *Io-sono-di-giù! Sono calabrese!* Oooh, l'ho detto!

CORRADO Come sarebbe?

GELMINI Ma secondo te perché ho fatto l'esame di abilitazione da avvocato a Reggio Calabria? Perché ci sono nata! Oooh, mo' l'ho detto!

CORRADO E allora, scusi, perché fa finta di parlare bresciano?

GELMINI Perché dice che la lingua della politica è quella di su... Che st'accento non è credibile... Allora sono andata a studiare a Milano, a Brescia... Poi una volta imparato l'idioma, m'hanno fatto dire un mare di minchiate: che i professori di giù sono incapaci... che chi non parla italiano va isolato... ma ti pare che una calabrese può soltanto concepire una cosa del genere?!

CORRADO Si calmi...

GELMINI Si calmi un cazzo! Io c'ho paura! Questi continuano a fare cortei! Mi fanno la macumba! Capace che sanno pure come mi chiamo! Io gliel'ho detto: 'Aoooh?' Questi sono tantissimi; c'avrò gli occhi a fessuretta, ma ci vedo! Mi hanno fatto mettere questi occhialetti da stronza ma io ci vedo benissimo... Dice: 'Ti conferiscono un'aria sexy...' Ma quale sexy, tanto lo so che so' un sifone lo stesso! Io sono un sifone! Oooh, mo' l'ho detto!

CORRADO Ministro Gelmini, come si è ritrovata in questa situazione?

GELMINI Ma che ne so... m'hanno detto: 'Senti, come ti chiami, ci sta da scrivere questa riforma, la fai te, scrivici quello che ti pare, basta che tagli quattro miliardi.' Dico: 'E che ce scrivo?' Dice: 'Punta sui classici, il grembiule, il voto in condotta, l'abbecedario, così si infognano con queste minghiate e intanto noi gli seghiamo le cattedre... Ci vediamo domani, ciao.' Dico: 'Come ciao? Ma che uno fa sparire quattro miliardi così?' Infatti non ci sono cascati, se so' incazzati... e io sono rimasta col gessetto in mano... E mo' mi odiano tutti!

CORRADO Proprio tutti, no. Le scuole private... quelle dei padri... vero pa...?

PADRE FEDERICO In effetti noi le faremmo un monumento.

GELMINI Sì, un bel monumento al sifone! A parte i preti, tutti gli altri mi vorrebbero asfaltare! Addirittura loro... The Others... Dice: 'Ma che t'è venuto in mente di fa' dei tagli indiscriminati?' Ma come indiscriminati? Me l'avete detto voi de sega' a cazzo... Dice: 'No a cazzo, caso per caso.' No, a belli! Dico: 'Ho sentito bene, c'avrò gli occhi a fessuretta ma ce sento: avete detto proprio a cazzo!'

PADRE FEDERICO Non si butti giù; a me sembra che abbia fatto un buon lavoro...

GELMINI Seee... ci ho fatto brutta figura pure coi parenti di giù! Mo' si vergognano; prima mi mandavano la 'nduja... una tragedia. Una serie di tragedie, poi mettici pure che ho dovuto fa' quello che ho dovuto fa'... che per carità è la prassi. Ho detto: 'Allora? È finita 'sta pagliacciata? Me ne posso andare?' Dice: 'No, devi sta' qua, devi sta' qua che adesso per cinque anni tutti i giorni il primo vaffanculo che vola è il tuo...' Tutti i giorni, ma ti pare??? Io voglio torna' a casa, voglio torna' a Pizzo, a cura' l'orto... che le talpe a quest'ora m'avranno fatto dei buchi così. A me le soddisfazioni che m'ha dato l'orto mio nun me l'ha date nessuno... Certi melanzani, certi zucchini... i pipiii... i pipironi.

CORRADO Scusi, ma allora perché l'hanno mandata qua stasera a dire che va tutto bene?

GELMINI Ma che ne so. Dice: 'C'è calo di consensi, ti portiamo là, dici le solite quattro minchiate... quando abbiamo finito il puttan tour, ti ripassiamo a prendere.'

CORRADO Il puttan tour? Cioè? Cosa fanno?

GELMINI Vannacacalcazzoaitravestiti. Si divertono così. Loro... The Others.

CORRADO Quindi adesso se ne sono andati... senta, allora perché non ci spiega, una volta per tutte, come è diventata ministro?

GELMINI Mah, guarda... vi dispiace se mi siedo? Mi metto qui in pizzo. È stato un caso... Ero venuta a fa' il pubblico a *Uomini e Tonne*, che a me e le amiche mie Maria ce piace tanto... ogni due mesi veniamo su da giù...

CORRADO Ma che bello quest'outing!

GELMINI Bravo, coll'auti! Con la corriera.

PADRE FEDERICO Bello che vanno a vedere Maria!

CORRADO Guardi non è la Maria che crede lei, è quella ancora più potente.

GELMINI Insomma là, agli studios, sai che quando arrivi devi lascia' il documento, io una cosa matta mia ho lasciato anche il buk, non se sa mai... non che aspirassi a fare la tronista... lo so che so' un sifone... poi adesso co' 'sti capelli nuovi... ti saluto proprio.

CORRADO Ma no, sta bene...

GELMINI Ma zitto va', sembro un coso, un pupazzetto Playmobil, quelli con la faccia abbottata e i capelli incastrati... Va be', insomma, alla fine com'è come non è 'sto buk è finito in mano a Emilio Fede e m'hanno chiamato, io so' andata e m'hanno chiesto: 'E tu che sai fare? Qual è la tua specialità?' Io che so fa'... i stranguggghi cu a suriaca... i ziringuli... i pipi. 'Ah,' dice 'e come li fai 'sti pipi?' E come li faccio? Ripieni, saltati... Ah ah... Giù a ride'... Insomma dopo qualche giorno mi chiamano i parenti da giù. Dice: 'Mariaste', è successo un casino, ce stanno le intercettazioni che dice che hai fatto i pipi a Papi...' Mah, io ne ho fatti tre teglie, poi non so se so' arrivati pure a Papi... mi sembra strano perché *La ruota della fortuna* la girano da un'altra parte...

PADRE FEDERICO Lasciamo stare i papi.

CORRADO (*a padre Federico*) Quello è un altro Papi... (*alla Gelmini*) Quello che dice lei è un altro Papi ancora... Va be', lasciamo perdere... Insomma non si sa come, è diventata ministra. E a quel punto che ha fatto?

GELMINI E che ho fatto? Ce sta un sacco de lavoro... Non sai quanti genitori me scrivono che sono preoccupati, che i bambini stanno nelle scuole fatiscenti, proprio che fatiscono, che gli fatiesce l'acqua dai muri... allora ho chiesto: 'A Others, ma non se pò fa' qualcosa?' Diceno: 'Delle singole scuole se ne devono occupa' i singoli presidi. Tu devi di' che c'hai le mani legate.' 'Ma come: non so' ministro?' 'Appunto, tu devi fare i tagli e prendere i vaffanculo, tagli e vaffanculi, tagli e vaffanculi, vedrai che poi ci prendi il ritmo.'

CORRADO Certo la scuola è un terreno delicatissimo...

GELMINI È un terreno delicatissimo! Stai a parla' de zappa in casa dell'ortolano. Ma io dico: se ti danno da gestire un orto dove ci stanno seminati tutti i melanzani, caciuoffoli, zucchini, i pipi del futuro... ce vorrai mettere cura, tetizione, se vuoi che questi un domani ti diventano una bella caponata?!

CORRADO Una bella metafora della scuola...

GELMINI Oooh, allora, se l'acqua che te serve per innaffiare quest'orto, tu gliela togli per riempirtici le piscine private, le piscine dei preti... poi ti si secca tutto e un domani che ti mangi? Invece sai qual è il discorso loro? Dice: 'Invece dell'acqua, ce mettiamo il concime, tanto chi vuoi che se ne accorge, no?'

CORRADO Ma infatti...

GELMINI Ma infatti un cazzo! Non è la stessa cosa! Non sono intercambiabili! Non si può pensare di risolvere sempre le cose chiudendo il rubinetto e ricoprendo tutto de mmerda! Oh, e mo' l'ho detto!

(*Sulla fronte della Gelmini compare un puntino luminoso.*)

CORRADO Mi scusi ma ha una cosa sulla fronte...

GELMINI Dove? Che è? Un animale...

CORRADO ...È una specie di puntino luminoso...

GELMINI (*in bresciano*) Arrivederci a tutti.

CORRADO Ma come? Che fa, se ne va? Ma che è successo?

GELMINI (*sottovoce, in calabrese*) È finito il puttan tour...

CORRADO (*sottovoce*) Di già?

GELMINI (*sottovoce, in calabrese*) Quelli, il Viagra lo prendono alle cinque, a una certa chiude bottega. Godetevi quest'anno scolastico perché sarà l'ultimo.

CORRADO Arrivederci.

GELMINI Speriamo.

(*Gelmini esce con cautela dallo studio, a mani alzate.*)

PADRE FEDERICO Be', io la capisco, certo non è facile sostenere il peso di una grande responsabilità come quella di riformare la scuola che ha a che fare con l'educazione dei giovani, però c'è da dire che anche la famiglia deve fare la sua parte.

CORRADO Sì, però, padre, evitiamo di dare tutte le colpe alla famiglia, tutti i ragazzi tendono a dare la colpa di ogni cosa che va male alla famiglia. Anch'io quand'ero giovane ho dato la colpa di tutto ai miei genitori, poi sono cresciuto e ho capito: non possono aver agito da soli.

PADRE FEDERICO Vorrei aggiungere, se mi permette, anche un accorato appello ai giovani che vengono dalla discoteca, che ritornano dalla discoteca...

CORRADO Giusto, gli abbiamo raso al suolo la scuola, la vita, il lavoro, ma rompiamogli ancora le scatole con la discoteca.

PADRE FEDERICO Ma non è che noi ce l'abbiamo con la discoteca, è quello che rappresenta la discoteca. Nella discoteca il giovane spesso si perde.

CORRADO Certo, sono grandi, è tutto buio, c'è il rischio d'incappare nell'omosessualità.

PADRE FEDERICO E certo... il giovane spesso si ubriaca.

CORRADO Ma per voi l'omosessualità è una malattia? Si può guarire con l'omeopatia?

PADRE FEDERICO No, ci vuole troppo tempo....

CORRADO Ci vuole troppo tempo, e vorrei anche dire una cosa: un conto è un raffreddore, un mal di testa... ma se uno ha una malattia seria, una bronchite, un'influenza, un'omosessualità, per favore usate la medicina tradizionale.

PADRE FEDERICO Dicevo: questi giovani un po' presi dai fumi dell'alcol correndo con la macchina di notte presi dalle sostanze che ingeriscono... perché, diciamolo, ci sono ragazzi che si fanno le iniezioni da soli...

CORRADO Oh! Vogliamo dire una cosa a questi ragazzi, padre? Non drogatevi mentre guidate! Molti incidenti accadono perché si fanno la cosa mentre guidano! È pericoloso! Lo dica anche lei...

PADRE FEDERICO È pericoloso!

CORRADO È pericoloso! Vi fermate, fate il laccetto tutto preciso, però poi quando si guida si sta sulla strada! Lo vogliamo dire?

PADRE FEDERICO Se si lascia il volante a quelle velocità, quando si torna dalle discoteche, può essere pericoloso!

CORRADO E poi va tutta fuori...

PADRE FEDERICO Ricordate: le mani sempre sul volante, la posizione corretta è alle dieci e dieci!

CORRADO Sì, esatto: le dieci e dieci... ma tanto la discoteca poi le acchiappa queste macchine, le attira.

(*Entra l'angelo e si piazza accanto alla scrivania.*)

CORRADO Ecco, la nostra serata volge al termine, ma io sento che siamo riusciti io e padre Indotto...

PADRE FEDERICO Federico...

CORRADO Padre Indotto... non si butti giù, splendida figura, io sento, io sento... (*spazientito, si gira e va verso l'angelo*) Ecco, tieni, due euro.

(*L'angelo resta con la mano tesa.*)

CORRADO Oh! Due euro sono quattromila lire!

ANGELO Non c'è lavoro.

CORRADO (*cerca ancora nelle tasche*) Ecco, è tutto quello che ho... ecco, sono sei euro...

ANGELO Che Dio ti benedica.

CORRADO ...'zie, tante cose, allora.

(*L'angelo va dal prete.*)

PADRE FEDERICO Mi dispiace, signorina, ma come sa noi non abbiamo molte sostanze.

(*L'angelo resta con la manina tesa.*)

CORRADO (*all'angelo*) Non ce l'ha, non ci ha una lira, già gliel'ho chiesti io...

ANGELO Non c'è familia... non c'è lavoro...

CORRADO Signorina, questo Paese... io non so... in questo Paese non abbiamo una lira, voi state dall'alto, guardate la televisione... eh, padre? E si pensano che abbiamo i soldi!

PADRE FEDERICO Questi guardano la televisione dal Paese loro e pensano che qui c'è il Paese di Bengodi...

ANGELO ...Non c'è lavoro...

CORRADO Non c'è lavoro, ho capito! Non c'è lavoro da voi su, non c'è lavoro da noi giù!

ANGELO Non c'è lavoro, c'è crisi!

CORRADO ...Aspetta, vado a vedere nelle tasche del cappotto...

(*Corrado esce, l'angelo si posiziona dietro al prete.*)

PADRE FEDERICO Signorina, io vorrei proprio aiutarla...

ANGELO Ma c'è grossa crisi, c'è molto igoismo...

PADRE FEDERICO La prego, non mi metta in imbarazzo...

ANGELO C'è 'na persona che vuole parla' co' te.

PADRE FEDERICO Guardi, no, lo dica anche a lui, che io ho da fare adesso...

ANGELO No, è un colligamento pe' te.

PADRE FEDERICO Come, un collegamento?

ANGELO Sono dieci euro...

PADRE FEDERICO Perché?

ANGELO La chiamada è a carico tuo, accetti?

PADRE FEDERICO No, non posso accettare, scusi, dica a questo signore...

ANGELO Vado a cerca' tuo capotto, magari soldi sta là, accetti?

PADRE FEDERICO No, lasci stare il mio cappotto, dica a questo signore...

ANGELO Diglielo te, è arivato già.

PADRE FEDERICO Dove è arrivato? Non tocchi il mio cappotto!

ANGELO Se, se, corime dietro...

(*L'angelo esce, padre Federico fa per andargli dietro ma parte la musica* Also sprach Zarathustra. *Una nuvola di fumo. Entra il Quèlo gigante.*)

QUÈLO Buonasera, volevo dire al mondo e a tutti gli amici di internet che c'è grossa grisi... C'è molto egoismo, qua non sappiamo più quando stiamo andando su questa tèra... Ti chiedi i 'come mai', i 'come dove' nel mondo... dove chi? Perché quando? Dov'è la risposta? Ti chiedi i 'quasi quasi' e miagoli nel buio... ma la risposta non la devi cercare fuori, la risposta è dentro di te, e però è sbagliata...

PADRE FEDERICO Eh, sì, una grossa crisi, ma chi è lei, scusi?

QUÈLO Io sono un messia e porto la parola...

PADRE FEDERICO La parola di chi?

QUÈLO La parola di Quèlo. (*mostra il fantoccino*)

PADRE FEDERICO Quèlo? E cos'è? Una nuova religione? Un culto?

QUÈLO Tu come la vedi?

PADRE FEDERICO Io vedo un pezzo di legno, non lo so... Un dio? Un amuleto?

QUÈLO La seconda che hai detto: un dio. (*scrive su un pezzo di carta*) «...un dio...»

PADRE FEDERICO Senta, ma cosa fa? Cos'è? Non lo so... allontana le energie negative?

QUÈLO Ecco! Sai che fa Quèlo? Allontana le energie negative. (*scrive*) «...allontana...»

PADRE FEDERICO Scusi, ma che fa? Scrive quello che dico io? Ci dica qualcosa di più di questa sua religione.

QUÈLO Eh, lo so, ma c'è grisi! La gente non sa più quando stiamo facento su questa tèra, te ne vai a dentoni nel buio... la gente ha bisogno... allora per adesso c'è Quèlo...

PADRE FEDERICO Senta, non mi fraintenda, malgrado l'abito che porto, io sono aperto all'idea di altre religioni...

QUÈLO Aperto fino a che ora?

PADRE FEDERICO No, ma che c'entra l'ora? Dicevo aperto in generale.

QUÈLO Anche la notte?

PADRE FEDERICO Sì, in generale.

QUÈLO (*scrive*) «...anche la notte...»

PADRE FEDERICO Però lei deve dirci qualcosa di più.

QUÈLO Sentiamo le telefonate. Pronto?

PADRE FEDERICO Le telefonate? (Stai fresco!)

QUÈLO Certo ogni giorno migliaglie di persona vuole parla' co' Quèlo, pronto?

(*Quèlo parla con voci off registrate.*)

QUÈLO Pronto, da dove chiami?

VOCE OFF Che cosa rappresenta il miracolo nella religione di Quèlo?

QUÈLO Il miracolo, una cosa che tu prima stavi normale... poi improvvisamente succedeva qualcosa che tu non ti spiegavi veramente bbène! Oppure che tu vedi una cosa che dici: 'Oh! Ma questo non me lo spiego veramente bbène!'

VOCE OFF Ma questo non è il miracolo di Quèlo, questo è il miracolo in generale!

QUÈLO La seconda che hai detto! (*scrive*) «...in generale...»

VOCE OFF Sì, ma un miracolo di Quèlo c'è o no?

QUÈLO Tu come lo vedi?

VOCE OFF Non lo so, ha moltiplicato i pani o i pesci?

QUÈLO La seconda che hai detto... pesci.

VOCE OFF Cioè?

QUÈLO Mah, per esempio te ci avevi tre pesci e moltiplica per esempio per tre e fai nove pesci... oppure ci hai tre pesci moltiplico per quattro uguale sedici pesci...

VOCE OFF Tre per quattro non fa sedici, fa dodici!

QUÈLO Quello per questo è un miracolo! Altre telefonata? Pronto?

PADRE FEDERICO Ma che dice?

VOCE OFF Pronto? Volevo chiedere che interpretazione dà all'idea di trascendenza e a quale metafisica fa riferimento.

QUÈLO Sennò?

VOCE OFF Che cosa è trascendentale? Ed esiste ancora...

QUÈLO La domanda è mal posta... forse tu volevi chiedere che ore sono?

VOCE OFF Sì, maestro... che ore sono?

QUÈLO Le dieci e tre quarti... altre telefonate? Pronto?

VOCE OFF Maestro, lei è favorevole alla manipolazione genetica?

QUÈLO No, quelle cose fanno diventare ciechi...

PADRE FEDERICO Scusi, ma che risposte dà?

QUÈLO Lo so, ma c'è grossa grisi, la gente ha bisogno. Pronto?

VOCE OFF Senta, la Chiesa ormai ha accettato la teoria di Darwin... ma anche secondo lei l'uomo discende dalla scimmia?

QUÈLO No, l'uomo non può discendere dalla scimmia, forse il bambino...

VOCE OFF Come 'il bambino'?

QUÈLO Eh! La scimmia non è un cavallo che puoi salire e scendere... se la scimmia è molto grossa, forse il bambino può scendere...

VOCE OFF Sì, ma la Chiesa ha detto che l'uomo può discendere dalla...

QUÈLO Ho capito, la Chiesa l'ha detto, ma se quella non ce la fa non è che puoi costringere la scimmia... capito? Qua scendiamo dalla scimmia, monti su un'altra scimmia... La storia della gente che risparmia sulle sedie e usa le scimmie come sedie deve finire!

VOCE OFF Pronto? Come è possibile che gli ebrei abbiano attraversato le acque del Mar Rosso e siano sopravvissuti?

QUÈLO Be', se avevano finito di mangiare almeno tre ore prima... Tu come la vedi?

VOCE OFF Se Cristo suonasse oggi alla sua porta, lei lo riconoscerebbe?

QUÈLO Certo...

VOCE OFF Come può esserne così sicuro?

QUÈLO Il citofono è rotto da due anni... se suonava, voleva dire che alla porta c'è una persona veramente bbène, una persona aggiustativa...

VOCE OFF Pronto? Nella sua religione si possono avere rapporti sessuali tra persone anziane e ragazze giovani?

QUÈLO Nella mia religione no, ma poco più avanti c'è una pensione abbastanza economica.

VOCE OFF Ma non è indecente?

QUÈLO Per carità, è un tre stelle, però vivaddio, è pulito...

VOCE OFF Maestro, ma secondo lei gli omosessuali ci vanno in paradiso?

QUÈLO Non lo so, non conosco i locali... Pronto?

VOCE OFF Pronto? Senta, ma lei è favorevole al controllo delle nascite?

QUÈLO Be', certo, sempre meglio che quando il bambino nasce ci sta qualcuno che controlla sennò quello nasce e non trova nessuno... che non è che si trova veramente bbène! Poi magari cresce col complesso che nessuno gli bada... Si può anche nascere da solo ma se non controlla nessuno... almeno la madre; magari lui ci ha bisogno del latte e se non c'è nessuno il neonato deve scendere al bar, però il bancone è alto e non è che si trova veramente bbène... Poi la gente si approfitta e gli passano davanti... Così succede con i neonati al bar.

VOCE OFF Maestro, volevo dire solo questo: secondo me non esistono il bene e il male. Il bene e il male sono due facce della stessa cosa, non può esserci il male senza il bene e non può esserci il bene senza il male, non è vero?

QUÈLO Senti, io non lo so che hai fatto ma secondo me è meglio che ti cerchi un avvocato... Pronto?

VOCE OFF Pronto? Volevo farle una domanda: quando ci si reincarna si ricorda qualcosa della vita precedente o si dimentica tutto?

QUÈLO La seconda che hai detto!

VOCE OFF E di noi come siamo adesso non rimane niente?!

QUÈLO No!

VOCE OFF Ma allora se noi non saremo più noi, che senso ha parlare di reincarnazione?

QUÈLO E che ne so, sei tu che hai chiamato...

VOCE OFF Ma perché quando ci sarà il Giudizio universale dovremo rientrare tutti nei nostri corpi?

QUÈLO Eh, perché qua se ognuno si mette a scegliere facciamo notte!

VOCE OFF Maestro, qual è il segreto della vita?

QUÈLO Bravo, e se te lo dico che segreto è?

PADRE FEDERICO Senta, ma lei non può dare queste risposte senza senso! Se lei vuole fondare una nuova religione si prepari un po' meglio! Lei confonde la gente! Ma che si fa così?

QUÈLO Ho capito, ma mica posso fa' tutto io qua, eh? Te lo sai a che ora mi so' alzato stamattina? Alle sette meno un quarto! Quella è andata al corso di chitarra, è tornata alle quattro del mattino, col rossetto tutto stropicciato, ma che la chitarra la suoni con la bocca? Sarà tanto bello 'sto insegnante però di chitarra non è che sa veramente bbène... Ho portato la bambina a scuola, quella per colazione gli ha fatto il pollo arrosto colle cozze carammellate, la bambina mi ha vomitato sul volante, ho perso il controllo e ho sfondato il guardrail della sopraelevata. Lo sai quanto siamo caduti di sotto colla macchina? Sessanta metri!

PADRE FEDERICO Oh, dio! E allora che è accaduto? Sono arrivati i soccorsi? Vi hanno portato in ospedale?

QUÈLO Ma che ospedale! Eh, non lo so, sessanta metri a piombo sull'asfalto... neanche col cucchiaino.

PADRE FEDERICO Ma allora lei mi sta dicendo che... è... defunto?

QUÈLO Eh, non lo so, sessanta metri, tu come la vedi?

PADRE FEDERICO Mi dispiace... ma allora scusi, lei è nell'aldilà?

QUÈLO Eh, che dovevo restare in macchina?

PADRE FEDERICO Insomma lei è un'anima? È un reincarnato? È un angelo?

QUÈLO Io sono un messia e porto la parola.

PADRE FEDERICO Sì, ho capito, ma da dove viene lei?

QUÈLO Da Foggia...

OFF FUNARI Pronto?

QUÈLO Pronto, come ti chiami?

OFF FUNARI Gianfranco.

QUÈLO Sennò?

OFF FUNARI Funari.

QUÈLO Da dove chiami?

OFF FUNARI Da qua.

QUÈLO Qua dove?

FUNARI Sto dietro de te. Hai finito? È er turno mio, è mezz'ora che aspetto.

QUÈLO Eh ma c'è grossa grisi...

FUNARI Dimmelo a me, ce l'hai fatti piatti come le bambole, c'hai veramente rotto i cojoni.

QUÈLO (*esce*) Sì, c'è modo e maniera su questa tèra...

FUNARI Ecco, bravo, poraccio, è tanto 'm bravo ragazzo ma è veramente 'n cojone. Nun ci ha capito niente, è du' mesi che sta qua. È la legge der trapasso, si n'capivi 'n cazzo prima, capisci meno de 'n cazzo poi. Mo' voo racconto io come stanno 'e cose qua. Volevo da' indicazioni ar cittadino pe' quando spira, perché c'è molta disinformazione. È mejo arivacce preparati...

(*Rientra Corrado.*)

CORRADO Ma chi è? Funari?

PADRE FEDERICO Sì, è Funari...

CORRADO ...Le indicazioni al cittadino per quando muore? Che cosa ci vuole dire?

FUNARI Primo: quanno arivate nun dite mai che siete credenti, ve s'attaccano come 'e zecche, ve vonno vende tutto, specialmente chi ha avuta 'a fortuna de 'na morte traumatica. Dite: 'Nun me ricordo 'n cazzo, n'so 'n cazzo, n'credo a 'n cazzo.' Sinnò te sonano ar citofono tutti i giorni. Nun firmate niente! Nun dite mai che c'avevate la partita IVA! Me raccomando!

CORRADO (*a Funari*) Ma perché non bisogna dire niente? Com'è là la situazione?

FUNARI Perché qua è 'na tragedia, eh! 'A cosa veramente drammatica so' i servizi, l'igiene nei posti pubblici è molto trascurata, er sistema fognario è 'n disastro, è come coi peccati, tutto quello che butti te ritorna. Questi cammineno sull'acqua, io ce vivo. 'A cosa che m'ha sbalordito è 'a tazza ar contrario, è veramente 'na cattiveria, questi so' i misteri. L'artro mistero è che mettono l'aio dapertutto... Se magna male. Er pesce che mortiplicano è quello de ieri, er pane c'è solo quello de Terni, sciapo... 'naa variante coll'aio...

CORRADO Svaghi?

FUNARI Je piace tanto er circo, l'unico spettacolo è er circo dee scimmie. Voi nun ci avete 'n'idea de quanto puzza 'a caca delle scimmie, è preferibbile 'a monnezza de Napoli che 'a caca dee scimmie. Ce devi anna' pe' forza, tutte 'e sere, se 'nte presenti te vengono a prende a casa, è 'nconcepibbile per loro che nun ce vai. I pajacci so' sempre 'mbriachi, se bevono la bira fino ae quattro der mattino. Nessuno je dice niente, eh? Qua i Togni so' potentissimi.

CORRADO Se lo meriteranno...

FUNARI 'A meritocrazia nun zanno che è, è proprio vero che l'urtimi saranno i primi, qua comannano proprio i peggio.

CORRADO Ma scusi, mi faccia capire... ma quello è il paradiso o è l'inferno?

FUNARI Dipende da 'ndo' stavi prima...

CORRADO Ma chi c'è, scusi? C'è il Dio dei cristiani? C'è Allah? Buddha?

PADRE FEDERICO C'è Dio!

FUNARI Chi c'era prima non lo so, so' anni che hanno dato tutto in appalto. Hanno fatto tutte sale bingo. Fino ae dieci bingo e poi scambisti. 'Na grossa tristezza. Hanno levato er limbo e hanno messo er tombolicchio. In libreria c'è solo Moccia, Moccia e Alberoni: *'E corna,* il titolo più venduto. Ho capito perché gli angeli nun ci hanno sesso, perché se so' piallati i cojoni.

(*Musica e voce off Mino Reitano: 'Itaaalia, Itaaalia...'*)

FUNARI ...È Reitano... nun dorme maaai...

PADRE FEDERICO Però, mi scusi signore, ma io dietro di lei vedo delle nuvole come nel paradiso...

FUNARI Quelle nun so' nuvole, è fumo passivo.

CORRADO Ah, be', almeno non si lamenti troppo, la lasciano pure fumare!

FUNARI E te credo! Er monopolio qua sta al settanta percento. L'arcangelo Gabbriele è persona non limpida. Lucifero? Un errore giudiziario! Qua 'a questione morale è arivata molto prima. Attenzione voi quanno pregate, nun sapete mai chi c'è dall'artra parte. Speciarmente i bambini, nulli fate mai prega' da soli! Me raccomando! È pericolosissimo!

PADRE FEDERICO Ma scusi, ma almeno lei Dio l'ha visto?

FUNARI No, nun ci ho la liquidità sufficiente. Zavoli! Ancora qua stai? Te vonno de sotto!

CORRADO Grazie, Funari, arrivederci...

FUNARI 'N'urtima cosa ve devo di'.

CORRADO Ce la dica, magari se è una cosa positiva per favore.

FUNARI Avete presente quanno spiri che c'è quella grande luce bianca? È a carico vostro. Voo devo di'. Corado Guzzanti!

CORRADO Eh?

FUNARI Corado Guzzanti, i saluti, daje, mettete 'n mezzo al palco.

SCAFROGLIA Ah, sì, i saluti... È finito lo spettacolo?

(*Musica dei saluti finali.*)

FUNARI Sveja, piegate! Inchinoti, levate. Marco Marzocchia.

MARCO Marzocca.

FUNARI Piegoti, daje ch'annamo a casa. Saluta er bubblico. 'A sorella da sola, Caderina, ma te pagano almeno, Cateri'? Nun pagano un cazzo. Tutti e tre insieme i maschi raggiungono 'a femmina, dateve 'a mano, inchino, due passi avanti, tre passi indietro, inchinatevi, zummoli, daje er 5, er 4 su de lui, er 3 su de lei. Daje che se ne annamo a casa, uscite tutti e tre e rientrate in ordine sparso.

Daje. Ecco, mo' andate avanti da soli, a me 'sto collegamento me costa un occhio della testa. Voo siete mai chiesto perché i morti non possono parla' coi parenti? Perché ce sta un ricarico del quaranta percento, li mortacci loro! Giusto Rockfeller può chiama' i parenti pe' dije ciao. Solo 'st'operazione je costa quattro miliardi. Aa verità, voo devo di'.

Ma nun c'avete fame? A me m'è passata. Ha di nuovo cagato 'a scimmia. Ma nun è solo 'a puzza, è l'impatto. Non è che cagano da per terra come i cani. Magari. Salgono sull'albero e la fanno. Aspettano che passi sotto. Quindi ce sta lo schizzo e la puzza. Una combinazione mortale. 'A verità. Mi accusarono spesso di volgarità ma 'a volgarità non è un fatto oggettivo, è soggettivo, la volgarità è come 'a bellezza, 'a volgarità è nell'occhio de chi scureggia. 'O devo di', me so' levato 'sto sasso.

Ve lascio a Berlusconi, ve sta a prepara' 'sto bel piattino de mmerda!

(*Musica. Saluti finali.*)

# Le battute che non aiuteranno questo programma ma aiuteranno ciascuno di noi

da *Vieni via con me* del 22/11/2010

«Il Giornale» replica a Saviano: la macchina del fango non è quella che dici tu. È una macchina vera, l'abbiamo vista ad Arcore: e si usa con una vasca e due lottatrici nude.

Anche Bossi telefona alla questura ma capiscono solo Mubarak.

L'ira di Berlusconi contro Fini: 'Futuro e libertà' è un ossimoro; scelga, o futuro per noi o libertà per loro.

Su alcuni manifesti del PD compare Bersani con una foto in bianco e nero, ma il fotografo giura che la pellicola era a colori.

Si chiede a Masi se pensa che sarebbe giusto privatizzare la RAI. Risponde: un'altra volta?

Il PDL apre a una modifica della legge elettorale: se i cittadini vorranno aggiungere a margine una preferenza la scheda non sarà invalidata.

Rutelli va a un incontro con Fini e Casini: gli danno l'indirizzo sbagliato.

Dubbi sulle elezioni regionali: tra le tante firme raccolte a sostegno della lista Formigoni compare quella di Michael Jackson.

Nelle scuole italiane non c'è carta igienica: il ministro Gelmini prega le mamme di mandare i bambini a scuola già defecati.

Berlusconi corrompe dei senatori: mi hanno detto che erano maggiorenni.

Maroni vuole costringere le donne islamiche, per farsi riconoscere, a togliere il velo. Berlusconi, per lo stesso motivo, le mutande.

Scenata del ministro Bondi in un museo: dei vandali hanno squarciato un quadro di Fontana.

Torna Pannella con un nuovo digiuno, ma ormai quando arriva alla fine del mese la concorrenza è spietata.

Sull'emergenza il governo si confonde: butta i manifestanti abruzzesi in una discarica e picchia a sangue i sacchi della mondezza.

Berlusconi: scopo tutto il giorno, vi dà così fastidio se la sera lavoro un'oretta?

Anche il ministro Brunetta indagato per gli scandali sessuali: rinvenuto lo sgabello.

Fini ha compiuto la sua parabola: era fascista; è stato postfascista; ora, tornando al futurismo, è prefascista.

Il PD è il primo partito in Italia a usare le primarie; il primo partito al mondo che le perde.

Il papa condona l'uso del preservativo per certi casi particolari: ci sono delle notti in cui fa veramente freddo.

Un preservativo condonato si chiama condon.

L'anomalia storica della FIAT: gli italiani da sempre gli pagano le macchine, ma poi non le comprano.

La strategia di Tremonti per la crisi: prima risaniamo i conti e poi vediamo chi è rimasto vivo.

Il governo dei fatti: catturato il pusher.

Polemica con la Comunità Europea: il ministro Gelmini propone di lasciare i crocifissi e togliere le scuole.

Università italiana: la Gelmini vuole aiutare la ricerca. Provate a rifare tutto il percorso all'indietro.

Fuga dei cervelli all'estero: Gasparri si scorda il corpo qui.

Il governo di Berlusconi dà nuovi fondi alle scuole private e cattoliche. In cambio un bonus per altri tre scandali e bestemmia libera fino al 2012.

Il papa attacca i laici, poi si scusa: avevo capito l'ICI.

Il PD propone la sua legge elettorale: alla francese, con sbarramento tedesco a due turni e supercazzola all'australiana come fosse antani.

La camorra contro Saviano: la scorta ci impedisce un contraddittorio.

La Lega telefona alla 'ndrangheta: ma ci cercavate per qualcosa?

Calderoli è stufo delle polemiche e invade la Polonia.

Non abbiamo fatto la fine della Grecia, non abbiamo fatto la fine del Portogallo e dell'Irlanda: speriamo di non fare la fine dell'Italia.

# Aniene 1
(2011)

(*Studio. Il conduttore solo, quasi sospeso nel nulla in un ambiente indefinito: mura, pavimento e scrivania bianchi.*)

CONDUTTORE Buonasera, e benvenuti ad Aniene... potevamo scegliere un titolo migliore? Probabilmente sì... In questo momento siamo nella terra di mezzo tra i ballottaggi e il referendum. Come finirà? Cosa succederà?

Ecco... io vorrei che per una volta provassimo a parlare della crisi della destra evitando la solita lagna ideologica, che poi consiste nel mettersi a fare il solito elenco di tutte le similitudini con il passato e col regime del Ventennio: il disprezzo per la Costituzione e per le regole della democrazia... il tentativo di controllare la magistratura... di manipolare l'informazione... di umiliare la scuola e la cultura... il populismo, il culto della personalità, il razzismo, il disprezzo per le minoranze, per le donne e per gli omosessuali...

Ecco: mettiamo da parte tutto questo per un momento e cerchiamo di interrogarci sulla crisi della destra di oggi guardandola nel mondo di oggi, con i problemi della globalizzazione, dei mercati finanziari, dell'industria e del lavoro... e allora la domanda che dobbiamo farci è questa: il nazifascismo è ancora un modello economico competitivo?

E dall'altra parte cosa c'è?

Spesso abbiamo sentito descrivere il PD come un oggetto volante non identificato... ma è una critica ingiusta: non è volante.

Però ha fatto qualche progresso e si è finalmente liberato del mago di Arcella da quando ha scoperto che ripetere cento volte al giorno la frase magica 'Berlusconi dimettiti' non produce alcun risultato.

Tuttavia a questo punto l'interrogativo centrale è proprio questo, e riguarda come al solito un uomo e un uomo solo... Resterà al comando? Si metterà da parte? Tutti se lo chiedono tanto che la domanda è stata fatta anche allo stesso Berlusconi:

'Ha finito il suo ciclo?'

'È strano,' ha risposto lui 'è la stessa domanda che ho fatto a una ragazza ieri sera.'

Insomma, non sappiamo come andrà a finire, ma una cosa è certa: anche se andasse via oggi, ormai Berlusconi, nel bene e nel male, ha comunque cambiato per sempre il linguaggio degli italiani...

## RAPINA

(*Un rapinatore assediato in un supermercato tiene in ostaggio una cassiera puntandole la pistola alla tempia. Intorno altri ostaggi inginocchiati con le mani intrecciate sopra la testa. Fuori campo le sirene della polizia e le voci amplificate dai megafoni.*)

VOCI OFF POLIZIOTTI Arrenditi! Butta la pistola! Sei circondato! Non puoi andare da nessuna parte, arrenditi! Ti è andata male la rapina! Butta la pistola!

(*Il rapinatore si guarda intorno indeciso e spaventato, poi prova a buttarla in polemica.*)

RAPINATORE Ma possiamo cominciare a parlare di politica adesso o vogliamo andare avanti con questo gossip sulla rapina?

(*Stacco. Ritorno in studio.*)

CONDUTTORE ...e questo era nel bene!

## IL MASSONE

(*Un salone lussuoso e vagamente istituzionale, fra arazzi, ori, mobili e tappeti pregiati. Al centro, seduto alla sua scrivania, il massone incappucciato, gran maestro della loggia 'Uallera d'oro attorniato da ragazze seminude che ballano con un palo da lap dance o amoreggiano con vari gentiluomini. Tutti indossano maschere veneziane in una scena che ricorda* Eyes Wide Shut. *Un cameriere filippino in marsina e con una maschera a becco d'uccello spolvera mobili e persone. La musica assordante da discoteca viene interrotta dal massone che batte con un martello sul piano della scrivania per richiamare tutti all'ordine.*)

MASSONE (*con accento napoletano*) Interrompiamo questo programma per una serie di comunicazioni di servizio a tutti i fratelle della 'Uallera d'oro, che qua la situazione è drammatica.

Guardate come siamo combinati. Hanno chiuso l'Olgettina e me le hanno scaricate tutte qua. Banchieri, Responsabili, Struttura Delta, P3, P4, tutti qua! Noi saremmo i poteri occulti ma chisti fanno un casino d'inferno.

'Sta Loggia è diventata uno zoo.

...Io poi non so neanche cosa darci da mangiare. Non ci ho mai avuto neanche un pesce rosso... anzi no, veramente ce ne avevo uno negli anni Settanta, ma la banda della Magliana me lo sparò per ritorsione...

(*Una delle ragazze che ballano sullo sfondo si avvicina al massone.*)

RAGAZZA Mi presta la macchina, eccellenza?

MASSONE No, non te la presto che tu poi ci metti la droga.

RAGAZZA No, quello era il mio fidanzato ma ci siamo lasciati.

MASSONE No, non vi siete lasciati.

RAGAZZA Ma se sono due mesi che non ci vediamo!

MASSONE Ci hai pranzato ieri al ristorante La Pagota. Tu sai dov'è, tu sai cos'è, tu sai com'è.

RAGAZZA Ma è lui che non si dà pace.

MASSONE Dicci che mo' la pace sta arrivando.

(*La ragazza, sconsolata, torna a ballare. Dal nulla una voce stridula irrompe e si muove nella stanza, off e in al tempo stesso, per giunta parla in terza persona; il massone cerca di individuarne la fonte voltandosi di qua e di là, cercando sotto il tavolo e fra le ragazze.*)

VOCE SCILIPOTI Scilipoti vuole un posto di responsabilità. Scilipoti vuole diventare ministro dell'Omeopatia! Sììì, signori miei! L'omeopatia! Con queste pillolette meravigliose che si sciolgono sotto la lingua.

MASSONE Nooo! Nata vota! Isse solo ci mancava... Dov'è? Dov'è? Sotto 'o tavolo? Chiste è come 'nu ratto...

FILIPPINO Aaah! Quante belle ragazze ha visto Scilipoti. Adesso Scilipoti vuole fare all'ammore.

MASSONE (*guardando in basso*) No, chilla non la puoi toccare. Te l'aggie già ditte: la bulgara è per Tosi. Dateci la slovena, chiedi a Verdini dove l'ha messa. 'O coordinatore.

VOCE SCILIPOTI A Scilipoti la slovena non ci piace perché è zoppa!

MASSONE Prenditela col tuo collega La Russa che piglia tutti a calci. (*al filippino*) Dacci la slovena!

FILIPPINO Slovena è andata intirogata siniora Bocassina.

MASSONE Come è andata dalla Boccassini? Ti avevo detto di metterci una catena ai piedi!

VOCE OFF SCILIPOTI Scilipoti vuole fare all'amore!

MASSONE (*al filippino*) Guagliò, trova qualcosa e dicci che è una donna.

(*Un'altra voce chiama dalla stanza accanto.*)

VOCE OFF NONNO Gaetaneee, Gaetaneee... ho fatto ancora!

MASSONE 'U grande vecchie s'è svegliato.

FILIPPINO (*al massone*) Sinio', bolebo chiedere anticipo liquidazione per 2016, picché cugino di mio cognato ha avuto un incidente Pilippine fatto molto male ha sbattuto contro uno struzzo, sinio'!

MASSONE Uno struzzo?

FILIPPINO Sì, sinio'...

MASSONE Uno struzzo nelle Filippine?

FILIPPINO Sì, sinio'.

MASSONE Ma vaffammocca va', vai a pulire il nonno che ha fatto di nuovo!

Mo' lasciatemi fare questa comunicazione ai fratelle. Ballate piano, là dietro!

Ma poi perché vi siete mascherati così? Che cosa significa? Che film avete visto? Chisti pensano che una loggia segreta è 'nu carnevale al buio. Com'è triste Venezia! Ballate piano.

(*Si rivolge ai fratelli dall'altra parte dello schermo per dare finalmente le disposizioni della loggia.*)

MASSONE Fratelle, allarme rosso. Lo sapete perché è successo questo? (*i risultati delle amministrative del 2011*) Pecché avimmo fatto il colpo di Stato più lungo del mondo! Diciassette anni, fratelle! Diciassette anni! Chiane chiane: 'o controllo dell'informazione, 'a legge elettorale antidemocratica... Non abbiamo ancora finito! Ma avete mai sentito la parola blitz?

Quando abbiamo cominciato questo golpe mio figlio era all'asilo, mo' quando ce ne parlo mi ride in faccia.

E poi questi scandali sessuali – 'a fessa, 'a fessa, 'a fessa –, alla gente ci è venuto il mal di stomaco! Volevamo attaccare il cuore dello Stato, abbiamo sbagliato organo. Mo' ci vuole un colpo di reni. Berlusco', *un* colpo...

Avimme a resta' coesi. Ripeto: coesi.

Prima cosa: conquistare il voto ricchione. Formigoni già sta facendo con il nuovo stilista, ma non basta: Giovanardi ti devi sacrificare... Giovanardi, hai a diventare il Vendola di destra. Hai a mette' l'orecchino. O ti metti l'orecchino o ti sposti l'anello dal naso all'orecchio, ripeto, spostare orecchino da naso a orecchio. Se poi non basta, richiamare Bertinotti.

Proposta cambiare nome PDL. È sbagliato, fratelle, noi dobbiamo umanizzare.

Non cambiare nome, ma aggiungere cognome. Ripeto: aggiungere cognome.

Per esempio: PDL Rossi, o PDL Di Girolamo. Che sembra uno di noi, un amico, un vicino di casa... e poi ti fotte!

Milano. Squadra Pisapia sarà metà donne. Insinuare Pisapia metà donna.

Immigrati. Spostare centri accoglienza da Lampedusa a Napoli. E tanti auguri a De Magistris per il suo lavoro.

Spostare finto attentatore Belpietro su finto suicidio Mastella.

Economia: La strategia di Tremonti mo' l'abbiamo capita: risanare tutti i conti e poi vedere chi è rimasto vivo. Ma mo' Tremonti ha a caccia' i soldi. Se non lo fa, rapiteci un parente... o meglio ancora mandateci lo stilista di Formigoni.

Processi. Spiazzare. Scambiare testimoni.

Mills su processo Ruby.

Ruby su fondi neri Mediaset.

Minetti su lodo Mondadori. Dichiarare: ero l'igienista dentale di De Benedetti. Spiazziamo! Cambiare gli schemi.

Mills su Ruby, confessare: per seicentomila euro ero io che me la ingroppavo.

Spiazzare anche con riforme.

Privatizzare le quaglie. Ripeto, fratelle: privatizzare le quaglie.

Informazione: vogliono cacciare via Sallusti. A me personalmente Sallusti mi piace. L'unico problema è che lavora solo di notte perché la luce del sole ci dà fastidio.

Allora facimme un direttore di giorno e uno di notte.

Minzolini invece avimme detto che se ne va. Minzoli',

guardiamoci in faccia: tu la liquidazione l'hai già presa. Tu sai com'è, tu sai perché, tu sai quant'è.

RAI: Fate scappare tutti a La7. Poi una volta che sono tutti dentro ci abbassiamo di colpo il tetto pubblicitario e li schiacciamo.

Come si fa? Col solito sistema, fratelle: nascondere la norma dentro un innocuo provvedimento sulla manutenzione dei semafori e fare votare... 'a polpetta avvelenata.

Ruffini: trattamento Freccero. Stanza grande senza porte e finestre.

Diggitale terrestre: cambiare numeri canali RAI più velocemente, più velocemente! Sennò la gente poi se li ritrova subito! Fratelle, vi ricordo che tutta 'sta cosa del diggitale l'avimme fatta così la gente passava 'o tiempo a sintonizzare e risintonizzare e intanto nun sape niente de chille che succede.

Iamme che Mediaset deve fattura'.

VOCE OFF NONNO (*chiama dall'altra stanza*) Gaetaneee... Gaetaneee...

MASSONE Politica estera... politica estera... Mamma mia che guaio. (*al filippino*) Vai a cambiare nonno e chiamami Frattini...

FILIPPINO Frattini è a Bruxelles, sinio'.

## IL GRANDE VECCHIO/1

(*Il grande vecchio è su una sedia a dondolo in una stanza con le finestre sigillate, ovunque emblemi della massoneria e cappucci inchiodati al muro. Somiglia vagamente a Licio Gelli, occhiali, aria tremolante e un plaid a scacchi sulle gambe nude. Parla in modo confuso e cantilenante con accento napoletano.*)

GRANDE VECCHIO Gaetane... Gaetane...

(*Entra nella stanza il filippino.*)

FILIPPINO Eccomi, sinio'.

G.V. Ho fatto ancora...

FILIPPINO Sì, sinio', sì.

(*Il filippino comincia a pulire la padella sotto la sedia.*)

G.V. Ma tu lo sai io chi sono?

FILIPPINO Sì, sinio', so' cinque anni che pulisce qua, io già lo sa, sinio'...

G.V. Io tenevo in mano le fila di questo Paese!

FILIPPINO Sì, sinio'...

G.V. Io tenevo la P2, Cossiga teneva Gladio e Andreotti teneva l'anello.

FILIPPINO L'anello... sì, sinio'.

G.V. Dov'è l'anello?

FILIPPINO Dov'è l'anello, sinio'?

G.V. Se mi porti una sigaretta, senza farti vedere, ti rivelo un segreto.

FILIPPINO Sinio', mio cognato vuol venire a lavorare in Italia, ha detto se tu lo puoi aiutare e io gli ho detto che parla tu con lui se gli può dire se...

G.V. Ma tu lo sai chi c'era dietro le Brigate rosse?

FILIPPINO Sì, sinio'... chi c'era?

G.V. I servizi segreti israeliani.

FILIPPINO Servizi segreti... già detto questo segreto, sinio'.

G.V. Io so tanti segreti... Io tengo in mano il Paese per le palle con tutti i segreti ma adesso è ancora presto per rivelare ma a te li voglio rivelare!

FILIPPINO Sì, sinio', già mi ha detto tutti segreti...

G.V. Lo sai chi c'era dietro a Ali Agca?

FILIPPINO Chi c'era, sinio'?

G.V. I servizi segreti israeliani... quello era un pupazzo, neanche sapeva dove doveva sparare...

FILIPPINO Era un burattino era, sinio'.

G.V. 'Nu burattine... (*guarda in basso*) Oh!

FILIPPINO Che ha fatto, sinio'?

G.V. Ho fatto ancora.

FILIPPINO Si però scusa se fa tutto insieme è meglio perché io pulisce lava se c'è lavatrice troppo vuota è spreco, non la posso mandare.

G.V. Senti, ma sta piovendo? Perché sento un'umidità nelle cose...

FILIPPINO Perché fatto pipì nella scarpa, sinio'.

G.V. Oh! Ti dico il vero motivo per cui ti ho chiamato, ascoltami: io voglio dirti una cosa che tu devi stare attento, in questo Paese il problema più grave lo sai qual è?

FILIPPINO Qual è, sinio'?

G.V. L'immigrazione.

FILIPPINO Immigrazione, sinio'...

G.V. Gli immigrati! È piena l'Italia, è rovinata, adesso è piena di negri!

FILIPPINO Piena, sinio'...

G.V. Noi ci dobbiamo difendere da questi negri, gli dobbiamo sparare con le armi *bum bum*... e tutto è finito...

FILIPPINO Piano, sinio', sennò gli alza la pressione.

G.V. Oh! Ho fatto angora...

FILIPPINO E però scusa, sinio', per favore alza la mano se la deve fare senza padela! Si c'è la padela va bene senza padela no!

G.V. Ma lo sai peggio ancora dei negri chi c'è?

FILIPPINO Chi c'è peggio ancora, sinio'?

G.V. Peggio di tutti gli immigrati? I Filippini!

FILIPPINO (*mesto*) ...Sì, sinio'.

G.V. I filippini sono una rogna, sono una schifezza pericolosa, è un'invasione di filippini!

FILIPPINO Sì, sinio'...

G.V. Dobbiamo fermarli io e te insieme, ti faccio pure maresciallo del grande oriente.

FILIPPINO Grazie, sinio'.

G.V. ...Perché il negro almeno lo vedi in faccia, subito prendi la mira e *bum* e tutto è finito.

FILIPPINO Certo, sinio'.

G.V. Ma i filippini si mescolano in mezzo agli altri, prendono fattezze umane e si mettono dappertutto! I filippini possono andare dappertutto e noi non li vediamo. (*gli afferra un braccio e si guarda intorno allarmato*) Anche in questa casa si potrebbe nascondere un filippino.

FILIPPINO Sì, sinio'...

(*Il vecchio fissa per un momento il viso del filippino con sospetto.*)

G.V. Ma tu di dove sei?

FILIPPINO Io di Milana, sinio', so' Milana...

G.V. Milano! Ah, bravo figlio mio, un ragazzo italiano che fa ancora questo mestiere... è strano però perché hai i lineamenti molto peculiari.

FILIPPINO Grazie, sinio', grazie.

G.V. Ma papà di dov'era?

FILIPPINO Di Milana, sinio', pure di lui, sinio', di Milana

G.V. Pure isso di Milano... Che squadra tifi?

FILIPPINO Manilan, sinio'.

G.V. Milan?

FILIPPINO Milan, sinio', sì Milan.

G.V. Ascolta, vuoi sapere perché ti ho chiamato?

FILIPPINO Sì, sinio'. Per pulire dopo quando ha fatto, sinio'.

G.V. (*compare nelle sue mani una busta da lettere*) Per tutta la notte ho scritto una lettera a Giorgio Napolitano, a lui personalmente la dovrai consegnare, senza farti vedere.

FILIPPINO Zitto zitto, sinio'.

G.V. Ho scritto una lettera a Giorgio Napolitano sui negri!

FILIPPINO Sì, sinio'.

G.V. Hai capito?

FILIPPINO Sì, sinio'.

G.V. Io conosco tutti i segreti di questo Paese e a te li voglio raccontare. (*comincia a farfugliare in modo indistinguibile*) Il generale de Lorenzo – allora c'erano Moro e Bettino Craxi – era il figlioccio del marito di Vangelis.

FILIPPINO Sì, sinio'.

G.V. Lui solo sapeva dov'era nascosto il segreto... oh!, ho fatto ancora!

FILIPPINO Sì, sinio', però scusa io l'avevo detto se non c'è la padela alza la mano, sinio', però scusa eh.

G.V. Oh! Vuoi sapere il vero motive per cui ti ho fatto chiamare?

FILIPPINO Sì, sinio'.

(*Un'altra lettera.*)

G.V. Per tutta la notte ho scritto una lettera a Ratzinger, a lui personalmende la dovrai consegnare.

FILIPPINO Sì, sinio'.

G.V. Senza farti vedere.

FILIPPINO Zitto zitto, sinio'.

G.V. Perché io conosco il suo segreto... Oh! Ho fatto di nuovo...

FILIPPINO Che c'avete oggi, sinio'?

G.V. Ho perso il controllo dello Stato, ho perso il controllo dell'intestino... va da solo... va come un corpo estraneo... (*si agita*) Se una volta avevamo il controllo, io facevo *quando* sceglievo di fare e *quello* che dovevo fare!!!

FILIPPINO Sì, sinio'.

G.V. ...No che prima succede e dopo chiamo.

FILIPPINO E dopo chiama a me, sinio'.

G.V. Sì, a te, di dove hai detto che sei?

FILIPPINO Di Bologna, sinio'.

G.V. (*di nuovo insospettito*) Bologna?

FILIPPINO Bologna, sinio', sì.

G.V. È strano, pecché tu tieni dei lineamenti... e papà di dov'è?

FILIPPINO Di Bologna pure lui.

G.V. (*rassegnato*) Di Bologna isso pure...

## RATZINGER

*(Il papa scende lentamente le scale polverose di un'antica cripta d'epoca romana scarsamente illuminata. Nella mano sinistra*

*tiene per il collo una gallina spennata. Borbotta fra sé e sé con aria preoccupata e marcato accento tedesco.*)

PAPA Come fare? La chiesa è in grante tifficoltà, la cente non crete più nella nostra santa misione. Gli scantali ci stanno trafolcento... Il sacertozio che tofrebbe essere santo e immacolato appare agli ocki tel monto lascifo e corrotto...

(*Attraversa stanze buie, si intravedono statue romane, anfore, graffiti in latino sui muri.*)

PAPA Ogni ciorno un altro sacertote viene arestato per apusi su minori. La cente non crete più ai falori cristiani, e cuarta occi alla santa chiesa con scetticismo e tiffitenza...

(*Apre un piccolo cancello di ferro, con un cigolio straziante, e penetra in una stanza illuminata da decine di candele.*)

PAPA ...Il nostro santo potere che guitava le coscienze ta questo ancolo tel monto è occi minacciato tal tecatere tei costumi, tall'ateismo, tal relatifismo etico. I sacri tocmi fencono cvotitianamente irrisi e contestati. Fino at arrifare a mettere in tubbio la verità stessa tella fete...

(*Si avvicina a un piccolo altare con delle figurine in bronzo e terracotta raffiguranti divinità di epoca greco-romana. Si inginocchia e depone la gallina davanti alle statuine.*)

PAPA O granti tèi tell'Olimpo... è tanto che non fenco quaggiù a tisturbarvi. Vi imploro: accogliete qfesto sacrifizio ti callina e tornate a tarci il fostro aiuto...

Tu, Minerva, tea tella sapienza, concetici il lume tella tua saccezza per trovare la strata...

Tu, Marte, tio tella guerra, fai a pezzi i nostri nemici atei e blasfemi...

E tu, Cupito, smetti ti scagliare frecce fra omo e omo...

O antichi tèi, vi appiamo coperto per tuemila anni tietro questo monoteismo di facciata lasciandovi in pace, come da accordi, a sgodazzare nell'Olimpo senza più preoccuparvi di noi poveri mortali. Ma atesso umilmente fi imploro: tornate per un ciorno ai fostri posti di comando e datemi una mano.

*Guarda la statua di Eolo e scuote la testa.*

PAPA Eolo... che casino che hai fatto in Giappone...

## STUDIO

CONDUTTORE Stavamo parlando degli dèi, chissà dove sono finiti... ma se poi tornassero sarebbero in grado di capire il mondo di oggi? Sugli dèi non ne sappiamo molto, se non che erano tantissimi e chissà cosa hanno combinato in questi millenni di assenza.

Per esempio, c'è una nuova genia di dèi romani incrociata con quelli scandinavi...

## ANIENE

(*In un parcheggio vuoto affacciato su Roma, una specie di Thor di terza categoria coi capelli biondi e un grosso martello in mano sta guardando il cielo e parla come un coatto.*)

ANIENE Sono stato sceso sulla tèra in mezzo ai mortali pe' ripara' i torti e trionfare la giussizzia, ma essi sono così confusi, così inclini alle debbolezzeee.

Nei loro cuori albergano i sentimenti più bassi, tipo paura, viltà, e buciardìa... ognuno porteno acqua al suo mulinooo... è tutto un magna magna... a vorte il dubbio mi assaleee.

(*Guarda in alto verso le nuvole.*)

ANIENE Padreee, che cosa debbo fareee?

(*Dalle nuvole baluginano raggi di luce e una voce profonda e romanissima gli risponde. È Disse, il dio padre che parla. I due si sentono malissimo.*)

DISSE Aniene, figlio mio, t'ho inviato su a tèra, per un compito ben breciso: dovrai vegliare sulle umane debolezze, non ti è pemesso interferire coi umani, ricordati, tu vieni da un universo molto più grosso, sei stato forgiato dalla spada maróne! Devi aiutalli a seguire la loro strada, senza indeferire. Quel martello che ti ho dado non serve certo a scaccia' i chiodi, usilo co' saggezza.

ANIENE Padreee... ma essi sono così fraggili, così inclini alla debbolezza umanaaa...

DISSE ...Così?

ANIENE Incliniii!

DISSE So' umani, questo è così, non è che puoi indeferìre.

ANIENE Padreee, me piace unaaa!

DISSE No, ecco, cominciamo subito, non ti puoi ammucchiare co' una mortale; non devi mescolarti cole donne dela tèra... al massimo un bacetto. Sei stato forgiato colla stessa forgiatura degli dèi. Se ti ammucchi è finita! Quando 'a quinta luna se sarà messa pe' così tu aggirai!

ANIENE Pe' così comeee?

DISSE Eh?

ANIENE Pe' così comeee!

DISSE Te sento e nun te sento. Aniene, fio mio, ricordoti quoo che t'ho detto prima: l'umanidà soffre quello che è in definitiva un momento de grisi... aiutali! Istradali su 'a strada, ma ricorda: anche se cammini in mezzo a loro nun sei uno de loro...

ANIENE Ma chi sta a cammina'?

DISSE Eh?

ANIENE Nu' stavo a camminaaa'.

DISSE Adesso no, adesso stai fermo, ma quando cammini ricordoro: nun zei uno di loro, sei stato forgiato dalla stessa spada de prima, aiutali a trovare la loro strada, questo pianeta da na parte possono essere deboli, inclini alle debolezze del corpo, ma dentro a di essi c'è una grandezza, come in tutte le cose... le cose, le persone! Sono gome dei bambini, a volte magari enno confusi, qualche volta sono anche 'mbriacati. Sono mortali, ricordalo, non campano gli anni de pippo come a noaltri. Ma io so che c'è del buono in loro, aiutali, Aniene! Aiutali co' 'sto buono. Pure dentro a di essi brilla una scintiglia divina.

ANIENE Sì, padreee.

DISSE I poteri che ti ritroverai sono quelli pressappoco del tuono. Usali. Usalo 'sto tuono ma non esaggerare, ricordati: troppi tuono è come nessun tuoni.

ANIENE Padreee, te sento e nun te sentooo.

DISSE Aniene, tu hai grandi poteri, ma tanti poteri significa una grande responsabilità. Persegui il bene... tutto quanto bene, capito?

A volte magari c'è una tirannia e tu agirai subito nei confronti de questo qui.

Tu ci hai i poteri, usali co' saggezza sennò come too dati tii levo. Tu se' bravo, Aniene. La gente fida a te, non deluderli.

ANIENE No, padreee, non ti deluderò, per gli ddèi! Sarò lo strumento del tuo volereee.

DISSE Bravo, o sabevamo tutti ch'eri bravo. Peqquesto t'amo mandado. Riponiamo in te le speranze di tutto quanto. Ricordati ciò che ti ho insegnato, una parola è poca e due so' troppe.

ANIENE O padre, o grande ddeo, farò come tu comandi, degno ar massimo delle due paroleee. Mamma come sta?

DISSE Come sta? Mamma n'ce sta più colla testa, lo sai...

## MAFIOSO/1

(*Il mafioso è seduto al tavolo del salone con un cappellino di cartone in testa. Sui muri del salone e sui palazzi che si intravedono dalle finestre ci sono scritte e manifesti che ricordano i* 150 Anni della mafia. *Il fido picciotto, in piedi, sta sistemando stelle filanti, trombette e coriandoli. Accende varie candele sul tavolo e inavvertitamente un petardo.*)

MAFIOSO (*sognante*) 150 anni di mafia... incredibile, sembra ieri... Io ho cominciato con una patata e un proiettile, non tenevo ancora la pistola e guarda dove sono arrivato..

(*Il petardo esplode.*)

MAFIOSO (*mettendo mano alla pistola*) Che minghia succede?

PICCIOTTO Un attentato! (*gli fa scudo col suo corpo*) Via, buttiamoci a terra, eccellenza!

(*Falso allarme. Ma il picciotto è preso per il bavero.*)

MAFIOSO L'hai acceso tu chisto? Hai acceso tu questa minghiata?

PICCIOTTO (*ammette*) Perdonasse, eccellenza...

MAFIOSO Vedi che sei un minghia! Sei la protesi della tua stessa minghia! Oggi poi sei eccitato, non so cosa ti ha preso... Stiamo facendo le cose serie qua, forza!

PICCIOTTO Scusa, eccellenza, scusa...

MAFIOSO Stavo in un momento lirico di ricordare... ricostruire questa storia, fatta di uomini, fatta di passione...

PICCIOTTO Bacio le mani, eccellenza, scusa.

MAFIOSO Sì, sì, bacia la minghia, lascia stare...

(*Il picciotto tira fuori un pupo siciliano.*)

PICCIOTTO 'U pupo, eccellenza? Dove devo attaccare 'u pupo?

MAFIOSO Te l'ho già spiegato... allora, per l'ultima volta: 'u sarracinu l'hai a appendere fuori dalla porta, così!

PICCIOTTO Fuori dalla porta.

MAFIOSO 'U cani abbattuto lo devi mettere sullo zerbino un po' acciambellato, capisci? Un po' a ciambella.

PICCIOTTO 'U teste de morto dove le metto, eccellenza? Dove le appendo le teste di morto?

MAFIOSO Te l'ho spiegato... allora ascolta, 'a testa di morto ce la cacci dentro la bocca duu cani così in fondo fino allo stomaco e poi a mezzanotte piano piano si tirano fuori piano piano col filo e c'è questa musica dolce.

PICCIOTTO Che bello, eccellenza! Voglio ballare tutta la notte con Assuntina, voglio ballare, eccellenza!

MAFIOSO Ascolta... tu sei agitato, lo capisco, ma questa è

una festa istituzionale, quando loro fanno la festa, lì alla loro repubblica, non è che tu vedi Napolitano che balla tutto il giorno, che tocca 'u culo alle femmine, sta composto con la cravatta, eh, hai capito?

(*Squilla il telefono.*)

MAFIOSO 'U telefono, rispondi.

PICCIOTTO Pronto?

MAFIOSO Cu minghia è? È tutto il giorno che fracassano la minghia con questi auguri...

PICCIOTTO Don Vito! Bacio le mani... sì, eccellenza sta qua, adesso glielo passo, grazie, auguri a voi, bacio le mani. (*gli passa la cornetta*) È don Vito.

MAFIOSO (*alza gli occhi al cielo e lancia una bestemmia muta, poi risponde fintamente affabile*) Don Vito carissimo... grazie, don Vito, grazie, siete gentile, ma no, don Vito, la mafia non esiste, è un lavoro di squadra...

PICCIOTTO (*si scalda improvvisamente e si avvicina per gridare nel telefono*) La mafia non esiste! La mafia è un'invenzione della stampa! È un'invenzione...

MAFIOSO (*tappa la cornetta con la mano*) Scusa, vuoi parlarci tu con questo grandissimo scassaminghia?

PICCIOTTO No, eccellenza.

MAFIOSO E allora fammi finire e poi se vuoi parlare tuu passu... (*riprende la conversazione*) Cosa dice? Sì, scusa, don Vito, è 'u picciotto che oggi è agitato, non lo so se ha pippato qualcosa di strano... cosa dici, don Vito? Che sono il miglior premier di Cosa Nostra degli ultimi 150 anni? Sei gentile... ma lo dici solo perché tengo sequestrata tua figlia? Ah, sei sincero, mi fa piacere. Grazie della telefonata, don Vito, baciamo le mani. Sì sì sì. (*attacca*) Che scassaminghia tutto il giorno a chiamare...

PICCIOTTO È sempre bravo don Vito, si ricorda sempre di tutti quanti, è vero?

(*Squilla di nuovo il telefono. Stavolta il mafioso ha un'espressione spaventata.*)

MAFIOSO Fermo! Io chisto schillo lo riconosco! Non rispondere, non...

(*Ma il picciotto ha già alzato la cornetta.*)

PICCIOTTO Pronto, chi è? È zu Silviu!!!

MAFIOSO Io non ci sono! Ascolta, non ci sono, sono uscito, sono fuori, capito? (*ma è inutile*)

PICCIOTTO Mi dispiace, sua eccellenza non c'è, adesso glielo passo.

MAFIOSO (*rassegnato prende la cornetta, mentre con gesti muti manda al diavolo il suo attendente*) Zu Silviu! Come stai? Grazieee che chiamasti, grazie, zu Silviu, nooo, complimenti a te per tutte le cose che stai realizzando... bravo zu Silviu, hai stabilizzato l'economia, adesso non si muove più, proprio...

Sì, lo so perché chiami, zu Silviu, già ne parlai co' picciotto che mi hai mandato l'altra volta, sì, lo so, ho capito che hai a fare un altro rimpasto, ti ringrazio che hai pensato a mia, ma io non me la sento di entrare nella maggioranza, sto bene qua, zu Silviu, voi state là, non fate una minghia tutto il giorno, votate e chiavate, votate e chiavate... io non posso, ho da lavorare, capisci?

...sì, zu Silviu, ma voglio spiegarti un concetto: non è che se uno è indagato deve per forza scendere in politica, ci sono anche altre cose nella vita... eh? No, al governo no, zu Silviu, meno che mai!

PICCIOTTO (*eccitatissimo*) Eccellenza! Al governo dovete andare? È un occasione irripetibile, dovete andare, eccellenza, è una cosa bellissima, andiamo al governo, eccellenza!

MAFIOSO (*infastidito*) ...'u picciotto che è giovane non capisce, non esiste, il governo è un finzione

PICCIOTTO Il governo non esiste! È un'invenzione della stampa!

MAFIOSO ...No, niente, zu Silviu...

PICCIOTTO ...non esiste. Il governo è un' invenzione della stampa!

MAFIOSO ...Oggi è fissato con la stampa, domani saranno i topi, dopodomani le tegole, ogni giorno ce n'è una... no, zu Silviu, ti stavo spiegando: voi non fate una minghia tutto il giorno, io ho delle responsabilità, come agghiu a dirtelo? È troppo presto pe' mia, per pensionarmi e ritirarmi nella politica: voglio ancora lavorare!

PICCIOTTO ...Ma ci danno la macchina blu, eccellenza?

MAFIOSO Sì, ho capito, la macchina, ma tu lo sai che le macchine non mi piacciono, perché esplodono, capito? Non mi danno affidamento...

PICCIOTTO Andiamo in televisione! C'è Santoro?

MAFIOSO Sì, ci sono i giornalisti, ma non è come qua che ci puoi sparare... li porti al luna park, li metti seduti, e se ci spari vinci un premio, la c'è la televisione istituzionale, capisci? non puoi fare niente... è noiosa Roma, è noiosa, tu non lo sai, non ci sei mai stato...

PICCIOTTO Eccellenza, m'ha detto zu Silviu che ci stanno un sacco di femmine!

MAFIOSO (*si barcamena tra il telefono e il picciotto*) Scusa, zu Silviu...

PICCIOTTO Al governo ci stanno un sacco di femmine, stanno in parlamento proprio!!!

MAFIOSO Sì, so, zu Silviu, ha sentito 'femmine'... figurati, c'ho spiegato... (*al picciotto*) Sì, ma quelle femmine, ascoltami, le devi pagare, non è come qua tu prendi una la porti in un granaio, fai quello che devi fare, ci dici se parli con tuo padre io ti sparo, capisci? Lì invece devi pagare ogni volta... (*al telefono*) Sì, zu Silviu, però vedi che la prostituzione fine a sé stessa non mi interessa, se è un business che lo gestisco io, se è un affare, va bene, ma che uno fa produttore e consumatore che cosa è? L'economia di sussistenza? Zu Silviu... una ficcata costa cinquemila euro!

PICCIOTTO Ma eccellenza, i soldi non sono i suoi, sono dello Stato, che ci importa.

MAFIOSO È comunque troppo, scusami, zu Silviu... come? ...Ah quella non l'hai pagata? Ch'hai regalato? La *macchina laser per la depilazione*? No, no, qui le picciotte usano ancora la polvere da sparo...

Senti, Silviu, ti ringrazio, ma già te lo dissi: è inutile che mi chiami, non voglio entrare al governo, non mi mandare nessuno cca, zu Silviu, non mi mandare un'altra volta Lele Mora, che è puppo, poi la gente non parla, ma mormora sì, capisci? (*sbarra gli occhi*) No, no, zu Silviu, chi mi hai mandato? Ma oggi? Proprio oggi che stiamo festeggiando? Qui a casa mia l'hai mandato? 'U nanuuu! No, ti prego, zu Silviu! (...)

(*Suona il campanello.*)

PICCIOTTO Eccellenza, hanno suonato!

MAFIOSO No, non aprire! Non aprire!

(*Ma il picciotto è uscito fuori campo, rumore off della porta di casa che si apre.*)

MAFIOSO Niente... non è un uomo, è una prostata ipertrofica!

PICCIOTTO OFF Chi è?

(*Irrompe la voce stridula di Scilipoti che, come prima, entra in campo senza rendersi visibile.*)

SCILIPOTI Aaah che viaggio terribili ca fici Scilipoti! Prima un caldo infernale, poi si bucò il vestito con un fico d'india, ora Scilipoti vuole parlare di politica.

(*Il mafioso segue con volto impietrito la vocetta che si muove nella stanza.*)

SCILIPOTI ...Ora Scilipoti vuole parlare di omeopatia, sì, signori miei! L'omeopatia! Non quei farmaci chimici che fanno male e non curano niente, ma chiste meravigliose pilluiette ca si sciolgono sotto la lincua! Ora Scilipoti...

(*Senza preavviso e senza cambiare faccia, il mafioso spara. La voce tace.*)

(*Riprende in mano la cornetta del telefono.*)

MAFIOSO Zu Silviu... ti devo dare una notizia... purtroppo 'u nanu murìu...

(*Primo piano del picciotto che guarda in terra, imbarazzato.*)

PICCIOTTO ...Pubblicità!

## VULVIA

(*Appare Vulvia in uno studio bianco, affogata in una luce flou. Su uno schermo le animazioni grafiche che illustrano i vari argomenti scientifici.*)

VULVIA La telomerasi, misteriosa proteina la cui lunghezza regola la longevità: lo sapevate? Allungando artificialmente la telomerasi in laboratorio, si è riusciti a raddoppiare la vita dei topi... ma tanto poi se la rosicchiano tutta e risiamo d'accapo!

...non meritate niente, proprio!

I primi ominidi partirono dall'Africa e in poche migliaia di anni conquistarono prima l'Asia mediorientale, poi l'Europa, l'America e l'Oceania. Quando tornarono in Africa scoprirono che gli avevano fregato tutto!

...colpa tua... parti... il ladro, si sa, aspetta duemila anni, tremila, poi vede che non c'è nessuno e entra...

Antimateria! La teoria prevede che dovrebbe essercene tanta quanta la materia, ma le nostre sonde e i potenti telescopi che scandagliano il cosmo non riescono a trovarla! Produrne un solo grammo nei laboratori di fisica costa milioni e milioni di dollari...

...e se il problema del cosmo fossero proprio i soldi?

...è come la politica, siamo buoni tutti a fare la teoria: 'Tanta antimateria quanta la materia...' Ma ce l'hai la copertura?

La piramide di Cheope, scoperta ed esplorata ormai da tanti anni, non ha ancora finito di svelarci i suoi segreti

Trovata una cripta nascosta piena di riviste porno.

La deriva dei continenti è un fenomeno geologico inarrestabile e tutt'ora in corso, se l'uomo non interviene, fra un milione di anni succederà questo: i continenti, allontanandosi fra loro, si staccano dalla terra e vanno alla deriva nello spazio.

(*Tira fuori un barattolo di crema improvvisandosi testimonial. Sul bordo inferiore dello schermo appare il marchio 'Gargné'.*)

VULVIA Cosa uso per la mia pelle? La nuova crema di Gargné alle foie.

Grazie al potere nutritivo proprio delle foie penetra a fondo nella mia pelle e la rende più elastica, più morbida, più luminosa.

Ecco cosa uso io.

Usavela!

La nuova crema Gargné alle foie!

Alle foie de che? (*si confonde*) Niente... alle foie... alle foie in generale...

...non lo so... alle foie de che, non è importante che foie sono di che, è emolliente proprio, ristora la pelle, che ti frega di che foie sono? Niente! Alle foie e basta! Alle foie in generale... (*si intristisce*) Ecco, ho sbagliato, lo sapevo! Adesso pigliano la modella polacca! (*apre il barattolo della crema e lo annusa*) Comunque non lo so che foie sono, ma fa una puzza mortale!

## MAFIOSO/2

(*Ritroviamo mafioso e picciotto nella stessa situazione. Il mafioso sta ancora parlando con zu Silviu al telefono, ma viene interrotto dal picciotto.*)

PICCIOTTO Eccellenza, che dobbiamo fare co' 'u nano morto?

MAFIOSO Scusa, zu Silviu... (*al picciotto*) Eh, mettilo anche iddu sullo zerbino davanti alla porta...

PICCIOTTO Ma c'è già 'u cani!

MAFIOSO Lo metti davanti 'u cani, lo metti anche a lui acciambellato davanti 'u cani, con questi musetti che si guardano fra di loro...

PICCIOTTO Coi musetti che si guardano, sì, eccellenza... (*esce*)

MAFIOSO Scusa, eccomi, zu Silviu... e certo, adesso ti manca un voto e devo venire io! ...Zu Silviu, bada, zu Silviu che è colpa tua, vabbene ora te lo voglio dire pecché: pecché fai fare tutto alla Lega e chiddi chiaramente preferiscono la camorra... e la munnezza la fa la camorra, e il nucleare lo fa la camorra, e l'alta velocità la fa la camorra, e la televisione la fa la camorra, e quindi Saviano: 'Che tempo di minghia' e 'Vieni via ntuu culu!' La mafia ormai un documentario è diventato! Gianni Minoli devo aspettare perché si parli di noialtri... ma al di là del danno economico, Silviu, che i soldi vanno e vengono non è quello il problema... è un danno di immagine! Non ci bastava la scissione di Mafia e Libertà! ...Silviu, a stare cu tia è un danno di immagine, mi dispiace dirtelo, solo proclami fai, fai proclami e poi non fai una minghia, io qua non lo posso fare, se io qua dicessi, metto la bomba... domani metto la bomba... domani metto la bomba... e non la metto mai, i picciotti mi incaprettano, mi buttano in una fontana con un peso ai piedi e esprimono un desiderio con la fidanzata! Hai capito la differenza con noautri?... Zu Silviu, vuoi che te lo dica? Con tutto il rispetto, zu Silviu: sei finito, vedi che sei finito! Scusa se te lo dico ma non conti più una minghia bucata di una minghia, oh! Adesso la vuoi fare la trattativa? È tardi, Silviu, ti devo salutare... no, non vengo a Roma, non insistere! Non mi mandare nessuno, non mi fare telefonare da nessuno, che la risposta è no e no è!!! (*attacca il telefono*)

Oooh, è dal 1994 che ci voleva dicere chiste cose! Diciassette anni che aspetto a chisto, che dice dice, e non fa una minghia, oooh, e abbiamo finito anche questa fase storica! Di tutti i modi che potevo festeggiare questi 150 anni, chisto è 'u chiù beddu e anche 'u chiù sfizioso, oooh!

(*Ma squilla di nuovo il telefono.*)

MAFIOSO Ancora? Pronto?

(*Split screen. Alla destra del frame appare il massone.*)

MASSONE Uè, tu sai chi è, tu sai perché, tu sai qual è.

MAFIOSO (*mesto e deferente*) Sì, maestro venerabillissimo.

MASSONE Allora, sentimi bene: domani mattina a palazzo Chigi rimpasto ore 8:00. Ripeto: rimpasto ore 8:00

MAFIOSO (*rassegnato*) Ore 8:00... sarò puntuale a Roma, eccellenza, sì...

(*Un momento di silenzio. Il mafioso, tristissimo, sembra sul punto di piangere. Ma irrompe di nuovo la voce di Scilipoti.*)

SCILIPOTI Aaah che giornata infernale per il povero Scilipoti, prima un viaggio terribile, poi si bucò il vestito con un fico d'india, un caldo infernali... poi a Scilipoti ci hanno anche sparato! Poi Scilipoti s'è svegliato accanto a uno stranissimo cane... Ora Scilipoti vuole parlare di maggioranza, ora Scilipoti vuole parlare di politica, ora Scilipoti... (*continua in sottofondo*)

(*Un cane comincia ad abbaiare fuori campo. Il mafioso estrae di nuovo la pistola e spara. Il cane guaisce in lontananza.*)

MAFIOSO Neanche 'u cani morìu! (*si rimette il suo cappellino da festa con l'elastico*) Solo cu cappelluddu sono felice... mi metto 'u cappelluddu e torno bambino... una patata e un proiettile.

## IL GRANDE VECCHIO/2

(*Torniamo nella stanza del grande vecchio. Il filippino lo sta accudendo.*)

FILIPPINO Ecco qua, sinio'.

G.V. Ascolta, se mi porti un caffè senza farti vedere...

FILIPPINO Sì, sinio'.

G.V. Dentro al caffè mi ci mette una sambuca...

FILIPPINO Una sambuca, sinio'.

G.V. Oh, all'interno della sambuca mi ci metti un whisky...
FILIPPINO Sì, sinio'.
G.V. Oh... dentro al whisky, sempre senza farti vedere...
FILIPPINO Zitto zitto, sinio'.
G.V. Mi ci metti una grappa.
FILIPPINO Alla pera, sinio'.
G.V. E io in cambio ti rilevo un grande segreto.
FILIPPINO Grande segreto.
G.V. Non furono le Brigate rosse a rapire Moro, fu Moro a rapire le Brigate rosse!
FILIPPINO Sì, sinio', già mi ha detto...
G.V. E dietro a Moro chi c'era?
FILIPPINO Chi c'era?
G.V. I servizi segreti israeliani.
FILIPPINO Già me l'aveva detto questo segreto, sinio', già me l'aveva raccontato.
G.V. Le torri gemelle è sempre stata una sola... oggi stava di qua domani stava di là per quello sembrava che erano due, per quello sono venute giù assieme... era una grande illusione.
FILIPPINO Sì, sinio'.
G.V. Ma tu di che loggia sei?
FILIPPINO Ah, io Tiburtina, sinio', abito a Tiburtina, sinio'.
G.V. Aaah! Grande Oriente Tiburtino...
FILIPPINO Tiburtina, via della Buratella, Tiburtina, sinio'.
G.V. È strano, perché tieni dei lineamenti molto particolari...
FILIPPINO Della Tiburtina.
G.V. Mamma di dov'è?
FILIPPINO Mia mamma di Tiburtina pure lei, sinio'.
G.V. (*farfuglia*) Quello che abbiamo fatto noi negli anni Ottanta, ancora non si deve sapere, perché gli anni Ottanta non sono mai finiti!
FILIPPINO Sì, sinio'.
G.V. (*canta*) Cosa resterà...

FILIPPINO (*canta*) Cosa resterà...

G.V. Di questi anni Ottanta...

FILIPPINO Questi anni Ottanta, siniooo'... quanto resteràààà...

G.V. Cosa resterà? ...'na fotografia... Oh... ho fatto ancora!

FILIPPINO E sì, sinio', deve alzare la mano però, me l'aveva promesso, sinio'.

G.V. Ascolta: ho scritto una lettera per Osama Bin Laden.

FILIPPINO Non c'è più, sinio'...

G.V. (*sa quel che dice*) Tu consegnagliela...

## ANIENE/2

(*Torniamo dal dio Aniene che parla col padre celeste nel parcheggio.*)

DISSE Aniene, figlio di Disse e di Dena! Porta 'sto cognome, senza fa la superbia. Ricordati: a volte quand'eri piccoletto hai peccato di superbia, sii umile!

ANIENE Sii?

DISSE Umileee!

ANIENE Umile ar massimo, come sempre, padreee. Co' a superbia ho chiuso.

DISSE È chiuso?

ANIENE Ho chiusooo. T'ho già chiesto scusa un miardo de vorteee.

DISSE O sai qual è la debbolezza tua: te fissi sulle cose!

ANIENE Nun è verooo.

DISSE È vero, è tuo padre che te lo ordina che è vero, anche sei sei un deo c'hai pure tu le debolezze, ma io so che il tuo cuore è buono, l'unica cosa sono le fisse. Tu' fratello come sai è un mezzo delinguente e non è degno di albergare gli dèi. A lui lo ribùdo ma tu non fare comillui. Ricordati. Di due fratelli uno è venuto bene. Tu, figlio mio, questo è il tuo destino. Anche lui è superòe però il suo cuore è pieno demmerda...

ANIENE Maledetto! Non dimenticherò mai l'affronto che ha fatto a voi, padreee.

DISSE ...se voleva pija' er trono...

ANIENE Vi appartiene pe' lignaggio! La mavagità delle sue azioni ricade come un'onta su tutti quanti di noi... è 'm pezzo demmerda!

DISSE L'amo messo in un cipresso di piombo pe' cinquemila anni, e se lo rifà so' altri cinquemila. Rigordati Aniene: la forza è importante, ma è sempre il cuore di scegliere il bene. Ricordati i quattro pilastri della saggezza: dire, fare, avere, eccetera.

ANIENE Sì, o grande ddeo!

DISSE Il martello che hai è quello originale, nun lo vendere.

ANIENE Ma nun lo vojo vendereee...

DISSE ...però te sei informato...

ANIENE È il rigattiere che mi ha chiesto quanto ce volevo, pe' na curiosità suaaa.

DISSE ...ti ha fatto er prezzo de 'na cassapanca...

ANIENE Ma infatti nun lo vendooo.

DISSE Si lo vendi ti levo i poteri, chiaro?

ANIENE Ma chi o vendeee.

DISSE Bravo. Comunque, noi riponiamo 'na fiducia in te. Pe' Natale te famo er cellulare. E ora va, figlio mio.

ANIENE Sì, padre celeste!

(*La luce divina sparisce. Aniene è di nuovo solo e non ha le idee molto più chiare di prima.*)

ANIENE C'ho capito e nun c'ho capito... pe' prima cosa faremo un ber duònooo!!!

(*Agita il martello in aria. Nel cielo esplode un tuono fragoroso.*)

## MASSONE/2

(*Torniamo dal massone, seduto alla sua scrivania. Dietro di lui, sullo sfondo, il filippino sta stampando qualcosa con un ciclostile.*)

MASSONE Fratelle, qua non si può più andare avanti. Quest'Europa è una schifezza, ci tengono come in gabbia. E Mastricht, e Bruxelles, e 'a quota latte, e 'o pille. Quando c'era la DC e avevamo un problema di liquidità stampavamo 500 miliardi di lire: inflazione galoppante e vafangùlo. Ma ve li ricordate i miniassegni, fratelle? I miniassegni, che tenerilli! Io li facevo con la carta dello strutto! Allora sapete che c'è? Basta, abbiamo deciso: avimmo a uscire dall'Europa e soprattutto usciamo dall'euro...

(*Il ragazzo africano sta stampando la nuova moneta.*)

FILIPPINO Non sono africano, sinio', sono di Filipine.

MASSONE Te l'ho già detto, i continenti veri sono tre: Europa, America e Africa. Poi, se vuoi, distinguiamo tra Africa asiatica e Africa latina, ma per noi sempre Africa è. Porta qua.

(*Il filippino gli porta una mazzetta di banconote giganti in vari tagli. Su tutte appare la scritta* IL DEBITO ITALIANO *attorniata da disegni serigrafati di cappucci, belle ragazze in topless e sacchi della mondezza in mezzo alla strada. Il massone ne mostra una.*)

MASSONE Ecco la nuova moneta, fratelle, il debito italiano. Chista... cinquanta debiti... c'è la fessa che non fa mai male, però c'è poco rosso, t'avive detto chiù rosso.

FILIPPINO Rosso finito, sinio', debe dare soldi. Negozio pitturi non fa più credito, sinio'...

MASSONE E fa la cresta pure sull'inchiostro dei soldi. Questi si chiamano derivati, fratello caro, non si può fare.

FILIPPINO Sinio', bolebo chiedere anticipo di liquidazione per 2018 peché cugina di mio cognato si posa Filipini ma ha abuto un'ernia al seno. Si debe operari clinica privata, se poteba dare soldi...

MASSONE Che ci ha avuut 'a cuggine?

FILIPPINO Ernia al seni, sinio'.

MASSONE Un'ernia al seno?

FILIPPINO Sì, sinio'.

MASSONE E vabbuò. (*gli dà le stesse banconote che il filippino ha appena stampato*) Ecche qua la liquidazione 2018 anticipata, più un omaggie per la bomboniera.

FILIPPINO Sinio', questi soldi no buoni, sinio'.

MASSONE Come non so' buoni? So' buoni, so' buoni, prendili.

FILIPPINO Sinio', questi stampati io! Anche altra volta date soldi fatti da te, Filipine non li prendono, sinio'.

MASSONE E allora? Che discorso fai? E pecché quelli che stampano i soldi alla zecca di Stato, poi non ci fanno pure la spesa, non ci accattano la benzina? Ha ragione Calderoli: voi in Africa siete chiù razzisti degli altri. Hai pulito o pavimento do salone?

(*Il filippino tira fuori un flacone gigante di cera per pavimenti e guarda in macchina sorridendo.*)

FILIPPINO Sì, sinio', pulito tutto con cera Muzzio, picchì cera Muzzio è cologica, lasi tutto pulito senza inquinare e ne basta un solo dose pe' tutta la casa per tèra!

MASSONE (*lo ferma*) Metti via, non la puoi fare la pubblicità, già te l'aggie ditte, qui la Sipra non è ancora arrivata, e quando arriva la Sipra me ne vado io!

FILIPPINO Ma io debe guadagnare soldi picchì tu non dai soldi buoni, sinio', allora se tu dai io faccio...

MASSONE (*seccato*) Uè, guagliù, parliamoci chiaro: io ti tenghe qua affiliato abusivo per uno e un solo motivo: perché sei a servizio pure a casa della Boccassini.

FILIPPINO Sì, sinio'.

MASSONE Fammi rapporto allora, sei andato ieri sera. Hai spiato? Hai messo cimici?

FILIPPINO Sì, sinio', spiato signora, messo cimici bagno e cucina.

MASSONE Chi c'era ieri a casa, chi c'era?

(*Il filippino tira fuori un pezzo di carta spiegazzata e legge il rapporto.*)

FILIPPINO C'era, sinio', Colombo, sinio', 'Ngroglia, sinio', Bùstoc.

MASSONE Aaah! Pure Colombo? E hanno parlato? Hai ascoltato che dicevano?

FILIPPINO Sì, sinio', Bocasina ha detto: maggio è stato più freddo di altra bolta, ora è un poco caldo ma ci sono già le zanzare.

MASSONE Ma che me ne fotte? Dimmi cose sensibili, te l'ho già detto tante volte. La cena come è andata?

FILIPPINO Pasta pomodori carciofino, sgalòpe saltate limone, puntarelle alici...

MASSONE Guagliò: dati sensibili! Hanno tirato fuori le carte.

FILIPPINO Sì, sinio'.

MASSONE E che hanno ritto?

FILIPPINO Hanno litigato su carte.

MASSONE Cioè? Che hanno detto?

FILIPPINO Si io ti buso a bastoni tu non mi pòi rispondere a coppe, sinò loro fanno scopa, non lo capisci da solo?

MASSONE Ma non le carte da gioco... le carte dei processi!

(*Il filippino tira fuori un rotolo di carta igienica e guarda in macchina.*)

FILIPPINO Carta pro cessi, usate carta Morbidex dopi veli, morbideza come veluto, ecoulogico...

(*Il massone lo caccia con una pedata.*)

MASSONE Basta, non c'è più niente da fare, questo è un Paese finito, non si riesce a fare non dico un'esplosione, un colpo militare, ma neanche truccare le elezioni... niente. Cosa ci stiamo a fare ormai? Ma pecché passo tutta la vita qua dentro? A volte il dubbio mi assale. (*grida verso la stanza del Grande Vecchio*) Padre, che cosa debbo fare? Che dobbiamo fare in questo Paese? (*azzarda*) Ma vulissimo provare anche noi questa famosa democrazia, di cui tanto ho sentito parlare?

GRANDE VECCHIO OFF (*grida come un pazzo dall'altra stanza*) Ma tu sì pazze, figlio mio! Maaai! Maaai!

MASSONE Ma pecché dici così, papà? Ma se non abbiamo mai provato, neanche una volta?

GRANDE VECCHIO OFF Ie nun aggie mai assaggiato neanche lo sterco di cavallo, ma perché tanto già lo so che non è buono!

MASSONE E vabbuò! E allora andiamo avanti colla scaletta: Giovanna ha un sogno...

## SPOT: SCONTRO DI SOGNI

(*Una casalinga, timida, dimessa, nella sua cucina.*)

VOCE OFF SPEAKER Giovanna ha un sogno: avere una terza di seno.

(*La casalinga annuisce sospirando.*)

(*Altra casa: un uomo calvo, con la faccia da serial killer, seduto in pigiama sul divano.*)

VOCE OFF SPEAKER Anche Maurizio ha un sogno: fare il chirurgo plastico per un giorno...

(*L'uomo annuisce con uno sguardo da pazzo.*)

VOCE OFF SPEAKER ...li abbiamo fatti incontrare in Scontro di sogni...

(*Porta esterna chiusa di una sala operatoria, il rumore assordante di una sega elettrica, le grida disperate di Giovanna: 'Aiutooo! Aiutooo!'*)

VOCE OFF SPEAKER Scontro di sogni. Prossimamente su Sky.

## SPOT: REFERENDUM POPOLARI 2011

(*A imitazione del vero spot istituzionale, un'interprete per sordomuti traduce le parole di una voce che illustra il funzionamento del voto.*)

VOCE OFF SPEAKER Referendum popolari 2011.

Il 12 e 13 giugno, alcune persone stravaganti si vorranno recare alle urne per abolire delle norme che, spostando due virgole, verranno riproposte pari pari da questo governo. Ammesso che raggiungano il quorum, è bene ricordare che difficilmente il loro voto verrà preso sul serio...

L'istituzione del referendum è una forma di democrazia diretta... e spesso anche volgare.

Questa volta non c'è bisogno di portarsi il documento, che si rischia sempre di perderseli e sapete quanto ci vuole poi a rifarli, se dite il vostro nome con sicurezza e convinzione al personale del seggio credo che vi faranno votare lo stesso.

Potete usare le schede che vi verranno consegnate al seggio, ma secondo me anche un foglio di carta a quadretti e una biro vanno bene.

Se non vi è arrivato il certificato elettorale, non richiedetelo all'apposito ufficio: accettate questo fatto come un segno del destino e godetevi il giorno di festa.

Ad ariete, pesci e capricorno sconsigliamo di prendere l'auto domenica e lunedì.

I primi due quesiti riguardano la privatizzazione dell'acqua.

Se vorrete che l'acqua rimanga pubblica fate pure, ma noi ci sputeremo dentro.

Il terzo quesito riguarda la norma che prevede la costruzione di nuove centrali nucleari.

Ricordate: gli incidenti accadono proprio a chi ha paura del nucleare, è come per i cani feroci, se gli mostrate di aver paura vi attaccheranno.

Considerate che stiamo parlando di centrali di terza generazione, sicure e affidabili al cento percento, a meno che ovviamente non arrivi un terremoto di terza generazione.

L'unico problema che non abbiamo risolto è quello delle scorie, ma quando questo emergerà noi saremo già lontani...

Infine, se credete tanto nell'ecologia, considerate che la carta per le schede referendarie è stata ricavata abbattendo milioni di alberi innocenti. Ribellatevi a questo scempio.

Il quarto quesito riguarda la norma sul legittimo impedimento, che permette al presidente del consiglio di non presentarsi ai processi adducendo scuse.

Se volete cancellare la norma sul legittimo impedimento e costringere il governo a impiegare altri mesi per fare una nuova legge ad personam, invece di risolvere i gravi problemi del vostro Paese, votate sì.

Ma poi scordatevi acqua e nucleare.

La palese ostilità espressa dal vostro sì, sarà comunque sufficiente a sollevare, sulla cancellazione del legittimo impedimento, l'invocazione del legittimo sospetto.

Una volta compilata, la scheda può essere inserita nell'urna, ma potete anche lasciarla scivolare accanto. Sarà, credo, comunque ritenuta valida.

Oppure piegatela a forma di aeroplanino di carta e lanciatela! Qualcuno sicuramente la raccoglierà e la depositerà nell'urna.

Si vota domenica 12 dalle 8 alle 22 e lunedì tredici dalle 7 alle 15, ma potete andare anche il 14 che c'è sicuramente meno gente.

Comunque da domenica a lunedì do una grande festa a Fregene aperta a tutti, si mangia e si beve gratis!

## STUDIO

(*Si torna dal conduttore nello studio bianco.*)

CONDUTTORE Siamo arrivati alla conclusione, che dire? La situazione è molto confusa ma, come direbbe un credente, non sempre si capisce il disegno di Dio... specie da quando è entrato nella fase 'Pollock'.

A destra vediamo dei movimenti frenetici, Alfano diventa segretario del partito e alla giustizia Berlusconi vorrebbe la Gelmini, visto che in fondo sempre di aule si tratta...

Il PDL forse apre alle primarie, ovviamente con un solo candidato.

La sinistra non è messa molto meglio con i suoi; guardate il caso Pisapia. I loro elettori vorrebbero chiaramente che il PD diventasse un partito di sinistra... una transizione che durerebbe anni...

Intanto la situazione economica è sempre gravissima ed è estesa ovunque: questa notte mi è apparso in sogno mio nonno e mi ha chiesto dei numeri da giocare al lotto.

Siamo all'ultima spiaggia? No, perché Tremonti l'ha già venduta.

E dunque questo per ora è proprio tutto, grazie, spero che ci rivedremo presto.

Oh, a proposito: i soldi stanziati dal governo per la cultura e il teatro sono sempre di meno, per cui da adesso in poi abituatevi a spettacoli molto più brevi.

(*Stacco su Amleto.*)

(*Amleto, solo e tormentato, in una sala del suo castello.*)

AMLETO Essere o non essere, questo è il dilemma: se sia meglio...

(*Si ferma, fulminato da un'intuizione.*)

AMLETO Ma no, ma che dico? Ma che dilemma! È ovvio!

(*Schiocca le dita e sparisce.*)

(*La sala è vuota.*)

VOCE DI AMLETO DAL NULLA A volte mi perdo in un bicchier d'acqua...!

(*Antonello Venditti, vestito di bianco, con pianoforte bianco, canta in uno spazio nero senza pareti.*)

*L'esondazione dell'Aniene*

Sai,
questi anni tristi di pagliacci e di lacchè,

di leggi infami e di lavoro che non c'è,
li scorderemo anche se adesso sembra strano
come quel giorno tu hai dimenticato
me.
E il tempo è un fiume che si porta tutto via,
questi buffoni insieme ai giorni che eri mia,
la nostra storia e questa storia senza cuore.
Amore, dimenticheremo tutto...
ma
ti ricorderai (*choir*: ti ricorderai)
l'esondazione dell'Aniene
e forse penserai (*choir*: forse penserai)
a quanto ti ho voluto bene.
Tutto l'amore del mondo non ci salverà.
Ciò che c'è di più profondo più a fondo cadrà.
Tutto l'amore del mondo in un fiume
che scorre sul male e sul bene.
L'Aniene.
Eeeh!
Strade allagate. Acqua nei piedi e su di noi.
Cuori bagnati ed i miei schemi contro i tuoi.
La lite sulla formazione della Roma.
Mi hai dato un pugno ed è volato tutto...
Eeeh!
Il cellulare cade in acqua nella via.
Me l'hai raccolto, hai detto: 'Scusa, è colpa mia.'
Lo guardi e leggi il messaggino di Dagnèla,
e da quel giorno mi hai dimenticato...
Ma
ti ricorderai (*choir*: ti ricorderai)
l'esondazione dell'Aniene
e forse penserai (*choir*: forse penserai)
a quanto ti ho voluto bene.
Tutto l'amore del mondo non ci salverà.
Ciò che c'è di più profondo più a fondo cadrà.

Tutto l'amore del mondo in un fiume
che scorre sul male e sul bene.
L'Aniene.
Eeeh!
Fiume minore e un po' in disparte come noi
che sopportiamo e che non esondiamo mai,
che sopportiamo abusi, insulti e corruzione.
Ma troppa pioggia poi ci fa arrabbiare.
Sì!
Questi anni, amore, sembran non finire mai.
Ci hanno levato tutto tranne i nostri guai.
Ma non conoscono la forza dell'Aniene,
che tutto il male lava via dal mondo.
Sììì,
ci libererà (*choir*: ci libererà)
l'esondazione dell'Aniene,
e tu ricorderai (*choir*: tu ricorderai)
di quanto ti ho voluto bene.
Tutto l'amore del mondo non ci salverà.
Ciò che c'è di più profondo più a fondo cadrà.
Tutto l'amore del mondo in un fiume
che scorre sul male e sul bene.
L'Aniene.
Ma
ti ricorderai (*choir*: ti ricorderai)
l'esondazione dell'Aniene
e forse penserai (*choir*: forse penserai)
a quanto ti ho voluto bene.
Tutto l'amore del mondo non ci salverà.
Ciò che c'è di più profondo più a fondo cadrà.
Tutto l'amore del mondo in un fiume
che scorre sul male e sul bene.
L'Aniene.
L'Aniene!

*(Nero.)*

VOCE OFF SCILIPOTI Anche Scilipoti vuole suonare il pianoforte!

# Aniene 2

## Molto rigore per nulla

(2012)

## MARS ATTACK

(*Una navicella spaziale disintegra case e umani. Un alieno vestito di rosso punta il suo fucile a laser sui passanti e li uccide a caso. Arriva un umano.*)

UOMO Ah! Ah! Ma perché? Perché distruggete tutto? Perché massacrate tutta questa povera gente?

ALIENO Ahò, c'avete chiamato voi. Ma che, davero davero?

UOMO Ah, scusa!

ALIENO Scusa er cazzo! (*pausa*) Quanti siete in famiglia?

UOMO Quattro.

(*L'alieno spara a una persona per strada.*)

ALIENO E mo'?

UOMO Tre.

ALIENO Ah, allora li sapete fa' i conti... Dopo, sempre dopo li sapete fa'. Invece di aiuta'.

(*L'alieno riprende a sparare.*)

UOMO (*indica una macchina*) C'è un precario che si è nascosto là dietro.

(*L'alieno spara e lo disintegra.*)

ALIENO (*alza le braccia al cielo*) Quando finimo...? *Quando finimooo?!*

CORRADO Ci ho messo molto a farmi un'opinione sul governo Monti. Alcune cose mi sembravano giuste, altre profondamente ingiuste. Sono rimasto indeciso fino a oggi, poi finalmente ho trovato la sintesi. E la mia opinione è questa. Sono degli eroi, stanno risanando questo Paese. Bastardi, ma chi ce li ha mandati? È un colpo di Stato, dimissioni subito... ci stanno mandando verso il baratro. Quindi, bravo Monti, brava Fornero, continuate così con coraggio e fermezza. Ma chi rappresenti? Ma chi ti ha votato? Derubate i poveracci, quelli che hanno sempre pagato, e non toccate la casta. Fascisti! Nazisti! Che dio vi benedica, ma ricordiamoci chi c'era prima! Finalmente qualcuno che ha veramente a cuore questo Paese, dovremmo fargli un monumento. Bravi! Spero che governiate per altri dieci anni. Elezioni subito o veniamo sotto coi forconi... sì, d'accordo... devo ancora lavorarci un po'...

REGIA OFF E mi sa... comunque buonasera, eh?

CORRADO Buonasera. Ti ho salutato prima.

REGIA OFF No, buonasera al pubblico.

CORRADO Buonasera. Di Monti non ne sapevamo molto, ma partiva con le carte in regola. Era l'uomo che ha fatto il culo alla Microsoft, e se lo ha fatto a loro poteva farlo anche a noi. Infatti siamo in recessione, verso la fine. L'economia si avvita, tutto si ferma.

A cosa serve tutto questo?

Monti non è sobrio, è che regge meglio l'alcol. Tuttavia, gode ancora di un certo consenso, grazie a un fattore che nel linguaggio tecnico dei sondaggisti si chiama 'sindrome di Norimberga'.

E inoltre ha dichiarato che terminato il suo compito non intende continuare a governare questo Paese, anche perché dopo da governare resterà ben poco.

Malgrado sia ormai ovvio a tutti che siano sbagliate, insistiamo con le ricette liberiste che ci hanno portato fin qui. Perché? Conoscete il detto: 'Solo ripetendo sempre gli stessi errori si impara a eseguirli alla perfezione...'

Ma non possiamo certo prendercela con Monti, la colpa non è sua, la crisi viene da prima, viene da lontano, è globale, non c'è nessun colpevole, siamo tutti colpevoli... diciamoci la verità: l'*Homo sapiens* ha deluso...

Ma la crisi era inevitabile?

Per la verità alcuni economisti nei loro libri avevano cercato di avvertirci, ma chissà perché non sono stati presi sul serio. Come dimostra questa intervista di qualche anno fa...

## TREMONTI

(*Salotto di casa Tremonti. Corrado e Tremonti sono seduti uno di fronte all'altro, Tremonti è su un divano, in camicia e maglioncino.*)

CORRADO Tremonti scrittore. Nel suo ultimo libro lei fa un'analisi della situazione italiana, e sostiene delle tesi molto estreme e coraggiose, direi appassionate, sulla crisi dell'economia finanziaria, sulle banche, sul mondo del lavoro...

TREMONTI La pvima cosa è il lavovo. Pvima di ogni pvoblema c'è quello del lavovo. La situazione dei pvecavi è disumana, è indegna di un Paese civile... il lavovo è un divitto! Lo dice il tevzo avticolo della Costituzione!

Vede? Pvima il denavo eva solo un mezzo pev scambiave la mevce, poi il denavo stesso è diventato una mevce, poi gli uomini stessi sono diventati mevce, ova tutto è mevce, dobbiamo vibellavci, povca puttana, dobbiamo vistabilive che la dignità degli uomini e del lavovo è un valove che non si può mevcificave...

Pvima vengono i divitti! Dobbiamo cveave posti di lavovo, gavantive il divitto allo studio! Dobbiamo investive nella scuola, investive nella vicevca, nella sanità! È lì che dobbiamo spendeve! Sui giovani! La cultuva, la fovmazione scientifica sono le veve vicchezze di questo Paese! E poi eguaglianza sociale, solidavietà! Basta con i condoni! Basta scudi! Lotta senza quavtieve all'evasione fiscale!

CORRADO Senta, io sono sbalordito. Lei dice delle cose sorprendenti e completamente in contraddizione con la politica di questo governo! Ma... e allora la legge di mercato?

TREMONTI Fancullooo, fancullo, fancullo il mevcato! Fancullo la finanza! Pvima vengono le pevsone, i lovo bisogni, la democvazia! Vipvendiamoci le nostve vite! Il mevcato è uno stvumento che dobbiamo usave, pev fav cvesceve la nostva economia, pev migliovave la qualità della vita. Pev dave un futuvo migliove ai nostvi figli! Non pev diventavne degli schiavi! Se noi non cambiamo...

(*Tremonti viene interrotto da un secondo Giulio Tremonti, in abito blu.*)

TREMONTI DUE Ciao ciccio, io vado al consiglio dei ministvi, ci becchiamo più tavdi.

TREMONTI (*infastidito*) ...Sì, ciao...

(*Il secondo Tremonti esce di scena.*)

TREMONTI (*riprende a parlare*) ...Se noi non cambiamo votta e...

CORRADO (*sbalordito da ciò che ha visto, lo interrompe*) Scusi... ma lei ha un fratello gemello?!

TREMONTI (*imbarazzato*) Sì, è mio fvatello, ma è 'no stvonzo...

## STUDIO

CORRADO Qualcuno dice che il governo Monti è stato un golpe, un attacco alla democrazia, qualcuno sostiene di no. Io credo che la verità sia nel mezzo... questi tecnici erano partiti veramente con l'intenzione di attaccare la democrazia, ma non ne hanno trovato traccia. L'unico partito che poteva legittimamente vincere le elezioni e governare era il PD, che oggi applaude Hollande, ma loro non se la sono sentita. Immaginate uno stuntman che dice: 'Io faccio tutto, tranne le scene pericolose.' Infatti, malgrado qualche successo derivato principalmente dal crollo della destra, il PD convince poco. Poi c'è un fenomeno a parte che è il mistero delle primarie...

## PRIMARIE PD

(*Le primarie del* PD *per scegliere il candidato sindaco di Torneggio. In un piccolo teatro si svolge l'ultimo incontro col pubblico. Sul palco, un giornalista presenta l'incontro. Alla sua sinistra sono seduti i quattro candidati locali, tre uomini e una donna.*)

GIORNALISTA Siamo arrivati veramente alla fine di questo ultimo bellissimo incontro con i nostri candidati: Gruzzi, Frezzetta, Bazzoni e Castagnaro. Io direi, facciamo un ultimissimo giro di interventi, proprio telegrafici, se riuscite, e poi subito la votazione. Gruzzi...

GRUZZI Ripartiamo dalla cultura: il cinema Macchiola non deve chiudere. Gli studenti hanno bisogno di un posto dove fare attività, facciamolo diventare un centro culturale vero.

GIORNALISTA ...Frezzetta.

FREZZETTA Allora... Torneggio è una città vitale che è visitata ogni anno da migliaia di turisti, dobbiamo adeguare le strutture alberghiere e creare un ampio parcheggio per i pullman.

GIORNALISTA ...Bazzoni.

BAZZONI Il problema di Torneggio è che non è stata risolta la viabilità di ingresso in Porta Vecchia e largo Bazzelli. Partirei da lì per rendere il centro più vivibile.

GIORNALISTA ...Castagnaro.

CASTAGNARO Dobbiamo partire dalle alleanze sul territorio e dai movimenti giovanili per riportare la vita nella città e fare la pista ciclabile.

(*Improvvisamente appare sul palco il ragazzo del bar, con un vassoio.*)

RAGAZZO DEL BAR ...Allora sono un bitter, un succo d'arancia, due caffè e un'acqua minerale.

(*Boato d'entusiasmo del pubblico. E a stacco... Un manifesto su un muro della città. La foto del ragazzo del bar col vassoio in mano e la scritta:* SARÒ IL CANDIDATO DI TUTTI!)

## STUDIO

CORRADO La Lega ha quasi finito di fare pulizia, restano due centraliniste e la donna di servizio...

## IL LEGHISTA

(*Un leghista in giacca e cravatta. Alle sue spalle, un manifesto con la scritta:* PADANIA LIBERA. *Il leghista comincia ad arringare la gente che presumibilmente gli sta davanti.*)

LEGHISTA E noi vogliamo dimostrare ai nostri elettori e a tanti bravi militanti che siamo pu-li-ti, perché ci sono sempre delle mele marce nei partiti, ma qui sta la differenza con gli altri, che siamo noi per primi a chiedere l'intervento della magistratura, noi non aspettiamo gli avvisi di garanzia. No. Siamo noi a chiedere alla magistratura di fare chia-rez-za!

(*Ora scopriamo che il leghista è in una cella. Un altro detenuto prepara il caffè.*)

DETENUTO A dotto', se ne faccia una ragione, (*si volta e porge la tazzina di caffè al leghista seduto sulla branda, in mutande con solo la giacca e la camicia*) gli hanno dato dieci anni... dieci.

LEGHISTA (*sconsolato*) Lo so.

DETENUTO E 'o so... so' quattro giorni che sei arrivato, non ti sei stato zitto un momento ahò, niente... manco 'a notte.

LEGHISTA Hai ragione, caro.

DETENUTO Eh... 'Hai ragione caro.' Lo sai perché sto dentro io?

LEGHISTA No.

DETENUTO Per strage...

LEGHISTA (*annuisce*) Bravo... bravo.

DETENUTO (*indica con la testa la tazza che gli ha dato*) Che c'è, non ti piace?

LEGHISTA No, no.

DETENUTO Be'... che poi io con le amicizie so' uno difficile, non è che ho la confidenza facile.

(*Il detenuto sistema la macchinetta del caffè, il leghista comincia a piangere sconsolato.*)

## STUDIO

CORRADO Sono passati vent'anni da Tangentopoli, tutti abbiamo impressa nella memoria l'immagine di Craxi che esce dall'hotel Raphael, il lancio delle monetine, la scorta che lo spinge in macchina e gli impedisce di raccoglierle...

Che cosa è cambiato? Che oggi quando un politico ruba così tanto, a un certo punto deve dimettersi per senso di responsabilità, perché seguire e investire tutti questi soldi diventa così impegnativo che non c'è più spazio per la politica.

Che cosa rimproveriamo oggi ai magistrati di Mani Pulite? Di non aver fatto un culo così al PCI. Non avevate prove? Dovevate inventarvele! Avete commesso tanti abusi, mandato in galera tanta gente che poi è risultata innocente, che cosa ci voleva? Ma il caso Tortora non vi ha insegnato niente? Si trovava un testimone, se ne prendevano un paio di quelli grossi, li si mandava in galera e poi magari un anno dopo si diceva: 'Aaah, D'Alena! Avevo capito D'Alema, ci scusi tanto, lei è libero!'

REGIA OFF Tu sei pazzo, senti a me!

CORRADO ...Ma intanto la prima repubblica sarebbe stata abbattuta tutta insieme, senza distinguo, senza sospetti, nessuno avrebbe gridato alle toghe rosse, Berlusconi non sarebbe sceso in campo per difendere l'Italia dal golpe delle sinistre! Bossi sarebbe rimasto a casa sua. Fini non sarebbe diventato schizofrenico... Chissà cosa sarebbe successo? Magari sarebbe uscito qualcosa di nuovo: delle belle liste civiche, magari avremmo avuto qualche governicchio scemo, qualche ecologista lagnoso, ma non ci sarebbero toccati questi vent'anni di stillicidio, di ladri e di mignotte che ci hanno portato fino a qui!

REGIA OFF Mi dissocio da quello che stai dicendo.

CORRADO Va be', va be'... questi anni ci hanno rincoglionito, ci hanno drogato, non ci hanno fatto capire che cosa stava succedendo intanto fuori nel mondo, era come se fossimo sotto psicofarmaci... e poi sono finiti di colpo! Ogni bravo psichiatra sa che fa male interromperli da un giorno all'altro... bisogna scalare, per un periodo, ridurre, ridurre piano piano fino a che non si possono togliere del tutto. Se Berlusconi avesse avuto davvero a cuore il bene degli italiani non se ne sarebbe andato via così, avrebbe detto da tre cazzate al giorno, a due a una, a una a settimana, eccetera... non tutti sono in grado di adattarsi così dal giorno alla notte. Per questo alcuni vecchi comici antiberlusconiani oggi vengono trattati come i reduci del Vietnam!

## RAMBO

*(Il colonnello Trautman si aggira in uno stabile abbandonato. Sta cercando Rambo. Prova a chiamarlo col walkie-talkie, ma in risposta sente solo il rumore della statica.)*

TRAUTMAN Rambo, mi senti? Rambo, qui colonnello Trautman. Colonnello Trautman chiama Rambo, Trautman chiama Rambo, rispondi Rambo... lo so che sei qui!

(*Silenzio. Statica.*)

TRAUTMAN Dove sei, figliolo? Rambo, dove sei? Rispondimi, Rambo!

(*Ancora silenzio. Trautman cambia strategia.*)

TRAUTMAN Compagnia della satira 'Risveglio delle coscienze': Rambo, Bazzoni, Loffa, Marrazzani, il mago Vaffancina, i gemelli Cognatangelo, il trio Matteoli, Celentino e Maria Pàu.

(*Silenzio e statica, poi finalmente...*)

RAMBO Se ne sono andati tutti, signore... ci sono rimasto solo io.

(*Trautman localizza la voce, vicinissima, e raggiunge Rambo nella stanza.*)

TRAUTMAN ...anche Celentino?

RAMBO Ha mollato, signore, ha fatto domanda come ausiliario del traffico.

TRAUTMAN Devi arrenderti, Rambo, la guerra è finita, Berlusconi se n'è andato. È finita, dannazione, finita!

(*Rambo, furioso, non lo ascolta.*)

RAMBO Non è finito niente! Niente! Non è un interruttore che si spegne! Non era la mia guerra! Lei me l'ha chiesto, non gliel'ho chiesto io! ...Io facevo il mimo! Facevo i monologhi sul traffico! Ma lei mi dice: 'Se oggi non fai satira politica non sei nessuno!' E io l'ho fatto: 150 battute sulla Carfagna, 215 su Brunetta, 126 su Previti e Dell'Utri! Poi quello se n'è andato da solo... per lo spread! E ha fatto pure bella figura... e poi non se n'è neanche andato veramente, sta ancora lì! Loro si sono messi tutti d'accordo e a noi ci trattano come delle merde!

TRAUTMAN Sono brutti momenti per tutti, Rambo, ma ora la vita continua...

RAMBO Per lei, forse! Lei si è alleato con Beppe Caschetto

e fa i soldi a palate, ma io che faccio? Dove vado? Non mi vuole più nessuno! Io due anni fa guidavo i movimenti, aprivo il Primo maggio, citavo Pasolini a sproposito! Facevo la Gelmini! Facevo Straquadanio, ora non riesco nemmeno a vendere una serata... a 500 euro!!!

(*Butta il mitra, si mette seduto con le spalle al muro e comincia a piangere a dirotto.*)

RAMBO ...Ma perché? Perché? Dove sono finiti tutti i miei amici? Dove sono finiti i politici che ci invitavano alle campagne elettorali? Dove sono finiti tutti i giornali che ci sostenevano quando gli faceva comodo? Facevi un gioco di parole da scuola elementare e finivi sulla prima pagina, e adesso scrivono: 'Fate pena, siete vecchi, aridateci il monoscopio!'

(*Trautman è commosso.*)

RAMBO ...Che cosa devo fare? Che cosa devo fare?

(*Trautman trattiene le lacrime. Rambo protende le mani e si avvinghia alle gambe di Trautman. Trautman ricambia virilmente l'abbraccio e gli mette una mano sulla spalla.*)

RAMBO Che cos'è lo spread, signore?

TRAUTMAN Non lo so, figliolo... nessuno lo sa.

RAMBO (*canta, sull'aria di Stramilano*) Straquadaaanio, esse-ti, erre-a, qu-u-a, di-a-enne i oooh...

## STUDIO

CORRADO Perché tanto odio? Perché per decenni la sinistra ha occupato militarmente il cinema, la cultura, la televisione, impedendo a tutti gli altri di esprimersi! Propagandando questo falso mito che la destra non fosse in grado di combinare nulla. La sinistra! I radical-chic, con la loro retorica, coi loro piagnistei, per cui vi hanno fatto ascoltare fino alla morte Giovanna Marini, le mondine e i canti del proletariato, ma non avete mai potuto sapere cosa c'era dall'altra parte. Ad esempio tutta la tradizione popolare dei *Canti dell'Olgiata*.

REGIA OFF Ma come parli?

CORRADO Lasciami fare...

## I CANTI DELL'OLGIATA

(*Su un palco, tre donne intonano i* Canti dell'Olgiata.)

STROFA SOLO

E la lì olé e la lì olé
La donna di servizio non fa mai bene i vetri
E come esco di casa va a guardare la tv.
L'ho presa per l'orecchio e le ho dato due ceffoni
Perché deve imparare che cos'è la servitù.

CORO

L'ho presa per l'orecchio e le ho dato due ceffoni
Perché deve imparare che cos'è la servitù.

STROFA SOLO

Avevo un cachemirino, nel salone degli armadi.
Un giorno, guarda caso, non lo ritrovavo più.
(CORO Ma guarda!)
La negra chissà come me lo fa ricomparire.
'Signora glielo giuro: guardi era proprio quaggiù.'

CORO

La negra spaventata me lo fa ricomparire.
Gli ho dato due ceffoni così non ci prova più!

RIT SOLO

E lì o li o là
Non ti pago i contributi
Finché non hai imparato che cos'è la servitù.

RIT CORO
E lì o li o là
Non ti pago i contributi
Finché non hai imparato che cos'è la servitù.

(*Parte la pubblicità del cd dei* Canti dell'Olgiata.)

STUDIO

CORRADO Che mondo lasciamo ai nostri figli? Cominciamo a dire che a me i miei non mi hanno lasciato nessun mondo: una vecchia 126 scassata e due poltrone sfondate di nonna. Dunque, qualunque mondo ti lasci, sono sempre cinque-continenti-cinque e tanta, tanta acqua in mezzo.

REGIA OFF Ma che stai a dire?

CORRADO Lo so io... Molti si chiedono perché dovremmo pagare tutte queste tasse senza che lo Stato dia in cambio nulla. Be', è semplice: il nulla non è più gratis. I servizi che prima non avevate, scuole, strade, eccetera... Oggi non potete pretendere di continuare a non averli pagando le stesse tasse di prima.

Ma poi un bel giorno arriverà la crescita. Qualcuno ha chiesto a Monti: 'Presidente, ma quali sono le misure per la crescita?' Ha risposto: 'I millimetri!'

Per le riforme non aspettatevi molto, e le novità per ora sono poche. Oggi, a un giovane per aprire un'attività basterà un euro, che è anche più o meno tutto quello che una banca sarà disposta a prestargli.

Monti rinuncia all'auto blu e sceglie una carrozza trainata da quattro conigli neri.

La Fornero è sempre disponibile ad ascoltare le parti sociali, anzi, ha detto: 'Fatemi un nastro che me lo sento in treno.'

Io, in questi anni ho firmato decine di petizioni, per la riforma elettorale, per ridare la RAI ai cittadini, per le coppie di fatto, per i tagli alla politica. Non sono servite a niente, ma ora ho una firma più scorrevole. Ma voi ragazzi non smettete mai di lottare, mai! Mai! È comunque un esercizio aerobico!

## ANIENE

*(In un parcheggio, Aniene si rivolge prima al pubblico, poi evoca il padre.)*

ANIENE Sono stato sceso sulla tèra, pe' ripara' i torti e trionfare la giussizzia, ma più m'addentro alle vicende mortali e meno ce capisco! Tutto è corrotto, ogni marvaggio dà la colpa a quello de prima! Ognuno fanno i sacrifici coi sordi dell'altri, te danno l'appuntamenti e non se presentano! A volte il dubbio ritornamente mi assale: padreee, che cosa debbo fare?

DISSE Aniene, figlio mio, è 'n anno che t'amo mannato e qui preciso te ritrovo, che t'hanno messo le ganasce? Quale angoscia alberga il tuo cuore? Dimmela, che se te dico io le mie famo notte.

ANIENE O grande ddeo, mi aggiro in queste lande desolate senza niente particolarmente combinare, tutti i poteri deli mejo superòi nulla possono contro questa cupa cortre de incertezza, più che artro me barcamenooo.

DISSE A barca? A remi?

ANIENE (*urla*) Me barcamenooo!

DISSE Te sento e nun te sento! Aniene, figlio di Disse e di Dena, la razza umana stanno di fronte a un cambiamento epocale, hanno speso tutti i sordi, non c'è rimasta più speranza. Sei stato sceso di sotto con un compito ben preciso! Aiutalli! Perché esiti? Oh, noi semo ddèi seri, noi nun semo i Greci! Gente che magna, sòna er piffero e poi viene a piagne!

ANIENE Oo so, padreee, ma er compito è arduooo.

DISSE Chi è Ardo?

ANIENE Arduooo!

DISSE Pijate 'a serotonina!

ANIENE Padre, qui ce capisco e nun ce capisco, a vorte dubbito di tutto.

DISSE Dubbiti forse che bure di *tuo padre*?

ANIENE No, peccarità.

DISSE Hai detto 'tutto', 'tutto' so' pure io! (*anzi, so' proprio io!*)

ANIENE No, dicevo così...

DISSE Io sono quelched'è, il principio e la fine della discusione, io sono ciò che sta, ma che non sta come il non caduco, me pare...

ANIENE Oo so, oo so!

DISSE Io sono il soprattutto, l'essenza e la pazienza dell'essere, io sono aforà, io sono Abbuthàia, io sono ciò che i Greci chiamavano tamathé, il mare che viene dal mare, e hai fatto 'sto sforzo, io sono Batràna.

ANIENE Lo so, padre, perdonate!

DISSE Padre? A sape' se so' tu' padre, perché pure tu' madre è il principio di tutte le cose, e a vorte principia da sola!

ANIENE Scusate, padreee.

DISSE I cinesi mi rappresentavano con due croci arrampicate su un fiore di loto... mbe', *numme stava bene!*

DISSE Nu' rende l'idea! Nu' rende l'idea peggnènte! Credimi nun è pregiudizio di curtura! È che quee crocette proprio numme significavano un cazzo!

ANIENE Avete raggione, padreee! Ma nu' stavo a dubbita'.

DISSE Io sono la prova ontologgica di sé stesso!

ANIENE Nu' stavo a dubbitaaa'!

DISSE No, mo' m'hai fatto veni' er dubbio a me! Dimostrame che esisto veramente!

ANIENE Come non esistete? Voi siete il creatore assoluto de 'sto monno e quell'artro.

DISSE Perché te m'hai visto a crea'?

ANIENE No, ma me l'hanno raccontatooo!

DISSE E tu abbocchi, bàbbalòòò!

ANIENE Padreee, il fatto stesso che me parlate vuol dire che esisti!

DISSE Seee, ciao! Come sei ingenuo... Amo sbajato a fatte fa' le scuole private... va be' nun lo so se esisto veramente, so' agnostico.

ANIENE Perdonate, padre, ma a livello di pratico, che cosa debbo fareee!

DISSE Aggisci presto, Aniene! Ricordate, noi non contamo l'anni come i mortali. Da noi passato, presente e futuro non sono la stessa cosa. Per questo ce va a male la robba. Essi invece vivono un tempo lineare e se soo scordano, glielo ricordano 'e bollette. Aggisci presto, Aniene! Usa i poteri! Il martello che ti ho dato è di grande valore, nun te lo fa prende da Equitalia!

ANIENE No, padreee, lo difenderò con la mia stessa vitaaa!

DISSE Sì, vedrai come s'empressionano... usa i poteri, o potende signore del tuono, ma ricorda, ci sono dei limiti: la lupa è generosa ma non può allattare la rana...

ANIENE Perché salta?

DISSE 'A lupa salta?

ANIENE No, 'a rana!

DISSE 'A rana salta! Sì, sì, ci hai raggione al cento percento!

ANIENE Grazie, padre!

DISSE Non devi ringraziarmi, Aniene, sei mio figlio... il tuo spirito è puro, io t'ho imparato, tu' fratello invece è un mezzo delinguente, e non è degno di albergare gli dèi! Ha rubbato lo scettro de pòra nonna, ha occupato il teatro Valhalla, presenta dei rimborsi spesa esaggerati!

ANIENE Maledettooo! Numi der cielooo, trattenete la mia iraaa!

DISSE Mo' gira sembre co' 'sto cane, Cèbu, er cane a tre teste, e tre palette dopo pe' puli'!

ANIENE Banditelo! Levateje le chiavi del cancello doratooo.

DISSE Da mo' che s'è fatto a copia...

ANIENE Maledettooo! Scatenerò contro a di egli er podere der duonooo!

(*Si sente un tuono.*)

DISSE Bravo, mo' se casca la linea è corpa tua. Lascia perde', è ammanicatissimo.

ANIENE È indegno, padre! Indegno a tutti i livelli!

DISSE Non dire così di tuo fratello, è sempre sangue del tuo sangue.

ANIENE Scusate...

DISSE È 'na mmerda! È 'na mmerda che parla!

(*Aniene è sconvolto.*)

DISSE Ricorda, Aniene, ricorda come tutto è inziado: all'alba dei tempi c'era Disse e Dena, dia della terra, delle piante e del cucito a mano. Poi dal solito arbero fracico si generò Morgàno, deo abbusivo e signore dei carciofi. Egli generò i semiddei alla frutta. Ed essi generarono l'uomo, che è creatura artamente imprecisa. All'inizio il ciclo della donna era uguale per tutte: partiva il 25 e finiva il 30, poi hanno cominciato a fare ognuna come gli pare!

ANIENE Padre... ma che c'entra?

DISSE C'entra! È tuo padre che te lo ordina che c'entra! ...ieri sei andato in discoteca.

ANIENE Nun ce volevo, padre. Me ci hanno portato!

DISSE Io ti vedo, Aniene, ti vedo e sento tutto: 'na musica che non si può neanche chiamare tale: bùbbùbù... sono solo suoni Aniene, distinguili come tali!

ANIENE Sì, padre celesse...

DISSE E chi è Zora91?

ANIENE È 'n'amica de Fésbuc, ma manco l'ho mai vista in faccia!

DISSE Non devi ciavattare coi mortali!

ANIENE Ma nun ce ciatto, padre, solo 'na vorta, paa curiosità!

DISSE E comunque novantuno non è l'anno, so' i chili!

ANIENE Voi tutto vedete da lassù!

DISSE E ce vò poco, è 'na botte che non ce se crede.

ANIENE Ho capito, padreee, devo rimane' purooo, come mi' sorellaaa.

DISSE Tu' sorella è 'n discorzo diverso, lo sai, nun è la purezza, è che è caggionevole de cuore, chi se la calza rischia de ritrovasse sopra 'na salma!

Cerca di penetrare l'essenza delle cose, Aniene: Qual è l'essenza del tavolo, per esempio, che è marone? No perché anche la merda è marone, e mica è 'n tavolo. Che ci ha quattro zampe? No perché pure il sorcio ci ha quattro zampe e mica è 'n tavolo, e se ce provi a mette sopra da magna' se lo magna lui. Eppoi perché non ci sono tavoli co' tre zampe? Adavéde.

ANIENE Adavéde!

DISSE E co' due? Adavéde pure. Perché? A limite ce può anche avere zero zampe, casca? E pazienza, è un tavolo fatto male, ma è sempre un tavolo.

ANIENE Padreee, te seguo e nun te seguo.

DISSE No, no, è tutto chiaro, magari me so' spiegato male io, m'ero scritto tutto su un fojetto e mo' non ci sta più ma tu' madre ci ha la mania de rimette tutto in ordine... tutto tranne 'a testa sua.

ANIENE Je fanno quelle pasticche?

DISSE A sapéllo! Le tira fòri dalla scatola e poi le rimette a posto. Aniene, mo' te saluto, ma ricorditi, ricorditi quello che ti ho insegnato: 'Quando sei indeciso tra il bicchiere mezzo pieno e mezzo vuoto... concentrati sulle posate!'

ANIENE Sì, padre.

DISSE E segui sempre il tuo cuore, te l'ho già fatto il discorso del cuore?

ANIENE Eeeh!

DISSE E allora va', figlio mio, e so' due! Combi il tuo destino, salvali! Realizza la profezia di coso. Quando tornerai berremo l'ambrosia dai teschi del grande cervo ...se poi ritrovamo i bicchieri pure mejo!

ANIENE Sì, padreee, sia fatto il volere tuooo.

DISSE E attento, Aniene, anche gli dèi marvaggi mandano a gente de sotto. Guardati dal dio Burano, che trasforma tutti in pupazzi de vetro, peraltro orèndi, guardate dalla strega Bàga Iàia. Cerca l'aiuto degli dèi di Tivoli, ma non cercare l'aiuto dell'artri superòi! Mai! Specialmente i superòi italiani! Ricordati, Aniene, ogni superòe ci ha il senso della giustizia del Paese suo!

## SUPEREROI

(*Sulla scena appaiono due figure mascherate, sembrano Batman e Robin ma hanno sul petto la bandiera dell'Italia. Assistono a un tentativo di rapina: un uomo è a terra e un ladro cerca di portargli via la sua valigetta. Poi riesce a strappargliela e lo prende a calci.*)

ROBIN (*indicando i due uomini*) Guarda laggiù, un uomo sta commettendo un crimine, dobbiamo fermarlo.

BATMAN No, è troppo grosso. Pijamosela con quell'artro. (*si avvicinano ai due uomini e cominciano a prendere a calci anche loro l'uomo a terra, mentre il ladro scappa*)

## STUDIO

CORRADO Nuove sconvolgenti notizie dal CERN! La luce va solo a quaranta all'ora! Ah, no scusate. È l'orologio di Massimo che è rotto...

Il concorso esterno in associazione mafiosa non è più un valido capo d'imputazione, ma finalmente un vero concorso, con 500 posti disponibili, i candidati dovranno presentare domanda entro e non oltre il 30 giugno...

REGIA OFF Guarda che non siamo ancora in onda, c'è un ultimo spot e poi tocca a noi!

CORRADO Ah, perché la luce della telecamera era accesa...

REGIA OFF È l'antifurto, sennò se la fregano.

## SPOT EASYFON

*(Nello studio di un dottore, un paziente anziano sta esponendo i suoi problemi.)*

PAZIENTE ...Quando sono a tavola con gli altri, non riesco a capire bene quello che dicono, le voci mi sembrano confuse, ovattate, lontane... a volte mi sembra come di essere isolato...

*(Il dottore sorride amabile e mostra all'uomo un piccolo apparecchio acustico.)*

DOTTORE La sordità non è più un problema! Da oggi con i nuovi apparecchi Easyfon lei potrà...

*(Fa per metterglielo, ma a pochi centimetri dal viso del paziente, salta all'indietro disgustato e crolla a terra. Il paziente ha una faccia perplessa e disorientata.)*

VOCE OFF Problemi di alitòsi? Oggi spariscono in un attimo con Alitos!

*(Il vecchio si gira, e guarda in macchina. Non ha sentito.)*

PAZIENTE Problemi di...?

## STUDIO

CORRADO La crisi colpisce duramente le fasce più deboli ma doppiamente chi prima era già in difficoltà con la vita. (*indica lo schermo alla sua destra*) Vi presentiamo adesso un caso drammatico, quello di un giovane, un ragazzo padre... (*guarda il foglio che ha davanti*) il signor Lorenzo, che è separato, disoccupato, senza alcun aiuto sociale, che dopo la separazione è stato costretto a tornare a vivere dalla madre pensionata e in più deve versare l'assegno di mantenimento all'ex moglie per il figlio e occuparsene nei fine settimana, figlio che, ci dice, ha purtroppo anche qualche problema. Ecco non so se ci siamo... (*indica lo schermo alla sua destra e lì appaiono due figure in collegamento da un centro commerciale*)

CORRADO Buonasera

LORENZO Baséra

CORRADO Questo è suo figlio... come si chiama?

LORENZO Luco.

CORRADO Luco?

LORENZO Eh.

CORRADO È un nome strano, da dove viene?

LORENZO Dar padre... de lei.

CORRADO Che si chiamava Luco?

LORENZO ...Che era 'na pippa a sceje i nomi...

CORRADO Dove siete adesso?

LORENZO Stamo ar centro di commerciale. Lo sto a porta' al cime.

CORRADO Ah, che bello! Che cosa andate a vedere?

LORENZO Eee... trasfomen.

LUCO (*canta*) Trasformer, trasformer lazzialeee, la machina del maleee giallorossa sconfiggerà...

(*Lorenzo fa una smorfia di dolore e si preme una mano sullo stomaco.*)

LORENZO Aaah...

CORRADO Cos'ha, sta male?

LORENZO No, gnente, gastrite seborroica, 'gni tanto viene.

LUCO È treddì, ahò! Tutto a treddì...

LORENZO Levete quell'occhiali! Leveli... leveli... t'ho già detto dieci volte... leveli...

(*Luco si allontana per guardare tutto con gli occhiali 3D.*)

LORENZO T'ho detto dieci vorte, quaffòri è già treddì! È già fatto l'effetto! Se te metti l'occhiali diventa seiddì; è troppo, te fa male! Nullo capisci da solo?

(*Sguardo come a dire: 'Non c'è niente da fare.'*)

CORRADO Quanti anni ha? Quindici?

LORENZO Eee, a occhio sì, quattordici, quindici...

CORRADO Come, non lo sa con precisione?

LORENZO Sì, è der novantaaa... quarcosa... poi, sai, è un ragazzo difficile, disadagiato, quindi... pure l'anno non è che è preciso...

CORRADO Non ho capito, che problemi ha esattamente?

LORENZO Il bambino puttroppo è nato della Lazio. Ce l'-hanno già detto all'egrafia: feto presenta delle caratterità laziali, è nato podalico, è uscito a gamba tesa... puttroppo è staminale...

CORRADO ...è staminale?

LORENZO Il bambino purtroppo nun è umano... so' antropòfeghi, se mozzicano in testa fra de loro comi i zombi... er dottore cercava de rimettelo dentro, ma lei si è opposta... in tutti questi anni io ho cercato di seguirlo, di staje dietro... ma puzza come 'na fogna!

(*Rientra Luco sventolando una bandiera della Lazio, Lorenzo ha un nuovo malore.*)

CORRADO Dunque raccontiamo la sua storia, lei ha avuto una separazione da sua moglie.

LORENZO Perché era consessuale co' uno...

CORRADO No, aspetti... (*legge dei fogli*) Lei ha fatto una separazione consensuale, e il motivo della separazione è che sua moglie aveva un'altra relazione...

(*Luco gli fa dei gestacci dietro la testa.*)

LORENZO (*serafico*) È uguale, vuoi che non fanno ròbba? Guarda che a me nun me ne frega gnente, eh? Me dispiace solo il modo che è successo, la sotterfùga, 'a cattiveria, quelle frasi brutte su Totti che non merita... che andava lasciato fuori da questi vicende... mah, d'altrove...

(*Luco farfuglia qualcosa mentre il padre parla.*)

CORRADO Non ho capito che ha detto il bambino...

LORENZO Poi chiaramente mi' moglie si è messa con questo che è uno ricco e facoltosi...

CORRADO ...facoltoso?

LORENZO Sì, molto facoltoso. Gli ha pagato un avvocato più bravo... Capirai, io non c'ho mai avuto 'na lira... er prete ci aveva sposato su Skipe...ahò, ma che vòi, ahò? Abbandono dello stadio coniugale... ahò!

CORRADO Senta, e oggi se ho capito bene, il bambino è in affidamento alla madre. Quando sta con lei?

LORENZO Sabbati e domenichi.

CORRADO E dove dorme?

LORENZO Non dove ma quanno...

(*Rientra Luco con una cotoletta panata in mano.*)

LUCO A papà, guarda che ho trovato! (*comincia a mangiarla*)

LORENZO Luco, t'ho detto mille vorte di nun raccoglie le cotolette da per terra! Buttela! Buttela! Luco, papà sta parlando coi televisioni adesso eh, quindi stai bbono, stai composto, fai le cose a comportamenti... è chiaro, sono stato piuttosto chiaro? Stai passando il segnalino, eh. Non mi fa' inguetare, eh? Nun scherza papà, stai passando er segnalino...

(*Luco indica qualcosa fuori campo e grida felice.*)

LUCO Er caneee!!!

LORENZO Nun è 'n cane quello, è 'n gatto! Nullo vedi che è 'n gatto?

CORRADO Senta...

LORENZO Tutto 'cane' per lui, esiste solo er cane... da piccolo o portavamo aa fattoria pe' faje vede' l'animali... "A vedi 'a mucca, amore?', "O vedi er cavallo?' 'Er caneee!' Ma a colpa nun è la sua: che mondo j'amo ereditato a 'sti ragazzi? Un mondo a misura daa Lazio!

(*Sullo sfondo Luco si è sdraiato su un carrello e lo spinge con i piedi.*)

LUCO A papààà...

CORRADO E quindi lei oggi vive con la pensione di sua madre.

LORENZO Pefforza.

CORRADO E sua madre è d'accordo?

LORENZO Peggnènte.

CORRADO E allora come fa?

LORENZO La scippo.

CORRADO La scippa?

LORENZO (*annuisce*) So quando va a le poste, (*alza le spalle*) c'ho la motorella (*alza le spalle*)...

CORRADO E lei è disoccupato? Non fa proprio niente?

LORENZO Lavoretti... 'gnitanto... peffortuna c'ho 'n amico mio che lavora alla 7, je faccio i palinsesti.

CORRADO Ah, quindi lei è quello che fa i palinsesti a La7?

LORENZO (*annuisce*) Rotondo un po'... ma gnente de che...

(*Squilla il telefono di Lorenzo.*)

LORENZO Eccolo là... scusa, è de lavoro.

CORRADO Prego, prego...

LORENZO ...ahò, dimme! Ancora? T'ho già detto lo schema. Manda Geppi Cucchiai dalla Bignardini e sposta Lili Cupe sulla fascia... mmh... Lili Cupe... Sposta 'a prima serata alle dieci e mezza, così beccamo quando l'artri sganciano... Cat Lerner o metti er sabato sera, contro i balli... perché nun pò balla'? Nun pò balla' Cat Lerner? (*ascolta la risposta del canaro e intanto fa a Corrado una faccia come a dire: 'Questi giornalisti sono pieni di fisime'*) Quant'ha fatto coso? Di scèim, quanto ha fatto? Due e mezzo? È che è? 'A pressione dee gomme? Ma nullo paga', ma nullo paga', questa è 'na rete de commerciale, te numme stai a commercia'... Ma Barabba? Formichi? Ahò, la gente si addorme: inchieste più brevi, capito? Onerevele, che fine hanno fatto i sordi? Mii so' presi io. Domanda-risposta. Fine. Pure Sostata, più breve!... Sostata... Ah, Esseoesse tata? Sì, l'ho visti i puntini, me credevo che ereno solo di ortografia... pure Soesso tata più breve capito? A ragazzi', mo' so' cazzi tua, guarda chi ho chiamato? (*fa la tata*) A nano! Soo rifai te spacco le mani! Fine. Va be'... va be'... sì, mo' too passo... A Lucooo, ce sta 'r canaro!

(*Lancia il telefono al figlio che lo prende al volo.*)

LUCO Bella, cana'! (*si allontana col cellulare dicendo cose incomprensibili*)

CORRADO Ma che lingua parla?

Senta, e a scuola come va? Immagino che la scuola non le sia di grande aiuto... non c'è neanche la carta igienica.

LORENZO Tanto lui non ne fa adòpro...

CORRADO Come?

LORENZO Anzi, m'hai ricordato che je devo pure cambia' er pannolone.

CORRADO Perché? All'età sua non ha ancora imparato a andare in bagno?

LORENZO Sì, sì, ha 'mparato, ha 'mparato... nu' je va...

CORRADO Senta, e lei lo aiuta fare i compiti?

LORENZO (*sorride*) Sì, anche se è bene che impara a fare da solo, però, cosa vuola, pemmè è pure un'occasione di rifrescare tante cose... puniche, robespien, i moti der quarantuno, Elisabbetta di Francia... er trilatero... è come un rifrescare di memoria...

(*Luco è riapparso accanto al padre e lo interrompe.*)

LUCO Papà n'sa gnenteee! Gnenteee!!!

LORENZO Machessaddì... nun è che papà n'sa gnente, è che tante cose dopo tanti anni certe te passano di mente.

LUCO Nooo! Papà nun sa lègge'! Guarda solo 'e figureee!

LORENZO Amore, nun è che papà nun sa lègge', è che dopo tanti anni le letterine si confondeno... F... N... te vatte a ricorda' 'e differe... Ahò, e va' a gioca', no? Oo vedi che ce stanno i piccioni laggiù?

(*Indica fuori campo, Luco guarda e indica a sua volta.*)

LUCO Er caneee! (*esce*)

(*Lorenzo lo guarda allontanarsi.*)

LORENZO È 'n entusiasta della vita, nun ha capito che nun è reciproco. La cosa purtroppa è che non ho neanche la certezza che sia mio figlio... che ne sapemo da quanto andava avanti la sotterfùga co' questo?

CORRADO La relazione che aveva sua moglie dice?

LORENZO Magari da pure prima dello sposalino... magari il bambino è de lui...

CORRADO Be', direi che le somiglia parecchio, insomma...

LORENZO E mbe', che vordì? Potrebbe esse' un trucco, potrebbe esse' fatto somigliato apposta, così poi me scaricaveno e spese a me, potrebbe esse' un trucco fatto apposta... potrebbe esse' truccato...

CORRADO ...come truccato?

LORENZO Quanno ci hai i sordi, pòi fa quello che te pare... vòi che non può paga' una plastica laziale? Io je vojo bene al bambino, eh? Ma potrebbe esse' un trucco pure questo... Potrebbono avermi plaggiato a livello di mentale. Non ci ha pensato, eh?

CORRADO Come?

LORENZO Come? Uno regge e l'altro plaggia, signore.

Ma vedi? Io vojo bene al bambino e continuerò a badarlo finché non more de vecchiaia...

CORRADO Luco?

LORENZO Sissignora, signore! E non mi importa se...

(*Luco comincia a cantare un lungo inno della Lazio.*)

LUCO Laziooo, solo per te questo canto sincerooo, cuore e coraggio uniti daverooo...

LORENZO Aaah... (*si sente male*)

CORRADO Si sente male di nuovo?

LORENZO Aaah... questa è deppiù ahò, è deppiù! Aaah... ahhh, stavorta nun va via... c'è un medico in sala?

CORRADO Eh, sì... da noi penso di sì, ma come facciamo? Siamo in collegamento.

LORENZO Va bene pure a collegamento... me sento male...

(*Di corsa irrompe nello studio un medico che si posiziona sotto lo schermo e comincia a dialogare con Lorenzo, mentre il figlio continua a cantare a squarciagola.*)

MEDICO Dove sente dolore?

(*Lorenzo si preme lo stomaco.*)

LORENZO Qua, all'ippocampo...

(*Luco continua a cantare.*)

CORRADO (*al pubblico*) Ve lo avevo detto o no che era un caso drammatico?

LORENZO (*al medico*) Oh, non ce l'hai lo stettoscopio?

## STUDIO

CORRADO Renzo Bossi non si chiamerebbe così, il nome Renzo sarebbe stato acquistato al mercato nero di Bucarest.

REGIA OFF Aspetta, aspetta... che c'è un altro spot e poi andiamo in onda noi.

CORRADO Ho capito, avvertimi però...

REGIA OFF Eh, ma tu parti da solo...

CORRADO Pubblicità...

## PUBBLICITÀ

*(Immagini di un'auto che corre lungo una strada di campagna.)*

VOCE OFF La FIAT presenta: 'Na macchina! Sedili pe' davanti e pe' didietro, finestrini abbassabbili a piacere, più benzina ce metti e più lontano vai, le marce a seconda del traffico, vetro davanti trasparente, motore a duplice stato: acceso-spento, volante perfettamente girevole, sportelli apribili sia da dentro che da fòri grazie alla doppia maniglia, luci pe' la sera, rotelle in gomma per non sentire i bozzi, i pedali pe' li piedi, questa è 'na macchina. 'Na macchina, nei migliori concessionari qualsiasi.

## STUDIO

CORRADO Mi sa che Marchionne non si cura più tanto del mercato italiano, vero?

REGIA OFF Me sa...

CORRADO Come dicevamo, la destra che c'era prima, che era folcloristica e tirava a campare con slogan e pagliacciate varie è stata spiazzata dall'arrivo di una destra vera, moderna, europea e spietata, che come Clint Eastwood parla poco e spara molto. Non avendo più nulla da fare sono tornati al vecchio sport di prima, e cioè prendersela con gli omosessuali, insultarli, negargli i diritti... mentre Obama legalizza i matrimoni gay, personaggi come Romano, La Russa, Berlusconi, Alfano, Sgarbi, il leghista Leoni e altri trovano il tempo di dichiarare che i gay sono persone malate. Anche Gasparri ha dichiarato che i gay sono tutti malati e che ha dovuto passare la serata in casa, da solo. Ma il più accanito di tutti è senz'altro Giovanardi. Onorevole Giovanardi, (*viene inquadrato un vibratore sulla sua scrivania*) lei ha dichiarato recentemente che un bacio fra omosessuali...

REGIA OFF (*lo interrompe*) Guarda che non c'è Giovanardi, ha chiamato e ha detto che non poteva più venire...

CORRADO Ah, e questo allora di chi è?

REGIA OFF Quello serve per il pezzo dopo.

CORRADO Ah, perché io dopo in scaletta ci ho scritto 'didascalia'...

REGIA OFF Eccola...

## SPOT SADOMASO

*Didascalia:* *NUOVE TENDENZE EROTICHE: UOMO E DONNA ENTRAMBI DOMINANTI.*

(*Un uomo e una donna in costume sadomaso si affrontano.*)

DONNA Mettiti a quattro zampe, schiavo!

UOMO Mettiti tu a quattro zampe, schiava!

DONNA Come osi dire 'schiava' alla tua padrona, schiavo!

UOMO Come osi dire 'come osi' al tuo padrone, schiava!

(*Si danno ordini a vicenda.*)

DONNA Mettiti questo!

UOMO Tu mettiti questo!

DONNA Aaah, verrai punito per questo! A quattro zampe!

UOMO Tu a quattro! Aaah! Verrai punita, non sai... al tuo padrone poi! Figuriamoci!

DONNA Ma figuriamoci! Tu verrai punito! Mettiti a quattro.

UOMO Mettiti a quattro... Tu metti questo!

DONNA No, tu metti questo!

UOMO Frusta...

UOMO È un disastro.

DONNA No, va be', roba da matti. (*esce*)

UOMO È incredibile. (*esce*)

## STUDIO

CORRADO Ma questo non avevamo detto di tagliarlo? È un doppio con quello delle coppie di prima!

REGIA OFF Hai detto sì, poi hai detto no, non ho capito...

CORRADO Va be'... comunque... quello che volevo dire di Giovanardi... ora poi è andato via...

REGIA OFF ...Non è venuto, non è venuto!

CORRADO Prima ancora di condannare la stupidità di queste aggressioni va detto che sul mondo dei gay e degli omosessuali c'è innanzitutto molta confusione.

Tendiamo a sovrapporre questi due vocaboli come se fossero sinonimi, ma non lo sono. Una ricerca scientifica ha dimostrato che non tutti i gay sono omosessuali e di questi il finocchio è uno su due e l'altro è gay, cioè gli piacciono sia i gay che gli omosessuali. Chi dice 'frocio' con grevità, pensando di offendere, in realtà offende solo la sua intelligenza perché alcuni froci non sono gay, altri lo sono ma non per questo sono omosessuali e dunque il termine frocio, finocchio o ricchione non denota nulla, se non l'ignoranza di chi lo usa, il quale, per offendere veramente deve sperare che tra i molti gay qualche omosessuale sia un invertito, la qual cosa è però molto più rara di quel che si crede.

REGIA OFF Guarda, sono tutti sinonimi...

CORRADO Ah, ma sei sicuro che significano proprio esattamente...

REGIA OFF Esattamente la stessa cosa.

CORRADO Va be', comunque il senso del discorso resta.

REGIA OFF Direi di no...

CORRADO Insomma quello che volevo dire è che insultare gli omosessuali, oltre a denotare inciviltà e ignoranza, è una cosa fuori dal tempo, perché oggi gli omosessuali per fortuna non si vergognano più, escono allo scoperto, dilagano in televisione, sono uniti, sono orgogliosi, hanno il pride... quindi teoricamente, se uno volesse proprio offenderli oggi dovrebbe fare esattamente il contrario.

## CASTING

(*Una sala di un ufficio casting, Corrado e Lillo sono dietro a un tavolo. Di fronte a loro, c'è un candidato truccato e vestito quasi come una donna... molto effemminato.*)

OMO Allora... io mi chiamo Mario, ma in arte sono Gladys, sono omosessuale, ho partecipato a diverse trasmissioni, sono stato da Chiambretti, ho fatto un po' di radio, un po' di cosine a teatro, un po' di burlesque, so cantare, so ballare... parlo inglese: Hey, boys, Gladys is back!

CORRADO Guarda, scusa... non so la tua agenzia con chi ha parlato... ma c'è un equivoco... noi non cerchiamo un attore che fa l'omosessuale, cerchiamo un omosessuale vero, capito?

OMO Ma io l'ho detto... dài, sono omosessuale!

LILLO No, forse non hai capito, non cerchiamo un attore

che fa il gay, ci serve un gay vero. Non è una commedia, è un talk show dal vivo, capito? Ci serve gente vera...

OMO Ho capito. Ma lo sono! L'ho dettooo, sono gay, lo sono veramenteee.

LILLO Non so se ti hanno detto male o se ci hai provato. Se ci hai provato, non c'è niente di male, ma purtroppo non ci servono attori...

CORRADO Non è colpa sua, sono questi della redazione che fanno casini...

OMO Pronto... sveglia... ma come ve lo devo direee? Io sono veramente un omosessuale!

CORRADO Senti, posso dire? Ma lo fai pure male, non sono tutti così i gay, avete una visione stereotipata, proprio...

LILLO Tutti così fanno: gnee gnee... Ecco, ho fatto il gay!

LILLO Dài, su, ci hai provato, hai visto tutte 'ste belle ballerine e ci hai provato, ti capisco, pure a me mi piacciono, me sei pure simpatico ma... non è cosa.

CORRADO Se spunta qualcos'altro ti chiamiamo, ma adesso dobbiamo trovare 'sto gay, anzi, sii gentile, quando esci dillo pure agli altri là fuori: non ci servono attori, ci servono omosessuali veri.

OMO Sono io! Sono io! Sono un omosessuale vero! Sono io quello che state cercando...

LILLO Dài, torna a casa da tua moglie.

CORRADO E riportagli i vestiti che glieli sfondi.

OMO Ma quale moglie??? Io sono una drag queen! Vado al Muccassassina!

LILLO Capirai, ci vanno tutti, pieno di fica così!

CORRADO Sì, eh?

OMO No, scusate un attimo, io questo non lo accetto! Voi potete dirmi che non ballo bene, e occhèi! Che non sono ancora pronto a essere protagonista, e occhèi! Ma questa è la mia identità, va bene? Questa è la mia scelta! È la mia vita! Va bene?

(*Un momento di silenzio. Lillo e Corrado si sono spaventati.*)

LILLO Non lo offendere che questo è uno che mena!

CORRADO (*si spaventa*) No, no... che mena? Io non ti sto dicendo niente, eh? Sarai un attore bravissimo, ma per me, per me, il gay non lo sai fare...

OMO *Ma io non faccio l'attore! Io sono omosessuale!*

CORRADO Ma come? Lo hai detto te che fai teatro, no? Mo' non sei manco un attore?

OMO Sì, sono un attore! Ma sono anche un omosessuale!

CORRADO ...Aaah, tu mi vorresti far credere che sei un attore omosessuale che fa finta di essere un attore, che fa finta di essere omosessuale? E che bisogno ci sarebbe? Non ha senso...

OMO Non faccio l'attore, io sono omosessuale!

LILLO Ecco! E si contraddice ancora, ma mettiti d'accordo con te stesso!

OMO (*sul punto di piangere*) No, questo non lo accetto proprio! Se proprio lo volete sapere, io a sedici anni quando l'ho detto a mio padre, sono stato cacciato di casa! Mia madre non mi rivolge la parola da dodici anni!

CORRADO (*delusissimo*) Nooo, 'Mio padre mi ha cacciato di casa'... nooo, è proprio lo stereotipo, la fantasia, proprio... hai studiato con il metodo Strasberg? C'hai pensato tutta la notte proprio...

LILLO Proprio lo stereotipo... te sei sforzato, proprio...

CORRADO Dài, su, sii bravo... piuttosto... 'sta Roma come la vedi?

OMO (*in lacrime*) Ma che me ne importa? Non mi interessa la Roma a me.

LILLO Ci hai ragione, quest'anno era meglio non guardarli.

CORRADO Se fosse solo primo tempo sarebbe scudetto sicuro, fanno sempre un tempo a palla, poi al secondo tempo sembra un'altra squadra!

LILLO È 'n'altra squadra, bravo, se smosciano completamente.

OMO (*gesticola in lacrime*) Non mi interessa il calcio, io faccio danza, faccio provocazioni teatrali, con la mia ironia!

CORRADO Metti giù quelle mani, metti giù quelle mani, ma che hai visto *Il vizietto*? Non fanno tutti così colle mani...

LILLO È vero, fanno tutti così... gnee gnee... (*gesticola*) Ecco: ho fatto l'omosessuale.

CORRADO Sono buono pure io così... gnee gnee...

LILLO Così siamo buoni tutti.

CORRADO Incredibile! C'è ancora chi li vede così, manco al Bagaglino!

(*Inferocito e in lacrime Gladys esce chiudendosi la porta alle spalle. Fuori lo attende il suo fidanzato.*)

CORRADO Non esce così un omosessuale...

(*Fuori dallo studio.*)

FIDANZATO (*ansiosissimo*) Allora? Come è andata?

OMO Lasciami stare! Tu sei peggio di loro!

## STUDIO/PIZZARRO

CORRADO In quest'epoca di spietato cinismo abbiamo disperatamente bisogno del conforto della religione. Almeno io... Ci serve aiuto spirituale: anche perché ci dicono che presto saremo fuori dalla crisi e siamo curiosissimi di sapere cosa c'è oltre... Ma la Chiesa purtroppo se la passa male, tra intrighi e veleni, le lettere del papa finiscono sul giornale, alcuni prelati sono stati indagati per il caso Orlandi, però noi ne abbiamo bisogno davvero, proprio qui (*si tocca il cuore*) all'ippocampo. E abbiamo questa sera il grande onore di avere come ospite qualcuno che ne capisce e ne sa tanto... (*si volta*) Monsignor Pizzarro, grazie di essere venuto...

PIZZARRO Bonasera.

CORRADO Monsignore, la Chiesa sta attraversando un brutto periodo, in cui non è facile riuscire a diffondere il messaggio evangelico...

PIZZARRO A me me lo dici? Io me ne andrei a fa' er missionario in Africa se non fosse piena de negri.

CORRADO Cominciamo con l'attacco di Celentano all'*Avvenire*, che è diventato troppo mondano e non parla più del paradiso...

PIZZARRO E se sbaja, perché con due euro in più c'era pure un inserto a colori!

CORRADO E poi c'è la politica: già con Berlusconi l'influenza della Chiesa era pesante, adesso poi vi siete scatenati tra Opus Dei, Comunione e liberazione, università cattoliche... sono tutti vostri. Monti, Passera, Vari, Ornaghi, Balduzzi, Riccardi, la Fornero, Giardi.

PIZZARRO Mamma mia, oo stai a fa' sembra' 'n complotto, diciamo più semplicemente che dove c'è 'm buco se 'nfilamo.

CORRADO Sì, però nonostante questo c'è questa faccenda dello IOR, la magistratura italiana vi ha sequestrato 23 milioni di euro per trasferimenti sospetti di denaro, e voi siete stati costretti a far firmare al papa una normativa antiriciclaggio, per uscire dalla lista nera dell'Unione europea.

PIZZARRO Pefforza, sennò ogni vorta che passavano sordi pell'Italia questi ce li bloccavano, oo sai quante vorte annavo a fa un prelievo ar bancomat e nun ce stavano più i sordi? Ma poi 'a preoccupazione nostra vera è che questi se mettevano a scava' nell'anni prima, capirai se mettono a guarda' Marcinkus, a roba dello IOR, Calvi er Banco Ambrosiano, invece come l'amo fregati? J'amo detto mo' la norma c'è, contenti? Aridatece i sordi, poi j'amo detto approposito la norma nun è retroattiva così sur passato ce mettemo 'na bella pietra sopra e amo risorto due problemi co' 'n pezzetto de carta.

CORRADO Alla faccia della trasparenza...

PIZZARRO Ahò, 'a trasparenza, ma che volete? Amo fatto pure apri' la tomba de Depedis. Non sai er giorno prima pe' toglie tutta la robba che c'era. E mo' quanno hanno finito tocca rimettecela, doppia fatica.

CORRADO Va bene, però comunque avete anche altri problemi, per esempio la lettera che parla di un imminente attentato al papa.

PIZZARRO Aspetta, n'te seguo più, mo' che c'entra?

CORRADO Come che c'entra? È una cosa grave, no?

PIZZARRO Mo' che c'entra questo? Stavamo a parla' de cose serie, de sordi... improvvisamente te ne esci co' 'sta cosa...

CORRADO Cioè la lettera di minacce al papa non è seria?

PIZZARRO La lettera sul papa l'ho scritta io.

CORRADO L'ha scritta lei?

PIZZARRO Mbe'? Perché nun posso scrive 'na lettera?

CORRADO Ma come?

PIZZARRO Scusa, non facciamo confusione che poi 'a gente non capisce: un conto so' le cose serie, l'affari, gli immobili, l'otto per mille, i sordi, tanti sordi! Che poi so' i vostri, no? Un conto è la parte doo spettacolo. 'A trama, l'attori, er corpo de scena.

CORRADO Che spettacolo, scusi?

PIZZARRO Ma 'ndo' vivi? O spettacolo nostro! I preti, i cardinali 'e guardie svizzere, che so' tutte comparze, tutto 'st'ambaradam, che perartro mo' co' 'sta crisi ce costa er doppio.

CORRADO Lei ne parla come se fosse una specie di fiction?

PIZZARRO Mbe' sì, è 'na serie, 'na fiction! Chiamala come te pare... qualcuno da noi dice che è un reality, ma nun so' d'accordo perché de reality non ce sta proprio gnente, è tutto scritto: dialoghi, personaggi, er conflitto tra i cardinali... Tutto scritto bene.

CORRADO Come una serie tv?

PIZZARRO Sì, tipo, co' tutti st'intrighi, Bertone contro Bagnasco, la CEI contro la segreteria di Stato. Ve piacciono 'st'intrighi, no? Comunque Bertone esce forte alla terza stagione, t'anticipo.

CORRADO Alla terza stagione? Ma quindi è sempre stato così?

PIZZARRO Be', no, prima era 'n artro tipo de format. C'era 'a domenica, la finestra che se apre, due colombe che passeno, 'na vorta ce bastava questo, la gente veniva sotto, je parlavi quattro-cinque lingue, 'i rincojonivi, batteveno le mani, all'una avevamo finito e andavamo a vede' la Roma, poi chiaramente i tempi cambiano, er pubblico ha cominciato a stufasse, cioè 'sta cosa de questo che s'affaccia alla finestra l'avranno vista un mione de vorte, questo poi nun è bono, er gusto der pubblico cambia. Non ce veniva più nessuno... Vonno azione, vonno er sangue, vonno er torbido. Tipo i Borgia, pe' capisse...

CORRADO E quindi la lettera sul papa l'ha scritta lei!

PIZZARRO Sì, io poi sarei story editor però ogni tanto me tocca mette mano alle sceneggiature, ai dialoghi. Quanno avevamo detto che doveva mori' er pupazzo?

CORRADO Mi sembra nel novembre 2012...

PIZZARRO Quindi ci avemo una arco narrativo de cinque mesi, a metà devo ricorda' 'sta lettera, sennò a gente saa scorda, anzi è mejo che ne faccio trova' una nuova. Comunque alla fine daa seconda stagione quarcuno deve mori'! Poi ar finale ce vole 'm botto! 'M botto vero...

CORRADO Come alla fine della seconda stagione?

PIZZARRO Da quando so' entrati in produzione l'americani, vonno er corpo de scena, l'arco narrativo daa seconda è tutto su 'sta lettera, nollo so chi more, ma uno more sicuro. Poi te dispiace perché uno s'affezziona ai personaggi, ognuno ci ha le sue, Josif è quello svagato, che nun capise 'n cazzo e tutti se lo rivortano come un calzino... 'Ortre il giardino' oo chiamo io, quell'artro invece è 'n fio de 'na mignotta, però onestamente noi puntamo tutto su Georg! Georg sfonna!

CORRADO Monsignor Georg? Il segretario di Ratzinger?

PIZZARRO Buca er video, anzi dovemo sta' attenti a non fasselo porta' via da 'n'artra produzione, l'anno scorso pe' poco nun se lo ritrovavamo sur trono de spade! Comunque ar finale ce vole un botto...

CORRADO Come un botto?

PIZZARRO Ma secondo te, la butto là, se famo sarta' San Pietro per aria? Buuummm! Tanto noi comunque dall'anno prossimo giramo tutto in Bulgaria, che costa la metà, poi 'a Cappella Sistina la famo in 3D, te nun sai questi che fanno oggi co' 'sti computer, vie' mejo de quella vera...

CORRADO Ehm... ma se ormai è tutto finto, tutto scritto, se è una fiction, cosa resta degli insegnamenti di Cristo?

PIZZARRO Scherzi? Quella per noi è la Bibbia!

CORRADO Che comunque è morto per i nostri peccati!

PIZZARRO Dici? Secondo me 'a botta vera è stata la ferita ar costato.

CORRADO No, voglio dire, se la vedete come uno spettacolo, se tutti recitate...

PIZZARRO E allora? È come vedè un film e di' ma questo nun è 'na spia vera, è 'n attore, l'ho visto pure da 'n'artra parte... E allora? Nun dovremmo più anda' al cinema? Allora dovevamo fermasse ai fratelli Lumière; ariva un treno e ce vie' addosso, scappamo, poi vedevi che er treno nun usciva dallo schermo e dovevamo di' ma che cazzata 'sto cinema, nun ce vengo più!... E poi che famo? Che artro ce mettemo?

Ma tenemoseli 'sti vestitini, 'sti cappelletti, 'ste candele, 'sti crocefissi, poi ahò, è tutta gente che lavora... che è 'sto cinismo? io dico sempre: attenzione a non buttare via il bambino co' tutta l'acqua, pò esse' ancora buona per la pasta!

CORRADO Ho capito, ma se è tutta una finzione... Che cosa mi sta dicendo? Che i preti, i cardinali, i vescovi... sono tutti atei?

PIZZARRO Nooo, che ne so? Questo è quello che glie insegnamo noi nella formazione, poi non lo so... se quarcuno ce se appassiona, 'o sai poi com'è? A furia de ripete tutti i giorni le stesse cose, c'è sempre qualcuno che finisce per crederci davvero, ma so' scelte individuali... eh. Io non me permetterei mai, se ce vòi crede, credici, n'sia mai che poi dite che nun damo libertà di culto...

CORRADO Ho capito, ma lei per esempio?

PIZZARRO 'O sai come 'o vedo io Dio? Un grosso problema per la privacy... Scherzo...

CORRADO E infatti poi ci sono pure i problemi morali, gli scandali, la pedofilia, i privilegi, la truffa dell'otto per mille, il San Raffaele... Non teme la punizione di Dio?

PIZZARRO Ma che te devo di'? Finché stavamo ar Medioevo, finché stavamo ancora cor sistema tolemaico, ce potevi pure crede, c'era la tèra, er sole, tre pianetini, le stelle erano dii buchetti sur nero per fa passare la luce, l'universo era tutto lì, era il suo unico giocarello, allora magari se poteva diverti' a spiacce. A fa' le pulci, a guarda' dar buco daa serratura, a manna' la gente all'inferno... Ma oggi? Ammesso pure che esiste, no? Che io poi so' de mentalità aperta, ma hai visto la robba che c'è lì fòri? Miliardi di galassie, di stelle... miliardi di miliardi di pianeti... Buchi neri, quasar, pulsar, oceani di materia oscura, fasci di neutrini, di antimateria... Ma ammesso pure che esiste, no? Ma tu pensi che uno che ha fatto tutta 'sta robba je ne pò frega' quarcosa se su 'sto sercio de periferia, rubbamo, sparamo, tradimo le mogli... s'engroppamo fra de noi... ma tu pensi veramente che la morale nostra pò esse' a questione centrale dell'universo?

CORRADO Non lo so... ma lei, per esempio, non prega mai?

PIZZARRO 'O sai quando prego io? Quando me perdo er portafojo, dico Dio fa che sia in macchina, Dio fa che sia nella giacca... Poi moo ritrovo in tasca e dico nun è Dio, so' io che so' un deficiente!

CORRADO Però vedo che si tocca sempre la croce sul petto...

PIZZARRO Questa? È 'na chiavetta USB...

CORRADO Ma allora, scusi, non c'è proprio niente per cui dovremmo ringraziare Dio?

PIZZARRO Certo che c'è: aa musica!

CORRADO E allora?

PIZZARRO E allora...

PIZZARRO E PIZZARRO (*cantano*)
*Thank you for the music, the songs I'm singing,*
*Thanks for all the joy they're bringing,*
*Who can live without it? I ask in all honesty, what would life be?*
*Without a song or a dance what are we?*
*So I say: thank you for the music, for giving it to me...*

Indice

## Dal catalogo Fanucci Editore

FanucciFlash

*Parola di Corrado* di Corrado Guzzanti

FanucciChrono

*Zero History* di William Gibson

TIF Extra

*Danza con il diavolo* di Sherrilyn Kenyon
*L'urlo della notte* di Jeaniene Frost
*I migliori racconti* di Richard Matheson
*La Spada della Verità vol. 11* di Terry Goodkind
*L'abbraccio delle tenebre* di Karen Chance
*Il nome del vento* di Patrick Rothfuss
*La Ruota del Tempo vol. 9 – Il cuore dell'inverno* di Robert Jordan
*L'odore della notte* di Jeaniene Frost
*Il bacio della notte* di Sherrilyn Kenyon
*Il ciclo di Belgariad vol.1* di David Eddings
*Io sono leggenda* di Richard Matheson
*Miniature* di Paola Rondini
*Perdido Street Station* di China Miéville
*Sotto un cielo cremisi* di Joe R. Lansdale
*Lo specchio di Dio* di Andreas Eschbach
*La trilogia di Valis* di Philip K. Dick
*Ubik* di Philip K. Dick
*L'ultima profezia del mondo degli Uomini* di Silvana De Mari
*La maledizione delle tenebre* di Karen Chance
*Il fascino della notte* di Kim Harrison
*Hyperion* di Dan Simmons
*La caduta di Hyperion* di Dan Simmons
*Endymion* di Dan Simmons
*Il risveglio di Endymion* di Dan Simmons
*Crepuscolo cremisi* di Jeaniene Frost
*La città e la città* di China Miéville
*La grande marcia* di Sabina Colloredo
*I fiumi di Londra* di Ben Aaronovitch
*Debito di ossa* di Terry Goodkind
*Dune* di Frank Herbert
*Messia di Dune* di Frank Herbert
*I figli di Dune* di Frank Herbert
*L'Imperatore-Dio di Dune* di Frank Herbert
*Gli eretici di Dune* di Frank Herbert
*La rifondazione di Dune* di Frank Herbert
*La strana storia dell'androide Philip K. Dick* di David F. Dufty
*Eternal Kiss of Darkness* di Jeaniene Frost
*Il Re Solo* di Sabina Colloredo
*Ma gli androidi sognano pecore elettriche?* di Philip K. Dick
*Le tre stimmate di Palmer Eldritch* di Philip K. Dick
*Tutti i racconti 1964-1981* di Philip K. Dick

*Tutti i racconti 1954* di Philip K. Dick
*Tutti i racconti 1955-1963* di Philip K. Dick
*Tutti i racconti 1947-1953* di Philip K. Dick
*Radio libera Albemuth* di Philip K. Dick
*Tempo fuor di sesto* di Philip K. Dick
*Noi marziani* di Philip K. Dick
*I giocatori di Titano* di Philip K. Dick
*Labirinto di morte* di Philip K. Dick
*E Jones creò il mondo* di Philip K. Dick
*I simulacri* di Philip K. Dick
*In senso inverso* di Philip K. Dick
*Occhio nel cielo* di Philip K. Dick
*Un oscuro scrutare* di Philip K. Dick
*Mr Lars sognatore d'armi* di Philip K. Dick
*Illusione di potere* di Philip K. Dick
*La penultima verità* di Philip K. Dick
*Nostri amici da Frolix 8* di Philip K. Dick
*Cronache del dopobomba* di Philip K. Dick
*Voci dalla strada* di Philip K. Dick
*Scorrete lacrime, disse il poliziotto* di Philip K. Dick
*Lotteria dello spazio* di Philip K. Dick
*Follia per sette clan* di Philip K. Dick
*L'androide Abramo Lincoln* di Philip K. Dick
*Confessioni di un artista di merda* di Philip K. Dick
*Svegliatevi, dormienti* di Philip K. Dick
*Deus Irae* di Philip K. Dick e Roger Zelazny
*Il gioco della notte* di Sherrilyn Kenyon
*L'ombra del Torturatore* di Gene Wolfe
*L'artiglio del Conciliatore* di Gene Wolfe
*La spada del Littore* di Gene Wolfe
*La Cittadella dell'Autarca* di Gene Wolfe
*Urth del Nuovo Sole* di Gene Wolfe
*Flashback* di Dan Simmons
*Il Circolo segreto* di Ted Dekker
*Il cavaliere eterno* di Larissa Ione
*I demoni della notte* di Kim Harrison
*Il libro di Jade* di Lena Valenti
*Il libro sepolto dei segreti* di David Sakmyster
*Il giovane Philby* di Robert Littell
*La porta sull'abisso* di Scott Sigler
*La via di fuga* di James Dashner
*Il Fiume della vita* di Philip José Farmer
*Alle sorgenti del Fiume* di Philip José Farmer
*Il grande disegno* di Philip José Farmer
*Il labirinto magico* di Philip José Farmer
*Gli dèi del Fiume* di Philip José Farmer
*I sussurri della notte* di Jeaniene Frost
*Il crepuscolo della Terra* di Jack Vance
*Le avventure di Cugel l'Astuto* di Jack Vance
*La saga di Cugel* di Jack Vance
*Rhialto il meraviglioso* di Jack Vance

Per consultare il nostro catalogo
visita il sito www.fanucci.it
e iscriviti alla newsletter
per essere continuamente aggiornato
sulle nostre pubblicazioni.
Seguici su:

aNobii

e sul blog Fanucci Editore, www.fanucci.it

FSC

La carta utilizzata per la stampa di questo libro
ha ottenuto la certificazione ambientale
del Forest Stewardship Council. Il marchio F.S.C.
identifica i prodotti contenenti legno
proveniente da foreste gestite secondo
rigorosi standard ambientali, sociali ed economici.

Finito di stampare nell'ottobre 2012 presso
Puntoweb - via Variante di Cancelliera snc - Ariccia (RM)
Printed in Italy